A^t^V

Colette Davenat lebt als freie Schriftstellerin in Antibes, Südfrankreich. Sie ist Autorin mehrerer sehr erfolgreicher Romane über Stoffe der französischen wie der spanischen Geschichte, in deren Mittelpunkt stets einzigartige Frauen stehen.

Im Angesicht der schneebedeckten Gipfel und grünen Schluchten der Anden wächst im Reich der Inka ein junges Mädchen auf, eine Bauerntochter. Für ihre Schönheit in die Schar der Acclas, der Geliebten des herrschenden Inka, aufgenommen und in allen Künsten und Sitten des Hofes ausgebildet, gelangt Asarpay sehr bald in nächste Nähe zur Macht. Sie wird die Favoritin auch zweier Söhne des Herrschers, sie entdeckt die Leidenschaft, sie wandelt sich von der erotischen Gespielin zur selbstbewußten Frau.

Doch das Inkareich hat seinen Zenit überschritten, ein brudermörderischer Konflikt zerrüttet Moral und militärische Widerstandskraft des Andenvolkes. Da erscheinen auf den Bergen über der Stadt Cuzco die in der Sonne schimmernden Schwerter der Spanier Francisco Pizarros. In ihren Augen ist die Gier nach dem Gold, das in diesem begnadeten Land sogar in den Gärten der königlichen Paläste wächst. Und für Asarpay beginnt die dramatischste Erfahrung ihres Lebens.

Colette Davenat

Die Favoritin

Roman

Aus dem Französischen
von Christel Gersch

Aufbau Taschenbuch Verlag

Titel der Originalausgabe
La femme choisie

ISBN 3-7466-1558-5

1. Auflage 1998
Aufbau Taschenbuch Verlag GmbH Berlin

Umschlaggestaltung Ute Henkel/Torsten Lemme
unter Verwendung eines anonymen Gemäldes aus dem 18. Jahrhundert,
darstellend Mama Ocllo, die Gemahlin des ersten Inka
Druck Ebner Ulm
Printed in Germany

Am 24. September 1572 wurde in der peruanischen Stadt Cuzco auf Befehl des spanischen Vizekönigs der letzte Inka Tupac Amaru enthauptet. Seine gefolterte, verstümmelte Leiche ist ein Sinnbild der vierzig Jahre währenden Tragödie, der das größte und mächtigste Reich der Neuen Welt durch Pizarros Conquista unterworfen wurde.

KOLUMBIEN
Quito
ECUADOR
Rio Ancus mayo
BRASILIEN
Tumbez
PERU
Cajamarca
Cupisnique
Trujillo
Chanchan
Moche
Chavin
Recuay
Chancay
Lima
Huancayo
Pachacamac
Machu Picchu
Ollantaytambo
Huari
Cuzco
Paracas
Pucara
Nazca
Titicaca-see
La Paz
Tiahuanaco
Das Inka-reich
BOLIVIEN
Cerro de Potosi
PAZIFIK
PARAGUAY
CHILE
ARGENTINIEN
Rio Maule

PROLOG

Für eine Eingeborene, dachte er, ist ihre Haut sehr hell. Alter? Schwer zu schätzen, aber kein Grund, sich dabei aufzuhalten. Ein fesselndes Gesicht ... Die Männer dürften ihr Seelenheil riskiert haben, um diesen Mandelaugen die Ruhe zu rauben, diesen Mund zu bezwingen! Unwillkürlich schossen Juan de Mendoza Überlegungen durch den Kopf, die einer versunkenen Zeit seines Lebens entstammten, der Zeit seiner heißblütigen Jugend, die er unter Buße, Gebeten und Kasteiungen begraben wähnte, aber deren heillose Versuchungen die Indianerin jäh in ihm wachrief.

Haß überschwemmte den Jesuiten, Haß, Abscheu, den alles Weibliche in ihm erregte. Vielleicht weil er sich seiner nicht sicher war, weil er Angst hatte vor seinen männlichen Schwächen? Er verbot sich den Aufruhr. Man hatte ihn zu dieser Frau geschickt, um festzustellen, ob sie schuldig sei, und sie dieser Schuld zu überführen. Wer urteilen will, muß einen kühlen Kopf bewahren.

»Doña Inés?« begann er. »Ich bin Pater Juan de Mendoza. Wollt Ihr mir vergeben, daß ich in Euer Haus eindringe? Ein sehr angenehmes Haus übrigens.«

»Ein ehemaliger Palast, wie alle Häuser und Klöster längs dieser Straße. Nach dem großen Brand von Cuzco benutzten Eure Landsleute unsere Granitmauern als Unterbau für ihre leichten, hellen Putzfassaden. Habt

Ihr bemerkt, daß in meinem Patio Jasmin und Nelken duften? Pflanzen aus Spanien! Wenn Seine Exzellenz der Vizekönig an meiner Tafel zu speisen geruht, sagt er immer, er fühle sich wie in Sevilla ... Aber nehmt doch Platz, Pater. Womit kann ich Euch dienen?«

»Ihr beherrscht unsere Sprache erstaunlich gut, Señora.«

Sie lächelte.

»Euch ist sicher bekannt, daß mein seliger Gemahl Spanier war.«

Es war ihm bekannt. Und etliches mehr. Sein Ordensgeneral hatte ihm ein Porträt dieser Frau entworfen: nichts wie Feuer und Schwefel! »Nach den bestialischen Bräuchen, die im alten Reich der Inkas herrschten, von Kind an dem Laster geweiht; während der Conquista eine geradezu legendäre Figur des indianischen Widerstands; dann zu unserem Glauben bekehrt und verheiratet mit einem spanischen Hauptmann, einem Vertrauten der Brüder Pizarro, bald darauf Witwe. Ein verdächtiger Aufstieg, der die Anklagen erhärtet, die man gegen sie erhebt, wonach sie in der gesamten Region Cuzco den Götzendienst begünstige und Menschenopfer, Zauberei und andere hexerische Pratiken ermutige, die all unseren Bemühungen zum Trotz unausrottbar fortdauern.

Die Aufgabe, sie dieser Handlungsweisen zu überführen, kann nur einem Geistlichen anvertraut werden, der den Verhältnissen in Peru fremd gegenübertritt. Denn die königlichen und kirchlichen Autoritäten des Landes schwören auf sie. Gold trübt den Blick, ölt das Gewissen und blendet das Gedächtnis. Vor dem Manna, das sie austeilt, erlischt ihre Vergangenheit ... Verschlagen, verrucht, mit dem Satan im Bunde, so wird sie am häufigsten in den Anzeigen genannt, die dem Heiligen Vater gegen sie vorliegen und deren Urheber darauf bestehen, daß ihre Anonymität solange gewahrt bleibe, bis unsere Untersuchungen abgeschlossen sind, denn sie fürchten für ihr Leben ... Nur sind Gerüchte und Mutmaßungen eben leider noch keine Beweise, vor allem da die Bezichtigte ein unleugbares Ansehen sowohl bei den Ihren wie bei den Unsrigen genießt! Also brauchen wir Beweise oder, wenn es keine gibt, die gegründete Überzeugung eines scharfsichtigen, lauteren und unparteiischen Geistes ...«

»Señora«, sagte Juan de Mendoza, »man hat mir Eure Frömmigkeit und Euer großmütiges Herz gerühmt. An diese wende ich mich. Unser Ordensgeneral, Francisco de Borgia, einstiger Vizekönig von Katalonien und mein Verwandter, hat mich mit einer Sondermission betraut, die in erster Linie Seine Heiligkeit den Papst interessiert. Ich wage also, auf Eure Hilfe zu hoffen.«

»Auch ohne weitergehende Kenntnis, Pater, betrachtet die Hilfe als gewährt. Eurem Glauben anzugehören hat mich so außerordentlich bereichert!«

»Unser Ziel ist es, die peruanischen Völker besser zu verstehen, ihre Sitten kennenzulernen, zu begreifen, welchen Gesetzen und Instinkten sie gehorchen. Wir haben bereits mehrere Kollegien eingerichtet. Da es unseren Gefährten aber an Ausbildung gebricht, war das Unternehmen bisher wenig erfolgreich. Daher die Schlußfolgerung, daß vor dem Urbarmachen und Bebauen zuerst einmal, und gründlichst, der Boden erforscht werden sollte.«

»Der Boden?«

»Ich meinte die Bewohner, Señora.«

»Ah! Vergebt mir ... Fahrt fort.«

»In Lima stellten mir die Patres einen Dolmetscher. Ich beabsichtige, das Gebiet Dorf für Dorf zu durchstreifen und Verbindungen zu den Einwohnern zu knüpfen. Deshalb ...«

»Verbindungen in den Dörfern knüpfen? Pater Juan! Man merkt, daß Ihr aus Spanien kommt. Peru ist eine andere Welt, eine Welt von Siegern und Besiegten, und die Besiegten sprechen mit den Siegern nicht. Die Spanier haben uns die Früchte ihrer Zivilisation gebracht, einige von uns erfreuen sich ihrer, aber das Volk ... ein verschwiegenes, hart arbeitendes Volk, vor allem in den Bergen ... unser Volk klammert sich an seine angestammten Bräuche. Was erwartet Ihr anderes? Die gute Zeit ist für das Volk diejenige, als Ihr noch nicht da wart! Selbst die Jugend, die diese Zeit nicht mehr erlebt hat, träumt davon. Und wie wollt Ihr gegen Träume kämpfen? Träumen ist bei diesen Menschen heute das Bestimmende ihrer Existenz. Träumen von dem, was war.«

»Träumen heißt aber doch, daß man nicht lebt. Eure Worte, Señora, bestärken mich noch entschiedener in meinem Auftrag. Woran es den Unglücklichen mangelt, ist doch, sich im Angesicht Gottes zu entfalten. Ihr, die Ihr sie kennt, könnt ihnen dabei eine große Hilfe sein. Wäre es zuviel verlangt, wenn ich Euch bäte, mich in einigen Dörfern der Umgebung einzuführen? Eure Gegenwart würde mein Vorgehen beglaubigen, würde die Zungen lösen.«

Auf einmal belebte sie sich, zeigte sich von einer neuen Seite, noch schöner: der Marmor wurde Fleisch.

»Pater, habt Ihr einmal Chicha getrunken?« fragte sie. »Nicht! Nun, wenn Ihr unser Volk begreifen wollt, dann müßt Ihr damit anfangen. Der Chichawein ist die Milch unserer Erde, und die Erde ist unsere Mutter!«

Sie erhob sich zu voller Größe. Die Bahnen ihres in leuchtenden Farben bestickten Überwurfs umschwirrten sie wie Vogelschwingen. Sie hinkte leicht. Als sie an einem Spiegel vorüberkam, hielt sie kurz inne. Juan de

Mendoza spürte, wie sie ihn beobachtete. Dann nahm sie von einer Anrichte zwei goldene Becher, füllte sie und kam zurück.

»Ihr werdet unseren Leuten gar nichts entlocken, nichts wird man Euch sagen. Das einzige Mittel, zu erfahren, was in ihren Köpfen steckt, ist, sich über die Vergangenheit kundig zu machen, in der ihr Denken und ihre Herzen befangen bleiben. Ich habe diese Zeit erlebt. Wenn Ihr mit mir zu Abend speisen wollt, kann ich sie Euch schildern ... Bestimmt hat man Euch mancherlei über mich erzählt, aber wißt Ihr auch, daß ich in einem Dorf geboren bin und daß meine Eltern einfache Bauern waren?«

»Ich muß bekennen, nein. Und wenn man Euch sieht, Señora ...«

»Man sollte nie dem Anschein trauen. Die Wahrheit liegt immer woanders.«

1

Ich möchte, daß Ihr in Eurem Urteil nicht fehlgeht, Pater Juan. Für eine Frau gab es zu der Zeit, von der ich spreche, und gibt es noch heute nur ein Mittel, um sich aus bescheidenen Verhältnissen zu erheben: das Bild, das sie bietet, ist ihr Kapital. Sie muß es gut verwalten. Wenn eine Frau dafür nicht alle in ihr verborgenen Fähigkeiten entfaltet, bleibt sie ihr Leben lang ein bloßes Ding, und eines Dinges wird man satt, man wirft es weg oder zertritt es! Darum ist Schönheit kein niedriges, anstößiges oder frivoles Gut, wie man allzuoft meint, und wenn ich mich gehalten fühle, die Erscheinung zu pflegen, mit der die Natur mich beschenkt hat, so in aller Demut. Mein Stolz ist es, zu sein, wozu mein Wille mich gemacht hat.

Als ich geboren wurde – an einem Septembertag nach Eurem Kalender –, arbeitete unser ganzes Dorf, festlich gekleidet, bei der Aussaat auf den Äckern des Inka*. Mein Vater grub mit seiner Taklla die Mulden, in die meine Mutter die kostbaren Maiskörner warf. Als sie die ersten Wehen verspürte, winkte sie meiner Schwester, an ihrer Stelle weiterzumachen, und stieg zu den Viehweiden hinauf.

Wenn ich nach dem Schmerzensschauspiel urteile,

* Es sei daran erinnert, daß das Wort Inka nur für den Kaiser, den Sohn der Sonne, und für diejenigen galt, die seinem Geschlecht angehörten, mit Ausnahme einiger Provinzfürsten, die man »Inka durch Privileg« nannte.

das eine Spanierin in solchem Fall bietet, war der Schöpfer uns gnädig: wir gebären mühelos. Meine Mutter trennte die Nabelschnur mit ihren Fingernägeln durch, ging zum Bach, watete hinein, um sich zu reinigen und zu waschen, und säuberte auch mich. Das Wasser von den Gipfeln der Anden ist eisig, aber der Brauch will es so, damit das Neugeborene als erstes im Leben erfährt, daß es hienieden nichts umsonst gibt. Das gilt für die Söhne des Inka genauso wie für die Kinder der gemeinen Leute.

Da ich während der Aussaat geboren wurde, erhielt ich den vorläufigen Namen »Maisregen«. Er sollte mir die gütigen Mächte gnädig stimmen. Sobald ich alt genug war, holte mich meine Mutter aus der Wiege, in der ich fest gewickelt und angebunden lag – eine leichte Bretterkiste auf vier am Kopfende erhöhten Füßen, die sie überall auf dem Rücken mit sich trug, damit sie bei der Arbeit die Hände frei hatte –, und legte mich da und dort in lappengepolsterte Gruben, wo ich nach Belieben zappeln konnte und mein winziges Reich mit den Augen zu erkunden begann.

Von der Straße aus, die Ihr nach Cuzco kamt, Pater Juan, müßt Ihr unsere prächtigen Terrassenpflanzungen gesehen haben, die mit ihren Stützmauern an den Bergflanken aufsteigen wie gewaltige Treppen. In dieser idealen Höhe, auf diesen Terrassenäckern aus fruchtbarer Erde, die unsere Vorfahren Mann für Mann und Kiepe für Kiepe dort hinaufgetragen haben, bauen wir Mais an. An dem Hang darüber drängt sich das Dorf. Das unsere umfaßte gut dreißig Familienoberhäupter.

Wir bewohnten eine Hütte wie alle anderen auch. Ein Strohdach, Mauern aus Lehm, Steinen und Grasbüscheln, die Tür eine so niedrige Öffnung, daß die Erwachsenen hindurchkriechen mußten, und das, damit die Körperwärme, die wir und unsere Meerschweinchen abgaben, sich nicht verflüchtigte. In diesen Höhen herrscht jede Nacht Frost.

Erwartet nicht, daß ich Euch irgendwelches Mobiliar beschreibe. Mich setzt es noch immer in Erstaunen, mit wie vielen Betten, Tischen und Sitzmöbeln die Spanier ihre Wohnungen vollstellen! Sie verweichlichen den Körper und berauben ihn seiner natürlichen Würde.

Sowie ich laufen konnte, ruhten aller Blicke auf mir. War ich mir meines reizenden Anblicks bewußt? Wahrscheinlich. Ich hörte zu oft darüber reden! Und doch pflegen sich die Leute bei uns eher an einem üppigen Maiskolben oder an der Farbe eines Lamafells zu entzücken als an einem lieblichen Kind.

Ich war sechs Jahre alt, als meine Eltern beschlossen, den Vater meines Vaters meinetwegen um Rat zu fragen. Er lebte hoch oben, am Saum des Felsens und der Puna, wo die Lamas weiden.

Der Vater meines Vaters hatte die Ehre, über die heilige Huaca zu wachen.

Jede Dorfgemeinde oder Ayllu hat ihre Huaca, sie entspricht in etwa dem Schutzpatron eines Dorfes bei Euch. Ihr werdet von unseren Huacas gehört haben. Eure armen Geistlichen verfolgen sie wie die Gehetzten. Aber um sie auszurotten ...! dazu müßte man die Seen trockenlegen, die Berge versetzen, die Bäume schlagen! Huacas finden sich überall in der Natur, und wir Andenbewohner sind ausgesprochen begabt, ihre magische Macht zu entdecken.

Unsere Huaca war ein hoher Fels, der wie ein Wächter vor der Quelle aufragte. Wir verehrten ihn: es war der Markayok, der große Ahne. Man hatte mich gelehrt, er habe, bevor er zu Stein wurde, die ersten Bewohner der Ayllu gezeugt. Sie heirateten untereinander, und der Brauch blieb bestehen. Kein Fremder durfte im Dorf einen Hausstand gründen ... Wir alle, Männer, Frauen, Kinder, waren also wie Haare auf einem Kopf, waren Blutsverwandte kraft unserer Wurzeln. Eine Ayllu ist eine Gemeinschaft im Fleisch, in der jeder für jeden bedingungslos einsteht. Diese geistige Verfassung müßt Ihr Euch klarmachen, Pater Juan, sonst könnt Ihr unser Volk nie begreifen.

Der Vater meines Vaters erwartete uns also vor der Huaca. Er war in Fuchshäute gehüllt wie in ein Fell. Erst viel später, als sein Leichnam zur Einbalsamierung vorbereitet wurde, sah ich, wie mager er war. Er hatte ein kraftvolles Gesicht, Wangenknochen wie zwei polierte Holzkugeln und Augen, die Blitze schleudern konnten. Für mich war er zugleich ein Schreckens- und ein Wundermann. Jedesmal, wenn ich ihm einen Krug Chicha hinaufbrachte, schenkte er mir einen Federkiel voller Läuse. An Läusen hatten wir keinen Mangel, aber die seinen verwahrte ich fromm in ihrem Behältnis. Da sie sich an seinem Leib gemästet hatten, erschienen sie mir von ganz anderem Wesen als die, gegen die meine Mutter kämpfte.

Nachdem wir unsere Andacht verrichtet hatten, packte er das Meerschweinchen, das meine Eltern auf seinen Befehl mitgebracht hatten, am Nacken und schlitzte ihm mit einem Flintmesser die linke Flanke auf. Er entnahm das Herz, die Lungen, die Eingeweide, hob sie der Sonne entgegen und begann sie zu studieren. Ich hatte noch nie einem Opfer beigewohnt. Beim Anblick des leblosen Meerschweins und all des Blutes auf seinem weichen, weißbunten Fell wurde mir speiübel. Es war unser schönstes gewesen und mein Lieblingstier. Ich weiß noch, daß über uns ein Kondor kreiste und seinen großen Schatten warf.

Plötzlich zeigte der Vater meines Vaters mit dem Finger auf mich.

»Sie wird Accla!« rief er mit dröhnender Stimme.

Mein Vater stieß einen Seufzer aus, streckte die offenen Hände zur Huaca empor, sandte ihr Kußhände und eine Fingerspitze Wimpern, die er sich ausriß. Ich hatte nicht die geringste Ahnung, was das Wort *Accla* bedeutete, aber nach seiner Reaktion stellte ich mir etwas Außerordentliches vor.

Ich sehe die Szene noch heute vor mir, das kleine Mädchen, das ich war, so winzig unter der schwarzen Haarflut, die Faust an den Rosenmund gepreßt, der Blick ernst, voller Neugierde ... und seine Unwissenheit rührt und schmerzt mich.

Die Nachricht verbreitete sich im Nu.

Der Curaca, das Oberhaupt unserer Ayllu, gratulierte meinem Vater. Er tätschelte meine Wange. Von da an wurde ich hochmütig. Ich betrachtete die anderen Mädchen, die nicht solch ein Glück hatten, von oben herab. Welches Glück, werdet Ihr fragen? Im Kopf meiner Mutter war es fast ebenso nebelhaft wie in meinem. Eines Morgens indes, als wir den Kot unserer Lamas einsammelten, den wir trockneten und als Brennstoff benutzten, richtete sie sich plötzlich auf: »Wenn du Accla bist, lebst du in Cuzco im Palast des Inka«, sagte sie. Vor Verblüffung stolperte ich und fiel hin, womit ich in einer weit glanzloseren Wirklichkeit landete.

Im fünften Monat des Jahres feierten wir das Aymoray, das Maisfest. Nachdem wir unseren Anteil von der Ernte abgezogen hatten – dem Inka und unserem Vater der Sonne gebührten zwei Drittel unserer Ackerfrucht –, schütteten wir die dicksten Körner in große Körbe und trugen sie zum Speicherhaus.

Die ausländischen Handelsleute, die heute so zahlreich nach Peru strömen, können sich keine Vorstellung mehr davon machen, welche Überfülle an Waren in den riesigen Speichern lagerte, die einst die kaiserlichen Straßen und die Zugänge der Städte säumten: die Spanier haben sie in Gasthäuser verwandelt. All diese Waren, Lebensmittel, Wolltuche, Baumwollstoffe, Sandalen und Gerätschaften bildeten den Tribut, den jedes Familienoberhaupt dem Inka zu entrichten hatte; er war vorgesehen für die Bedürfnisse des Kults, den Unterhalt der Beamten, die Versorgung des Heeres und die Erfordernisse des Hofes zu Cuzco. In Notzeiten wurden Nahrungsreserven an die Bevölkerung ausgeteilt. Für den Inka zu arbeiten schützte uns vor dem Verhungern, eine Sicherheit, die es wohl kaum in anderen Ländern gibt, auch nicht in Eurem, Pater Juan!

War das Korn eingelagert und voller Ehrfurcht ein schöner Maiskolben in unseren Hütten aufgestellt, begann das Fest. Die Spanier finden unser Volk schweigsam. Sicher schnüren sich beim Anblick eines Weißen die Münder, Ohren und Mägen zu, aber wie fröhlich waren damals unsere Bauern! Mein Vater war ein Meister der Worte. Er kannte viele und wußte sie zu Sträußen zu winden, die er in die gebannte Zuhörerschaft warf. Er war auch ein unermüdlicher Tänzer, nur die Chicha vermochte ihm die Beine wegzuziehen!

Während dieses Maisfestes kehrte meine Schwester Curi Coylor zu uns zurück. Sie hatte im Vorjahr »auf Probe« geheiratet. Wie ich es bereits dem Bischof von Cuzco zu erklären versuchte, scheint mir dies ein sehr weiser Brauch, denn unseren Männern kommt es mehr auf ein paar kräftige Arme an, die ihnen bei der Feldarbeit helfen, als auf ein Jungfernhäutchen, außerdem ziehen sie eine schon erfahrene Frau ohnehin vor.

Ich liebte meine Schwester sehr, obwohl wir uns nicht ähnlich waren. An unserer Mutter erkannte man bereits, wie Curi Coylor einmal aussehen würde, wenn ihr die Härte des Lebens ihre Frische und ihre runden Wangen geraubt hätte. Aber sie war lustig, sehr gutmütig, und unser Altersunterschied – meine Eltern hatten vor meiner Geburt zwei Knaben verloren – gab mir die Freiheit, sie zu tyrannisieren. Ihr ahnt es vielleicht schon, Pater Juan, die ständigen Ermahnungen zu Demut und Gehorsam, die unser Geschlecht beugen, lagen mit meinem Charakter nicht selten im Streit.

Der entscheidende Tag nahte.

Im November, so hatten meine Eltern es angekündigt, sollte ich mit ihnen nach Amancay gehen, unserer Provinzhauptstadt, und an dem Gouverneur oder seinem Abgesandten, dem Huarmicuc, mit anderen acht- bis zehnjährigen Mädchen vorüberziehen, damit er diejenigen auswähle, deren Gestalt, wenn sie einmal erblüht wäre, dem Inka gefallen könnte.

Durch unser enges Zusammenleben wußte ich über die Beziehungen von Mann und Frau Bescheid, zumal die Beobachtung der Lamas und Meerschweinchen ein übriges tat. Nie aber hätte ich mir einfallen lassen, den Inka, unseren Herrn und Gott, mit einem so natürlichen, animalischen Akt zu verbinden. Accla zu werden, das heißt eine »erwählte Frau«, blieb für mich im Bereich des Nebelhaften und Wunderbaren.

Meine Schwester hatte sich inzwischen richtig verheiratet. Ihr Mann, Huaman Supay, ein tüchtiger Arbeiter, aber sehr schüchtern, hatte das gesetzlich festgelegte Alter erreicht. Er brauchte eine Frau, um Familienoberhaupt zu werden und als solches seine Verpflichtungen gegenüber dem Inka zu erfüllen. Bei uns spielt das Herz bei Eheschließungen kaum eine Rolle. Nichts ließ deshalb vermuten, daß sich hier eine Liebestragödie anbahnte.

An dem Tag, bevor wir nach Amancay aufbrechen wollten, wurde ich einem feierlichen Bad unterzogen. Meine Mutter wusch mich im Bach mit einem Stück Seife, das sie für große Anlässe aufbewahrte. Dann untersuchte sie jeden Fingerbreit meiner Haut. Der kleinste Leberfleck hätte den Verzicht bedeutet. Sie entließ mich aufseufzend.

»Rein wie ein Ei«, sagte sie.

Wir gingen heim. Überm Feuer siedete ein Kräutergebräu. Meine Mutter stellte mich mit dem Rücken zum Herd, tauchte meine Haare in den Kessel, wobei sie achtgab, daß der Sud, der weiter kochte, mir nicht die Kopfhaut verbrannte, und gebot mir, über eine Stunde so zu verharren. Keine Laus entrann der Prozedur!

Stolz, mit meinen wie Seide glänzenden Haaren und heißem Kopf sauste ich zu Curi Coylor, meiner Schwester, die nebenan wohnte. Ihre neu erbaute Hütte hatte noch nicht den guten, schweren Dunggeruch wie die unsere. Ich traf meine Schwester nicht an, dafür war das Feuer erloschen, ein Krug lag in Scherben, und auf den schönen Festkleidern, die der Curaca den jungen Gatten brauchgemäß am Hochzeitstag übereignet hatte, tummelten sich drei Meerschweinchen.

Ich vertrieb die Tiere, schüttelte die Kleider aus und verwahrte sie in einer Erdnische, wo sie hingehörten. Einer der obersten Grundsätze, die uns eingeschärft wurden, lautete Sparsamkeit. Von jeher sah ich meine Mutter unsere Kleider pflegen und ausbessern, bis sie wirklich nicht mehr dazu taugten, uns geziemend zu umhüllen und vor Wetterunbilden zu schützen.

Die Nachlässigkeit meiner Schwester bestürzte mich. Curi Coylor hatte sich völlig verändert, seit ihr Mann zum Heeresdienst eingezogen worden war. Dem Ruf des Inka zu folgen und seine Militärzeit abzuleisten war doch aber der Stolz eines jeden Familienoberhauptes! Mein Vater sagte es Curi Coylor immer wieder, aber seine Ohrfeigen vermehrten nur ihre Tränen. Obwohl mir ihre Unvernunft leid tat, bewunderte ich den Kummer meiner Schwester. Er verschönte sie in meinen Augen wie ein herrlicher Schmuck: in unserer Ayllu hatte noch nie jemand aus Liebe geweint.

Ich lief hinaus.

Eigentlich hätte ich meiner Mutter helfen müssen. Sie war dabei, Heilkräuter zu bündeln, die sie auf dem Markt von Amancay gegen einen kleinen Bronzespiegel eintauschen wollte. Dieser Spiegel, das Sinnbild einer Koketterie, die eine Frau mit der Eheschließung abwerfen mußte, war dennoch ihr unbändiger Wunsch. Eine der Frauen unseres Curaca besaß einen ...

Eine der Frauen, sage ich, denn auf Grund seiner Stellung durfte unser Curaca zwei haben. Die Anzahl der Frauen und Lamas, die beträchtlich sein konnte, kennzeichnete den Rang eines Mannes im Staat. Der Brauch schockiert Euch, Pater Juan? Er schockiert alle Spanier, was wiederum mich schockiert. Denn haben nicht auch sie Konkubinen? Der Unterschied ist nur, daß es für unsere Würdenträger ein Ehrenrecht war, mehrere Frauen zu besitzen, und daß es bei Euren Landsleuten eine Sünde ist. Und sie sündigen reichlich, zumal in unserem Land, wie man hört! Eine Religion, so heilig sie immer sei, kann den Trieb nicht unterbinden. Warum also verdammt man den fleischlichen Akt? Mir scheint, daß ihm das nur die Würze des Fegefeuers verleiht! Ich habe meine Denkweise dem Bischof von Cuzco übrigens nicht verhehlt. Wir sind gute Freunde, und er ist so nachsichtig, mich anzuhören und meine Worte zu entschuldigen.

Doch um auf jenen fatalen Nachmittag zurückzukommen: ich beschloß, nach den Lamaweiden hinaufzusteigen und die Ausbeute meiner Mutter um ein paar Handvoll Kräuter zu bereichern. Denn ich hatte bemerkt, daß sie traurig war. Hätte man mir aber gesagt, sie sei betrübt wegen der bevorstehenden Trennung von mir, ich hätte es nicht geglaubt, so karg und sparsam war man bei uns mit Worten und Gesten.

Ich ging über die Felder oberhalb des Dorfes. Die kahle, gedüngte Erde mußte bis Dezember ruhen, wenn bei uns Kartoffeln gepflanzt und Quinua gesät werden, eine Art Reis. Ich hatte meinen Spaß daran, die Erdklumpen mit den Füßen zu zertreten, als ich meinen Vater erblickte. Er kam den Berg herab. Vor Schreck wäre ich beinahe gefallen ... Ihm folgte Huaman Supay, der Mann meiner Schwester! Ein Stück dahinter kam sie. Ich glaubte, der Inka habe Huaman Supay nach Hause geschickt, und hüpfte ihnen entgegen.

Meine Freude erstarb schnell. Ich wagte meinen Vater nichts zu fragen. Er stapfte an mir vorbei durch das Gras, als wollte er es zermalmen. Huaman Supay erwiderte meinen Gruß nicht, was mich vollends verstörte, da Höflichkeit bei uns oberstes Gebot war. Dann kam Curi Coylor. Sie hatte das Gesicht einer Toten.

Ich sprang zu ihr, zerrte an ihrem Rock.

»Er konnte nicht ohne mich leben«, sagte sie, »er ist desertiert, heute nacht kam er, wir haben uns in einer Grotte versteckt, der Vater hat uns gefunden ... Wir lieben uns, verstehst du.«

Ich begriff nur, daß ihnen so etwas drohte wie eine Dürre oder ein Erdbeben.

»Wird er bestraft?« flüsterte ich.

Curi Coylor sah mich an, ihre Augen waren wie zwei Steine.

»Vater bringt ihn zum Curaca, der Curaca bringt ihn nach Amancay, er wird verurteilt und hingerichtet. So ist es Gesetz.«

»Hingerichtet ...?«

Ich hatte das Wort noch nie gehört.

»Man hängt ihn an den Füßen auf, steinigt ihn oder tötet ihn durch Stockschläge. Er muß sterben, verstehst du.«

Wenn Huaman Supay sterben mußte, warum weinte sie dann nicht, warum zerkratzte sie sich nicht das Gesicht, wie es die Frauen tun, wenn es in ihrem Haus einen Todesfall gibt? Ihre tonlose Stimme, ihre trockenen Augen entsetzten mich.

Ich blickte auf die Strohdächer unserer Ayllu hinunter. Diese Landschaft, die einzige, die ich kannte, und die mein Herz mehr erwärmte als die Arme meiner Mutter, erschien mir plötzlich feindselig. Ich blieb stehen, hielt meine Schwester an den Kleidern fest.

»Lauft weg«, sagte ich, »lauft doch alle beide weg, geht in die Berge ...«

Meine Schwester senkte den Kopf.

»So ist es Gesetz«, wiederholte sie, »er hat gegen den Gehorsam verstoßen, er muß sterben.«

Plötzlich ertrug ich diese Schicksalsergebenheit nicht mehr, und nun floh ich.

Damit wir uns recht verstehen, Pater Juan, der Gedanke, meinen Vater zu schmähen, weil er seinen Schwiegersohn anzeigen ging, streifte mich nicht einmal, und noch heute billige ich seine Strenge. Mein Vater war ein guter Vater, ein redlicher Mann. Zum Lohn für seine Tapferkeit und seine gute Führung im Heer des Inka war er nach der Heimkehr zum Pisca Camayok ernannt worden, das heißt zum Vorsteher von fünf Familien. Er wiederum unterstand dem Chunca Camayok, der über zehn Familien gebot, und so ging es immer weiter, von zehn bis hundert, von hundert bis tausend und bis zum Tucricoc, der vierzigtausend Familien kontrollierte und im allgemeinen der Häuptling und Gouverneur einer Provinz war ... Mein Vater trug für die fünf Familien, die ihm anvertraut waren, die volle Verantwortung. Er mußte seinem Vorgesetzten alle Gebrechlichen, Schwachsinnigen, Kranken, Bedürftigen, Arbeitsscheuen und Untüchtigen melden, ebenso alle Geburten und Sterbefälle und, selten genug, auch Ehebruch oder andere Verbrechen. Wenn er seinen Schwiegersohn nicht angezeigt hätte, wäre der Zorn des Inka in erster Linie über uns gekommen, wahrscheinlich wäre sogar das Dorf zerstört worden, um die Schande bis auf die Wurzeln zu tilgen.

Natürlich wußte ich damals nicht im einzelnen, daß unsere Gesellschaft derart organisiert war, daß der Inka über Bedürfnisse und Versagen eines jeden seiner Millionen Untertanen unterrichtet sein konnte, aber das Pflichtgefühl, das wir ihm gegenüber hegten, erfüllte mich bereits ... Gegen was, gegen wen also richtete sich meine wilde Empörung? Ich weiß es nicht. Was ich weiß, ist nur, daß ich, verstört durch die jähe Erscheinung des Unglücks in meinem jungen Leben, vor lauter Tränen und Schluchzen über eine Felskante rutschte, die Weide hinunterrollte und mir das rechte Bein brach.

Bei uns ist man der festen Überzeugung, daß das Vergehen des einzelnen auf seine Angehörigen zurückfällt, also auf seine ganze Ayllu.

In den folgenden Monaten wurde Huaman Supay, obwohl er sein Verbrechen am Galgen gesühnt hatte, demgemäß reichlichst verwünscht. Man schob ihm den Durchfall von Säuglingen zu, den Verlust eines Lamas, einen großen Papageienschwarm, der aus den heißen Zonen bei uns eingefallen war und unsere Kulturen verwüstete, und anderes mehr.

So zweifelte auch ich nicht, daß seine Desertion den

Zorn der Götter auf mich herabgezogen hatte, und die schöne Liebe, die mein Herz so gerührt hatte, flößte mir nur noch Zorn und Abscheu ein.

Zuerst sagte meine Mutter: »Dann bringen wir dich eben nächstes Jahr nach Amancay.« Als wir aber feststellen mußten, daß ich hinkte, sagte sie: »Dich dem Huarmicuc vorzustellen war ein Einfall des Vaters deines Vaters und des Curaca. Sie wären stolz gewesen, wenn eine von uns Accla geworden wäre und dem Inka hätte dienen dürfen. Wir auch. Aber wo atmet es sich besser als daheim? Du wirst dich verheiraten. Hinken ist kein Grund für eine Frau, nicht zu gebären oder ihre Pflichten zu erfüllen.«

Meine Zukunft fiel zurück in die Grenzen, die mir durch meine Geburt gesetzt waren.

Hatte mein Denken sich je erhabenere Anblicke vorstellen können als den felsigen Grat unserer Berge oder fabelhaftere Schätze als eine reiche Ernte? Was den Palast des Inka betraf – wer hätte ihn mir beschreiben sollen? Er war ein flimmernder Punkt in meiner Phantasie, wie das Licht der unerreichbaren Sterne.

Darum litt ich auch nicht darunter, auf einen Glanz zu verzichten, von dem ich ohnehin keine Ahnung hatte, nein, ich litt einfach, weil ich meine Wichtigkeit verloren hatte, weil ich nur noch war, was ich war: eine unter anderen, weil ich von einem Sockel gestürzt war. Und ich käute mein Unglück wieder und wieder und fand bittere Genugtuung darin, es noch zu übertreiben, obwohl es sich tatsächlich auf ein leichtes Hinken beschränkte.

Monate – Monde, wie wir sagen – gingen darüber hin. Wieder überzogen sich die Felder mit jungen Trieben, und bald bekamen wir Kinder tüchtig zu tun, um die Vögel daraus zu verscheuchen. Es wurde Erntezeit. Ich half, die Maiskolben aus ihrer Blätterhülle zu schälen, ich palte die Körner aus und verlas sie. Danach kamen Kartoffeln, Quinua, Erbsen und Bohnen. Ich sammelte Wurzeln, um den Geschmack der heißen Suppe, die wir täglich aßen, abzuwandeln. Und ich sammelte Blumen, mit denen wir die Wolle färbten, die von den Herden des Inka stammte; Beamte verteilten die Wollballen in den Dörfern und holten sie wieder ab, wenn die Frauen sie zu Geweben versponnen hatten.

Ende Juli gruben wir auf unserer Parzelle den Guano unter, der uns zugeteilt wurde, um die künftigen Saaten zu düngen, als der Curaca meinen Vater zu sich bestellte. Er befahl ihm, nach Cuzco zu gehen und eine Ariballe abzuholen, die er und andere Curacas unserem Provinzgouverneur zum Geschenk machen wollten.

Damit mein Vater bei seiner bedeutenden Mission nicht durch die Erfordernisse des Alltäglichen abgelenkt werde, wurde ihm erlaubt, seine Familie mitzunehmen. Und sobald wir die Genehmigung erhielten, die man für jegliche Ortsveränderung beantragen mußte, brachen wir auf.

Cuzco zu sehen war im Leben eines Bauern ein einzigartiges Ereignis, und nur wenige konnten sich dessen rühmen.

Für mich wurde die Reise lebensentscheidend.

Vor Stolz und Freude gewann meine Mutter ein wenig Jugendlichkeit zurück und bekam wieder große blanke Augen. Sie hatte ihre Festkleider angelegt, ging aber barfuß wie wir, ihre Sandalen aus Lamaleder sparte sie auf für die Stadt. Auf dem Rücken trug sie alles mit, was wir auf der Reise brauchten, Maismehl, Bohnen, Salz, mehrere Handvoll Uchu, das sind kleine rote Pfefferschoten, die köstlich im Gaumen prickeln, einen Krug voll Chicha, Kürbisschalen, die uns als Geschirr dienten, und Stäbchen zum Feuermachen. In der linken Hand hielt sie ihre Spindel. Auch unterwegs waren unsere Frauen nie untätig.

Bald erreichten wir die Nan Cuna.

Unsere Reichsstraße hat eure Landsleute in großes Staunen versetzt. Da sie nichts Vergleichbares, nicht einmal Annäherndes in ihrem Land haben, fiel es ihnen schwer zu fassen, daß Barbaren ein so vortreffliches Werk geschaffen haben sollten. Übrigens vernachlässigen sie seinen Unterhalt. Fast überall bröckeln heute die Kantmauern, und in sumpfigen Gegenden werden die Rinnsteine nicht mehr gereinigt. Früher, wenn der Inka diese Straße zog, wären die Aufseher für das mindeste Unkraut zwischen dem Pflaster gehängt worden, aber »Pachamcutin!«, die Welt ändert sich, wie es bei uns heißt.

Von Zeit zu Zeit mußten wir mit dem Saum der Chaussee fürliebnehmen, um den Sänften Platz zu machen, von denen ich allerdings nur die federgeschmückten Baldachine über den Köpfen der Diener aufragen sah, die ringsum wimmelten wie Fliegenschwärme. Ich stellte mir vor, was es für ein Genuß sein müßte, so behaglich zurückgelehnt im Rhythmus der Träger dahinzuschaukeln. Mir wurde ganz sehnsüchtig zumute, und ich zog mein Bein nach.

Als die Straße eine schroffe Bergflanke umrundete, hielt eine der Sänften an einer vorgelagerten Plattform, von der die Reisenden die Landschaft bewundern können. Ein Mann stieg aus. Da ich mich unterhalb befand, sah ich ihn deutlich. Anstatt einer Frisur trug er einen Wedel, seine Tunika war mit grünen und blauen Federn gesäumt, Gold blinkte an seinen Ohren und auf seiner Brust. Ich guckte mir die Augen nach diesen gelben Feuern aus, aber was mich bei seinem Anblick am stärksten beeindruckte, war die Miene, diese unnachahmliche Miene, die nur der Reichtum hat und der ich noch nie begegnet war. Außerdem war der Mann schön, er hatte sehr helle Haut, so wie ich.

»Schau«, sagte mein Vater zu meiner Mutter, »das ist ein Chachapuya! Einer von denen, gegen die wir früher gekämpft haben. Die Chachapuyas sind sehr wilde Krieger! Ich habe ihn an seinem Wedel erkannt, daran erkennt man sie alle. Der da ist bestimmt ein großer Häuptling, ein Curaca, der zum Fest des Feldbaus nach Cuzco geht.«

Dieser Fürst ein Curaca! Wie armselig mir dagegen unser Curaca jetzt erschien, der nach dem unsichtbaren, aber allgegenwärtigen Inka für mich bis dahin doch die kaiserliche Macht dargestellt hatte! Ich verharrte in dumpfem Staunen und Grübeln, da ich auf einmal entdeckte, daß es noch andere Welten gab als unsere.

Gegen Abend erreichten wir den Apurimac.

Ich brauche Euch die Herrlichkeit unseres heiligen Flusses nicht zu beschreiben, Pater Juan, Ihr habt ihn selbst überschritten, als Ihr nach Cuzco kamt. Aber stellt Euch vor, wie ein Kind, das nur seinen bescheidenen Bach kennt, über den es nach Belieben hin und her springen kann, auf diese gewaltigen Wassermassen starrt, die zwischen zwei steilen Felswänden donnernd hervorbrechen. Das Getöse entsetzte mich, mir brauste der Kopf, beinahe hätte ich vergessen, mich vor der Huaca, die die Brücke beschützte, auf die Erde zu werfen – das nämlich ist unsere Art niederzuknien. Tatsächlich sind es ja zwei Brücken. Die vornehmen Reisenden vor uns überquerten die breitere, bequemere, wir tasteten uns auf der anderen voran, hinter einer Mannschaft von Arbeitern, die zur Straßenreinigung bestellt waren. An den Umhang meines Vaters geklammert, schlotterte ich wie ein junger Vogel vor dem ersten Flug. Sehr zu Unrecht. Denn schließlich brachten die Spanier es sogar fertig, über diese schmalen Hängebrücken, die den Fluß fast neunzig Fuß weit überspannen, ihre Kavallerie zu führen. Allerdings überquerten zu Beginn der Conquista viele sie noch kriechend ...

Es dunkelte. Wir erblickten die Lichter eines Tampu. Fleischdüfte kitzelten meine Nase. Fleisch war für uns etwas Seltenes. Wenn der Gouverneur unserer Provinz welches austeilen ließ, salzten wir es und trockneten es an unserer guten Bergluft, und nur zu besonderen Gelegenheiten durfte davon gegessen werden, damit es bis zur nächsten Verteilung reichte.

Wir machten bei dem Tampu keine Rast. Ich lernte, daß die öffentlichen Herbergen längs der ganzen Nan Cuna, vom Süden bis zum Norden des Reiches, den höheren Standespersonen vorbehalten waren. Also schlang ich meinen Maisbrei hinunter und rollte mich am Straßenrand, dicht an meine Mutter geschmiegt, zum Schlaf.

Am vierten Tag morgens langten wir vor Cuzco an. Wie ich es von meinen Eltern sah, warf ich mich in Richtung der Sonne nieder und küßte die Erde.

Der Handwerker, bei dem der Curaca die Ariballe bestellt hatte, wohnte in einem Vorort ...

Was eine Ariballe ist? Ein großes bauchiges Gefäß mit spitz zulaufendem Boden, das zum Transport von Flüssigkeiten dient. Es hat seitlich zwei Ösen, durch die ein Gurt läuft, mit dessen Hilfe der Träger es sich auf den Rücken bindet.

Der Handwerker sagte, das Gefäß sei erst anderntags fertig.

Da am selben Tag das Fest des Feldbaus gefeiert wurde, bat mein Vater, der Handwerker möge ihm den Weg zu dem Ort zeigen, wo die Zeremonie stattfand.

Der schüttelte den Kopf.

»Mann der Felder, wisse, daß die Mitte unserer Stadt jedwedem verboten ist, der dort nichts zu tun hat im Dienst oder zur Erheiterung des Inka und seiner Sippe! Mein Junge wird dich und deine Familie auf den Hügel von Sacsahuaman führen. Unseren Capa Inka, den großen Huayna Capac, wenn auch nur von Ferne zu sehen wird euch eine Erinnerung bescheren, die euer Leben lang blühen wird ... Was hast du für ein schönes Kind! Wie schade, daß ihr nicht hier wohnt, sonst könntest du es mir ausleihen, und ich würde es auf meine Gefäße malen.«

Von der Hügelkuppe, auf die der Junge uns geführt hatte, überschauten wir das Tal unter dem Kranz seiner bräunlichen Bergrücken. Mitten darin erhob sich Cuzco, und ich sah zum erstenmal, wie diese ganze Stadt in der glühenden Sonne funkelte und gleißte, daß jeder Blick geblendet war.

Cuzco hat sich sehr verändert, Pater Juan. Eure Landsleute haben die Goldplatten von den Tempeln und Palästen gerissen, die einst ihre Fassaden bedeckten, und der große Brand hat das königliche Geflecht aus Gold- und Silberfäden verzehrt, das seine Dächer überzog. Aber hättet Ihr es vor der Ankunft der Euren gesehen, wie ich es sah ... Es war ein unfaßliches Wunder!

Gesänge fesselten mein Ohr. Sie stiegen von den Feldbauterrassen unter uns auf und begrüßten das Erscheinen des Inka und seines Gefolges ... Welchen Eindruck ich von ihm hatte? Dazu war ich zu weit entfernt, und mir schwirrte der Kopf zu sehr. Außerdem werde ich noch hundertmal Gelegenheit haben, Euch Huayna Capac zu beschreiben.

Während der Inka mit seiner goldenen Taklla die Zeit der Feldarbeiten eröffnete, indem er zu den fröhlichen Klängen des Haylli die erste Furche zog, richteten sich meine neugierigen Blicke auf die Frauen, die auf das Feld strömten. Die einen reichten Becher mit Chichawein herum; andere kauerten vor dem Inka und den Prinzen seines Geblüts, die sich der Feldarbeit widmeten, und zerbröckelten mit bloßen Händen die Ackerkrumen, die jene mit ihren Hacken aufwarfen. Ich eilte ihrem Tun im Geiste voraus: es war das gleiche, was meine Mutter, meine Schwester und ich auf dem Dorf verrichteten. Aber welch himmelweiter Unterschied! Mit welcher Anmut diese Geschöpfe sich dabei bewegten, mit welcher fließenden Geschmeidigkeit ihre Gestalten sich unter den Tuniken abzeichneten, die sie mit edelsteinbesetzten Broschen gerafft hatten! Und wenn ich aus der Entfernung auch ihre Züge nicht erkannte, stellte ich mir doch vor, daß sie ebenso fein sein müßten wie ihre Kleider. Plötzlich fühlte ich mich plump und grob wie die Tontöpfe, die wir uns zum Hausgebrauch kneteten, im Vergleich mit den Gefäßen, die ich im Haus des Handwerkers bewundert hatte ... Aber dieser Mann, der Kunstwerke schuf, hatte mich schön gefunden, so schön, daß er mich am liebsten darauf abbilden wollte! Ich stieß ein Wimmern aus.

»Was hast du?« fragte meine Mutter und beugte sich zu mir herab.

Ihr Gesicht machte mir Angst: es war meines, das gleiche, das ich einmal bekommen würde.

Ich stieß sie weg.

Kaum zurück in unserer Ayllu, lief ich und betete zu unserer Huaca. Jeden Nachmittag stieg ich hinauf und nahm auch immer ein Geschenk mit, einen Wollfaden, eine Vogelfeder oder Kaktusstacheln – aus denen wir Nadeln und Zinken für unsere Kämme machten –, kurz, was immer mir kostbar genug erschien, sie zu erweichen.

Ich betete auch zur Pachamama.

Meistens vermischen die Leute, die von Euren Geistlichen bekehrt worden sind, die Jungfrau Maria und die Pachamama. Sie erhoffen sich von allen beiden Erbarmen und Schutz. Aber die eine ist die von Engeln getragene Mutter Gottes; die andere, unsere Pachamama, ist die Mutter der Erde. Und die Erde, wie Ihr vielleicht verstanden habt, Pater Juan, ist die Quelle, aus der wir unsere Kraft schöpfen, den Frieden der Seele, das Beste unserer selbst ...

Auf die Gefahr, mir den Hals zu brechen, suchte ich im Geröll also nach Kieseln von ungewöhnlicher Form oder besonders schöner Farbe und vergrub sie in der Erde, da ich wußte, daß sie Pachamama erfreuen würden. Eines Tages fand ich im Gras eine rote Wolltroddel, wie wir sie den Lamas um die Stirn banden zum Schutz vor bösen Geistern. Obwohl sie mir nicht gehörte, nahm ich sie an mich und vergrub auch sie. Denn Pachamama liebt Rot über alles! Danach aber bekam ich Angst vor dem Zorn der Göttin: Pachamama belohnt ein gutes Gewissen, aber gegen das schlechte entfesselt sie die Dämonen, die in den Höhen wohnen.

Ich ging zu meiner Schwester.

»Findest du nicht, daß ich weniger hinke?«

Curi Coylor betrachtete mich mit der verlorenen Miene, die sie seit der Hinrichtung ihres Mannes hatte.

»Vielleicht ... Ja, wirklich!«

Sie log.

Ich kehrte ihr den Rücken. Ihr Stumpfsinn machte mich rasend. Wie konnte sie in Erinnerung an einen Elenden leben, der den Inka beleidigt und die fabelhafte Zukunft seiner kleinen Schwägerin zerstört hatte?

Cuzco wollte mir nicht mehr aus dem Sinn.

Ich wurde vor der Zeit reif und nahm, ohne es zu wissen, die Fehler der Inkafrauen an, von denen ich nur das entzückende Äußere gesehen hatte: ich wurde eitel und hochfahrend. Da solche Flausen, wie Ihr wohl ahnt, bei uns aber nichts galten, wurde ich gescholten, und so verschloß ich mich mit jedem Tag mehr in meiner Einsamkeit.

Als ich kein anderes Mittel mehr wußte, begann ich heimlich zu fasten, wie es meine Eltern vor den großen religiösen Festen taten, um sich zu reinigen. Fünf Tage nahm ich nichts anderes zu mir als eine Handvoll rohen Mais und Wasser.

Am fünften Tag begann meine Mutter mit der Bereitung des Chunu, einer Art Kartoffelbrei, der durch den Frost, dem man ihn über Nacht aussetzt, getrocknet wird und neben Mais und Quinua den Grundstock unserer bäuerlichen Nahrung bildet.

Den ganzen Morgen trat ich mit den Füßen Kartoffeln, um den Saft auszupressen. Die Anstrengung kostete mich meine letzten Kräfte. Nachmittags entwischte ich, stieg über die Weiden hinan. Mir wurde schwindelig, der Hang rutschte mir unter den Füßen weg, mehrmals fiel ich hin, und ehe ich noch bei der Huaca anlangte, brach ich zusammen.

Eine harte Hand packte mich. Ich sah mich zwischen Himmel und Erde hängen wie ein Meerschweinchen und vor mir den schrecklichen Blick des Vaters meines Vaters.

Bald hatte er mir die Beichte abgenommen. Obwohl er ein alter Mann war, dessen Horizont sich auf den Raum begrenzte, den sein Auge umfaßte, hatte der Schöpfer ihm Weisheit und Hellsicht verliehen, und diese Tugenden hatte er durch endlose Meditationen, in denen sein Geist in Chichanebeln schwebte, erweitert.

Jedesmal, wenn ich im Leben vor einem Problem stehe, erinnere ich mich seiner Worte. Vom Ketschua ins Spanische übersetzt, verlieren sie nur leider an Kraft.

»Kleine, ich beobachte dich jetzt seit zwei Monden«, sagte er. »Wenn die Frauen zur Pachamama flehen, uns eine gute Ernte zu schenken, glaubst du, dann legen sie die Hände in den Schoß, nachdem sie die Erde mit Chichawein getränkt, schönen Mais und magische Kräuter vor ihr niedergelegt und getanzt und gesungen haben? Nein, bestimmt nicht! Arbeit muß den Wert ihrer Opfergaben erhöhen. Und du, was hast du denn getan, außer deine helle Haut zu bewundern und dich zu bejammern? Die gütigen Mächte gewähren nur denen ihren Schutz, die sich seiner würdig erweisen. Wenn du etwas willst, tu, was man tun muß, um es zu erlangen, und du kannst auf die göttliche Hilfe bauen ... Deine Mutter hat ein zu schönes Vögelchen ausgebrütet, du bist nicht geboren, hier dein Leben zuzubringen, aber die Ärmste sträubt sich dagegen. Eltern sehen ihre Kinder im Spiegel der eigenen Jugend ... Ich habe prophezeit, daß du Accla wirst, und du wirst es! Komm morgen wieder. Vergiß nicht, deiner Mutter zu sagen, daß sie mir etwas Gutes kocht, und bring mir einen Krug Chicha mit.«

Damit begann die Tortur. Monatelang steckte mein Bein steif in einem Kräuterverband zwischen Holzbrettchen. Jede Woche nahm der Vater meines Vaters sein Werk ab, badete das Bein in Urin und begleitete seine Behandlung mit den angezeigten Beschwörungen, dann legte er mir einen frischen Verband samt den Brettchen an. Aber was Pachamama tief in meinem Herzen las, muß sie nicht befriedigt haben: als die Brettchen abgenommen wurden, hinkte ich wie zuvor.

Trotzdem war die Prüfung nicht vergebens gewesen.

Diesmal lehnte ich mich gegen die Niederlage auf und beschloß, mich selbst um das verwünschte Bein zu kümmern. Ich stellte fest, daß ich mein Körpergewicht auf die rechte Hüfte verlagerte, also mußte ich die Gegenbewegung üben ...

Genug zu dem Thema; ich werde Euch nicht beschreiben, was es mich kostete, meinen Gang zu begradigen, doch gewann ich dabei einen Willen, hart wie Lanzenholz, und im November brachten mich meine Eltern nach Amancay. Der Huarmicuc wählte mich aus. Ich sagte meiner Familie Lebewohl und kam in das Acclahuasi.

Pater Juan, wenn Ihr wollt, setzen wir die Geschichte nach unserer Mahlzeit fort ...

Pater Juan de Mendoza
Zu Cuzco in Peru, den 30. September 1572

Erquickliche Mahlzeit. Die Speisen ausgezeichnet, goldenes Geschirr, Weine von der Mancha. Die Fische kamen frisch aus dem Meer, die Früchte, Ananas, Mango und Avocado, vom Osthang der Sierra, wie sie mich unterrichtete. Alles ganz köstlich. Kein Neger unter der Dienerschaft, nur Indios. Aber lassen wir diese Eitelkeiten. Leider muß ich feststellen, daß ich dafür noch immer viel zu empfänglich bin.

Während ich auf sie warte, mache ich mir gewohnheitsgemäß rasch einige Notizen.

Ich glaube, meine Einführung war gelungen. Nichts in ihrem Verhalten deutet darauf hin, daß sie errät, welcher Zweck mich hierher führt. Doch wie soll man das wissen? Wer sich schuldig fühlt, schöpft überall Argwohn.

Eines weiß ich schon jetzt, nämlich daß ich allein nach meinem Gewissen werde urteilen müssen. Aus der Ferne gesehen, ist eine Indianerin, auch wenn sie durch Vermögen und Ruf Geltung genießt, letztlich doch eine Indianerin, das heißt ein Wesen, dessen Gehirn über beschränkte Fähigkeiten verfügt (wobei das Geschlecht noch abwertend hinzutritt). Im vorliegenden Fall haben wir es jedoch mit einer scharfen und außergewöhnlichen Intelligenz zu tun, die um so gefährlicher ist, als sie sowohl über die ihrer Rasse eigenen Listen gebietet wie auch über Kenntnisse, die den unseren abgewonnen sind. Dieser Frau wird man nicht ein Wort, nicht eine Geste entlocken, die sich gegen sie wenden könnten! Ihre Verurteilung wird also ausschließlich von meinem Bericht abhängen. Eine schwere Verantwortung.

Was die so aufschlußreiche Geschichte ihres Lebens angeht, halten wir fest, daß der Inka geradezu alles, bis hin zum Atem eines jeden seiner Untertanen, kontrolliert zu haben scheint. Verblüffende Organisation! Dafür fällt man mit dieser Rekrutierung kleiner Mädchen, die von ihren Familien den Gelüsten eines Tyrannen ausgeliefert wurden, zurück in die pure Barbarei ... Gleichwohl kann ich nicht umhin, mir eine Frage zu stellen: Sind wir besser? Sind diese offen akzeptierten Bräuche verwerflicher als die Heuchelei, mit der das Laster sich in unseren Ländern maskiert, oder als jener schändliche Profit, den viele daraus gewinnen?

Doch schweifen wir nicht ab! Ich bin nicht hier, um mir oder unserer Gesellschaft den Prozeß zu machen, sondern um das Böse aufzuspüren, das meine Gastgeberin hinter dem liebenswürdigsten Anschein verbirgt.

Ich höre, sie kommt.

Herr! Möge Deine göttliche Klarheit mir beistehen!

2

Als die Spanier im Verlauf der Conquista die Acllahuasi entdeckten, die es in jeder Provinzstadt gab, verwechselten sie diese Frauenhöfe mit den verrufenen Häusern, die sie daheim zu besuchen pflegten, was so manch einen zu betrüblichen Übergriffen verführte.

Heutzutage wimmelt es hier von Huren, ob aus Spanien oder von anderswo; es lockt eben das leicht zu verdienende Gold. Sogar unserem eigenen Boden entsprießen sie schon! Aber vor der Ankunft Eurer Landsleute, Pater Juan, war dies ein so ehrloses Gewerbe, daß es nur von ein paar körperlich oder geistig Verkümmerten betrieben wurde. Diese Pamparuna lebten außerhalb der Ortschaften, isoliert wie Pestkranke, und hätte eine Frau auch nur das Wort an sie gerichtet, sie wäre öffentlich geschoren und von ihrem Mann verstoßen worden. Was die Männer angeht ... Nun, Männer, denen es nur um ihre primitiven Triebe geht, kümmert die Ehrenfrage kaum. Dabei waren gerade diejenigen, die sich der Pamparuna bedienten, auch die ersten, die sie in Worten steinigten!

Dies nur, um Euch zu zeigen, wie schwer die Eurigen sich vergingen. In keinem Kloster Eures Landes dürfte strenger auf Keuschheit gehalten werden, als es in den Acllahuasi geschah. Seht in dem Vergleich keinen Mangel an Respekt. Zu jener Zeit glaubten wir, was unsere Väter und die Väter unserer Väter geglaubt hatten. In ein Acllahuasi zu gehen hieß auch für uns, ein Noviziat anzutreten mit dem höchsten Ziel, eine der Bräute des göttlichen Liebhabers zu werden.

Das Acllahuasi von Amancay machte mich starr vor Staunen.

Gewaltige Mauern aus Granitblöcken schlossen es von der Außenwelt ab. Hatte man diese Mauern durchschritten, betrat man einen reich gepflasterten Vorplatz. Über mehrere edle Stufen gelangte man in das eigentliche Acllahuasi, ein riesiges Gebäude, wo ein Saal auf den anderen folgte, geschmückt mit Bespannungen und Nischen, in denen Statuen und Gefäße aus Gold und Silber blinkten ... Seht all das mit Augen, die nichts als unsere enge, verräucherte Hütte kannten, und Ihr begreift das entgeisterte Staunen, mit dem ich all das wahrnahm. Galerien trennten die Säle von den Werkstätten. Ganz hinten, dicht beieinander wie die Waben eines Bienenstocks, reihten sich unsere Zellen.

Die Kultstätten befanden sich inmitten prachtvoller Gärten. Auch das etwas Unfaßliches! Die Erde mit Blumen und anderen Ziergewächsen zu bepflanzen wäre bei uns im Dorf einem Sakrileg gleichgekommen. Weiter weg erstreckten sich das Lamagehege, die Wirtschaftsgebäude, die Pflanzungen, und immer traf der Blick am Horizont auf Mauern, die uns an unsere Grenzen gemahnten.

Eine nahe Verwandte des Inka war die Vorsteherin des Acllahuasi. Ihr stand ein Intendant zur Seite, auch er fürstlichen Geblüts. Gelehrte Ärzte wachten über unsere Gesundheit. Und schließlich waren wir den Mamacunas untergeben, ehemaligen Acllas, deren überreife Schönheit das Interesse des Inka nicht mehr zu fesseln vermochte und die im Acllahuasi sowohl eine ihres Ranges würdige Altersstellung wie auch Zöglinge fanden, denen sie ihre Erfahrungen und ihr Wissen weitergeben konnten.

Nach unserer Ankunft mußten ich und die anderen vom Huarmicuc ausgewählten Mädchen der Provinz eine Untersuchung bestehen, die unsere Jungfräulichkeit feststellte. Das mag Euch anstößig erscheinen, Pater Juan. Doch bei uns Rohsteinen, die dereinst, geschliffen und nochmals geschliffen, die Sinne des Inka erfreuen sollten, war es entscheidend, unsere Unschuld zu überprüfen, schneidet doch der Steinschneider einen Smaragd auch erst, nachdem er sich der Reinheit seines Wassers versichert hat. Ihr wollt unsere Sitten kennenlernen, also müßt Ihr alles hören.

Danach wurden wir geschoren, man ließ uns nur ein paar kurze Strähnen über der Stirn und an den Schläfen stehen, die eine Mamacuna zu Zöpfen flocht. Über den Verlust dessen, was wir Frauen hienieden als unseren vornehmsten Schmuck betrachten, tröstete mich der Gedanke, daß meine Haare ja wieder lang wären, wenn ich vor dem Inka erscheinen würde.

Dann kleidete man uns ein. Hätte die Anwesenheit eines hohen Sonnenpriesters uns nicht gelähmt – schließlich kannten wir bis dahin als Mittler zu den Göttern nur unsere bescheidenen Dorfseher –, es wäre uns ein Freudenfest gewesen, die neuen Sachen anzuziehen. In einer ins Violette spielenden Tunika, mit einem dünnen kleinen Schleier auf dem geschorenen Kopf, gingen wir davon, angeführt von einer älteren Elevin, die uns in unsere Pflichten einwies.

Obwohl Dienerinnen für unseren Unterhalt sorgten, dürft Ihr nicht denken, daß wir unsere Zeit mit Geplapper und Schlendereien vertaten. Wir hatten soviel zu lernen! Einmal die Rituale des Kults, die in unserer Ayllu, wo die Inbrunst der Herzen sich mit Unkenntnis gepaart hatte, etwas zu kurz gekommen waren, dann das Schmücken der Altäre, dann die Gesänge, die Tänze, die stets die heiligen Zeremonien eröffneten. Das allein hätte ausgereicht, unsere Tagesstunden wie auch unsere Köpfe auszufüllen, doch hatte die Mamacuna, der unsere Gruppe unterstand, uns außerdem gute Manieren beizubringen, uns das Weben und Stikken und die Herstellung des Chichaweins zu lehren ... Wie grob mir die Chicha meiner Mutter nun vorkam im Vergleich mit dem duftenden, schäumenden, hellen Getränk, das wir aus den riesigen Krügen abgossen, in denen der Mais nach dem Sieden langsam gor!

Nach dem ersten Jahr waren meine Finger so geschickt geworden, daß unsere Mamacuna mir das Weben der Chuspas anvertraute, kleiner Taschen, die der Inka, seine Verwandten und einige Privilegierte stets an einem Schulterband bei sich trugen und die das kostbare, ausschließlich ihrem Gebrauch vorbehaltene Kokablatt enthielten.

Im Jahr darauf hatte ich die hohe Ehre, bei der Herstellung einer Tunika aus Vikunjawolle mitzuwirken, die von der Coya, unserer Kaiserin, befohlen worden war.

Das Gewebe hatte, wie ich noch heute weiß, eine wunderbare Farbe von rostigem Rosa, und es war so weich, so schmiegsam, daß mich erlesene Empfindungen durchrieselten, wenn ich es berührte. In demselben Jahr wurde ich auch mannbar. Ich erhielt neue Kleider und meinen endgültigen Namen: »Asarpay«, den ich in Eure Sprache mit »Bescheidene Gabe« übersetzen würde, obschon meine Gedanken sich doch zunehmend auf hoffärtige Ziele ausrichteten.

Anfangs hatten die Fremde, all unsere Verwunderung und die Furcht uns Gefährtinnen eng zusammengeschlossen. Als nun aber unsere Formen sich entwickelten und unsere Weiblichkeit sich bestätigte, setzten die Rivalitäten ein.

Wie wir wußten, würde am Ende der vier Jahre, die wir im Acllahuasi gehalten wurden, eine zweite Auslese in Cuzco stattfinden. Nur die Schönsten würden dem Inka gehören. Und natürlich hielt sich jede für die Schönste, und alle wollten wir dem Sohn der Sonne dienen.

Sein göttliches Bild begleitete uns auch bei unseren bescheidensten Arbeiten. Wenn wir webten, stellten wir uns das Glück vor, ihn als seine Dienerin zu schmücken; wenn wir die Chicha ansetzten, träumten wir, diejenige zu sein, die seinen Durst löschte; und kochten wir unter Anleitung der Mamacuna seine Lieblingsgerichte, sahen wir uns, wie wir ihm die Speisen darreichten und ängstlich nach dem Ausdruck seiner Befriedigung spähten, der unsere Mühen belohnte. Was allerdings die höchste Freude anlangte ... Da wir nicht die geringste Vorstellung hatten, was der geheiligte Beischlaf sei (die Mamacunas wahrten über diesen Punkt Schweigen), versagten wir, wenn wir uns des Nachts in unseren Zellen den ausgefallensten Vermutungen hingaben.

Da die Mamacunas den Aufruhr unseres Blutes bemerkten, erinnerten sie uns unablässig daran, welchen Strafen wir uns aussetzten, falls wir der Versuchung in Gestalt der kräftigen jungen Männer, Träger, Wächter, Gärtner, Hirten, die mit uns die Abgeschiedenheit des Acllahuasi teilten, erliegen sollten ... Arme Burschen! Sie hatten eine betörende Herde junger Mädchen in Reichweite ihrer zupackenden Hände und durften sie nicht einmal mit einem Blick berühren.

Dennoch geschah es, daß die Natur über die Furcht siegte. Während meines dritten Jahres ließ sich Gualca, ein reizendes Kind, das zum Entzücken Tamburin spielte, von einem Hirten verführen. Eine Dienerin überraschte sie im Lamagehege und zeigte sie an. Wir alle, selbst die Kranken, die auf Befehl der Vorsteherin in Sänften zu der Stätte getragen wurden, wohnten der Hinrichtung bei.

Es war strahlendes Wetter, Vogelschwärme tummelten sich am Himmel, und bis heute habe ich den guten Geruch des Grases in den Nüstern, das die Gärtner geschnitten hatten, bevor sie die Grube aushoben. Gualcas Geliebter wurde vor ihren Augen gehenkt. Danach wurde sie lebendig begraben. Die Strafe war gerecht, dessen waren wir uns bewußt, aber das Brüllen der Unseligen hielt mich nächtelang wach, und mehr noch das entsetzliche Schweigen dann, als die Erde ihren Mund füllte.

Was mich betraf, so hatte ich zu sehr gekämpft und gelitten, um in das Acllahuasi zu kommen – mich hätte der verführerischste Mann nicht bewegt! Zumal meine Chancen gesichert schienen. Unsere Mamacuna, deren Strenge vor meinen Talenten als Weberin dahinschmolz, pflegte oft und gerne zu sagen, ich würde Amancay zum Ruhm gereichen.

Als jedoch das Datum unserer Abreise näherrückte, kehrten meine alten Ängste wieder. Durch harte Disziplin war mein Hinken unmerklich geworden, aber im Grunde meines Herzens wußte ich, daß ich betrog. Und täuschte man den lebendigen Gott?

In Cuzco trafen wir eine Woche vor der Sommersonnenwende ein, wenn das Intip Raymi gefeiert wurde, das Fest der Sonne. Sofort wurden wir in das berühmte Acllahuasi der Stadt gebracht, zusammen mit den anderen Mädchen aus allen Teilen des Reiches. Wir erhielten strengstes Verbot, uns den Wohnungen der Sonnenjungfrauen zu nähern.

Um Euch vor dem Irrtum Eurer Landsleute zu bewahren, Pater Juan, mache ich Euch auf den großen

Unterschied aufmerksam, der zwischen den Sonnenjungfrauen und der Kategorie bestand, der ich angehörte. Die Intip Aclla oder erwählten Frauen der Sonne, um sie bei ihrem wahren Namen zu nennen, waren sämtlich von edlem Geblüt und lebten eingeschlossen bis zum Tod ... Wenn ernste Ereignisse es erforderten, konnten keine Opfer die Götter besser besänftigen als diese fürstlichen Schönheiten.

In der Nacht vor dem Intip Raymi suchte ich vergeblich den Schlaf; und in großer Erregung stand ich auf. Der Tag war gekommen! Ein Wink des Inka würde mein Schicksal besiegeln. In Amancay hatte ich mir dies Schicksal ausgemalt wie einen Himmel in der Morgenröte. Jetzt erschien er mir düster verhangen und voll wirbelnder schwarzer Vögel.

Man gab uns Tuniken aus weißer Wolle und breite gestickte Gürtel, die je nach der Provinz, aus der wir stammten, eine andere Farbe hatten. Die unseren waren blau. Ich empfand es als schlechtes Zeichen: an dem Tag, als ich mir das Bein gebrochen hatte, trug ich einen blauen Faden ums Handgelenk. Seitdem hasse ich Blau und fürchte es ... Wir erhielten hauchzarte weiße Schleier und Blumenkränze, um die kleinen Schleier auf unseren langen offenen Haaren zu befestigen.

Danach strömten in großer Zahl die Priester herein, sammelten uns in Gruppen und schoben uns zum Ausgang. Vom Acllahuasi kamen wir unmittelbar auf die Huacaypata, den Zeremonienplatz. Von der Fülle des Glanzes geblendet, verhielten wir auf der riesigen Esplanade, um die Ansprache des Hohen Sonnenpriesters anzuhören.

Ich versuchte meinen Geist auf die majestätische Gestalt mit der goldenen Tiara zu richten, über der die goldene Sonnenscheibe inmitten eines Federkranzes erstrahlte, aber verlangt nicht, daß ich Euch die Worte wiedergebe, ich könnte es nicht, und hinge mein Leben davon ab. Kalter Schweiß stand mir in Kreuz und Nacken, meine Beine zitterten. Wir hatten seit dem Vortag gefastet. Mein starkes Wachstum vertrug sich schlecht mit dieser Enthaltsamkeit ... Wenigstens entschuldigte ich damit vor mir selbst das feige Versagen meiner Kräfte und die Wirrnis in meinem armen Kopf.

Unser Defilee begann. Eine nach der anderen warfen sich die Mädchen, die unserer Gruppe vorangingen, vor den zu diesem Anlaß aufgestellten und geschmückten Altären nieder.

Auf dem ersten erhob sich der Punchao, eine riesige, prachtvolle Scheibe aus massivem Gold, die unseren Vater die Sonne darstellte; auf dem zweiten schimmerte in mildem Glanz die Silberscheibe des Mondes, seiner Gattin und Schwester; und weiter entfernt ragte auf einem goldenen Träger das flammende Bild des Inti Illapa, des Herrn der Blitze, des Regens und des Hagels, empor, eine unserer am höchsten verehrten Gottheiten, Ihr versteht, warum.

Dann verneigten sich die Mädchen sehr tief vor den Mallqui mit ihren goldgelackten Brauen, ihren prunkvollen Gewändern, die Haare mit Federn und Edelsteinen durchwirkt. Diener fächelten ihnen, andere hielten Schirme aus vielfarbigen Papageienfedern über die erhabenen Häupter ... Wer die Mallqui sind? Die Hüllen unserer verstorbenen Inkas, die durch Einbalsamierung den Anschein des Lebens bewahrten. Keine Feierlichkeit war ohne die Mallqui auch nur denkbar. Also hatte man sie aus ihren Palästen geholt, wo ein jeder auch weiterhin über einen wirklichen Hof gebot.

Ich müßte lügen, wenn ich Euch sagte, daß der Anblick der heiligen Reliquien uns jene Andacht einflößte, die uns zu jedem anderen Zeitpunkt erfüllt hätte. Uns bewegte nur ein Gedanke: Werde ich dem Inka gefallen? Es ging um unser Leben! Und ängstlich verfolgten wir, wie eine Gefährtin nach der anderen vortrat. Eine jede verharrte vor dem Inka. Wenn seine Stirn, die mit dem Llautu und der Mascapaycha, den Insignien der Allmacht, gekrönt war, sich neigte, oh, wie beneideten wir dann die Erwählte! Für sie war die Qual zu Ende. Wir stellten uns ihre Trunkenheit vor, aber ebenso auch die Enttäuschung der anderen, und unsere Kehlen wurden trockener von Mal zu Mal.

Bald kam unsere Gruppe an die Reihe.

Mittlerweile konnte ich die Züge des großen Huayna Capac, des zwölften seiner Linie, ziemlich klar erkennen. Er war nicht mehr jung. Aber was bedeutet das Alter für einen Inka!

Hinter dem Gott-Menschen und der Coya, seiner Gemahlin und Schwester, drängte sich der Adel. Die Segnungen der Sonne, die sich über all diese Feldherren und Würdenträger ergossen, entfachten ein solches Gleißen des Goldes, einen solchen Funkenglanz der Edelsteine, daß es die Augen nicht ertrugen ...

Ein dürrer Schlag traf mich zwischen die Schulterblätter. Ich fuhr zusammen, wandte mich um und begegnete dem steinernen Blick eines Priesters.

»Schlag die Augen nieder, Unverschämte! Und tritt vor.«

In meine Ängste und Überlegungen vertieft, hatte ich tatsächlich einen Abstand zu dem Mädchen vor mir entstehen lassen. Eilends holte ich ihn auf.

Die Hand des Priesters schloß sich um meinen Arm, schwenkte mich herum.

»Du hinkst«, sagte er.

Ich leugnete es voll Schrecken.

Das Defilee wurde unterbrochen. Ein Würdenträger

kam, sich zu erkundigen. Der Priester wiederholte seine Beschuldigung, und ich, ohne mich länger zu beherrschen ... was hatte ich noch zu verlieren, alles war ja aus! ich stritt weiter ab, verteidigte mich. Ein zweiter Würdenträger kam mit zwei Wächtern, die mich packten, ich fand mich auf dem Pflaster vor den goldenen Thronen des Inka und der Coya wieder. Dort lag ich stumm, zerbrochen.

Das Schuldgefühl, das seit Jahren in meinem Herzen lauerte, brach unter dem Schock hervor und überwältigte mich; ich wollte nichts mehr, wehrte mich nicht. Fast war es eine Erleichterung. Ich brauchte nichts mehr vorzutäuschen, nicht mehr zu kämpfen, ich ergab mich in die Entsagung, die Strafe, den Tod. Ich fühlte mich wie schon gestorben, Staub im Staube ... Da kam mir die Erinnerung an Gualcas Todesqualen, Entsetzen befiel mich, mein ganzer Körper begann zu schmerzen, ich richtete mich auf.

Erneut streckte mich ein Stoß zu Boden.

Die Stimme des Inka erscholl.

»Steh auf.«

Ich gehorchte.

Die Coya beugte sich zu ihm.

»Das Kind ist von großer Schönheit, mein großmächtiger Gebieter. Hast du gesehen, wie weiß und feinporig die Haut ist und wie lieblich die Gliedmaßen? Darf ich dir sagen, was ich denke? Wenn ihr Makel dem scharfen Blick der Mamacunas entgehen konnte, ist es dann nicht der Götter Wille, dir dieses Wunder anzuempfehlen und dir durch sein besonderes Mal kundzutun, daß es nicht seinesgleichen hat?«

An diesem Abend gab es auf der Huacaypata ein großes Bankett und fröhliches Gelage mit Tänzen und Gesängen. Der Widerhall des Festes drang bis in das

Acllahuasi, wohin man mich zurückgebracht hatte, ich hörte es bis in meine Zelle.

Von unserer Gruppe aus Amancay waren fast alle Mädchen an Würdenträger und Provinzgouverneure vergeben worden. Außer mir hatte der Inka nur ein Mädchen behalten.

In den ersten Tagen war mein Glück so übermächtig, daß ich es fast nicht ertrug. Am Ende der Woche brach es in sich zusammen. Ich hatte geglaubt, am Ziel zu sein. Welch ein Irrtum! Das größte Hindernis lag erst vor mir.

Ich begriff es, als ich in den Werkstätten des Acllahuasi auf zahlreiche Acllas traf, die über ihre Jugend längst hinaus und ganz dem Hinwelken und Vergessen geweiht waren. Als sie sich einst vorstellten, hatten sie Gefallen erregt, – ein flüchtiger Eindruck, der ebenso rasch verloschen war. Schönheit kann eintönig sein. Wie hätte das Gedächtnis des Inka sich die Hunderte, ja Tausende Gesichter und Gestalten der Frauen merken sollen, die er ausgewählt hatte? Ausgewählt zu sein hieß noch längst nicht erwählt zu sein. Im Gegenteil, ausgewählt sein bedeutet für die meisten nur eine lebenslange Abgeschiedenheit. Diese Erkenntnis jagte mir Grauen ein. Ich wurde schwermütig, mochte mir nicht einmal mehr die Haare kämmen, und die Mamacunas von Cuzco schimpften mit mir. Eine Aclla, predigten sie, müsse sich jeden Augenblick bereit halten. Die Lust des Inka habe keine Stunde.

Es war mitten in der Nacht, als Diener mich holten.

Man rüttelte mich, tauchte mich, noch schlaftrunken, in ein goldgefaßtes Becken, frottierte mich mit einer duftenden Essenz und streifte mir eine gestickte weiße Tunika über, meine Haare wurden geglättet und mit einem Goldreif geschmückt, ich hüllte mich in meine Lliclla und verließ zitternd in der nächtlichen

Kälte das Acllahuasi, in der Gewißheit, daß ich seine Schwelle nie mehr betreten würde, da jede Frau, die das Lager des Inka, und sei es nur einmal, geteilt hat, fortan zu seinem Haus gehörte.

Eine Gasse trennte das Acllahuasi vom Palast Huayna Capacs. Auf einmal fand ich den Weg zu kurz, so aufgeregt war ich. Würde ich gefallen? Ich fühlte mich so linkisch, so dumm!

Die Diener führten mich in einen goldschimmernden Raum und verließen mich. Ein Vorhang schob sich beiseite. Ich warf mich zu Boden. Zwei kleine Füße in Sandalen aus feinen Wollflechten trippelten auf mich zu.

»Auf, Kind.«

Verdattert erkannte ich die Coya, Rahua Ocllo.

»Ich war es, die dich kommen ließ. Der Inka ist heute nacht erschöpft, aber seine machtvolle Natur verlangt nach Befriedigung. Zwei seiner Frauen haben sich schon um ihn bemüht, er hat sie weggeschickt. Das ist deine Chance, Kleine ... Hast du Angst?«

»Wer würde vor dem großmächtigen Huayna Capac nicht erbeben, o erhabenste Coya?«

»Zeig es nicht. Du würdest die Güte meines Gemahls verprellen. Sein Begehren schwindet vor der Furcht, die die Gliedmaßen verknotet, vor Tränen, die häßlich machen, und all dem albernen Getue, das Jungfrauen sich anzumaßen pflegen. Wenn du leidest, wenn sein Ullu in dich eindringt, leide heiter, damit du seinen Samen ganz in dich aufnimmst und er vollkommenen Genuß hat! Und wenn du merkst, daß sein Verlangen schlaff bleibt ...«

Es folgten Ratschläge, die ich mit purpurrotem Gesicht anhörte.

Mögen die Männer bei uns auch ein offenes Wort führen und davon reichlich Gebrauch machen, sind die

Frauen doch zu größtem Anstand in ihrer Ausdrucksweise erzogen ... Aber wer hätte es gewagt, die Coya mit irgendeiner anderen Frau zu vergleichen? Nichts kann den Mund einer Göttin besudeln. Dieser Gedanke stellte meine Ehrfurcht wieder her.

Sie klatschte in die Hände.

Eine Zwergin erschien.

»Geh«, sagte die Coya.

Die Zwergin führte mich langsam und schweigend zu den Gemächern des Inka. Vor seiner Tür wachten ein Jaguar und ein Puma mit smaragdbesetzten, goldenen Halsbändern. Sie knurrten, als ich mich näherte. Die Zwergin stieß eine Art Pfeifen aus, und sie verstummten.

Ich trat ein.

Eine Fackel erhellte den Raum. Wie oft hatte ich anläßlich großer Feste meinen Vater und die Männer unserer Ayllu niedergestreckt vom Chichawein gesehen! Ich erkannte sofort, daß Huayna Capac betrunken war. Das gab mir meinen klaren Verstand zurück. Die Lage war mir vertraut, dazu brauchte ich die Ratschläge der Coya nicht.

Ich näherte mich der am Rand des Lagers hingesunkenen Masse, wagte die Hände an den Leib meines Gebieters zu legen, und es gelang mir, ihn herumzuwuchten, ich streckte seine Beine aus und deckte ihn zu.

Der Vorgang ist mit wenigen Worten gesagt, aber glaubt mir, Pater Juan, ich war vor Anstrengung in Schweiß gebadet! Bei dem leisesten Knurren, das sich der erhabenen Brust entrang, zitterte ich, die Wut könnte ihn aus seinem Dusel reißen und zu den schlimmsten Ausschreitungen verleiten.

Es war vollbracht, aber ich wußte nicht weiter. Weggehen? Einfach weggehen, weggehen, ohne daß der Inka meinem Fleisch sein Siegel aufgedrückt hätte, weggehen also, um in das Acllahuasi zurückzukehren ...! Und es gäbe ja keine zweite Chance, da die Coya mir nie verzeihen würde, wenn ich ihr Wohlwollen enttäuscht hätte. Wie sollte ich mich vor ihr rechtfertigen? Durfte ich niederes Geschöpf mich vermessen, auch nur anzudeuten, daß die Chicha auf den Sohn der Sonne die gleiche Wirkung hatte wie auf den Mann der Felder?

Ich betrachtete Huayna Capac. Der Schlaf glättete seine aufgedunsenen Züge, milderte die Falten. Wie er da auf dem Rücken lag, unter seinen Decken, war er sehr schön und nicht allzu furchteinflößend!

Einer raschen Eingebung folgend, streckte ich mich auf eine Matte nieder, entschlossen, sein Erwachen abzuwarten ... Und erschöpft vor lauter Gefühlsregungen schlief ich ein.

Als er mich morgens zu Füßen seines Lagers entdeckte und sich bei vollen Kräften fand, nahm mich der Inka. Ich war gelöst und feucht, noch halb im Schlummer, zart wie ein frisches kleines Maisbrot, er schien zufrieden.

Dann rief er. Der Jaguar und der Puma kamen hereingesprungen, beschnupperten und beleckten mich. Ich verbarg meinen Schrecken so gut ich konnte. Der Inka lachte.

Ein Würdenträger – einer seiner Brüder und sein vertrauter Ratgeber – trat ein. Da er mich sah, beglückwünschte er Huayna Capac, die Nacht durchwacht zu haben wie ein junger Mann. Die gute Laune des Inka wuchs.

Mehrere Acllas betraten das Schlafgemach. Sie breiteten Schilfmatten auf den Boden und bedeckten sie mit goldenen Schalen. Da gab es reiche Speisen aller Art, gebratene Vögel, herrliche Fische, Pilzgerichte und Früchte aus den heißen Zonen, die ich nicht kannte.

Sie brachten eine mit Wolle bezogene kleine Holzbank. Der Inka nahm Platz. Sie schickten sich an, ihn zu bedienen. Mit einer Geste wies er auf mich, mit einer zweiten beurlaubte er sie. Der Blick, den sie mir im Gehen zuwarfen, zeigte mir, welch hohes Vorrecht mir zuteil wurde.

Insgeheim die guten Mamacunas von Amancay segnend, die mich den Dienst bis in jede Einzelheit gelehrt hatten, nahm ich eine goldene Schale, wartete, bis der Inka seine Wahl getroffen hatte, und nachdem ich die Schale so garniert hatte, daß der Fisch dem Auge den verlockendsten Anblick bot, reichte ich sie ihm und blieb vor ihm stehen, bis er sie geleert hatte. Die Mahlzeit zog sich hin. Ich bewunderte den Appetit des Göttlichen. Im Dorf ist man an Kargheit gewöhnt. Ich hatte auch Hunger. Die Düfte, die von den Speisen aufstiegen, setzten meinen Magen in Aufruhr. Als er gesättigt war, erlaubte er mir, einen kleinen Entenknochen zu nehmen, den ich mit Wonne abnagte.

Die Lust des Inka hat keine Stunde. Also hielt ich mich ständig zu ihrer Befriedigung bereit. Nachts wachte eine Dienerin – ich hatte jetzt eine zu meiner persönlichen Verfügung –, und wenn Huayna Capac nach mir schickte, weckte sie mich aus dem Schlaf und kleidete mich an. Manchmal wollte er mich nur zum Klang des Tamburins tanzen sehen, was ich recht gut konnte.

Wenn ich nicht bei dem Inka war, das heißt die meiste Zeit, blieb ich in dem Gemach, das man mir zugewiesen hatte. Es verschönte sich nach und nach durch die Zeichen der Zufriedenheit meines Gebieters: durch einen Wandteppich, eine Vase, eine Schlafdecke aus feiner Wolle, einen Bronzespiegel und eine kleine hölzerne Truhe, in der ich weitere Geschenke verwahrte, eine Silberbrosche, mit der ich meine Lliclla schloß, und ein breites Armband mit Blumen aus Perlmutter und Korallen. Die Dienerin brachte mir die Mahlzeiten.

Der Inka hatte mir verboten, mich in Gesellschaft der anderen Acllas zu begeben. Ich wußte nicht warum, aber diese Sonderstellung, dieser magische Kreis, den er um mich zog, verdrehte mir den Kopf. Ich war gebläht vor Stolz. So blutjung, verwechselt man die Gegenwart leicht mit der Zukunft. Ich stellte mir mein Leben nur mehr als eine Reihe glücklicher Tage vor, erleuchtet durch eine steigende Gunst, und obwohl Hunderte verschmähter Frauen den Palast bevölkerten, vermochte nichts meinen einfältigen Glauben zu trüben.

Ich war verrückt vor Freude, als Huayna Capac mir ankündigte, er gehe nach Quito und werde mich mitnehmen.

Tags zuvor ließ mich die Coya Rahua Ocllo rufen.

Eure Landsleute, Pater Juan, waren schockiert, als sie hörten, daß der regierende Inka, der Tradition folgend, stets eine seiner legitimen Schwestern zur Gattin nahm. Aber wie hätte der Fortbestand des Sonnengeschlechts anders gesichert werden können, als indem die einzigen Träger des reinen göttlichen Blutes untereinander heirateten? Wir betrachten diese Vereinigungen als von der menschlichen Regel ausgenommene Notwendigkeit.

Wie die meisten Frauen, die in direkter Linie von dem ersten Inka Manco Capac, dem Begründer der Dynastie, abstammten, war Rahua Ocllo – sagte ich das bereits? – sehr schön. Ihre Haut hatte die perlmutterne Bleiche des Mondes, ihr Haar entlieh seinen tiefen Glanz der Nacht. Sie liebte Feste, umgab sich mit grotesken Zwerginnen, kleidete sich höchst erlesen und hatte eine Vorliebe für Smaragde und die Farben des Regenbogens.

Das war alles, was ich von ihr wußte, pure Äußerlichkeiten, ebenso wie die mir erwiesenen Wohltaten, wie ich nur zu bald erfuhr.

Sie schickte ihre Frauen weg. Ihre strenge Miene beunruhigte mich. Die Gestimmtheit der Fürsten ist das Gewissen der Niederen. Ich fühlte mich schuldig, ohne zu wissen, warum.

»Kind«, sagte sie, »bevor du fortgehst, haben wir zu reden. Du mußt wissen, vor etwa dreißig Jahren zog der Inka, mein Gemahl, mit seiner großen Armee nach Norden und eroberte das reiche Königtum Quito. Im Inka wohnen der Gott und der Mann beieinander. Der Mann verliebte sich in Paccha Duchicella, die Königstochter des Landes. Unser Sohn, Prinz Huascar, war fünf Jahre alt, als Paccha Duchicella dem Huayna Capac ebenfalls einen Sohn gebar. Man nannte den Bastard Atahuallpa ... Wahrscheinlich ist dir das neu, das Volk weiß nicht, was es übrigens auch nicht zu wissen braucht: jedenfalls, seit die Inkas regieren, wurde das Reich noch nie geteilt. Es war, im Gegenteil, die stete Sorge unserer Herrscher, ihre Gebiete zu mehren. Daher dachte ich an dich; mach, daß unser Gebieter von seinem Vorhaben abläßt ... Zieh kein so dummes Gesicht! Wenn eine Frau die Aufmerksamkeit des Inka mehr als einen Tag zu fesseln weiß, vermag sie viel. Ich verlange ja nicht, daß du den Gott beeinflußt, sondern den Mann. Der Mann ist verwundbar. Wenn man bedenkt, daß Paccha Duchicella meinem Gatten seit ihrer ersten Liebe überall nachläuft! Die Jahre sind wahrlich nicht spurlos an ihr vorübergegangen, bald ist sie nur noch stinkendes Aas, und trotzdem behält sie Macht über den Inka. Sie hat ihn auch zu der Reise nach Quito bewogen. Er soll sogar vorhaben, sich endgültig dort niederzulassen, wenn er die Reichsnachfolge so unheilvoll, wie er es plant, geregelt hat. Unheilvoll ist das treffende Wort! Während der letzten Feierlichkeiten zum Intip Raymi, als du noch im Acllahuasi warst, stürzte ein verwundeter Adler, der von Geiern verfolgt wurde, vor der Sänfte des Inka herab. Ein schlimmes Vorzeichen! Die Götter zürnen! Und Schuld daran ist jenes intrigante Weib mit seinem Bastard. Ihre Pläne müssen unbedingt vereitelt werden. Es gebührt Huascar, meinem Sohn, dem legitimen Erben, dem, der nur eines Blutes ist, des unseren, daß ihm das Reich als Ganzes zufällt! Wenn er regiert, regiere ich, und ich werde dich nicht vergessen.«

Später, unter veränderten Umständen, sollte ich mich dieser Worte erinnern. Im Moment aber starrte ich niedergeschmettert die Coya an, die ihr anbetungswürdiges Bild zerstört hatte und mir das einer von Eifersucht und Haß besessenen Harpyie bot.

»Ich bin noch so jung, so jung ...! Was kann ich tun?« murmelte ich.

»Der Stachel eines Insekts kann einen töten, der tausendmal größer und stärker ist. Deine Nichtigkeit ist ein Trumpf. Würde der Inka dem Geplapper eines kleinen Mädchens mißtrauen? Zerstöre die Liebe des Vaters zum Sohn, senke Zweifel und Verdacht in sein Herz! Erfinde etwas! Wenn Ihr in Quito, dem Lehen Atahuallpas, seid, wird dir das leicht fallen. Nichts tut Huayna Capac lieber, als die Verdienste seines Bastards zu rühmen, er glaubt nämlich, dieser Dämon liebe ihn ganz uneigennützig und nicht um dessentwillen, was er sich von ihm erhofft ... Kleine geschickt eingestreute Sätze ... Vor allem, wenn du den alten Mann vorher in der Lust kirre gemacht hast, tröpfeln sie ihm ins Herz wie ein langsames Gift.«

Ich rang die Hände.

»Erhabenste Coya, jeder kann nur geben, was er hat. Nie werde ich imstande sein ...«

Die Augen der Rahua Ocllo wurden schmal wie die eines Jaguars, der seine Beute fixiert.

»Die Privilegien, die du, elende Tochter der Felder, genießt, verdankst du mir! Wo wärst du heute, wenn ich nicht für dich gesprochen, wenn ich den Zorn des Inka am Intip Raymi nicht von dir abgewendet hätte? Und warum habe ich dich gerettet? Hast du dir die Frage niemals gestellt? Um meinen Gemahl zu befriedigen? Das können auch andere. Aus Mitleid mit dir? Mitleid ist eines der wohlfeilsten Gefühle. Ich habe dich gerettet, weil ein Mädchen, das so listig und ehrgeizig ist, vier Jahre lang einen Makel geheimzuhalten, der es ausgeschlossen hätte, mir der Unterstützung würdig erschien. Also enttäusche mich nicht. Gebrauch deinen Kopf. Es geht heute wie gestern um deine eigenen Interessen. Auch aus der Ferne kann ich, was ich erbaut habe, vernichten!«

Kein weißer Mann hat jemals gesehen, wie der Inka auf große Reisen ging. Darum will ich Euch, Pater Juan, zu schildern versuchen, wie es war, als wir von Cuzco nach Quito aufbrachen; es war die letzte Reise zu den glücklichen Zeiten unseres Reiches.

Stellt Euch den Aufzug vor: Fünftausend Krieger mit Schleudern eröffnen den Zug, ihnen folgen zweitausend aus edlem Geblüt, dann abermals zweitausend, die Leibgarde des Inka. Alle sind schöne, stolze Männer. Sie marschieren in straffer Ordnung. Ihre Schilde aus Holz und Leder, mit Federn, Gold oder Silber geziert, kennzeichnen die jeweiligen Ränge, sie bilden ein bewegtes Mosaik, das die Augen erfreut. Die Kürasse blinken, an ihren Schwertern mit goldenem Knauf erkennt man die Befehlshaber.

Ein weißes Lama schreitet feierlich der Sänfte des Inka voran. Es trägt eine scharlachrote Schabracke. Seine Ohren sind mit goldenen Trauben behängt.

Die Sänfte ist ein Kunstwerk, das gemeinsame Werk von Schreinern, Webern, Federwirkern und Juwelieren, den besten der besten. Aus Edelhölzern gezimmert, mit Gold beschlagen, mit Blumengebinden aus Smaragden und Türkisen besetzt, wird sie von zwei anmutigen Goldreifen überwölbt, von denen die Behänge niederfallen. Auf dem seidigen, mit glitzernden Fäden bestickten Gewebe sind Sonne und Mond zu bewundern, die den göttlichen Ursprung des Inka versinnbildlichen. Durch Öffnungen in den Behängen kann er sehen, ohne gesehen zu werden. Will er sich der Verehrung seiner Untertanen darbieten oder die Landschaft betrachten, werden sie aufgeschlagen. Acht Männer von außergewöhnlichen Kräften tragen dies Monument. Es ist eine hohe Ehre. Aber auch eine schreckliche Verantwortung: auf das mindeste Straucheln steht der Tod.

Danach folgen leichtere Sänften, heiter anzuschauen mit ihren farbenfrohen, geschlossenen Behängen; sie tragen die Frauen, die den Inka begleiten dürfen. Auf unserer Reise waren es mehr als siebenhundert. Ich versichere Euch, Pater Juan, Huayna Capac gedachte keineswegs, sich großen Ausschweifungen zu ergeben noch auch nur ein Zehntel dieser Begleiterinnen zu beehren, das ließ sein Alter nicht mehr zu. Vielmehr galt, wie ich Euch sagte, die Anzahl der Frauen als Zeugnis von Macht und Reichtum; ein Herrscher wäre wie ein Provinzgouverneur erschienen, hätte er nur an die fünfzig mit sich geführt.

Nach den Frauen kamen die Würdenträger. In Sänften oder in Matten. Der Rang zeigt sich in den prächtigen Gewändern. Die Umhänge sind um die Schultern gerafft, ihre Bahnen öffnen sich über kurzen Tuniken, die mit Stickereien geziert sind und gesäumt mit Fransen oder Pompons aus Ara- oder Papageienfedern in blendenden Farben. Und alles blinkt und funkelt von Gold: in der Form von Besätzen, Perlen, Gehängen oder Pailletten, eingelegt mit Silber, besetzt mit Edelsteinen, Lapislazuli, Perlmutter oder Kristall, wird es zum Brust- oder Armschmuck, zu Kniebändern, Halsketten, Armreifen, Diademen und Ohrringen. Gold ist das Symbol unseres Vaters der Sonne, es umhüllt jene, die seines Blutes sind.

Danach folgen die Magier, die Seher, die Medizinmänner und die lärmende Woge der Sänger, Tänzer und Flötenspieler, es folgen die Trommler und Tamburinschwinger, die Zwerge, die Buckligen, deren Luftsprünge und Späße unsere Feste erheitern, und der majestätische Aufzug der Jaguare und Pumas, umgeben von Eingeborenen der heißen Zonen, in Felle und Federn gekleidet, die sehr geschickt darin sind, die Bestien zu fangen und zu dressieren.

Bleibt nur noch die Dienerschaft zu erwähnen. Obwohl wir sicher sein konnten, bei jeder Rast alles zu unserer Bequemlichkeit Notwendige am Ort vorzufinden, zählten die Diener und Dienerinnen nach Tausenden. Hinzu kamen die Träger und die Lamaherde, die Männer schwerer bepackt als die Tiere. Wird ein bestimmtes Gewicht überschritten, weigert sich das Lama zu gehen. Beharrt man, legt es sich nieder und speit einem einen langen Strahl grünlichen, stinkenden Speichels ins Gesicht. Darum vermeiden wir, es zu reizen.

Stets eilen Läufer dem Zug voraus, die Ankunft des Inka zu melden. Dann holen die Städte ihr Kostbarstes hervor. Alles schleppt Teppiche, Behänge, Jaguarfelle herbei oder steckt Dekorationen aus Federn. Straßen und Plätze tragen Fahnen. Die Mauern werden mit

Gold- und Silberschuppen bedeckt, und die Bewohner schwärmen aus, in der Umgebung Blumen und Zweige zu pflücken.

In den Dörfern, durch die sich der Zug bewegt, wimmelt es wie in einem Ameisenhaufen. Man kehrt die Straße, rupft Grashalme, kratzt Moos vom Pflaster, man errichtet Laubbögen, putzt die Festkleider, singt und tanzt vor Freude. Auf den Mäuerchen der Pflanzterrassen liegen spähend die Kinder.

Und taucht dann die Spitze des Zuges auf, von ferne schon angekündigt durch die dunklen Töne der Mullu, der großen Meeresmuscheln mit dem rosigen Perlmutter im Innern, und durch die im Himmel flatternden Banner, dann schreien die Kinder. Schon stürzen Männer und Frauen aus den Hütten herab. Sogar Greise mit wackelndem Kopf und Kranke haben plötzlich Beine und laufen. Den lebendigen Gott zu sehen ist ein Glück, das sich vielleicht kein zweites Mal im Leben bietet, und die Erinnerung daran verzaubert das Herz bis zum Tod!

Wir hatten den Apurimac überschritten – ich lachte in meiner Sänfte in mich hinein bei dem Gedanken an meine Schrecken, als ich einst als kleines Mädchen zum erstenmal den Fuß auf die Hängebrücke setzte –, und das Auge an den Schlitzen im Behang, spähte ich den Berghang zu Seiten der Reichsstraße hinan und hinab.

Waren mein Vater, meine Mutter, meine Schwester unter der Menge, die Huayna Capac jubelnd begrüßte? Ich sah sie nicht. Sicherlich war es besser so. Wozu neu beleben, was vergessen sein mußte? Ich hätte weder mit ihnen sprechen noch ihnen winken dürfen. Eine Aclla hat keine Familie, keine Vergangenheit. Sie erwacht an dem Tag zum Leben, da sie sich auf dem Lager des Inka der Liebe öffnet. Übrigens wissen die Eltern, die ihre Tochter zum Acllahuasi führen, daß sie von ihr nie eine Nachricht erhalten und sie niemals wiedersehen werden.

Seit der Ankunft Eurer Landsleute, Pater Juan, sind unsere Regeln außer Kraft gesetzt. Ich sah meine Familie wieder. Lange, lange danach, und in der grausamsten Stunde meines Lebens.

Zum Glück liegt die Zukunft im Spiegel der Seher. Der meinige zeigte zu jener Zeit nur das Bild einer wunderbar geschmückten, sehr jungen Frau, die voller Inbrunst die Neuheiten ihres Standes auskostete.

Je weiter wir uns von Cuzco entfernten, desto ferner rückten auch die Drohungen der Coya ... »Ich werde sehen, wenn wir in Quito sind«, sagte ich mir und verließ mich unbekümmert auf die verschwenderische Güte, die Huayna Capac mir erwies.

Nie in meinem Leben erlag ich einem größeren Irrtum.

* * *

Die Nan Cuna besteht aus zwei Straßen. Die eine erstreckt sich durch die Sierra, überschreitet stürzende Wasser, schlängelt sich an Bergflanken aufwärts, gräbt ihren Weg in die Felsen; die andere folgt lässig dem Meeressaum. Und diese beiden gewaltigen Strecken, die das Reich von Süden bis Norden durchziehen, haben überdies Querverbindungen.

Nach Amancay schlugen wir eine solche Verbindungsstraße ein und gelangten ins Tal von Pisco. Sand beherrscht dort den Boden, aber wie üppig gediehen dennoch die Obstpflanzungen, wie prächtig standen die Baumwollfelder!

Die Spanier schrien Wunder, als sie hörten, daß wir das Wasser, das die Küstenebenen bewässert, aus den Anden herableiteten. Wir zeigten ihnen die unterirdischen Gänge, die unsere Arbeiter gegraben hatten, die Aquädukte und Kanäle, die Reservoire und die Schleusen ... All diese Werke sind heute dem Verfall preisgegeben. Das betrübt uns, wir verstehen es nicht. Kann es denn sein, daß man in Eurem so hoch zivilisierten Land Wissen und Erfindungskraft derart mißachtet? Spanien muß sehr reich sein.

Wir verweilten eine Woche in Pachacamac, wo Huayna Capac das Orakel befragte, und danach in Rimac, nahe bei Lima, das derzeit erst ein kleiner Marktflecken war.

In Rimac nun fiel ich jäh in Ungnade.

Taulischusco, der mächtige Curaca der Provinz, hatte dem Inka seinen Palast zur Verfügung gestellt. Die Tage reihten sich aneinander wie schöne Perlen einer Schnur. Da ich bislang weder die Freuden des Herzens noch die ganze Macht der Sinne kannte, meinte ich, es gäbe auf Erden keine Seligkeit, die sich der meinigen vergleichen ließe.

Im goldenen Schatten des Göttlichen zu leben, ihm zu dienen, seine Lust zu empfangen, in fürstlichen Häusern zu wohnen, mich von den köstlichsten Speisen, den seltensten Früchten zu nähren, eine entzückende Auswahl von Lliclas zu besitzen, und Tuniken, und Bänder, und so viele Paar Sandalen wie Monde im Jahr ... Ihr lächelt, Pater Juan, Ihr haltet mich für sehr leichtfertig. Bedenkt aber, daß ich früher barfuß ging und an Kleidern nur besaß, was ich am Leibe trug, bedenkt, wie gründlich mein Leben sich verändert hatte! Welcher Fünfzehnjährigen hätte da nicht der Kopf geschwirrt?

Der Palast des Taulichusco war prächtig. Die Wände waren mit einer Verkleidung aus zerkleinerten Muscheln überzogen und schimmerten wie Silber, sie wirkten von weitem wie Feengebilde. Blühende Terrassen schlossen sich an die Säle an, dort wurden unaufhörlich Feste und Bankette gefeiert.

Eines Abends ließ der Curaca nach anderen Zerstreuungen eine Jungfrau kommen, die tanzte und Flöte spielte. Von Ansehen war sie nicht bemerkenswert, ein flaches Gesicht, dicke Lippen, aber welch eine Kühnheit der Gebärden und wie beweglich und anmutig dieser kleine Körper, den eine Gazetunika weniger verhüllte als entblößte. Zum Ende ihrer Darbietung ließ sie die Flöte ruhen und mimte eine Art Liebesspiel mit einer Schlange. Noch nie hatte ich etwas so Unzüchtiges gesehen.

Der Kontrast zwischen dem kindlichen Leib und diesen obszönen Umschlingungen schien den Männern ungemein zu gefallen. Sie bekamen große glänzende Augen. Kein Zweifel, jeder träumte davon, die Schlange zu sein. Der Inka hielt die Lider halb geschlossen und kaute langsam auf seiner Kokakugel.

Bevor das Schauspiel endete, raunte er Taulichusco einige Worte zu und erhob sich. Ich glaubte, es geschähe vor Abscheu und wollte ihm nacheilen, ebenso wie die anderen anwesenden Acllas. Durch ein Runzeln der Brauen entfernte er uns. Das Mädchen folgte ihm.

Morgens rief er nach dem Frühstück. Wir fanden ihn sehr vergnügt. Die kleine Yunga – so nennen wir die Küstenbewohner – rekelte sich nackt und glücklich auf dem kaiserlichen Lager, mitten in den Decken aus Vikunjawolle, die eigens nur für den Inka gewebt worden waren und deren unvergleichliche Geschmeidigkeit er mich so oft hatte bewundern lassen. Die Schlange ringelte sich erhobenen Kopfes zwischen ihren Schenkeln. Huayna Capac befahl mir, eine Amme zu holen: die Schlange nährte sich nur von Frauenmilch. Wut im Herzen, gehorchte ich.

Als wir wieder nach Norden aufbrachen, kam Nauca Paya, die kleine Yunga, mit.

Das Klima der Meeresküsten macht lasziv und zügellos. Die Männer dort sind lasterhaft, die jungen Mädchen stehen in dem Ruf, schon ganz erhitzt von der Glut, die im Leib ihrer Mütter herrscht, geboren zu werden. Ich hatte Taulichusco bald im Verdacht, daß er die Yunga zur Perversität angestiftet hatte mit dem Ziel, sich in die Huld Huayna Capacs einzuschleichen. Ich wurde älter und begann Fäulnis um mich zu wittern. Doch half mir dieser Anfang von Scharfsicht nicht weiter. Wenn der Blick des Inka sich abwendet, gibt es kein Zurück.

Meine einzige Hoffnung war, daß er es satt werden würde, seine Lust mit einer Schlange zu teilen.

Die weitere Reise war traurig. Allein in meiner Sänfte, irrte ich durch die schwarzen Tiefen meiner Gedanken.

Endlich langten wir in Quito an; wir bezogen Tumipampa, die Residenz des Inka. In der Ferne zackten sich schneebedeckte Kegel. Weite Gärten umgaben den Palast. Ihre Pracht linderte für Augenblicke meine Trübsal.

In diesen Gärten, ebenso wie in den Gärten unserer Tempel und der anderen kaiserlichen Paläste, ist nichts mehr von dem übrig, was ihren Märchenzauber einst ausmachte. Denn zur Verzückung der Inkas nutzten unsere Goldschmiede die natürlichen Schönheiten, die unseren Herzen teuer sind, als Schreine ihrer Kunst und vermählten die Gaben der Erde mit ihren prunkvollen Erfindungen. In den Gärten von Tumipampa sprossen goldene Blumen in Fülle, dazu Bäume, Büsche, Sträucher, behangen mit Beeren oder anderen Früchten, auch alle aus Gold. Wenn die Sonne schien, war es ein einziger Glanz: Tausende sprühender Pfeile schwirrten durch die natürlichen Laubmassen! Von Gold war auch die Tierwelt, alles, was man zufällig am Wege trifft oder was auf Bäume klettert. Sogar ein Maisfeld gab es, und so echt von den Goldschmieden nachgeahmt, daß man sich zu allen vier Jahreszeiten in der gesegneten Erntezeit wähnen konnte.

Als die Spanier dies Gold entdeckten, taten sie etwas, das uns erstarren ließ. Für uns dient Gold nur dazu, die Augen zu bezaubern – deshalb war es der Elite vorbehalten. Eure Landsleute sahen in ihm nur einen bestimmten Handelswert, und sie hatten nichts Eiligeres zu tun, als alles zu Barren einzuschmelzen, die Blumen, die Blätter und Früchte, die Bäume, den Mais wie die Vielzahl kletternder und kriechender Tiere, Insekten, Hasen, Wildkatzen, Rehe, Vögel, alles, was einst die Spaziergänge unseres Gebieters erheitert hatte, all diese Wunder, die so kunstreich erdacht worden waren, so fein ziseliert und mit soviel Liebe aus dem kostbaren Metall getrieben. Jetzt zirkuliert das namenlos, seiner Schönheit beraubt, als Zahlungsmittel in schmutzigen Händen ... Geld ist gewiß das Zeugnis einer sehr viel klügeren und erfinderischeren Gesellschaft als der unseren, aber ich gestehe, daß ich auf die Wohltaten, die sie bringen soll, noch warte. Unser auf Tausch basierender Handel war eine Ermunterung zu arbeiten und sein Können zu entwickeln. Der Eure scheint mir schäbige, ja verbrecherische Begehrlichkeiten zu begünstigen. Ich habe mir erlaubt, diese Meinung vor dem Vizekönig zu äußern. Er lachte. Und wißt Ihr, was er mir zur Antwort gab? »In jedem Indio, selbst in dem kultiviertesten, steckt immer noch ein Rest Barbarei.« Ich lachte auch.

In Tumipampa bezog ich das Quartier, das die Acllas bewohnten. Ich war nurmehr eine unter anderen in der Schar, und wie ich das verabscheute!

Aus Stolz gegenüber denen, die ich selbst in Cuzco entthront hatte und deren Genugtuung ich mir vorstellen konnte, bemühte ich mich, meine Gefühle zu verbergen. Aber mit Freuden hätte ich mein Silberarmband einem Hexer geopfert, wenn ich nur einen gekannt hätte, damit er die Yunga verwünsche und ihr Eulenklauen an den Leib zaubere.

Doch wie sonderbar das Leben spielt: Es waren die Spanier, die mich von ihr erlösten!

Ihr Erscheinen in unserem Land, in Tumbez, einer Stadt am Meer, das dem Inka wenige Tage nach unserer Ankunft gemeldet wurde, bekümmerte ihn außerordentlich.

Als wir uns über seine Schwermut befragten, erfuhr ich, daß vor etwa fünfzehn Jahren ein Seher ihm die Ankunft von Fremden geweissagt hatte, Fremden mit einer Haut wie gekochter Fisch, roten oder gelben Haaren und gerüstet mit donnernden Waffen, mörderischer als der Blitz. Der Seher hatte außerdem gesagt, diese Erscheinung werde dem Tod des Inka und der Auslöschung unseres Reiches vorangehen.

Obwohl die weißen Männer fast sofort wieder aufs Meer gesegelt waren, dorthin, woher sie kamen, beschloß Huayna Capac, ohne weiteren Verzug seine Söhne nach Tumipampa zu befehlen, um seine Nachfolge zu regeln.

Die Yunga kam nicht mehr in seine Gemächer, doch was mich kurz zuvor noch erfreut hätte, ließ mich nun gleichgültig. Schlimme Vorahnungen bedrückten mich.

* * *

Auch wenn das Begehren des Inka schlummerte, hatte er gerne Frauen um sich, deren Schönheit und Gebaren ihn einmal besonders erfreut hatten. In Gruppen und einander wöchentlich abwechselnd, bereiteten wir seine Mahlzeiten, boten sie ihm dar und begleiteten ihn, wohin auch immer, um ihm zu fächeln, ihm die goldenen Krüge und Becher voll Chichawein zu reichen, den Kokavorrat in seiner Chuspa zu erneuern und ihm jede Aufmerksamkeit zu schenken, deren er zu seinem Wohlbefinden bedurfte. Unser anbetender Eifer kam jedem seiner Wünsche zuvor.

Ich war eine der diensthabenden Acllas gerade an dem Tag, als Prinz Huascar, der Sohn der Coya Rahua Ocllo, eintraf.

Die Szene ist in meinem Gedächtnis lebendig geblieben: bei dieser Gelegenheit entschied sich endgültig mein Schicksal, und mein Herz, das bis dahin das eines Kindes gewesen war, begann wie das Herz einer Frau zu schlagen.

Das Wetter war wunderbar mild. Aus den kleinen grünen Tälern ringsum stiegen Vogellaute und der machtvolle Gesang der Gärtner. Das rosige Himmelslicht schimmerte auf den schneeigen Gipfeln.

Der Inka saß meditierend auf der langen Granitbank in einer der Huairona des Palastes, jenen eleganten Wandelgängen, die sich stets einer weiten Aussicht öffnen und zur Betrachtung einladen, die im Gefahrenfall aber auch als Spähposten dienlich sein konnten.

Wir kauerten zu seinen Füßen.

Ich trug, das weiß ich noch, eine safrangelbe Tunika und darüber meine liebste Lliclla, weiß mit gelben, roten und schwarzen Streifen. Ein aus goldenen und silbernen Fäden gewirktes Band umgab meine Stirn. In die Mitte hatte ich eine leuchtendrote Blume gestickt.

Auf einmal erblickten wir durch den weiten Rahmen der Huairona in der Ferne die Spitze eines Zuges. In Anbetracht des großen Aufgebots erschien Prinz Huascar aber erst zur Stunde der Fackeln vor dem Inka.

Er war weder stattlich wie Huayna Capac, noch war er schön wie Rahua Ocllo. Er trug den gelben Kopfputz, der traditionell den Thronfolger auszeichnete. Ohne diesen Schmuck hätte ihm niemand einen Blick geschenkt ...

An der Seite Huascars stand Atahuallpa, der Bastard der Fürstin von Quito. Atahuallpa war ausgezogen, seinen Halbbruder an den Grenzen des Reiches seiner Vorfahren zu empfangen, das zur Provinz unseres Reiches geworden war. Ein leuchtender Umhang aus Kolibrifedern umhüllte ihn.

Ich habe Euch immer noch nichts über Atahuallpa gesagt, Pater Juan, obwohl er oft im Palast war und den Inka besuchte. Haß verschloß mir den Mund, und ein Widerwille, seine Züge zu beschwören, den ich selbst nach so vielen Jahren noch hege ... sehr gewinnende Züge übrigens, zu denen sich eine geistvolle und schmeichlerische Zunge gesellte, von der sich sein Vater leider betören ließ.

Sehen wir jedoch, trotz der großen Bedeutung, die sie für mein Leben haben sollten, einstweilen von Huascar und Atahuallpa ab ...

Hinter ihnen stand ein junger Mann. Die Stärke der Goldscheiben, die in seinen Ohrläppchen steckten, bezeugte seine nahe Verwandtschaft mit dem Inka. Er hatte breite Wangenknochen, eine hochmütige Nase, einen starken Mund.

Ich hatte während der Reise und am Hof von Tumipampa so manchen schönen jungen Mann gesehen, dessen Männlichkeit mich durchaus beeindruckt hatte, aber dieser – vielleicht weil jenes Etwas des Ausnahmewesens von ihm ausging –, dieser benahm mir den Atem!

Ich hatte manch einen Geliebten, Pater Juan, aber Manco war der einzige, der mich ganz besitzen sollte, und er besaß mich bereits, als ich noch nicht einmal seinen Namen kannte. Den hörte ich, als er von Huayna Capac gerufen wurde. Ich schlug die Augen nieder und vergrub den Namen tief in meinem Gedächtnis, wohl wissend, daß mir dies nur Leiden und Qualen bescheren konnte. Wehe der erwählten Frau, die es gewagt hätte, einen anderen zu erwählen, und wehe dem Mann, ob Prinz oder Hirte, der versucht hätte, sie sich zu nehmen!

Wenige Tage darauf verkündete Huayna Capac im Verlauf einer feierlichen Zeremonie seinen Willen: Das Reich sollte an Huascar gehen, jedoch um das Königtum Quito vermindert, das er Atahuallpa zu geben gedachte.

Huascar verneigte sich, und beide Brüder schworen vor dem Vater einander ewige Freundschaft. Unter Zwang ausgesprochene Worte verpflichten zu nichts.

Da der Inka also die Teilung beschlossen hatte, entsann ich mich wieder der Drohungen der Coya. Aber was hätte ich tun können? Eine Frau kann den Sinn ihres Gebieters nur über ihren Körper beeinflussen. Und was konnte Rahua Ocllo mir nehmen, das ich nicht schon verloren hatte? Dennoch fürchtete ich ihren Zorn, wenn sie die Nachricht erführe. Man flüsterte, sie verwende mit Vorliebe Gift. Ich ließ meine Nahrung also von einem Meerschweinchen vorkosten. Dann kamen neue Sorgen, und ich vergaß es.

Die bösen Vorzeichen mehrten sich. Ein grüner Komet erschien am Himmel. Der Blitz schlug in den Palast ein. Ein einhelliges Zeichen: die Götter richteten ihren feurigen Finger auf uns und schickten uns ihren Fluch! Und die Priester, die Magier hörten nicht auf, das nahe Ende des Inka zu weissagen und vor den grausamen Folgen zu warnen.

Durch die Belehrungen Eurer Landsleute aufgeklärt,

weiß ich jetzt, daß es Torheit ist, zu glauben, man könne die Zukunft aus den dampfenden Eingeweiden eines Lamas lesen ... was sage ich: eine Sünde! Und doch kann ich mir noch immer nicht erklären, wie unsere Magier mit solcher Genauigkeit vorhersehen konnten, welche Schrecken über uns kommen sollten.

Nachdem Huascar und Manco abgereist waren, befiel Huayna Capac ein bösartiges Fieber. Die Ärzte vermochten nichts. Für den Inka war der Augenblick gekommen, zu seinem Vater der Sonne einzugehen, er wußte es.

Bevor er starb, versammelte er seine Verwandten, seine Feldherren und die mächtigsten Curaca um sich und erklärte ihnen, es würden bald Fremde auftauchen, die nämlichen, die man in Tumbez gesehen hatte, sie würden sich unseres Landes bemächtigen, und wir sollten ihnen gehorchen, wie es die Prophezeiung empfahl und weil es weiser sei, sich jenen zu unterwerfen, die uns in allem überlegen seien, als gegen sie zu kämpfen.

Ich habe diese Rede Huayna Capacs mehreren Spaniern wiederholt – auch den Brüdern Pizarro –, und ich sage Euch, Pater Juan, so wie ich es ihnen sagte, diese Worte des Inka waren für das Schicksal unseres Volkes entscheidender als jede Verwegenheit und Tapferkeit der Eurigen!

Wie es unsere Gesetze vorschrieben, blieb der Tod des Herrschers geheim, bis die Provinzgouverneure überall für die friedliche Machtübernahme gesorgt hatten.

Tumipampa hallte von unseren Klagen wider.

Versucht Euch die Erde in schweren Finsternissen vorzustellen, und Ihr begreift, was wir empfanden!

Zahllose Acllas opferten ihr schönes Haar zum Zeichen der Trauer und des Grams. Mit dem Leben des

Inka stand ihr Leben still. Auch das meine. Was sollte aus uns werden? Einige würden Grundbesitz erhalten und sich mit Vermögen und Ehren zurückziehen. Andere würden mit der Aufgabe betraut werden, über den toten Inka in seinem Palast zu wachen. Ein begehrtes Amt. Wir Jüngeren, die seine Gunst nur kurze Zeit genossen hatten, durften allenfalls hoffen, in die Frauenschar des neuen Inka als deren Dienerinnen aufgenommen zu werden. Und was würden wir, da wir nicht mehr neu waren, in ihren Augen gelten!

Das Herz Huayna Capacs blieb, seinem Wunsch gemäß, in Quito. Sein Leib wurde nach Cuzco überführt.

Wir hatten bei der Einbalsamierung geholfen. Nachdem die inneren Organe entfernt waren, wurde der Leichnam der Wirkung von balsamischen Substanzen ausgesetzt, das waren Honig, Harz sowie andere Ingredienzien, deren Geheimnis die Priester hüteten. Dann wurden die Beine geknickt, so daß die Knie ans Kinn reichten und er die Lage des Fötus einnahm, welche die erste unseres Daseins ist und also auch die letzte zu sein hat, um in die Gründe heimzukehren, aus denen wir gekommen sind. In der Weise verfuhren wir seit je mit unseren Toten, welcher Gesellschaftsklasse sie auch angehörten.

Dann hüllten wir den Körper in drei weiße Leinentücher, danach in feine Gaze, dann bekleideten wir ihn mit dem Uncu, der Tunika aus Papageienfedern, gelb, rot, grün, türkisblau und ganz mit Goldpailletten übersät.

Wir weinten. Ach, wie wir weinten!

Trotz der Gewißheit, daß das Leben im Jenseits weiterging, war es furchtbar, den Gott, den wir angebetet hatten, so ohnmächtig, so leblos zu sehen, und schlimmer noch, den Mann, dessen Geschmack in der

Liebe und dessen Schwächen wir kannten. Nur das Gesicht erinnerte noch an ihn. Unversehrt, sehr schön, verjüngt. Ein Spitzenkragen aus steifem Leinen erhöhte seine Majestät, Zinnober gab Ohren, Stirn, Nase und Wangen die Farbe der Gesundheit, Kalebassenstücke spannten von innen die Wangenhaut. Und eine kleine Goldscheibe bewahrte für immer den Glanz des Blickes, den er auf eine jede von uns geworfen hatte.

Und so, mit seinen kostbarsten Kleinodien geschmückt, sah das Volk, das sich entlang der ganzen Reichsstraße drängte, zwischen den Behängen der Sänfte zum letztenmal seinen Inka.

Wir machten die etwa fünfhundert Meilen* weite Reise in einem einzigen Tränennebel. Andauernde Szenen der Trauer begleiteten den Zug. Als wir uns Cuzco näherten, waren die Selbstmorde nicht mehr zu zählen. Huayna Capac war sehr beliebt gewesen. Vielleicht fühlte die Menge auch mit jener dunklen Vorahnung, die einfachen Menschen gegeben ist, daß mit ihm unser strahlender Frieden auf immer unterging.

Eines Abends langten wir in Cuzco an.

Auf jedem Platz brannten Feuer, die Mauern der Paläste glühten rot. Die gesamte Verwandtschaft des Inka hatte sich vor dem Sonnentempel versammelt, seine Hülle zu empfangen. Als die Sänfte hielt, erreichten die bei solchen Anlässen gebräuchlichen Gesänge und Tänze eine fast unerträgliche Intensität.

Stumpf, auf Beinen, die das Gehen verlernt hatten, wankten wir zu den anderen Konkubinen Huayna Capacs, die in Cuzco verblieben waren. Da sie nicht wie wir in Tränen aufgelöst waren, konnten sie ihren Schmerz besser entäußern.

* Die spanische Meile maß 5572 Meter.

Becher mit Chichawein und Kokablätter, die von Dienern sogleich an uns ausgeteilt wurden, frischten jedoch rasch unsere Kräfte auf. Ich sah meine Gefährtinnen sich händeweise die Haare ausraufen, sich das Gesicht mit den Nägeln zerfurchen, ich hörte sie heulen ... Und bald heulte auch ich.

Die Koka begann ihre Wirkung zu tun, die Chicha verstärkte sie. Sehr schnell spürte ich die Müdigkeit nicht mehr. Ich war wie außer mir, und die langgedehnten Schreie, die ich ausstieß, geißelten meinen Körper wie Peitschenriemen und stachelten mein Blut. Ich wurde leicht, frei von meinem fleischlichen Gewicht, von Kummer und Sorgen, wunderbar leicht, wunderbar klarsichtig.

Ein strahlender Weg eröffnete sich mir. Der Inka hatte ihn gebahnt. Und ich hörte ihn, den Göttlichen, hörte seine Stimme, die mich Schritt für Schritt zu den lodernden Feuern lenkte, wo die Würger ihre Arbeit aufgenommen hatten und die mir bestimmte Kordel bereithielten.

Viele andere Frauen waren der Stimme schon gefolgt. Ein frommes Kommen und Gehen stellte sich ein. Die Leichen wurden weggetragen, von Klagenden begrüßt. Man würde sie einbalsamieren und mit kostbaren Stoffen bekleiden. Aufgereiht lägen sie bei der Totenfeier zu Seiten des Inka. So hätte er wie zu Lebzeiten seinen Hof von Frauen um sich. Und selig würden sie dann mit ihm in die Ewigkeit der goldenen Tage eingehen. So war ihre Wahl. Es war auch die meine. Mir schien, ich hätte Flügel, so sehr eilte ich diesem Glück entgegen.

Im Purpurschein der Feuerstätten lohten blutfarben die Gesichter. Schwerer Verwesungshauch entstieg den zertretenen Blumen und Blättern, mischte sich mit den Gerüchen der überhitzten Leiber. Das Gedröhn der Trommeln drang mir bis ins Mark. Hechelnd kam ich den zärtlichen Henkern Schritt um Schritt näher, die mich von einem überflüssigen Dasein erlösen sollten, und als die Menge mich endlich nach vorn trug, richtete ich meinen Blick fest auf sie.

Inmitten eines weiten Kreises, den der Respekt gebildet hatte, gingen die Würger von einer der Kauernden zur anderen. Die an der Reihe war, bäumte sich auf, hob mit beiden Händen ihr Haar, und mit der Geste eines Liebhabers, wenn er der Geliebten ein Geschmeide um den Hals schließt, legte der Würger ihr sanft die Kordel um. Dann zog er zu. Die Frau brach zusammen. Übrigblieb ein Häufchen Stoff unter einer Haarflut. Wie viele schon tot waren? Wie viele noch starben? Hunderte und Aberhunderte gewiß. Je größer die Herrschaft des Inka gewesen war, desto heißer begehrten die Herzen, ihm in seiner Glorie zu folgen.

Diese Glut, diese Inbrunst, mit der wir uns dem Opfer entgegendrängten, verlangsamte seine Vollendung. Fiebernd, unbeweglich standen wir und warteten. Wir waren zu viele. Man hatte einen zweiten Würger holen müssen, einen dritten und vierten. Ihre ehernen Gesichter glänzten wie geölt im Flammenschein. Sie waren schön. Für diesen Dienst wurden stets nur schöne Männer ausgewählt, denn es erhöhte unsere Ungeduld, in ihren machtvollen Händen auszuhauchen.

Die Umstehenden machten es sich zur Pflicht, uns in der Spannung zu erhalten. Chichabecher glitten uns in die Hand, jedermann war bestrebt, unsere letzten Augenblicke durch seine Gesänge und Tänze zu verzaubern. Ich warf meine Lliclla in die Menge, verschenkte meine Brosche, meine Ohrgehänge, meine Armbänder. Die Gefährtinnen taten es mir gleich. Es entstand ein Gedränge.

Was dann geschah, ging sehr rasch.

Ich fühlte mich unter den Achseln gepackt und in der Gegenrichtung ins Dunkel geschleift. Ich wehrte mich nicht, ich war schlaff wie ein Tierfell. Im selben Moment, da die Entführer meine Ekstase brachen, verließen mich all meine Kräfte. Nichts hielt mich mehr aufrecht, nur noch ihr Wille.

In einer Gasse wartete eine Sänfte. Man warf mich hinein. Träger hoben die Holme, ich sackte zusammen ...

Ach, Pater Juan, es tut mir leid. Sagte ich Euch schon, daß ich Cuzco morgen früh verlasse? Dabei hätte ich so gerne ... Das Leben erscheint einem kurz! Aber fängt man erst an, es im einzelnen zu schildern, gibt ein Wort das andere ... ich habe ja kaum angefangen. Hätte ich mich doch kürzer gefaßt! Es liegt aber auch an Euch, ob Ihr es glaubt oder nicht. Noch nie vorher flößte mir jemand den Wunsch, mich ihm anzuvertrauen, so ein wie Ihr. Und ich habe Euch noch fast nichts erzählt, es gäbe soviel, soviel über mein armes Volk zu sagen, auch über Eure Landsleute hier, die Ihr nicht kennt ... Es sei denn ... Doch wollt Ihr mich nicht begleiten? Ich gehe ins Yucaytal, das heilige Tal der Inkas. Kommt mit. Ihr würdet mir eine Freude bereiten. Außerdem geht ebendort meine Geschichte weiter, wir könnten sie gemeinsam nacherleben.

Pater Juan de Mendoza
Zu Cuzco, Stadt in Peru, den 1. Oktober 1572

Morgenhelle vertreibt das Dunkel. Vom Fenster sehe ich, wie ein Träger nach dem anderen, den hoch beladenen Rücken in der Horizontale, das Haus verläßt. Da ihre Erzählung sich gestern bis ein Uhr nachts ausdehnte, einer Stunde, zu der ich ziemlicherweise nicht mehr im Bischofssitz erscheinen konnte, überredete sie mich, ihre Gastfreundschaft anzunehmen. Ebenso habe ich eingewilligt, sie auf ihrer Reise zu begleiten. Eine günstigere Einladung konnte ich mir gar nicht wünschen. Sei gesegnet, o Herr, der du ihr dies eingegeben hast.

Das Yucaytal soll, wie sie sagt, nur drei, vier Meilen entfernt liegen von Cuzco. Sie wollte, daß ich mir in ihrem Marstall ein Pferd aussuche. Ich habe mich für einen prachtvollen feurigen Fuchs entschieden. Genauso einen schenkte mir mein Vater, als ich fünfzehn Jahre alt wurde ... Herr mein Gott! Werde ich eines Tages von diesem Kitzel genesen, der mich wider Willen noch immer zu den irdischen Gütern treibt? Ich hätte mich mit der Mähre begnügen sollen, die mir die guten Patres von Lima geliehen hatten. Aber wäre es nicht auch unhöflich gewesen, hätte ich abgelehnt?

Was soll man aus der Liebenswürdigkeit schlußfolgern, die sie mir beweist? Meines Erachtens spielt sie dasselbe Spiel, das ihr bei den Regierenden hier so trefflich glückt, damit ich mich in den Chor eingliedere, der ihr Loblied singt. Nie vergessen, daß die Falschheit weiblich ist und daß Lügen aus einem schönen Mund klingen wie reiner Kristall! Nichtsdestoweniger spricht sie über ihre Vergangenheit mit einer unzweifelhaften Gefühlskraft und Aufrichtigkeit. Wenn sie erzählt, sieht man sie, wie sie einmal gewesen sein muß: faszinierend, und so unschuldsvoll in der Sünde!

Diese kollektiven Selbstmorde, verdammenswürdig! Ja, aber liegt darin nicht eine Hoffnung? Wenn es uns gelänge, diesen blinden Glaubenseifer Dir, o Herr, zuzuwenden, welch eine reiche Seelenernte!

Nur eine Sorge vergällt mir den Tag ein wenig. Pedrillo, mein Dolmetscher, den ich gestern abend beurlaubt hatte, ist nicht wieder erschienen. Dabei gab er mir bisher allen Grund, ihn zu loben. Ohne Dolmetscher bin ich, allein unter den Indios, des Gehörs und der Worte beraubt. Also auch dort, wo wir hingehen, ganz von ihr abhängig.

Mir kommt ein Gedanke: wollte sie es vielleicht so? Hat sie Pedrillo veranlaßt fernzubleiben? Wenn sie ist, wie man sagt, darf man ihr alle möglichen Absichten unterstellen, selbst die finstersten. Aber rede ich mir nicht etwas ein? Für mein Anliegen gilt ohnehin nur eines: weitermachen, beobachten, zuhören.

3

Als ich nach den geschilderten Opferszenen und meiner Entführung wieder zu mir kam, war es Tag.

Ich stellte fest, daß ich in einer Sänfte saß, daß die Sänfte sich vorwärts bewegte, und nach den verworrenen Bildern, die mein noch immer völlig benommenes Gedächtnis preisgab, glaubte ich, der Würger habe das Seine vollbracht und ich befände mich auf der Reise in das Land ohne Wiederkehr.

Ich wagte einen Blick durch einen der Schlitze. Das Herz ging mir auf in der Brust. Ja, so mußte es sein, das ewige Festmahl, zu dem die verstorbenen Acllas geladen sind: ein grünes Tal, von einem so grünen, so frischen Grün, daß ich dergleichen noch nirgends gesehen hatte, und diese Blumenpracht, dies Rauschen Tausender Bäche überall, und dieser Friede im blauen Schatten der Berge.

Ich hatte Durst.

Fröhlich und begierig zu wissen, an welchem Nektar die Menschen des Jenseits sich labten, rief ich. Der Schritt der Träger verhielt. Ein Mann erschien, der nicht allzu himmlisch aussah, was aber meiner Stimmung nichts verschlug.

»Wer du auch seist«, sagte ich, »hab die Güte und gib mir zu trinken.«

Der Mann nahm einen Krug von seinem Rücken, füllte einen Becher und reichte ihn mir.

Ich dankte ihm, trank. Es war einfach Wasser, aber noch nie hatte ein Getränk mir so köstlich geschmeckt.

»Wo sind wir?« fragte ich, denn ich wollte meine Glückseligkeit aus dem rauhen Mund des Mannes bestätigt wissen, der auch hier ein Diener sein mußte, wie ein jeder bei uns im Tod seine irdische Existenz weiterführt.

»Im Yucaytal«, sagte der Mann.

Mein Denken erstarrte.

»Im Yucaytal?« wiederholte ich. »Aber ...«

Der Mann verneigte sich.

»Du bist bald da.«

»Wo? Wer bist du? Wohin bringst du mich?«

Ich schrie, von neuem verwirrte sich alles in meinem Kopf.

»Wir bringen dich dorthin, wo wir dich hinbringen sollen auf Befehl des Inka Huascar, der unser aller neuer Gebieter ist, seit der ehrwürdige Huayna Capac, sein Vater, nicht mehr unter uns weilt.«

Die Behänge fielen, die Sänfte setzte sich in Bewegung.

Und auf einmal fiel es mir wieder ein ... Wie Hände mich gepackt, mich der Opferung entrissen hatten ... Erschrocken, übergangslos fand ich mich in meiner lebendigen Haut wieder. Glaubt mir, Pater Juan, es war keine Freude: mit dem Leben kehrten auch die Probleme zurück.

Warum hatte Huascar mich entführen lassen? Sollte ich den schweigsamen und mürrischen Prinzen, der jetzt mein Herr war, in Tumipampa versehentlich gekränkt haben? Ich grübelte. Aber ich brauchte nicht langenachzudenken, um von Huascar auf seine Mutter zu kommen, die Coya Rahua Ocllo. Es hieß, sie habe alle Macht über ihn, und hatte sie mir nicht selbst gesagt: »Wenn Huascar regiert, regiere ich, und ich werde dich nicht vergessen ...« Ich hatte meinen Auftrag nicht erfüllt, Atahuallpa war der Erbe des Königtums Quito geworden, und die Coya vergaß nicht, sie wollte sich rächen. Aber was hatte sie vor? Mein selbstgewählter Tod hatte ihr also nicht genügt.

Nach einer Zeit, die mich endlos dünkte, hielt die Sänfte. Ich raffte meinen Mut zusammen, hob einen Behang. Wir befanden uns in einiger Höhe, oberhalb von rostroten und goldgelben Terrassenfeldern, denn die Erntezeit nahte. Ich konnte die Tamburine hören, die von Frauen und Kindern geschlagen wurden. Genauso hatten wir es in unserer Ayllu gemacht, um die Vögel zu verjagen. Weiter unten sah ich Kokapflanzungen, deren blanke Blätter leuchtendgrüne Kissen bildeten, und das silbern sich schlängelnde Band eines Flusses.

Rasch hob ich den anderen Behang. Mein Blick fiel auf die Mauern eines Palastes ganz aus weißem Granit, der so blendendhell in der Mittagssonne lag, daß meine Augen nach der langen Dunkelheit schmerzten und sich mit Tränen füllten.

Pater Juan, es ist derselbe Palast, in dem wir uns jetzt befinden, und ich will Euch das wunderbare Funkeln erklären, das auch Euch überwältigt hat. Es rührt von dem Mörtel her, einem Gemisch aus Blei, Silber und Gold, den man zwischen die Steinblöcke goß, ein Verfahren, das bei den Palästen unserer Inkas und bei unseren Tempeln ziemlich oft angewandt wurde und das, ich sage es mit Bedauern, der Grund dafür war, daß Eure Landsleute zahlreiche Bauwerke zerstörten.

Aber fahren wir fort ...

Diener erschienen. Einer trat vor die Sänfte.

»Geruhe einzutreten«, sagte er.

Durch ein Portal, dessen Sturz dicht mit gehauenen Pumaköpfen besetzt war, kam ich in ebenden Saal, in dem auch wir uns nun befinden.

Ihr seht ihn sehr nackt. Früher war er mannshoch mit Goldtafeln ausgekleidet, auf denen Tiere, Vögel und Pflanzen im Relief dargestellt waren, jede Tafel ein kleines Kunstwerk von heiterer Anmut. Jaguarfelle bedeckten den Boden, und in den Nischen, die Ihr seht, standen Vasen und Kostbarkeiten, eingelegt mit Türkisen, Korallen und Lapislazuli, deren farbenreiches Schimmern und Funkeln sich in den goldenen Wänden spiegelte ... Als ich eintrat, roch ich den zarten Duft des Gebälks aus Edelhölzern, das von Bespannungen überdeckt war.

»Wir haben dir ein Mahl bereitet«, sagte der Diener.

Man brachte mir Krustentiere, die ebenso vorzüglich schmeckten wie jene, die wir seinerzeit in Rimac frisch aus dem Meer genossen hatten, gebratene Rebhühnchen, gerösteten Mais, Avocados und Ananas.

Seit Huayna Capac gestorben war, hatte ich mich vorwiegend von Tränen genährt. Da mein Appetit angesichts dieser Leckereien wiederkehrte, beschloß ich, mir keine Fragen mehr zu stellen, die am Lauf meiner Tage doch nichts änderten, und mich der Annehmlichkeiten, die man mir bot, solange ich konnte zu erfreuen. Ob uns der Augenblick zu einem Strauß köstlicher Empfindungen wird oder zu einer dornigen Geißel, hängt oft von uns selbst ab.

Also ließ ich mir all die guten Dinge schmecken, ohne viel zu fragen, welches Gift sie enthalten mochten. Danach war ich müde, und ich sagte es. Wir betraten eine Galerie, von der sich ein weiter Blick auf das Tal bot, dann einen gepflasterten Hof, in dessen Mitte ein goldener Springbrunnen zwischen dichten Büscheln von Chihaihua murmelte – das sind gelbe Blumen, so hoch wie Eure spanischen Nelken. Als ich ein paar Stufen hinabschritt, gelangte ich in ein Schlafgemach. Zwei Dienerinnen entkleideten mich, ich legte mich nieder und schlief ein.

Die Dienerinnen weckten mich im Schein der Fackeln.

»Du mußt dich bereitmachen«, sagten sie.

Ich gehorchte gleichmütig. War es die noch immer anhaltende Wirkung der Koka, kam es von einer Droge in meinen Speisen, oder war es mein Zustand, ich fühlte mich wie eine Pflanze, die willenlos wartet, daß man sie nährt und tränkt oder bricht.

Über ein Labyrinth von Treppen führten sie mich ins Bad.

Aus den Mäulern zweier gold- und silbergeschuppter Schlangen, deren verschlungene Leiber dem Stein entstiegen, sprudelte das Wasser und schien zu Gold zu schmelzen, da wo es in das ganz mit dem kostbaren Metall ausgeschlagene Becken fiel. Es war groß genug, mehreren Personen ein Bad in aller Bequemlichkeit zu bieten. In den Seitenwänden rundeten sich Nischen, dort standen Lamastatuetten und zierliche Gefäße, die Balsame und Öle enthielten.

Ich stellte mich unter den Strahl. Das frische, sehr kalte Wasser, das uns die erquickenden Kräfte unserer Berge spendet, reinigte mich und vertrieb meine Betäubung. Ich kam wieder zu mir. Gestern war ich bereit gewesen, meinen Hals den Würgern darzubieten, ich lebte im Tod, er war mir süße Erlösung. Noch vor kurzem war ich bereit gewesen, ihn hinzunehmen. Nun aber entsetzte er mich. Ich entwischte den Händen der Dienerinnen, stürzte die Treppen hinauf zu meinem Gemach, die beiden japsenden Frauen im Schein ihrer Fackeln hinter mir her.

Meine Kleider waren verschwunden. Statt ihrer lagen eine aus Silberfäden gewebte Tunika und eine weiße Lliclla mit gleichmäßigen roten und schwarzen

Streifen da. Ich schlüpfte in die Tunika. Meine Haare troffen vor Nässe. Die Dienerinnen, die mir nachgeeilt waren, protestierten. Um kein weiteres Aufsehen zu erregen, überließ ich ihnen mein Haar, dachte aber nur mehr an Flucht. Doch wie? Und wohin? Ich wußte es nicht ...

Auf einmal – die Dienerinnen unterdrückten einen Ausruf, ließen die Kämme fahren und warfen sich nieder. Ich fuhr herum, und auch ich neigte mich zu Boden.

»Steh auf, Asarpay«, sagte Huascar.

Der Llautu und die Mascapaycha verliehen ihm eine Erhabenheit, die er in meinem Gedächtnis nicht hatte ... Die Dienerinnen waren verschwunden. Ich fühlte Huascars Blick auf mir ruhen.

»Asarpay«, sagte er, »seit ich dich in Tumipampa sah, ist mein Körper ein einziger Schmerz. Stille ihn.«

Er war mein Herr, der Inka, der Gott. Ich legte meine Tunika ab und tat mit ihm, was ich mit seinem Vater getan hatte.

Anderntags führte mich Huascar ins Tal und zeigte mir die Berge, die den Palast umgeben. Die Steinmauern um die Hochfelder streiften ockerfarben die Hänge. In halber Höhe sah man die Dörfer, von weitem nicht größer als die Tonmodelle, die für unsere Baumeister das gleiche sind wie gezeichnete Pläne für die Euren.

Vom Tal stiegen wir in Sänften bis zu den Gärten oberhalb des Palastes hinauf. Dort sah ich zum erstenmal Baumfarne, durch die der Himmel scheint wie durch Spitzenwerk, und wunderbare Orchideen, Stechapfel, Papageienblumen. Dort waren auch Pisonay, jene großen Bäume voller Blüten, aus denen blutrote Trauben werden. Huascar gab sie mir zu kosten, sie schmecken sehr gut. Und riesige Sträucher von Kantuta. Die Kantuta, kleine hochrote, gelbe oder violette Glöckchen, die in Büscheln zu dritt oder viert an einem Stiel sitzen, ist die heilige Blume der Inkas.

Huascar entließ sein Gefolge. Wir wandelten zu einem Gehege, wo winzige Affen kreischten. Überall waren Vögel, kleine grüne Papageien, bunte Aras, Schwalben, Turteltauben, Kolibris. Ich weiß nicht, wie das Paradies ist, aber dieser Garten entsprach den Beschreibungen Eurer Mönche.

Wir gingen zu Fuß bis zu den Weiden hinauf, an deren Saum dann der Felsen beginnt. Voll Wonne atmete ich die Luft der nahen Gipfel. Ich wußte ja nicht mehr, wie klar sie ist und wie gut die Kräuter riechen und die Steine, die Frost und Sonne verbrennen. Fast vergaß ich darüber die Frage, wie denn der Inka zu mir stand. Wenn sein Begehren nachließe – und er hatte ihm schon die ganze Nacht geweiht –, was würde er dann mit mir machen?

Seite an Seite schauten wir hinauf zu den Höhen. Lamaherden zogen vorüber. Uns umgab eine unerhörte Stille. Huascar schien nicht gesinnt, sie zu brechen. Er war weder ein fröhlicher Mensch noch mitteilsam, seit dem Morgen hatte er keine zehn Sätze gesprochen.

Plötzlich sagte er, ohne mich anzusehen: »Ich will alles über dein bisheriges Leben wissen, verschweig mir nichts.«

Zu verschweigen hatte ich nichts, bis auf die Anziehung, die Manco auf mich ausübte, doch eher hätte ich mich mit einer Kalebasse voll Pfefferschoten erstickt als diese Schwäche zu gestehen, die mein Herz manchmal nur mit Not zu zügeln vermochte.

Als ich geendet hatte, wandte mir Huascar sein ziemlich flaches Gesicht zu, aus dem die gebogene Nase stach wie ein Schnabel.

»Als ich von Tumipampa zurückkehrte, sang dein

Name in meinen Ohren, deine Schönheit erleuchtete all mein Denken. Ich wußte durch meine Seher, daß die Tage meines Vaters gezählt waren und daß du bald mir gehören würdest. Du hast mich heute nacht nicht enttäuscht. Wenn man aus deinem Kelch trinkt, o Asarpay, bekommt man immer mehr Durst. Ich danke dem großen Huayna Capac: er hat dich für mich erwählt ... Morgen gehe ich nach Cuzco. Warte hier auf mich. Verfüge über den Palast, meine Diener sind auch die deinen.«

Er bückte sich, pflückte einen Grashalm und gab ihn mir.

»Gras vermehrt sich mit den Jahreszeiten. Deine Freuden sollen die glückliche Beschäftigung meiner Tage sein. Aber betrüge mich nie, nicht in Taten noch in Worten, sonst gieße ich geschmolzenes Gold in deine lügnerischen Augen und werfe dich meinen Pumas vor.«

* * *

Die Leidenschaft des Inka wurde öffentlich, als er mich mitnahm nach Cuzco und mir in Anwesenheit mehrerer Edlen seiner Familie diesen Palast hier samt allen zugehörigen Gütern und Bergen schenkte.

Auch die Coya Rahua Ocllo war zugegen.

Sie bezeigte mir eine Freundschaft, die ich ehrerbietig erwiderte. Meine früheren Ängste vor ihr belustigten mich nun, gleichwohl nahm ich ihre Grimassen als das, was sie waren. Es gibt keinen schlimmeren Feind als einen, der uns zulächelt, Pater Juan. Und ich ahnte, daß sie keine Ruhe finden würde, bis sie die Neigung ihres Sohnes zerstört hätte, und daß alle Frauen des Inka ihr dabei helfen würden.

Doch trotz der Stärke des gegnerischen Lagers, das mich am Hof zu Cuzco zweifellos mit scharfen Krallen zerfetzte, wuchs Huascars Liebe wie ein im Saft stehender Baum.

Es gab nichts, was er mir verweigerte. Ich brauchte nicht einmal zu bitten. Ließ ich auch nur ein Wort fallen, wurde erfüllt, was ich wünschte. Ich bekam ein Paar dressierte Jaguare, die er aus den heißen Zonen vom anderen Hang unserer Berge kommen ließ, eine Sänfte wie die Coya, seine Gemahlin und Schwester, eine hatte, dazu Truhen und Schreine voller Geschmeide; und hätte ich mich mit all den kostbaren Stoffen schmücken wollen, die er mir schenkte, hätte jeder Mond ein Jahr dauern müssen.

Und doch glaube ich, daß ich darüber nicht jenes Entzücken empfand, das Huayna Capacs armselige Geschenke mir bereitet hatten. Gewiß war ich in meinem Palast die Königin, aber von einem Tag auf den anderen konnte der Inka mir die Krone, die ich nur seinen Händen verdankte, auch wieder nehmen.

Durch Erfahrung gereift und über meine kindliche Eitelkeit hinaus, war ich mir jetzt bewußt, daß Schönheit mit den Augen des Verlangens gesehen wird, daß dies aber ein zerbrechliches Tonsäulchen ist. Ich wurde bald achtzehn. In dem Alter sind Frauen aus dem Volk bei uns schon für eine Familie verantwortlich, die Jugend liegt hinter ihnen. Und für eine Aclla war ich erst recht ziemlich alt. Wie viele frische junge Knospen waren unterdes in den Acllahuasi erblüht!

Wenn ich meine Position nicht festigte, würde der Blick des Inka sich bald einer anderen zuwenden. Aber wie sollte ich? Kann eine Frau etwas anderes sein als ein hübscher Körper, eine Entspannung? Kann sie mehr tun, als der Natur des Mannes zu schmeicheln? Ich gestehe, damals dachte ich: nein, und ich beschränkte mich, wie eigentlich wir alle, selbst auf die animalische Rolle, die uns die Gesellschaft zuweist.

Zwei Arme, zwei Beine, ein Bauch, zur Fortpflanzung oder zum Vergnügen.

Das Leben geht seltsame Wege. Ausgerechnet durch Rahua Ocllo kam ich darauf, Ansichten zu verwerfen, die seit Anbeginn der Welt dieselben sind.

Allmählich ließen Huascars Großzügigkeit und die unübersehbaren Beweise seiner Gunst das allseitige Lächeln erstarren.

Neuerdings forderte er, daß ich an allen hohen religiösen Festen teilnahm. In der Gruppe seiner Frauen wäre das kein Problem gewesen, doch ich thronte in derselben Reihe wie seine Mutter und seine Gemahlin und Schwester. Ein weniger auffälliger Platz wäre mir lieber gewesen. Huascar lehnte es ab. Er wollte seine Liebe vor aller Welt behaupten, und wer hätte sich dem widersetzt, auch wenn er die Tradition umstürzte: schließlich war er der Inka, der Gott!

Die Verschönerungen, die er in meinen Gärten in Yucay ausführen ließ, erbitterten vollends die Gemüter.

Beiläufig hatte ich einmal von der Pracht von Tumipampa gesprochen. Einige Wochen später überraschte mich zwischen den Kantuta und Orchideen ein goldenes Blütenmeer, goldene Früchte hingen an den Bäumen, und sogar die Grasbüschel, die in den Kehlen der Steinmauern sprossen, waren nun aus Gold. Dann bevölkerten seine Juweliere die Busch- und Baumgruppen mit Myriaden von Schmetterlingen und Kolibris, deren Flügel eingelegte Edelsteine zierten, und goldene Pumas, die Augäpfel aus Smaragd, hielten zusammen mit meinen Jaguars zwischen den Terrassen Wacht.

Man sagte, Huascar sei geizig, mich aber verwöhnte er märchenhaft, mehr wahrscheinlich als es je der Favoritin eines Inka widerfuhr, obwohl ich darüber keine genaue Kenntnis habe.

Meine Feinde wären indes baß erstaunt gewesen, hätten sie gewußt, daß ich trotz all seiner Großmut nicht zufrieden war. Das Leben ist hohl, wenn ihm kein tiefes Gefühl innewohnt, kein Daseinszweck. Man will alles, man bekommt es, aber das Eigentliche fehlt.

Wenn der Inka mich nach Cuzco rief, ziemte es sich, auch der Coya Rahua Ocllo meinen Gruß zu entbieten.

Sie hatte wie stets ihre Zwerginnen zu Füßen und einen glanzvollen Hof von Prinzessinnen von Geblüt und Konkubinen des Inka um sich.

Rahua Ocllo legte mir dann sogleich eine Arbeit in die Hände und umschmeichelte mich. Das tat sie vor allem, um mich einzukreisen, den verletzlichen Punkt an mir zu finden, um ihre Schleuder abzuschießen. Aus meinem goldgefaßten Schädel zu trinken hätte sie entzückt ... Oh, ja, Pater Juan! Zu jener Zeit hatten Eure Landsleute uns noch nicht gelehrt, daß es elegant und zivilisiert ist, denjenigen zu beweinen, den man soeben erschlagen hat. Bei uns gestattete man sich noch solche ausgelassenen Triumphe über tote Feinde! Da Rahua Ocllo unter den gegebenen Umständen auf derlei jedoch verzichten mußte, suchte sie mich auf andere Art zu vernichten: sie schraubte die Unterhaltung auf ein Niveau hoch, dem ich nicht gewachsen war.

Mittendrin hielt sie inne und richtete ihren Blick auf mich wie einen Essigstrahl.

»Was ist, Asarpay, bleib nicht stumm, sag deine Meinung!«

Und dann lachte sie. »Seht euch die Dummheit an! Allerdings, Asarpay, entschuldigt dich deine Herkunft. Ein Kind der Felder hat nichts im Kopf. Das fressen alles die Läuse.«

Ein andermal gab sie sich mitleidig.

»Du siehst abgespannt aus, Asarpay. Das viele Dienen bekommt dir nicht, und kein Inka speist aus einem abgenutzten Napf.«

Und noch anderes sagte sie, das aber der Anstand mir verbietet wiederzugeben.

Gedemütigt verließ ich Cuzco, sann, gelb vor Zorn, auf unmögliche Erwiderungen ... und begann zu ermessen, wie arm man bei allem Reichtum ist, wenn man keine Bildung hat.

Als ich Huascar meinen Wunsch mitteilte, daß ich mich bilden wolle, nahm er es als eine Laune und machte sich lustig darüber.

»Versteh doch, mein allmächtiger Herr«, beharrte ich, »damit könnte ich dir näher sein und dir Ehre machen.«

»Eine Frau braucht nur schön, zärtlich und treu zu sein.«

»Das will ein Lama von seinem Weibchen auch!« schrie ich wütend.

Und, was selten geschah, Huascar lachte.

Endlich, nachdem ich ihm genug in den Ohren gelegen hatte, gab er nach und bat die Amauta, mich zu empfangen. Die Amauta waren unsere Gelehrten und Philosophen, sie lehrten an der Yacha Huaca, einem Kolleg im Viertel Huacapuma, das ausschließlich jungen Prinzen und den Häuptlingssöhnen der unterworfenen Völker offenstand.

Die Gunst, die sie mir, dem Inka zu Gefallen, erwiesen, war außerordentlich. Daher stieß ich anfangs auf allerhand Zurückhaltung. Doch bewies ich meinen Lehrern so große Verehrung und Ergebenheit, war ich so unterwürfig und aufmerksam, daß sie nach und nach ihre Vorbehalte vergaßen und sich meines armen Gehirns erbarmten, das noch einer ringsum vermauerten Hütte glich.

Als sie da nun ein wenig Licht hineinbrachten, staunte ich, verblüfft und geblendet von den Aussichten, die sich mir eröffneten, und wollte nur noch eins: die Mauern eine nach der anderen schleifen, die mir das strahlende Licht verwehrten, nach dem sich meine Seele verzehrte.

Jede Woche kam ich von Yucay und widmete einen ganzen Tag meinen Studien.

Ich lernte, das Ketschua, unsere Sprache, mit höfischer Eleganz zu sprechen. Ich vertiefte meine Religionskenntnisse, besonders über Viracocha, den Schöpfer der Erde, ihrer Gestalt und ihrer Lebewesen, eine Gottheit, die in den Acllahuasi eher vernachlässigt wurde, weil man Inti, den Sonnengott, höher stellte. Ich versuchte mich in der Astronomie und erlernte bald auch recht geschickt die Quipus zu handhaben, jene Schnüre mit Knoten, in verschiedenen Längen und Farben, die uns in allem als Gedächtnishilfe dienten. Gewohnheiten ändern sich schwer: die Mehrheit der Gebildeten hält noch heute an den Quipus fest und verweigert sich bislang der Schrift, ein doch unschätzbares Ausdrucksmittel des Denkens, das wir Euren Landsleuten verdanken.

Was mich am meisten begeisterte, war die Geschichte unseres Reiches.

Eine sehr schöne Geschichte, und ich kann dem Vergnügen, Euch seine Ursprünge zu erzählen, nicht widerstehen. Sie beginnt wie eine Sage. Ihr nehmt sie sicher auch als solche, Pater Juan, doch bedenkt, ob nicht jede Religion sich zu Teilen auf Wunder gründet.

Vor ungefähr vierhundert Jahren bestand dieses Land nur aus Wäldern und Buschwerk. Die Eingeborenen, die es bevölkerten, gingen nackt oder mit Tierhäuten bedeckt, wohnten in Höhlen, hatten keine Götter noch eine sittliche Ordnung, und wenn sie hungerten, fraßen sie sich gegenseitig.

Über soviel Barbarei betrübt, beschloß unser Vater die Sonne, ihnen einen seiner Söhne und eine seiner Töchter zu schicken, die sie lehren sollten, Häuser zu bauen, die Erde urbar zu machen, Viehherden zu sammeln und ihre Wolle zu spinnen und zu weben, kurz, zu leben, wie es die Selbstachtung befiehlt.

Der Sonnenvater gab seinem Sohn, Manco Capac, eine goldene Rute mit und gebot ihm, er solle dort, wo die Rute sich mühelos in die Erde senken lasse, die Hauptstadt seines Reiches errichten.

Auf unserer Welt nahe dem Titicacasee angekommen, wanderten Manco Capac und Mama Ocllo, seine Gemahlin und Schwester, lange Zeit umher. Sowie sie in ein freundliches Tal gelangten, versuchten sie, die Rute in den Boden zu treiben, doch es war immer vergeblich. Bis sie eines Tages wahrhaftig ganz gerade in die Erde eindrang. Und dies war der Ort, an dem später der Sonnentempel erbaut wurde ... In ihrer Freude, daß sie die Stätte gefunden hatten, brachen Manco Capac und Mama Ocllo jeder nach seiner Richtung auf, die frohe Botschaft zu verkünden. Da nun die Wilden die Gotteskinder so prächtig gekleidet und im Strahlenglanz himmlischen Lichtes erblickten, beteten sie sie an und folgten ihnen. Als Männer und Frauen in hinreichender Zahl versammelt waren, führte Manco Capac sie an die Stelle, wo die goldene Rute erglänzte, und sie bauten ringsum eine Stadt, die sie Cuzco nannten, den »Nabel«, was ihr ehrgeiziges Streben bezeugt! Und so wurde das Reich der Inkas gegründet, das Tahuantinsuyu, das die Spanier in Peru* umtauften,

* Als die spanischen Eroberer von Panama südwärts zogen, kamen sie an einen Fluß, der »Biru« hieß. Irrtümlich hielten sie diesen Namen für den der jenseits liegenden fruchtbaren Gebiete, die ihnen die Eingeborenen zeigten, und so entstand der Name »Piru« oder »Peru« für das Inkareich.

ein Name, der uns völlig fremd ist und an den wir uns schwer gewöhnen. Wenn von Peru die Rede ist, wissen die meisten von uns nicht einmal, was gemeint ist.

Das Reich des Manco Capac umfaßte zunächst nur wenige Meilen. Sehr bald aber, und mehr durch Überzeugung denn mit Gewalt, wuchs der Machtbereich seiner Nachfolger, so wie das Wasser einer Quelle, das sich je nach dem Hindernis seinen Weg bahnt und schwillt und beharrlich seinem Laufe folgt, bis es Fluß und Strom geworden ist.

Eins nach dem anderen unterwarfen sich die benachbarten Völker, da sie die Überlegenheit unserer Armee und unserer Sitten anerkennen mußten. Die sich auflehnten, wurden besiegt, doch unter Vermeidung jedes unnötigen Schadens, um den Reichtum des Landes nicht zu versehren. Manchmal wurden die Einwohner umgesiedelt und durch eigene Leute ersetzt, damit sie die Feuer des Widerstands löschten und unsere Bräuche und Methoden der Bewässerung, des Ackerbaus und der Architektur einführten. Die Politik gegenüber den eroberten Provinzen war weise: sie bestand in der Aufwertung der Anbauflächen, so daß die Bevölkerung in den Genuß unserer Erfahrungen und unserer Organisation kam. Der Inka zwang ihnen nichts auf, was er nicht auch von den Seinen forderte, nämlich unseren Kult auszuüben, unsere Sprache zu sprechen, unsere Gesetze einzuhalten und den Tribut zu entrichten, den ihm jedes Familienoberhaupt schuldete. Der Hunger hörte auf, eine ständige Bedrohung zu sein. Die Schwachen erhielten Schutz, Kleider, Nahrung, und die Beamten hatten den Auftrag, über die Einhaltung unserer Grundsätze zu wachen, und waren für ihr Tun und Lassen verantwortlich vor den Richtern ...

Ein Beispiel, Pater Juan, möge Euch veranschaulichen, was ich sagte. Auf Diebstahl stand der Tod durch Erhängen – einem anderen sein Eigentum zu rauben, und wäre es nur eine Kalebasse voll Mais, wurde bei uns schwerer geahndet als Mord oder andere Verbrechen. Sollte indes jemand gestohlen haben, weil er Hunger litt, mußte nicht er dafür büßen, sondern der für ihn verantwortliche Beamte, der seine Not hätte sehen und für Abhilfe sorgen müssen. Ist das nicht eine bemerkenswerte Gerechtigkeit? Habt Ihr Vergleichbares in Spanien? Ich frage Euch, weil Eure Landsleute hier sich eher auf ihr Schwert zu verlassen scheinen als auf die Gerichte, wenn es Streitigkeiten zu entscheiden gilt.

* * *

Nach zwei Jahren befanden die Amauta, daß meine Bildung sie zufriedenstelle.

Dann wurde ich schwanger. Ich hatte befürchtet, unfruchtbar zu sein, es war also eine große Freude. Huascar teilte sie. Seine Liebe wurde noch inniger.

Die Verehrung, die dem Gott gebührte, hatte mir lange verboten, den Menschen zu beobachten. Inzwischen war ich mutiger geworden. Ich getraute mich, der Wahrheit ins Auge zu sehen, und entdeckte Schwächen in seinem Charakter, eine gewisse Trägheit, eine Unentschiedenheit, die ihn manchmal zu großen Ausbrüchen verführte, an denen der Verstand nicht beteiligt war. Diese Schwächen waren, ohne daß er es ahnte, für mich das Beste an ihm, sie vermochten mein Herz zu rühren.

Gestärkt durch die neue Art unserer Beziehungen und durch das Kind, das ich trug, fragte ich ihn eines Tages, wann er es seinen Vorgängern gleichzutun und das Reich um eine Eroberung zu vergrößern gedenke.

Wir waren, das weiß ich noch, in einem der Gärten,

er saß auf einer goldenen Bank, ich kauerte zu seinen Füßen und streichelte meinen Jaguar. Die Sonne warf rote Flammen auf das Dach des Palastes, überall dort, wo Golddrähte das Stroh überspannten. Weit unter uns wellte sich das grüne Tal, und von den niedrigen Zweigen eines Pisonay beäugten uns drei kleine grüne Papageien.

Meine Frage wurde mit Schweigen beantwortet. Huascar kaute weiter seine Kokakugel, sein Blick blieb undurchdringlich.

Etwa zwei Monde später sagte er an derselben Stelle unvermittelt zu mir: »Ich habe beschlossen, die Teilung, die Huayna Capac verfügt hat, rückgängig zu machen. Wie soll ich anders die Politik meiner Vorfahren fortsetzen, die immer darin bestand, Gebiete hinzuzugewinnen? Da du, Asarpay, jetzt so vieles weißt, geh in Gedanken mit mir die Grenzen unseres Landes durch. Im Süden gehört uns die Hälfte von Chile, aber die araukanischen Krieger jenseits des Maulli-Flusses sind so blutrünstig und kampflustig, daß kein Inka sich je darüber hinaus gewagt hat. Im Osten liegt ebenso unüberwindlich der Dschungel. Der Westen wird durch das Meer begrenzt. Bleibt einzig der Norden ... Im Norden, sicher, dort gäbe es schönes Land einzunehmen. Aber nach dem Willen meines Vaters ist Atahuallpa das Königtum Quito zugefallen, und Eroberungen sind nur von seinen Grenzen aus möglich. Für ihn. Für diesen Intriganten, diesen Ehrgeizling, der meine Macht so schon vermindert! Das muß aufhören. Einer meiner Würdenträger ist in dem Sinne auf dem Weg nach Quito. Atahuallpa soll Quito behalten dürfen, aber unter der Bedingung, daß es Teil des Reiches bleibt und daß der Bastard auf jeden anderen Anspruch verzichtet und sich hier in Cuzco als Vasall unterwirft.«

Während Huascar mir dies vortrug –, es war die längste Rede, die ich bislang von ihm gehört hatte –, dachte ich daran, daß die Feldherren Huayna Capacs nach seinem Tod alle in Quito geblieben und, wie es hieß, Atahuallpa ergeben waren, weil sie die kriegerischen Fähigkeiten des verstorbenen Inka in ihm verkörpert sahen. Ich hätte es klüger gefunden, zuerst einmal die Armeen zurückzurufen, bevor man den Fürsten von Quito brüskierte. Ich versuchte meine Meinung so zartfühlend wie möglich auszudrücken, doch wurde ich roh unterbrochen.

Zum erstenmal sah ich Huascar in Zorn. Ich schloß daraus, daß er sich der Unterwerfung seines Halbbruders weniger sicher war, als er vorgab.

Zwei Wochen darauf teilte er mir freudig mit, er habe durch seine Kuriere Antwort von Atahuallpa. Der Fürst von Quito erkläre sich in den verbindlichsten Begriffen bereit, seiner Vorladung nachzukommen.

In Cuzco wurde mit der Vorbereitung großer Feste begonnen. Wenn Ihr unsere Geschichte ein wenig kennt, Pater Juan, dann wißt Ihr auch, daß es nie dazu kam.

Eines Nachts erschütterte ein schreckliches Unwetter unsere Berge.

Ich war hinausgegangen, nach dem Himmel zu schauen, als der Blitz in ein Nebengebäude des Palastes einschlug. Die Dienerschaft hatte sich zu mir gesellt. Voller Schrecken sahen wir, wie der Zorn der Götter sich auf das Strohdach entlud. Sowie das Feuer gelöscht war, ließ ich sämtliche Öffnungen des Hauses verstopfen, damit der Fluch, der mit dem Blitz hineingefahren war, gefangen bleibe und uns nicht auch erreiche.

Tags darauf wollte ich ins Bad, mich zu reinigen. Eine Zwergin, die der Inka mir geschenkt hatte, ging voraus. Heulend kam sie zurück. Auf der Schwelle saß eine

Kröte. Kröten, Fledermäuse und andere häßliche Tiere sind, je nach dem Ort, wo man sie findet, für uns warnende Zeichen vor nahendem Unglück. Das weiß eigentlich jeder, aber vielleicht wißt Ihr es nicht, Pater Juan, obwohl die Spanier sehr abergläubisch sind ... Mein seliger Gatte pflegte sich zu bekreuzigen, wenn er zu seiner Linken einen schwarzen Vogel fliegen sah; und zertrat er aus Versehen eine Spinne, war für ihn der ganze Tag überschattet. Hingegen behauptete er, einer Hinrichtung beizuwohnen bringe ihm Glück im Spiel, und er war dann stets bester Laune.

Am Tag nach dem Unwetter rutschte ich auf einer Treppe aus und hatte eine Fehlgeburt. Das Kind war ein Knabe.

Die folgenden beiden Monate schleppte ich mich elend durch den Palast.

Der Schmerz über den Verlust des Kindes schien die Götter nicht besänftigt zu haben. Ich spürte, daß ihr Zürnen weiter umging.

Ein Seher, der seiner Frömmigkeit und Seherkraft wegen im ganzen Tal hoch geachtet wurde, kam auf meine Bitte, die Eingeweide eines Lamas zu befragen. Das Tier entglitt den Händen, die es hielten, als der Seher ihm die Seite aufschlitzte. Man brachte ein zweites, ein herrliches Tier mit ganz schwarzem Fell, und opferte es ... Als das Gekröse ausgenommen wurde, brach die Luftröhre. Der Seher weigerte sich fortzufahren. Es waren unheilvolle Zeichen genug.

In Cuzco gingen die Vorbereitungen für den Unterwerfungsschwur Atahuallpas zügig voran. Huascar, dem viel daran lag, der Zeremonie den prunkvollsten Widerhall zu geben, kam selten ins Tal. Ich sah ihn kaum und freute mich beinahe: mein bekümmertes Gesicht hätte ihm wenig gefallen.

Eines Nachts, Ende Dezember, stand er plötzlich in meinem Gemach.

»Zieh dich an.«

Ich erhob mich gehorsam.

Vor dem Palast war nichts von dem zahlreichen Gefolge zu sehen, das ihn sonst überall begleitete, nur ein paar Wachen und zwei bescheiden anmutende Sänften ... Er ging auf die eine zu und winkte mir, mit ihm einzusteigen. Die Träger grüßten uns.

Wir brachen in die Berge auf, kehrten Cuzco den Rücken. Die zweite Sänfte folgte.

Vor dem Inka wahrte ich Schweigen. Aber sein Kommen bei Nacht, seine Stummheit ängstigten mich. Wohin mochten wir gehen?

Wenn man so, bei geschlossenen Behängen, ins Unbekannte reist, versinkt die Zeit. Wie viele Stunden wir flußauf zogen, wer weiß? Allmählich wurde das Rauschen mächtiger – in der Regenzeit schwellen unsere Andenflüsse gewaltig an, besonders der Urubamba, der das Yucaytal durchströmt, bevor er sich dann durch das zerklüftete Relief der Sierra schlängelt.

Auf einmal begann die Sänfte zu schwanken, ich begriff, daß wir eine Brücke überquerten.

Huascar tippte mich an.

»Sieh hinaus und präge dir alles gut ein.«

Es war das erste, was er sagte, seit wir vom Palast aufgebrochen waren.

Ich öffnete die Behänge, blickte hinaus.

Wir befanden uns in einer Schlucht zwischen zwei bewaldeten Steilhängen. Die Sänfte bewegte sich aufwärts. Die Träger durchschritten mit erfahrenem Geschick einen dichten Wald. Stellenweise ragten Felsen jäh empor, dann ersetzten in den Stein geschlagene Stufen den Pfad. Unter uns lag der Abgrund. Tief unten wand sich der Urubamba wie eine Riesenraupe in

Krämpfen durch die Schlucht. Die zweite Sänfte war verschwunden.

Von Zeit zu Zeit hielten die Träger. Der Inka warf ihnen ein paar Worte zu, sie gingen weiter. Vor der Ruine eines alten Forts setzten sie die Sänfte zu Boden. Wir stiegen aus. Huascar teilte eine Handvoll Kokablätter aus, damit sie ihre Kräfte auffrischen konnten, während wir zu Fuß und allein weiter hinaufstiegen.

Er schritt rasch und behende aus.

Offensichtlich kannte er dies feuchte, dicht verwucherte Dickicht. Es roch betäubend nach Fäulnis, Bäumstämme leuchteten auf, mit langen rötlichen Bartgehängen, die vor Nässe troffen, das Geäst mit Lianen und Kletterpflanzen und Orchideen wollüstig verschlungen. Ich beeilte mich, so gut ich konnte bei meinen hinderlichen Kleidern, und ich war voller Unruhe, da ich immer noch nicht wußte, was er mit mir vorhatte.

Endlich erreichten wir eine freie Stelle unter wunderbar blauem Himmel. Ein Wasserfall ergoß sich zu unseren Füßen in einen smaragdenen See. Huascar schlug einen Bogen, ich folgte ihm wie ein Hündchen, und er ging unter dem Wasserfall hindurch, dicht entlang dem Felssporn, von dem das Wasser herabstürzte.

Er tastete sich an der Wand vorwärts, die von Wasserpflanzen dicht überwuchert war, legte einen schmalen Durchgang frei und glitt hinein. Als ich ihn einholte, sah ich, daß wir uns in einer Grotte befanden. In einer Spur von Tageslicht, das wer weiß woher einfiel, erkannte ich zur Rechten in einer Nische, Fackeln und Stäbchen zum Feuermachen. Huascar nahm eine Fackel, hielt mir zwei Stäbchen hin. Ich entzündete sie und dann die Fackel.

Er hielt sie hoch, und wir gingen weiter. Das Höhlengewölbe war solide abgestützt, der Boden mit trockenem Sand bedeckt, und da er stark abschüssig verlief, gerieten wir weiter und weiter in dunkle Tiefen. Ich bekam kaum mehr Luft. Mein Schrecken wuchs. Plötzlich ein phantastisches Leuchten. Ich wankte. Im Fackelschein flammte Gold in so unfaßlicher Masse auf, daß ich sekundenlang glaubte, unser Vater die Sonne blicke mir in die Augen.

In seiner langsamen Art sagte Huascar: »Als ich geboren wurde, war mein Vater sehr stolz: ich war sein erster legitimer Sohn. Darum wollte er die Zeremonien, die zwei Jahre darauf zu meiner Entwöhnung statthatten, mit besonderer Pracht begehen. Huayna Capac ließ seine Goldschmiede eine gewaltige Kette herstellen, die alle dreihundert Tänzer, die zu diesem Anlaß auf dem Festplatz zu Cuzco um den Inka tanzten, miteinander verband, so als hielten sie einander bei den Händen.«

»Die Kette des Huascar!« rief ich aus. »Sie trägt deinen Namen.«

»Genauer gesagt, trage ich den ihren, da *Huasca* Kette heißt. Es ist das Gold, das du siehst. Ich habe die Kette Stück für Stück hierher bringen lassen. Um sie im Ganzen zu transportieren, hätte man fast so viele Männer gebraucht, wie zu meiner Entwöhnung getanzt haben. Heute weiß keiner mehr, wo sie ist, nur du und ich.«

»Und die Träger?«

»Der Mund der Toten ist stumm.«

»Aber warum ist sie hier? Müßte sie nicht in Cuzco liegen und deinen Palast mit ihrer Schönheit erleuchten?«

Huascar seufzte.

»Asarpay, Atahuallpa hat mich betrogen. Er wagt das Undenkbare, er rebelliert gegen den Inka! Unter dem Vorwand, mich durch ein edles und hochrangiges Gefolge zu ehren, wenn er in Cuzco erscheint, kommt er mit seinen Armeen. Die Prunkgewänder verbergen Kürasse und Schwerter, die Diener sind verkleidete Soldaten mit Schleudern, Wurfkeulen und Bögen. Provinzgouverneure, denen der große Aufzug verdächtig war, haben es mir gemeldet. Der Bastard enthüllt seine Schurkennatur. Ich muß ihn vernichten. Wenn er siegen würde, wenn er Cuzco einnähme ... Unser Leben ist uns nur geliehen, auch ich kann aufhören zu sein, aber ich will nicht, daß Atahuallpa Hand an diese Kette legt, sie ist das Symbol der Liebe, die Huayna Capac für mich hegte, bevor er sie diesem Hund zuwandte. Wenn ich sterbe, soll die Kette dir gehören samt allem, was du hier siehst, Geschmeide, Vasen, Kostbarkeiten. Jetzt schwöre, daß du dich niemals von der Kette trennst ... Asarpay! Hörst du mich? Schwöre.«

Ich schwor es, und zur Bekräftigung meines Schwurs küßte ich die Erde.

Vor meinen tränenverschleierten Augen wurde das Gold zu flüssigem Feuer.

Huascar drückte mich an sich, dann schob er mich weg.

»Dies ist mein Abschied. Ich gehe nach Cuzco und stelle ein Heer auf.«

»Lebe wohl. Aber, mein geliebter Herr, ist es nicht Brauch, daß der Inka seine Lieblingsfrauen mitnimmt in den Krieg?«

»Ich nehme Frauen mit. Aber dich, meine Taube, mein grünes Reis, dich nicht!«

Da wußte ich, daß er mich vor dem Schlimmsten bewahren wollte. Und ich wußte, daß er sterben würde und daß auch er es wußte.

Wir gingen zurück, wieder unter den tosenden Wassern hindurch. Der Wald schloß sich um uns. Ich weiß, daß ich wünschte, er möge uns noch enger umschlingen und aufnehmen für immer.

Am Fort warteten die Träger.

Bis zum Fluß wies mir Huascar die Zeichen, um zu dem Wasserfall zurückzufinden. Mein Gedächtnis vermerkte sie mechanisch. »Es wird nicht nötig sein«, sagte ich wieder und wieder, »die Götter in ihrer Gerechtigkeit können nur für den Inka sein.« Er gab darauf nicht einmal Antwort.

Wir überquerten die Brücke. Das schmale Band schwankte. Durch das Geländer aus Agavenfasern sah man die grünlichen Wasser des Urubamba wie von blindwütigen Furien gehetzt gegen die Felsen schlagen und riesige Gischtwolken aufwerfen, in die sich rötliche Schlammfetzen mischten.

Am anderen Ufer machten die Träger halt. Huascar hieß mich aus der Sänfte steigen.

Er ging zu der Brücke, betrachtete den Urubamba, rief die Träger und sprach zu ihnen, indem er mit einer Hand in die entfesselten Fluten wies. Die Träger kamen, packten die Sänfte bei den Holmen, und als sie an der Brücke anlangten, stießen sie sie hinunter. Sie wurde von einem Wirbel verschluckt, der ein paar Holzstücke freigab. Die Strömung trug sie davon.

Ich sah zu, ohne zu verstehen.

Dann warf sich der älteste Träger mit erhobenen Händen vor Huascar nieder, stand auf, blickte prüfend um sich, dann betrat er einen Felsvorsprung über dem Fluß, kauerte sich abermals, er warf dem Urubamba Kußhände zu und Wimpern, die er sich ausriß, denn so grüßen wir die Götter ... und sprang. Einer nach dem anderen folgten ihm die Gefährten mit demselben Ritual.

Huascar entfernte sich bereits.

Ich warf meine Betäubung ab, lief ihm nach.

Er drehte sich um.

»Ich habe dir gesagt, der Mund der Toten ist stumm. Vergiß nicht, daß du es genauso halten mußt, wenn du einmal hierher kommst.«

Ich weiß, Pater Juan, Ihr seid entsetzt.

Barbarei! schreit Euer Herz. Aber wenn Gott und seine Heiligen es befehlen, geht Ihr dann nicht ins Martyrium wie zu einem Fest? ... Der Inka war unser Gott. Ob länger leben, ob kürzer, kam es darauf an? Was galt, war einzig, daß man sich einer Ewigkeit seliger Tage gewiß war und daß man in vollkommener Übereinstimmung mit seinem Glauben und seinem Gewissen Abschied nahm.

Nach einer halben Meile Weg warteten die andere Sänfte und ihre Träger. Zwischen den violettbraunen Bergen lag das Tal fast schwarz. Die Rückreise ging schneller vonstatten, die Träger waren ausgeruht. Huascar verließ mich vor dem Palast und ging. Es gab keine Tränen. Alles war gesagt.

Nachts konnte ich nicht schlafen, ich stand auf, machte eine Tafel aus Ton und ritzte den Weg zur Grotte ein. Dann barg ich die Tafel in einem Versteck.

* * *

Im folgenden Monat fand nahe Cuzco die Begegnung statt. Atahuallpas Truppen, von den großen Feldherren Huayna Capacs befehligt, trugen einen leichten Sieg über Huascars eilig gesammeltes und wenig erfahrenes Heer davon. Blut tränkte das Gras der Ebene wie Regen. Zu allem Unglück wurde der Inka gefangengenommen.

Mir wurden die Schreckensnachrichten von Manco überbracht.

Wenn ich bis jetzt nicht wieder von Manco gesprochen habe, Pater Juan, liegt es daran, daß ich in der Zeit, da ich Huascar gehörte, diese schuldige Leidenschaft verdrängte und mich bemühte, nicht an Manco zu denken.

Wir begegneten uns gleichwohl oft.

Manco war ein Sohn Huayna Capacs und der dritten Coya, Mama Runtu – also Huascars legitimer Halbbruder. Seinem Rang gemäß nahm er an allen religiösen Festen und Zeremonien teil. Wenn ich seine hohe Gestalt, sein schönes jähes Profil gewahrte, wurde mein ganzer Körper feucht. Ein, zwei Male hatten sich unsere Blicke gekreuzt, und ich sah in seinen Augen, was ich den meinen zu verhehlen befahl ...

Als Manco im Palast erschien und mir die Niederlage und Huascars Gefangennahme meldete, hatte ich zunächst nur Gedanken für das Unheil.

Da Höflichkeit uns aber zur zweiten Natur geworden ist, bot ich ihm eine Erfrischung und Chicha an. Er lehnte ab.

»Ich komme nur, dich zu warnen, Asarpay. Nimm dein Kostbarstes sowie deine Diener und flieh. Heute nacht feiert der Feind. Du hast Zeit bis morgen früh. Geh nach Cuzco. Atahuallpas Armee steht nur drei Meilen entfernt, aber ich vermute, der Fürst von Quito, sei er auch noch so gewissenlos, wird sich an unserer heiligen Stadt nicht vergreifen. Die göttliche Allgegenwart wird ihm Einhalt gebieten. Hier dagegen wirst du eine Beute der Soldaten. Leb wohl. Ich gehe in die Berge, die Unseren zu sammeln, um den Kampf fortzusetzen.«

»Du gehst nicht zurück nach Cuzco?«

Manco lachte auf.

»In Cuzco bleiben nur Priester, Frauen, Kinder und Greise. Alle, die unseres Blutes sind und in kampffähigem Alter, sind entweder in der Schlacht gefallen, oder sie machen es wie ich ... Huascar war unbesonnen. Dem Wort des Bastards zu vertrauen! Er hätte die in Quito stationierten Armeen längst zurückbeordern müssen. Statt dessen ließ er zu, daß zwischen Atahuallpa und den Feldherren unseres Vaters sich eine Eintracht bildete, die uns heute meuchelt.«

Daß Manco den Inka so offen tadelte, zeigte mir das volle Ausmaß unserer Lage.

Ich seufzte.

»Ich habe versucht, ihn davor zu bewahren. Wer sein Gesetz diktieren will, muß stark sein. Der Inka wollte nicht auf mich hören.«

Manco sah mich prüfend an.

»Mir wurde gesagt, du seist so klug, wie du schön bist, Asarpay.«

Der Ton, in dem das gesprochen wurde, ließ mich erschauern.

Das Gemach, dieses hier, umschloß uns mit seiner goldenen Täfelung, seiner magischen Stille. Zum erstenmal sprachen wir miteinander. Zum ersten und vielleicht letzten Mal waren wir allein, er und ich. Mein Herz ging mit mir durch. Ich vergaß Huascar, Atahuallpa, die Niederlage, die Gefahr, alle Scham und Würde.

Ich trat vor.

»Nimm mich mit«, sagte ich, »ich liebe dich.«

Mancos Gesicht wurde starr wie der Tod.

»Du gehörst dem Inka.«

»Ich liebe dich«, entgegnete ich. »Ich liebe dich, seit ich dich in Tumipampa gesehen habe. Und du ... du ... Warum bist du hierher gekommen? Du konntest mir einen Boten schicken. Du bist gekommen, weil ...«

»Ich bin gekommen, um dich vor den Gefahren zu warnen, die der Favoritin des Inka drohen, ich habe getan, was er nicht tun konnte. Muß man dich daran erinnern, daß er gefangen ist, vielleicht sogar verwundet? Weiter dürfen wir nicht denken. Willst du, daß auch wir ihn verraten? Wenn ich dich jetzt mitnähme, blieben dir nicht Tage genug, es zu bereuen.«

Und er ging, überließ mich meinem Leid und meiner Schmach.

Rufe und Schritte hallten durch die Nacht. Manco und sein Gefolge entfernten sich.

Ich war keuchend, wie zerstört auf eine Matte gesunken und biß mir die Lippen wund, um meine Schreie zu unterdrücken. Erst das Klagegeheul der Diener, das den Palast erfüllte, die düsteren Bilder, die ihre Angst heraufbeschwor, brachten mich zurück in die Wirklichkeit.

Wieder bei Sinnen, empfand ich nur noch Zorn, ich haßte Manco ... Oh, wie ich ihn in dem Augenblick haßte! Und am meisten, weil seine Haltung meine Unvernunft beschämt hatte; aber der Haß gab mir wieder Kraft.

Als ich aufstand, war ich wieder ich selbst, diejenige, der als kleines Mädchen der Vater meines Vaters gesagt hatte: »Pack das Unglück, und die Götter werden dir helfen, ihm den Hals umzudrehen!«

Als erstes schickte ich einen Mann hinauf zu den Weiden, den Oberhirten zu holen, dann rief ich die Bediensteten in eine große Halle, wo sonst die Chicha bereitet wurde, und hieß sie singen und tanzen, um uns die bösen Geister fernzuhalten und die himmlische Güte anzurufen.

Als ich ihrer auf die Weise ledig war, befahl ich Marca Vichay, mir zu folgen.

Marca Vichay hatte, bevor der Inka ihn mir schenkte, seiner Leibgarde angehört. Es war ein prächtiger Bursche, schön gewachsen, ein kluger, lebhafter Kopf, wie man sie oft bei den Canjaris findet, einem Stamm südlich von Quito. Seit er in meinem Dienst stand, hatte ich nur Grund, ihn zu loben. Außerdem wußte ich, daß er sehr vernarrt in mich war – eine Frau errät derlei bei allem Respekt –, und mir erschien dies eine zusätzliche Gewähr für die Aufgabe, die ich ihm anvertraute, da ich ihr allein nicht gewachsen war.

Wir arbeiteten schnell und gut, ohne überflüssige Worte.

Die Statuen und Vasen, das Geschirr, die Küchengeräte, kurz, alles, was aus Gold war, dazu die Behänge aus Leder und Federn, die Decken aus Vikunjawolle, unschätzbare Werte, die Jaguarfelle und kostbaren Teppiche wurden hinuntergeschafft in den geheimen Saal, den Huascar beim Bau des Palastes darunter hatte anlegen lassen. Ich brachte auch meine Schmucktruhen und reichsten Gewänder dorthin.

Als der Vollmond im Morgengrauen verblaßte, holte Marca Vichay die goldenen Blumen aus den Gärten. Er mußte seine Arbeit abbrechen, als er den Oberhirten von den Weiden herabkommen sah. Wir verschlossen also den Eingang zu dem geheimen Saal, der in meinem Gemach hinter Steinornamenten verborgen lag, und beließen es dabei.

Ich schilderte dem Oberhirten die Lage, befahl ihm, meine Lamaherden unverzüglich hoch in die Berge zu führen und dort solange zu bleiben, bis ich persönlich die Anweisung widerriefe. Damit ging er.

»Marca Vichay«, sagte ich, »ich müßte dich töten, damit dein Mund mich nicht verrät. Darum zeige dich der Gnade würdig, die ich dir erweise, und des Vertrauens, mit dem ich dich ehre. Hüte den Palast, so gut du kannst. Wenn Atahuallpas Soldaten kommen, versuche nicht, dich zu widersetzen. Sollen sie nehmen, was wir nicht verstecken konnten, nur den geheimen Saal gib niemals preis. Du bürgst mir dafür mit deinem Leben. Jetzt geh, wähle dir unter den Dienern die verläßlichsten aus, die anderen begleiten mich nach Cuzco ... Vergiß nicht, die Dörfer zu warnen. Wenn der Feind kommt, sollen sie in die Berge gehen. Ein Haus läßt sich neu bauen, die Erde wieder bestellen, aber das einmal getrunkene Blut gibt sie nicht mehr heraus.«

Meine Zwergin half mir beim Ankleiden. Das Geschmeide, das ich trug, als Manco kam, behielt ich an mir und nahm nur wenige Gewänder mit. Entweder käme ich in ein paar Tagen zurück, oder ich würde nichts mehr brauchen. Ich versah mich auch mit Kokablättern, obwohl ich noch nicht wußte, wie nützlich sie mir sein würden.

Der Morgen in unserem Tal ist herrlich. Als ich mit meiner Schar von Klageweibern und verschlafenen Dienern den Palast verließ, erhob sich die Morgenröte und tupfte mit ihren Rosenfingern den weißen Granit.

Vor dem Tor stand, eingerahmt von meinen Jaguaren, die an ihren Goldketten zerrten, Marca Vichay. Sogar inmitten all der Wirren hatte er nicht vergessen, über sein Haar, das er nach Art der Canjaris lang und zum Knoten gerafft trug, den mit grünen, roten und blauen Flechten geschmückten hölzernen Reif zu stülpen, der seiner Provinz eigen war.

Mit diesem letzten Bild schloß ich die Sänfte und erlaubte mir, endlich, endlich zu weinen und mich meinem Herzen zu überlassen.

Die Vororte von Cuzco waren in Panik.

In den Häusern, die hier die Fürsten der eroberten Provinzen hatten erbauen müssen, ging alles drunter und drüber. Im Dezember eingetroffen zu einer großen Jagd, die der Inka veranstaltet hatte, flüchteten sie nun Hals über Kopf. Verstörte Wächter liefen aus und ein,

Reihen von Trägern verstopften die Straßen, und ich konnte an ihren Merkmalen in aller Muße erkennen, wer sich so hastig davonmachte. Die mit den starkfarbigen Wollmützen waren die Collas, die mit dem schwarzen Turban die Huancas, die mit den Schleudern die Chachapuyas ... Ich höre auf, Euch sagt der Name dieser Völker nichts, mich aber versetzte es in größte Bestürzung, sie alle so auseinanderlaufen zu sehen. Ich hatte den Eindruck, daß die Einheit des Reiches, die unseren Inkas so teuer war, in Stücke zerbrach wie ein gemeiner Tontopf.

Der Gegensatz zwischen dem Gewimmel der Vororte und der Stille, in der die eigentliche Stadt erstarrt war, erschreckte mich noch mehr.

Im Palast des Inka hatten sich seine Mutter, seine Gemahlin und Schwester, seine Konkubinen, die Prinzessinnen seiner Linie alle in einem großen Saal versammelt, wo zur Regenzeit Feste, Lustbarkeiten und Tänze stattfanden. Es mochten gut zweitausend Frauen sein. Ich wollte mich bescheiden zu den Acllas gesellen, aber Rahua Ocllo rief mich zu sich.

»Gut, daß du gekommen bist«, sagte sie.

Seit die Amauta mich gebildet hatten, erwies sie mir eine gewisse Achtung.

»Gibt es Nachrichten vom Inka?« fragte ich.

»Nein, nichts. Und was sind wir ohne meinen Sohn!« Rahua Ocllo rang die Hände. Ihre hoheitsvolle Haltung, ihre Anmut, die bis dahin ihr Fleisch gestrafft hatten, waren zerronnen. Sie war eine alte Frau mit eingefallenem Gesicht.

»Was ist zur Verteidigung Cuzcos geplant?« fragte ich wieder.

»Was können Frauen, Kinder und Greise ausrichten? Nur die Götter wissen, was Atahuallpa für uns bereithält. Bete, Kind. Es ist unsere einzige Rettung.«

Ich erlaubte mir zu bemerken, daß es doch besser wäre, die Tausende männlicher Diener zu bewaffnen, und sei es nur mit Schleudern, als tatenlos ein ungewisses Schicksal abzuwarten.

Die Idee wurde verworfen.

»Widerstand gäbe Anlaß zu Repressalien«, sagte Rahua Ocllo. »Atahuallpa ist zwar ein Schurke, ein stinkendes Tier, aber er wird die Frauen des Inka und seiner Verwandtschaft nicht anzutasten wagen ... Muß ihm nicht daran gelegen sein, daß sie unberührt bleiben?«

Die letzte Überlegung, die uns, wenigstens den Jüngsten, die Aussicht eröffnete, bald das Lager des Siegers oder seiner Nächsten zu teilen, hatte nichts Erbauliches.

So warteten wir denn aneinandergekauert auf den kommenden Tag, und das Schluchzen der einen nährte das stumme Entsetzen der anderen. Dienerinnen brachten zu essen. Wir schickten sie weg.

Morgens erschien auf dem Gipfel, der die Terrassen des Collcampata überragt, die Vorhut von Quizquiz und Chalicuchima, der großen Feldherren Huayna Capacs, die nun vereint unter dem Banner Atahuallpas marschierten.

Plätze und Gassen leerten sich vollends.

Die Dienerinnen rannten schreiend und sich die Wangen zerkratzend durch den Palast, als wären die Soldaten schon im Begriff, sie zu vergewaltigen: wohl war derlei bei uns nicht üblich, doch mußte man in einem Bruderkrieg, in dem nicht einmal die Göttlichkeit des Inka respektiert wurde, nicht der schlimmsten Erniedrigungen gewärtig sein?

Der Feind aber begnügte sich damit, uns von den Bergkämmen aus zu beobachten.

Am Nachmittag kamen Atahuallpas Abgesandte von den Hügeln herab und überbrachten den alten Fürsten eine beruhigende Botschaft: ihr Herr beschwöre den geflohenen Adel von herrscherlichem Blut, nach Cuzco zurückzukehren, um die Beziehungen des Reiches zum Königtum Quito endgültig zu regeln und zwischen dem Inka und ihm die gebührende brüderliche Liebe wiederherzustellen.

Wir verwundern und freuen uns ebenso schnell, wie wir verzweifeln. Die Erleichterung war so groß wie vorher die Angst. Cuzco atmete auf. Quito mußte Atahuallpa überlassen werden, ja, aber war dies nicht der Wille des verehrten Huayna Capac gewesen? Es fehlte nicht viel, und man hätte den Sieger als einen Schwachkopf angesehen, der sich mit dem begnügte, was ohnehin sein Erbteil war, obschon er soviel mehr hätte fordern können. Die Einwohner von Cuzco besannen sich voll Wonne des Gefühls ihrer Überlegenheit.

»Wenn erst der Inka wiederkehrt, fressen wir den Bastard roh und ohne Pfeffer!«

Dies Wort eines alten Vetters von Huascar lief durch die ganze Stadt, und nach all den Schreckenstränen weinte man vor Freude.

Bei dem vorherrschenden Optimismus wären Bedenken unziemlich erschienen. Gleichwohl hegte ich ein dunkles Vorgefühl. Wenn Inti, unser Vater die Sonne, den wir mit Chicha getränkt, mit Jungfrauen, Kindern, prächtigen Lamas, dem zartesten Mais genährt und in goldenen Tempeln mit unserer Anbetung verwöhnt hatten, seinen eigenen Sohn, den Inka, verlassen hatte, mußten wir große Schuld auf uns geladen haben! Hatten wir denn genug gebüßt, genug gelitten, um die Dämonen zu vertreiben, auf daß die wohltätige Kraft der Götter aufs neue allmächtig walte und die moralische Ordnung wiederherstelle, ohne die wir nichts waren ...?

* * *

Einer nach dem anderen kehrten also die geflüchteten Inka-Fürsten aus den benachbarten Provinzen oder von den Bergen zurück. Bald waren sie, bis auf Manco und einige andere, alle in der Stadt. Es fehlten nur Huascar und Atahuallpa, damit der große Rat zusammentreten konnte.

Als daher Diener uns ankündigten, die feindlichen Truppen kämen von den Berghängen herab, sahen wir es ohne Arg, als bewegten sich da Insekten. Im Näherkommen nahmen die Insekten menschliche Formen an, wurden zu Helmen, Kürassen, Schilden, zu baumwollgepolsterten Tuniken, zu bestickten Mänteln mit flügelgleich flatternden Bahnen und wallenden Jaguarfellen. Dies Gewimmel aus Köpfen, Armen, Beinen, aus Farben und Federn, aus Leder, Kupfer, Silber und Gold ergoß sich durch unsere weit offenen Tore, über Gassen und Plätze, fiel in die Paläste ein, und das Grauen begann.

Die von Atahuallpas trügerischen Versprechen herbeigelockten und eingelullten Inkafürsten wurden bis auf den letzten ergriffen, erschlagen, erwürgt, gehängt, ertränkt, gesteinigt, selbst die Greise, die sich gar nicht aus Cuzco fortbewegt hatten. Und weil Blutdurst nur durch Blut zu stillen ist, legten die Henker die roten Hände nun an uns Frauen.

Ohne Unterscheidung des Ranges, trieb man uns, auch die Kinder, aus den Palästen und brachte uns nach Yahuarpampa, einer weiten Ebene, eine halbe Meile von Cuzco entfernt.

Unsere erbärmliche Schar, durch zahllose, in unserem Beisein verübte Morde heillos verstört, war dreifach vom Feind umschlossen. Den ersten Ring bildeten die Zelte der Krieger, den zweiten und dritten dicht stehende Wachen, so daß einem jeder Fluchtgedanke verging.

Innerhalb der Umzingelung wurden wir schlimmer gehalten als Verbrecherinnen. Doch sich von einer Handvoll Mais und rohem Gras zu nähren, in der Morgensonne zu braten, vom Nachmittagsregen durchweicht zu werden, in den Nächten vor Frost zu schlottern – denn Wetter und Temperaturen machen im Land Cuzco gewaltige Sprünge –, sogar im eigenen Unrat zu liegen und Entbehrungen und Erniedrigungen zu erleiden, all das war immer noch Leben. Wenn viele von uns sich trotzdem den Tod herbeisehnten, so, um dem zu entgehen, der uns erwartete.

Jeden Morgen kamen Soldaten, holten eine gewisse Zahl Frauen, und unweit unserem Blick, im Beisein einer Gruppe von Hauptleuten, gingen die Hinrichtungen vonstatten.

Die Opfer wurden mit ihren langen Haaren, an den Achseln oder den Füßen an hohen Ästen oder an Galgen aufgehängt. Man legte die Kinder den Müttern in die Arme, und wenn die Unglücklichen nicht mehr Kraft genug hatten, ihre Kleinen an sich zu drücken, fielen sie herunter und zerschmetterten am Boden. Schwangere wurden aufgeschlitzt und die Frucht aus ihrem Leib gerissen ... Ich sehe, Ihr bebt, Pater Juan. Es ist doch seltsam, wie die Weißen sich über Grausamkeiten bei uns empören, aber hinnehmen, was in ihren Ländern geschieht, wo ja auch sehr scheußliche Dinge vor sich gehen, wie man mir sagte.

Es gehört nicht viel Phantasie dazu, sich vorzustellen, was wir empfanden. Daß ich ein wenig besser widerstand, war nur der Geistesgegenwart meiner Zwergin Qhora zu danken, die aus meinen Sachen das Kokatäschchen geholt hatte, bevor die Soldaten uns aus dem Palast trieben.

Dieses Täschchen, eine Chuspa, wie ich sie einst im Acllahuasi von Amancay zu Dutzenden gewebt und bestickt hatte, gehörte Huascar. Er hatte es mir geschenkt. Wir wußten nichts von ihm. Wenn ich an ihn dachte, krampfte sich mein Herz. Und wenn ich an Manco dachte, segnete ich die Götter, daß sie ihn verschont hatten. Es war nicht oft. Wenn man den Kopf voll hat mit Leid und Geschrei, vergißt man die Abwesenden. Man lebt nur aus dem Instinkt, wie ein Tier. Und wie ein Tier teilt man jeden Atemzug mit denen, die an derselben Kette hängen.

Zufällig war ich neben zwei junge Acllas geraten, die aus der Provinz der Chachapuyas stammten. Sie waren fünfzehn und sechzehn, reizende Gesichter, und beide trugen ein Kind von Huascar. Ihre Schwangerschaft ging dem Ende zu. Die Szenen, denen wir beiwohnten, hatten sie in eine Verzweiflung nahe dem Wahnsinn gestürzt. Ich hatte die Mädchen liebgewonnen und beruhigte sie, wie ich konnte, mit meinen Kokablättern ... Es war nicht gerade das Angezeigte. Wenn Koka auch gegen Erbrechen und Blutverlust äußerst wirksam ist, wenn sie als Tee innere Blutungen stillt oder, zu Pulver zermahlen, Wunden und Knochenbrüche heilt, so ist sie von den Ärzten doch nie einer Schwangeren empfohlen worden. Aber kam es noch darauf an, ob diese Kinder verkrüppelt, schwachsinnig oder tot geboren würden? Sie waren so oder so verdammt, wie ihre Mütter. Koka zu kauen hieß wenigstens, den Henkern einen Augenblick des Wohlgefühls abzutrotzen.

Die Reihe der Hingeopferten wurde immer länger, darunter auch schon die Coya, etliche Prinzessinnen, zahlreiche Konkubinen von herrscherlichem Geblüt ... Und bei jedem Tod erlebten wir im voraus unseren eigenen.

Nachts schliefen wir, die beiden Acllas, meine Zwergin und ich, eng umschlungen, um uns mit der wenigen Wärme, die noch in unseren Körpern war, gegen den Frost zu schützen. In einer der eisigen Nächte, wie sie zu der Jahreszeit häufig sind, kam die Jüngste nieder. Es war ein Junge. Ich riß eine Bahn von meiner Lliclla, wir wickelten den Säugling fest darin ein, damit er nicht schrie. Die Mutter wollte seine Geburt verbergen. »Wenn ich geholt werde, Asarpay, versprich mir ...« Ich trocknete ihre Tränen, steckte ihr meine letzten Krumen Koka in den Mund und versprach ihr, was sie wollte, sogar, das Kind zu töten, wenn ich an die Reihe käme. Ich brauchte es nicht. Anderntags kamen die Soldaten mich holen.

* * *

Aus einer Anwandlung von Stolz hatte ich meine Haare geordnet und über meinem goldgestickten Gewand den Gürtel geschlossen, welch überflüssige Pracht. Eine grobe Wolltunika hätte mir besser gedient, aber in diesen Kleidern hatten die Soldaten mich im Palast des Inka angetroffen. Ich hatte auch meine Smaragdkette um, dieselbe, die ich jetzt trage.

Ich müßte lügen, wollte ich behaupten, ich sei dem Tod friedlichen Gemüts entgegengegangen. So dumm zu sterben, so ohne jeden Sinn, das macht nicht eben tapfer. Allenfalls half mir dumpfe Wut, einen Fuß vor den anderen zu setzen und mich gerade zu halten.

Die Soldaten führten uns, eine Reihe Konkubinen eines Onkels von Huascar und mich, vor drei Hauptleute, die grölend lachten und Chicha tranken.

Neben ihnen stand ein Elsbeerbaum, er dient uns als Bauholz. Wie übergroße Stechapfelblüten, wenn sie ihre zerknitterten Blütenkränze entfalten, hingen Frauen an den Ästen. Ihre Haare, ihre Arme baumelten im Leeren, die herabgefallenen Kleider bedeckten ihre Gesichter, sie waren an den Fersen aufgehängt. Einige hatten ausgelitten, andere wimmerten, ihr Schreien erstickte unter den Röcken. Aber das Schlimmste, das Schlimmste!

was mich um den Verstand brachte, war der unzüchtige Anblick, dem die Folterer sie aussetzten ... Und dasselbe stand uns bevor, halbnackt, von Krämpfen geschüttelt, besudelt und obszön einem grotesken, vergeblichen Todeskampf ausgeliefert zu sein, und diese Unwürde riß mich plötzlich aus meiner Schicksalergebenheit.

Und ich hörte eine Stimme die Klagen der Opfer überschreien, eine gellende, grausige Stimme, als entstiege sie dem Innersten der Erde, sie spie Beschimpfungen, Unflätigkeiten, bis ich am Zurückweichen meiner Gefährtinnen merkte, daß ich es war, die so schrie. Wörter quollen mir aus dem Gedächtnis auf die Lippen, wie die Männer des Volkes sie an großen Trinkabenden oder an Tagen des Zorns hervorstießen, ich hatte sie aus dem Mund meines Vaters und der Brüder meines Vaters gehört. Und auf einmal sah ich sie vor mir, meinen Vater, die Brüder meines Vaters und meine Mutter, meine Schwester, Menschen, die aus meinem Dasein verschwunden waren und die mir nun beistanden in der letzten Not.

Die Soldaten versuchten mich wegzuschleifen. Ich leistete Widerstand, schlug um mich und brüllte, brüllte. Einer der Hauptleute unterbrach seine Späße, kam näher, er stierte auf meine Kette.

»So große Smaragde trägt nur eine Coya«, sagte er, »aber eine Coya spricht nicht so eine Sprache.«

»Meine Smaragde sind ein Geschenk des Inka, und meine Sprache ist die Sprache der Männer meiner Ayllu.«

»Wer bist du?«

»Asarpay. Ich gehöre Huascar, dem Inka, deinem Herrn.«

»Ich habe nur einen Herrn, den ruhmreichen Atahuallpa ... Asarpay, sagst du? Asarpay ...! Solltest du etwa die sein, deren Schönheit von Arequipa bis Quito gepriesen wird, die Huascar den Kopf verdreht hat und deren Namen die Heiler von Dorf zu Dorf tragen, bist du Asarpay, die schöne Hinkerin?«

»Was die Schönheit angeht, urteile selbst, aber eingedenk eurer pfleglichen Behandlung«, sagte ich. »Was das Hinken angeht ... befiehl diesen stinkenden Tieren, mich loszulassen, und ich beweise es dir!«

Und ich lachte höhnisch.

Durch einen Mann, der grölte und sich an Chicha berauschte, während nur Schritte von ihm Frauen unter furchtbaren Qualen verendeten, fand ich zurück zu mir selbst. Ich war wieder die Asarpay, zu der mich mein Willen gemacht hatte. Auch wenn es an der Situation nichts änderte, schöpfte ich aus meinem Stolz wenigstens soviel Kraft, dem Schuft die Stirn zu bieten und damit ein letztes Vergnügen zu kosten. Nur zu gern hätte ich weitergebrüllt, aber er hörte mich nicht mehr, weil er meine Gefährtinnen im Unglück befragte.

Nachdem sie ihm bestätigt hatten, daß ich wirklich Asarpay, die Favoritin des Inka, war, kehrte er uns den Rücken und redete mit den zwei anderen Hauptleuten.

Die Soldaten warteten. Meine Gefährtinnen warteten. Ich wartete. Die Sonne fiel glühend herab. An dem Baum röchelten kopfunter die Sterbenden.

Meine Kehle brannte. Ich starrte nach den Weinkrügen. Ein Becher Chicha ...! Aller Zorn fiel von mir ab, auch jedes Interesse an meinem und der anderen Schicksal. Mich quälte nur noch dieser Durst, diese Gier ... Ein Becher Chicha! Ihr mögt mir nicht glauben, Pater Juan, aber ich schwöre Euch, in solchen Fällen schwindet der Verstand, ich hatte nur noch den einen Gedanken: Chicha.

Der Mann gab den Soldaten einen Wink, sie wichen zur Seite, und ich trat vor.

»Vielleicht wäre es unserem Herrn Atahuallpa eine

Wonne, Huascar seine schöne Asarpay in Ketten vorzuführen wie ein Pumaweibchen«, sagte er jovial ... »Vielleicht hat er auch noch eine bessere Idee? Unser Herr Atahuallpa hat so fruchtbare Einfälle. Wir wollen ihm einige Geschenke senden. Du gehst mit.«

»Ich will Chicha«, sagte ich, »und meine Zwergin, und eine saubere Tunika, und eine Lliclla.«

»Du willst, du willst ...!«

* * *

Es war ein beträchtlicher Zug. Der Feind schien einen Angriff seitens der Getreuen des Inka zu befürchten. Manchmal träumte ich davon, Manco käme von den Bergen herab und befreite mich, aber es war nur ein flüchtiger Gedanke. Der Traum war vielmehr, noch am Leben zu sein und mir die Augen mit allem zu füllen, dem ich schon Lebewohl gesagt hatte, dem Gras, den Blumen, den Felsen, dem Himmel ...

Soldaten marschierten zu beiden Seiten der Träger, die mit den Geschenken für Atahuallpa beladen waren: Standarten unserer Truppen, Schwerter, goldene Kürasse vom Schlachtfeld, etliche Prunkhelme, mit Edelsteinen besetzte Jaguarköpfe, märchenhafte Raubvogelköpfe, aus glänzenden, farbigen Federn gebildet, und schließlich ... die einstigen Besitzer dieser Helme, zwei Onkel und vier Vettern Huascars, sie hockten in Sänften, klopften sich die Bäuche, in die man Asche und Stroh gestopft hatte, mit ihren wackelnden, toten Händen, die sich im Rhythmus der Träger bewegten wie Trommelschlegel. Den einen, Fürst Huaman Poma, hatte ein Pfeil mitten in die Stirn getroffen, und als man ihn herauszog, war das Fleisch eingefallen. Die anderen Gesichter waren unversehrt, mit Zinnober gefärbt, sehr majestätisch, sehr schön.

Ich weiß, ich weiß, Pater Juan, nun schreit Ihr wieder auf.

Doch jedem seine Bräuche.

Belohnt man in Europa nicht die Soldaten, indem man ihnen weit die Tore der belagerten und eroberten Städte auftut. Dürfen sie nicht plündern, vergewaltigen, töten, bis sie sich an Blut, Wein, Frauen und Raubgut gesättigt und entschädigt haben? Dünkt Euch das höher zivilisiert, könnt Ihr das billigen, Gottesmann?

Unsere Inkas billigten es nicht. Mord und Plünderung lagen ihrer Unterwerfungspolitik fern. Was hingegen konnte eine tapfere Armee mehr erfreuen, als, mit den Hüllen der besiegten Feldherren voran, die Trommel schlagend oder eine Knochenflöte zwischen den Zähnen, aufzumarschieren – was konnte den Stolz eines Volkes mehr erhöhen als solch ein Schauspiel! Und ist es nicht gerechter, sich an die Befehlshaber zu halten als an ihre Untergebenen?

Allerdings waren bis dahin stets nur die Feinde des Inka in Trommler verwandelt worden. Mitglieder seiner Familie in dieser Ausstaffierung zu sehen, entsetzte mich wie ein Sakrileg, aber ich lebte noch, und das war schon viel.

Wir nahmen den Weg in Richtung Amancay.

Ich war es nicht mehr gewöhnt, zu Fuß zu gehen, Entbehrungen und Leiden hatten mich erschöpft, und Qhora, meiner armen Zwergin, ging es nicht besser. Wir hatten den Apurimac bei sintflutartigem Regen auf allen vieren überquert, denn die Brückenplanken waren glitschig vom Wasser, da weigerte ich mich weiterzugehen. Zu Fuß eine Reise von zweihundert Meilen durch die Sierra zu bestehen – von Cuzco nach Cajamarca, wo Atahuallpa sich aufhielt –, das überstieg meine Kräfte.

Ich kauerte mich nieder.

Die Soldaten befahlen mir, weiterzugehen und stießen mich mit Füßen. Ich rührte mich nicht. Ein Hauptmann kam. Ein Dicker, mit gutem Mais gemästet, dunkelhäutig, eine Narbe stülpte seine Lippe auf wie bei einem Hund, der beißen will. Ich sah ihn mit einer Wildheit an, wie Ihr sie uns unterstellt. Zu Unrecht. In friedlichen Zeiten sind wir sanftmütige Leute, im Einklang mit dem geduldigen Wirken der Natur.

»Ich will eine Sänfte.«

»Du willst!«

»Weißt du, wer ich bin? Ich bin Asarpay, die Lieblingsfrau des Inka Huascar. Du dienst einem anderen, aber hast du deine Wahl auch gut bedacht? Weißt du, was morgen ist? Wenn die Götter den Sohn der Sonne zurückführen auf den Thron und er erfährt, daß du es gewagt hast, mich wie eine Dienerin zu behandeln, läßt er dich vierteilen und wirft dein Herz und deine Eingeweide den Schlangen zum Fraß vor! Schone mich, und du schonst dein Leben.«

Nach einem Hin und Her im gleichen Ton bekam ich meine Sänfte. Ob es meine Drohungen waren, die ihn umstimmten, oder die Befürchtung, er könnte Atahuallpa nur noch meine Leiche bringen, werde ich nie erfahren.

Ich nahm Qhora zu mir. Sie wog nicht mehr als ein Kind. Die Träger sagten nichts dagegen. Ich schenkte ihnen ein Armband aus Huayruro, das ich trug. Die Körner des Huayruro sind eine Art rot und schwarz gesprenkelte Bohnen und ein sehr begehrtes Glückspfand. Sie teilten sich das Armband zu viert. Es waren keine schlechten Leute.

Als wir uns Cajamarca näherten, einer Stadt auf halbem Weg zwischen Cuzco und Quito, hatte ich wieder Fleisch auf den Knochen und Klarheit im Kopf. Meine

Ängste wurden damit um so größer. Körperliches Elend beschränkt den Geist, wie ich Euch sagte, auf die einfachsten Triebe.

Infolgedessen lieh ich den Reden wenig Gehör, die im Zug umliefen, daß nämlich erneut weiße Männer in Tumbez an Land gegangen waren. Ich hätte mich entsinnen sollen, was Huayna Capac geweissagt worden war, aber ich war zu sehr mit meinem Schicksal beschäftigt und wußte noch nicht, wie stark es bald an das jener Fremden gebunden sein sollte ... Eurer Landsleute, Pater Juan.

Die Landschaft um Cajamarca ist ein Gemälde von Götterhand. Zur rechten ragt die Sierra mit ihren Eisfeldern und schneeigen Gipfeln vor tiefblauem Himmel empor; zur linken fallen mit hartem Gras und Büschen bestandene Hügel, blühende Gärten und Obstpflanzungen sanft zur Stadt hernieder, die sich mit ihren Strohdächern, den ockerfarbenen Mauern und steinernen Tempeln inmitten grüner Felder und lieblicher Wiesen erhebt, wo träge Lamas und Alpakas weiden.

Noch bevor wir Cajamarca erreichten, zeigten uns hohe Dampfsäulen die heißen Quellen von Pultamarca an, eines der von unseren Inkas bevorzugten Bäder. Dort hatte auch Atahuallpa, von Quito kommend, das Ergebnis seiner Manöver abgewartet. Ringsum am Berghang spitzten sich zu Tausenden die weißen Zelte seiner Armee.

Wir wurden von Kriegern angehalten.

Die Hauptleute des Zuges ließen die Soldaten zum Feldlager hinaufsteigen, dann sammelten sie die für Atahuallpa bestimmten Geschenke, zu denen ich gehörte, und wir begaben uns nach Pultamarca.

Meine Zwergin, die eng an meinem Rock hing, seufzte.

»Ich habe Angst, Herrin. Welchen Tod mag der Unhold uns bereiten?«

»Du brauchst keine Angst zu haben«, sagte ich. »Eine Zwergin findet an einem Fürstenhof immer ihren Platz, und sei er ein Unhold!« Ich sagte es schroff, um jedes weitere Wort abzuwehren, denn dieselbe Frage stellte auch ich mir.

Bevor wir am Palast ankamen, entblößten die Hauptleute ihre Füße, und Diener befestigten auf ihren prunkvollen Mänteln eine schwere Last. Mit scheelem Auge verfolgte ich diese Vorbereitungen. In der Tat nähert man sich barfüßig, mit gebeugtem Rücken und gesenkten Lidern dem Inka ... Und ebenso zeigten sich die Hauptleute nun vor Atahuallpa, der doch keinen anderen Titel besaß als den des Verräters und Rebellen!

Der Bastard saß auf einem kleinen goldenen Thron in den Gärten. Seine Frauen räumten eifrig die Reste seiner Mahlzeit weg. Vor ihm sah ich zahlreiche Würdenträger, die ich von Tumipampa her kannte, im Halbkreis kauern. Sie traten beiseite, um die Hauptleute hindurchzulassen, denen die Geschenke nachfolgten. Huascars in Trommler verwandelte, glücklose Verwandte wurden freudigst empfangen.

Atahuallpa hatte keine Ähnlichkeit mehr mit dem unterwürfigen, bezaubernden Prinzen meiner Erinnerung. Er war zum Herrscher geworden. Er trug Llautu und Mascapaycha, ganz als stehe er bereits an der Stelle Huascars.

»Tritt vor, Herrin«, raunte meine Zwergin.

Ich trat vor.

Ich wünschte, meine Haltung wäre hoheitsvoll gewesen und meine Miene voll erhabener Verachtung, aber unangebrachter Heroismus ist eine Dummheit, und wir Frauen verstehen es trefflich, unsere Gefühle unter jener Demut zu verbergen, die uns – nach Meinung der Männer – geziemt.

»Asarpay«, sagte Atahuallpa, »sei willkommen! Dein Anblick ist mir eine Freude, so wie er meinen Vater, den großen Huayna Capac, erfreute und meinen Bruder Huascar, der weniger groß und jetzt sogar ganz klein ist.«

Er lachte.

Der weiße Streif seiner Zähne spaltete sein Gesicht, das – sagte ich es schon? – sehr schön war.

Ich blieb stumm.

Eine seiner Frauen bot ihm Chicha dar. Er nahm den goldenen Becher, tauchte einen Finger hinein, hob den Kopf ehrfürchtig empor zur Sonne und schnippte dem Gestirn das Tröpfchen an seinem Finger samt Kußhänden zu ... Dann klatschte er in die Hände.

Andere Frauen eilten herbei, jung und so fröhlich, daß ihre vielen Armreifen nur so klingelten.

»Asarpay«, sagte Atahuallpa, »ich vertraue dich meinen Frauen an. Wir sind begierig, deine Schönheit im Zenith zu betrachten.«

Ich folgte den Frauen. Wir betraten den Palast. Er war klein und hatte nur vier Gemächer, aber sie lagen um einen Innenhof mit einem sehr großen und wunderschönen Becken, das eine doppelte goldene Wasserleitung mit warmem und kaltem Wasser aus den Quellen von Pultamarca speiste.

Die Frauen entkleideten mich mit großer Freundlichkeit und Achtung. Obwohl ich andere Sorgen hatte, zeigte auch ich mich zugeneigt. Eine Frau wählt sich ihren Herrn ja nicht. Dann ermunterten sie mich, in das Becken zu steigen. Das warme Bad entspannte mich. Mein Körper ergab sich wollüstig wieder einem Behagen, wie ich es gewöhnt war. Ich gestehe, daß mich sogar die Aussicht, Atahuallpas Lager zu teilen, mit weniger Abscheu erfüllte, denn mir schien, daß diese Aufmerksamkeiten nur dazu dienten.

Die Frauen trockneten mich, parfümierten meine Haare mit Zimtblüte, legten mir einen goldenen Reif um die Stirn. Sie streiften mir eine schmiegsame weiße Tunika über, die durch einen rotbestickten, goldenen Gürtel gerafft wurde, dann eine hauchzarte Lliclla, die sie mit einer Brosche schlossen, und all dies wurde von kleinen Entzückensschreien begleitet, die mir sehr schmeichelten. Kein Spiegel ist so ehrlich wie die Augen anderer Frauen. Ihre Bewunderung war mir Balsam nach den Erniedrigungen im Lager von Yahuarpampa.

Singend führten sie mich zurück in die Gärten und kauerten sich neben ihren Gefährtinnen nieder.

Immer gedenke ich voll Trauer dieser Beete blühender Frauen, die untrennbar zu dem Bild gehören, das wir uns von unseren Inkas wie unseren Fürsten bewahren. Gegenüber der erhabenen Strenge des Geheiligten verkörperten sie Poesie, Gefühle, Leidenschaften, all jene Seelenregungen, die unsere Herrscher im stillen nährten. Die Spanier wollten das nicht verstehen ... oder sie konnten es nicht.

Atahuallpa wies mir einen Baumstumpf. Ich nahm Platz.

Qhora, meine Zwergin, war mir nicht von der Seite gewichen. Ihr Gesicht war grau, sie schluchzte.

»Hör auf zu flennen«, sagte ich, »er scheint uns nicht übel gesinnt.«

Atahuallpa erhob die Stimme.

»Asarpay, als mir dein Kommen gemeldet wurde, fragte ich mich, was ich mit dir machen soll. Schön bist du, davon sind die edlen Anwesenden überzeugt, aber du bist nicht mehr neu. Den Platz eines traurigen Besiegten einzunehmen wäre für unsere Herren kaum eine Ehre. Ich war in großer Verlegenheit. Dann fiel mir ein, daß man ein reichlich angegangenes Wildbret zwar nicht jemandem anbietet, der nur frisches Fleisch verzehrt, daß dies Wildbret aber ein Leckerbissen ist für einen, der sich mit gekochter Quinua und Wurzeln begnügt. Kurzum, ich habe zehn meiner Soldaten ausgewählt ... Sieh sie dir an, Asarpay, da zu deiner Rechten, fast vor dir ... Ich räume ein, es sind grobe Kerle, ungeschliffen und schwitzend, aber kräftig, gut gebaut, du wirst dich über ihre Angriffe nicht zu beklagen haben.«

Die Erklärung wurde mit tiefstem Schweigen aufgenommen.

Ich erhob mich zitternd.

»Das kannst du nicht wollen!« schrie ich auf. »Ich bin Incap Aclla! Kein Mann außer dem Inka darf mich berühren, das weißt du, und alle die Herren hier wissen es auch.«

»Schweig! Das Reich gehört mir, Huascar gehört mir, du gehörst mir, ich verfüge über dich, wie ich will.«

»Töte mich«, sagte ich. »Töte mich, ich flehe dich an, aber begehe nicht diese Schandtat.«

Atahuallpa lachte.

»Dich töten? Wo du noch dienen kannst, wo dein Körper noch ein königliches Lager für meine tapferen Krieger sein kann? Sieh, wie sie beben ... sieh sie dir an, sag ich! Hast du das Herz, sie zu enttäuschen?«

»Die Götter werden dich strafen! Für alles vergossene Blut, für deinen Verrat, für ...«

Er lachte wieder.

»Die Götter lieben Blut, und sie wissen in ihrer Weisheit, daß ich ein besserer Inka sein werde als mein Bruder. Hätten sie sonst zugelassen, daß ich siege? Inti und Viracocha spenden mir ihren Segen! Du bist listenreich, Asarpay, aber du kannst mich nicht erzürnen, ich töte dich nicht, du wirst leben als Soldatenbraut ... Allerdings soll derjenige, der dich bekommt, dich zuerst gewinnen. Die zehn Männer da ... sieh sie dir an, sieh sie endlich an! diese zehn Männer sind die besten Läufer meiner Armee. Sie laufen jetzt bis Cajamarca, und wer als erster zurück ist, erhält dich zur Belohnung. Jetzt gleich, habe ich gesagt. Der Lauf beginnt.«

Ich hörte Fußgetrappel, Befehle um mich. Aber ich sah nichts vor Haß und Scham.

Vielleicht seht auch Ihr, Pater Juan, an einer Incap Aclla lediglich die oberflächliche, anstößige Seite, die Eure Landsleute diesem Stand beimessen. Erlaubt aber, daß ich auf ihrem sakrosankten Wesen beharre. Wißt, daß die Tat, sich einer vom Inka erwählten Frau zu bemächtigen, schwerer geahndet wurde als eine Vergewaltigung: nämlich als eine Entweihung der sittlichen und göttlichen Ordnung, die uns bis zu jenem Tag regiert hatte.

Hinter mir schluchzte Qhora ...

Plötzlich erschollen Rufe, Geschrei.

»Herrin, Herrin!«

Qhoras Ton war so lebhaft, so drängend, daß ich die Augen öffnete.

Die Würdenträger hatten sich erhoben, ebenso die Frauen. Alle, sogar die Gruppe der Soldaten, die mitten in ihrem Anlauf unterbrochen worden waren, alle verharrten wie versteinert und wandten den Kopf in dieselbe Richtung. Auch ich drehte mich um, und ich sah von oberhalb der Soldatenzelte, der Pflanzungen und Wiesen eine Art weißen Blitz, der wuchs und sich ausbreitete wie ein Strahl weißglühenden Lichts.

Im Moment glaubte ich, es sei Inti Illapa, der Blitzgott, der seine Gerechtigkeit walten ließe, um den Bastard zu vernichten. Aber als das blendende Licht sich näherte, sah ich, daß es sich vereinzelte ... Eine nach der anderen bildeten sich am Horizont Gestalten ab, deren menschliche Form in Metall gegossen schien und die sich auf phantastischen vierbeinigen Tieren vorwärts bewegten.

Die Magie dieser Erscheinung schloß uns alle jäh zusammen. Mit ein und derselben Erstarrung, demselben Schrecken und stumm sahen wir jene Wesen, die mit nichts Ähnlichkeit hatten, was wir kannten, aus dem Nirgendwo auftauchen und langsam die Straße nach Cajamarca nehmen.

Das war mein erster Eindruck von den Spaniern, Pater Juan.

Ich muß nicht betonen, daß das Übernatürliche, das sie umgab, sich sehr schnell verflüchtigte!

Morgen in aller Frühe, oder wißt Ihr es schon? brechen wir auf nach Ollantaytambo. Ein herrlicher Ort am Fuß der hohen Berge. Er wird Euch gefallen.

Wahrhaftig, Pater Juan, da rede ich ständig von unseren Frauen und versäume die oberste Pflicht einer Gastgeberin ... Mein Gott! was macht Ihr für ein Gesicht! Wenn ich Euch gekränkt habe, so bitte ich, verzeiht mir. Was ist natürlicher als Euch zur Freude Eurer Nächte eine Gefährtin anzubieten? Eure Mönche hier tun es unseren Herren gleich, sie haben mehr Konkubinen als Tage im Monat! Also denke ich mir, daß die sittlichen Gesetze, die Euren Geistlichen auferlegt sind, nur in Euren Ländern Geltung haben. Um so mehr, als ein so verführerischer Mann ... Ach, ich bitte Euch! Was habe ich nun wieder verbrochen! Ist es eine Sünde, jung und schön zu sein, und ist es verboten, Euch das zu sagen?

Pater Juan de Mendoza
Tal von Yucay, den 5. Oktober 1572

Wieviel Blut, wieviel Grausamkeiten! Mit welcher Ungeduld, Herr, erwarte ich die Fortsetzung ihrer Geschichte, denn nun muß endlich das Kreuz erscheinen und diesem unglücklichen Volk Deine Barmherzigkeit bringen.

Obwohl sie mir versicherte, sie habe Anweisungen hinterlassen, damit Pedrillo, mein Dolmetscher, uns einhole, habe ich von ihm immer noch keine Nachricht. Ich habe eine böse Ahnung. Diese Nacht träumte mir, Pedrillo schwanke an einem Ast, gespalten wie eine überreife Granatfrucht, und während ich ihn so sah, schlitzte ein goldenes Schwert mir die Seite auf. Und die das Schwert führte, war sie, Asarpay ... Asarpay! Was für ein schöner Name!

Vielleicht sollte ich nach Cuzco zurückkehren und mich nach Pedrillo erkundigen? Aber eines kann doch nur sein: entweder ist er weggelaufen, oder ihm ist ein Unglück zugestoßen. In beiden Fällen bin ich machtlos.

Wohin bringt sie mich? Gleichviel! Ich folge ihr. Ihr und dieser Kohorte von Indios mit ihren starren Masken. Doch wenn ich hinter ihr wahres Gesicht kommen will, muß ich den eingeschlagenen Weg weitergehen.

Diese wenigen Tage haben mir zu denken gegeben. Die Existenz dieser Frau zu zerstören im Verlaß auf vielleicht lügenhafte Denunziationen, auf eine oberflächliche Einschätzung sowie auf den Grundsatz, daß es besser sei, einen Unschuldigen auszumerzen, als einen Verbrecher gewähren zu lassen, ist mir unmöglich. Gewissen und Ehrenhaftigkeit zwingen mich, meine Untersuchungen solange zu verfolgen, bis sie selbst sich verrät.

Bisher handelte ihre Geschichte nur von den Ihrigen. Jetzt aber werden die Beziehungen zu den Spaniern beginnen. Ich habe mehr und mehr den Eindruck, daß sie meine Landsleute nicht allzuhoch schätzt und daß sie mir dies nicht ohne Vergnügen zu verstehen gibt. Was aber nicht der satanischen Heuchelei entspricht, derer man sie anklagt. Warum tut sie das? Sollte sich hinter ihren Worten eine Warnung verbergen, oder eine Drohung womöglich? Indessen scheint ihr meine Gesellschaft doch angenehm zu sein ... Ich kann mir darüber nicht klar werden. Diese vollkommene Fremdheit, der ich mich ausgeliefert fühle, verwirrt meinen Kopf.

Herr mein Gott, verlaß mich nicht! Ohne Dich bin ich nur ein Mensch.

4

Ich wette, Pater Juan, Ihr könnt es kaum erwarten, bis Eure Landsleute in meine Geschichte eintreten. Gleich sind sie da. Aber freut Euch nicht zu früh. Ihr kamt in dies Land mit dem Vorsatz, alles über uns elende Geschöpfe zu erfahren; aber seid Ihr auch ebenso empfänglich, wenn es sich um Männer Eurer Kultur und Eures Glaubens handelt?

Gegen Abend desselben Tages erschienen mit kleinem Gefolge und in Begleitung eines Dolmetschers zwei Spanier in Pultamarca.

Es hatte geregnet, schwere, mit Hagel vermischte Schauer waren niedergegangen, und der Beginn der Audienz war trübselig wie die Farben des Himmels.

Als Atahuallpa jedoch hörte, daß der eine Caballero der Bruder des Heerführers sei, geruhte er den Schleier zu heben, den zwei seiner Frauen vor ihm gespannt hatten, um ihn jeder unreinen Neugier zu entziehen. Er löste sich aus seiner Stummheit, bot Chicha aus goldenen Kannen und willigte ein, sich am folgenden Tag nach Cajamarca zu begeben, wo die Fremden ihre Quartiere aufgeschlagen hatten.

Die Reiter nannten sich Hernando Pizarro und Bartolomé Villalcázar.

Von nahem konnten wir feststellen, daß sie anscheinend ebenso wie wir aus Fleisch und Blut geschaffen und der Sprache mächtig waren, auch wenn wir, was sie sagten, nur vermittels des Dolmetschers verstanden.

Sie waren prunkvoll gekleidet. Mehr jedoch als ihre seidenen und brokatenen Gewänder, mehr als ihre blasse Hautfarbe, ihr gekräuselter Bart, ihre schönen Gesichtszüge, die mir gleichwohl fad erschienen im Vergleich mit den so kraftvoll geformten Gesichtern unserer Männer, mehr als all das wurde meine Aufmerksamkeit gebannt durch den Blick des zweiten Caballero, des besagten Villalcázar, ein Blick, den er übrigens ohne Scham über die Frauen schweifen ließ, unter denen ich mich befand. Dieser Blick hatte das Blau bestimmter Blumen und war durchsichtig wie Wasser. Nie hätte ich mir vorzustellen vermocht, daß Augen anders sein könnten als schwarz oder braun. Diese Eigenheit verwunderte mich. Ich hätte bedenken sollen, daß Blau meine Unglücksfarbe ist ...

Die Nacht verbrachte ich mit Qhora im Frauengemach, doch war ich entschlossen, zu fliehen, sobald sich irgendeine Gelegenheit bieten sollte. Die Ankunft der Fremden hatte Atahuallpas Urteil aufgeschoben, aber nicht aufgehoben. Lieber wollte ich die Gefahren einer Flucht auf mich nehmen als erwarten, was mir drohte.

Im Morgengrauen erleuchteten die Feuer des Heeres fröhlich die Wiesen.

Nachdem die Männer gegessen hatten, wurde mit den Vorbereitungen begonnen. Gegen Mittag erschallte Trommelschlag, die Meeresmuscheln sandten ihre langgezogenen Töne zum Himmel, der sich heiter zeigte, und Atahuallpas Zug setzte sich in Bewegung nach Cajamarca.

An der Spitze marschierten Hunderte rot und weiß gekleideter Diener, sie sollten den Weg von jedem kleinsten Kiesel, jedem Gras- oder Strohhalm reinigen, um den Sänften eine herrschaftliche Bahn zu bereiten. Dahinter schlängelten sich Sänger und Tänzer, dann kamen, in prächtigem Gold- und Silberschmuck, die Häuptlinge von Quito sowie jener Provinzen, die sich mit dem Bastard verbündet hatten; schließlich folgte seine Leibgarde, mehrere Tausende von jungen Adligen in blauer Uniform.

Ihr erinnert Euch, wie ich Euch die Sänfte Huayna Capacs beschrieb. Die Sänfte Atahuallpas stand ihr in nichts nach: ein Schrein aus Gold und Edelsteinen. Bevor die Behänge geschlossen wurden und während einige seiner Frauen noch liebevoll die Falten seiner Gewänder ordneten, durften wir denjenigen bewundern, der sich als Inka ausgab. Ich muß gestehen, daß Atahuallpa die erforderliche Hoheit besaß, aber wie loderte der Haß in meinem Herzen!

Zwei weitere Sänften trugen Fürsten der Küste, denen er das Vorrecht erteilt hatte, sich ihm anzuschließen. Dann folgte ungeduldig und fröhlich die goldblitzende Masse des Heeres.

Ich befand mich unter den Prinzessinnen von Quito. Da keine Frau von Stand das Verhalten billigen konnte, das ihr Herr mir gegenüber an den Tag gelegt hatte, bemühten sich alle, es mich durch ihre Liebenswürdigkeit vergessen zu machen. Und so hatten sie mich zur Teilnahme an dem Zug in ihrer Gesellschaft eingeladen.

Obwohl weit hinten, waren wir darüber unterrichtet, was sich anbahnte. Wir wußten, daß die Krieger unter ihren Prunkkleidern baumwollgepolsterte Westen und Büchsen voller Steine und Schleudern trugen, wußten, daß an ihren mit Fransen und Pompons aus Wolle und Federn geschmückten Ruten Fangschlaufen hingen und daß an strategischen Punkten im Umland Männer verteilt waren, um alle Fremden, denen die Flucht gelänge, gefangenzunehmen; wir wußten ferner, daß diese Fremden nach Angabe unserer Spione insgesamt nicht mehr als 176 waren, daß an unseren Augen aber ungefähr dreißigtausend Krieger vorübergezogen waren, kurz, wir wußten, daß diese weißhäutigen Wesen allein von ihrem Aufgebot her keine Chance gegen uns hatten. Außerdem hatte Atahuallpa die Befürchtungen seines Gefolges am Vorabend mit den Worten verlacht: »Es sind auch nur Menschen. Zählt sie und zählt uns! Ich hätte sie, gleich als sie an unserer Küste landeten, vernichten können, aber es verlockt mich, sie mir von nahem anzusehen – und ich will ihre Tiere, lebendig.«

Eine jede von uns hätte den Platz, der ihr in den grünen Hainen der ewigen Ruhe vorbehalten war, darauf gewettet, daß Atahuallpa die Tiere bekommen würde.

Nachmittags erfuhren wir durch einen zu den Prinzessinnen entsandten Eilkurier, daß die Spanier sich vor Angst und Schrecken in den Häusern rings um den großen Platz versteckt hatten, über den man nach Cajamarca einzieht.

Das erstaunte uns nicht. Wie hätten die weißen Männer sich vor der grandiosen Machtentfaltung, die sich mit einer auf Einschüchterung berechneten Langsamkeit vorwärts bewegte, nicht entsetzen sollen, auch wenn es sich offiziell um eine freundschaftliche Begegnung handelte?

Der Tag neigte sich, als die Prinzessinnen eine neue Botschaft erhielten: Atahuallpa habe beschlossen, sein Lager vor den Mauern von Cajamarca aufzuschlagen und das Treffen auf den kommenden Tag zu verschieben.

Ich wechselte einen betroffenen Blick mit Qhora, meiner Zwergin.

»Nachdem die Fremden vernichtet sind«, hatte ich ihr gesagt, »nutze ich die nachfolgende Siegesfeier zu meiner Flucht.« Und ich setzte meine Hoffnung auf diese Nacht.

»Dann müssen wir«, murmelte Qhora, an meine Röcke geschmiegt, »ganz schnell in die Berge verschwinden.«

»Wir? Du bleibst.«

»Ich gehe mit dir.«

»Du bleibst! Die Prinzessinnen von Quito werden froh sein, dich zu behalten. Sie sind gütig und werden achthaben, daß man dich gut behandelt.«

»Ich gehe mit.«

»Du würdest mich aufhalten.«

»Klettern ist keine Frage der körperlichen Größe. Ich bin leichtfüßig wie ein Lama ... Und wer sollte für dein Feuer, für deine Nahrung sorgen?«

»Als ich klein war, in meiner Ayllu ...«

»Das bist du aber nicht mehr«, sagte Qhora, »du hast dich zu sehr ans Nichtstun gewöhnt, deine Hände sind dumm geworden.«

»Was erlaubst du dir!«

Sie lächelte.

»Du wirst mich nicht los.«

Die Luft der Freiheit schon von fern zu schnuppern war uns ein Fest gewesen, und nun verschoben sich unsere Pläne, vielleicht auf ewig!

Doch kam wenig später eine dritte Nachricht, die meinem Herzen wieder Zuversicht gab: Atahuallpa habe dem Ersuchen der Fremden entsprochen und sei endgültig entschlossen, in Cajamarca einzuziehen.

Obwohl der Zug von Mittag bis Abend gebraucht hatte, die Strecke zurückzulegen, liegt Cajamarca nur eine halbe Meile von Pultamarca entfernt. Zwischen beiden Ortschaften höhlt sich ein Tal, und da die Straße zur Stadt hin ansteigt, befanden wir uns mit ihm fast auf gleicher Höhe, so daß wir nun sahen, wie nach dem ersten Teil des Zuges Atahuallpas Sänfte auf den Schultern der Träger das Tor durchschritt und wie die Kriegermassen ihr folgten.

Der Wind hatte gedreht, er wehte jetzt, mit schweren Wolken geschwellt, von Nord und blies uns den schrillen Ton der Flöten über dem dunklen Grundton der Trommeln entgegen.

Plötzlich verstummte die Musik. Minuten verstrichen. Wir warteten. Da schien es, als stürze der Himmel mit einem ungeheuren Krachen ein.

Wir hatten die Augen geschlossen, drängten uns aneinander. Selbst in seinem gewaltigsten Zorn hatte Inti Illapa uns noch nie so gewaltigen Donner gesandt! Der Lärm schwieg. Wir öffneten die Augen. Horizont, Stadt, Landschaft, alles war noch am selben Platz. Ein Schattenriß in der Dämmerung. Ohne uns erklären zu können, was vorging, begannen wir uns eben ein wenig zu beruhigen, als plötzlich die Stadtmauer von Cajamarca einbrach und aus dem gähnenden Schlund sich eine menschliche Sturzflut den Hang herab ergoß ...

Und die Spanier waren in Pultamarca, noch ehe wir begriffen hatten, was da geschehen war. Die Wolken waren geborsten. Unter sintflutartigem Regen, von dem vorauseilenden, ohrenbetäubenden Gerassel der Schellen, mit denen Brust- und Beinpanzer ihrer Pferde besetzt waren, fielen sie im scharfen Galopp in die Gärten ein, umzingelten den Palast und durchbohrten die Wachen mit ihren Lanzen.

Wir hatten uns in ein Nebengebäude geflüchtet, doch wollten mehrere von Atahuallpas Konkubinen, kopflos geworden, fliehen. Die Prinzessinnen von Quito befahlen ihnen, die Würde zu wahren und sich nicht von der Stelle zu rühren. Das rettete sie, sonst wären sie mit Sicherheit der Gewalt der Spanier gegenüber den Dienerinnen und Kriegerfrauen zum Opfer gefallen. Der Palast, wie wir dann erfuhren, wurde im Handumdrehen geplündert.

Endlich interessierte man sich auch für uns, die wir uns fragten, ob wir den Tag überhaupt erleben würden. Die Betäubung fiel von uns ab. Während wir immer noch nicht begriffen, wieso die Spanier als Sieger auftraten, da sie doch nach der Logik zur Rolle der Besiegten verdammt waren, bezweifelten wir, daß sie Gutes mit uns im Schilde führten.

Sie waren korrekt.

Beeindruckt durch unsere Haltung und die Pracht unseres Putzes, zügelten sie ihre Triebe und umstellten das Gebäude lediglich mit Soldaten. Am Morgen dann wurden wir nach Cajamarca gebracht.

Auf dem Weg zur Stadt zerbrach den Frauen vollends die winzige Hoffnung, an die sie sich geklammert hatten.

Die Wiesen, Obstgärten und Festungswerke der Stadt waren nur mehr ein einziges Totenfeld, lauter Krieger. Ich müßte lügen, wenn ich sagte, daß ich den Schmerz der Frauen teilte, trotzdem beruhigte mich der Anblick keinesfalls über mein eigenes Schicksal.

Qhora faßte die Lage in einen Satz: »Wir sind aus den Händen des Unholds in die Klauen eines Dämons gefallen.«

Nach allem, was wir gesehen hatten, glaubte keine von uns, daß Atahuallpa noch am Leben sei. Als seine Frauen ihn dann erblickten, vergaßen sie alle Zurückhaltung und stürzten, einander drängelnd und schubsend, mit Klagen und Freudentränen zu ihm hin, um sich vor ihm niederzuwerfen, ihn zu berühren, seine Hände und Füße zu küssen. Was ich von dem Bastard von Quito halte, habe ich gesagt, Pater Juan, aber unstreitig ist: die Seinen liebten ihn bis zur Anbetung.

Verblüfft wohnten die anwesenden Spanier den überschwenglichen Bekundungen bei.

Ich verharrte mit Qhora an der Schwelle des Gemachs. Mit eigenen Augen zu sehen, daß Atahuallpa ganz offenbar gefangen, aber heil und gesund war und ehrenvoll behandelt wurde, verursachte mir einen Schock.

Als ich meine Gedanken ein wenig geordnet hatte, sprach ich den Dolmetscher an, denselben, der tags zuvor mit den beiden Herren nach Pultamarca gekommen war. Er stand im Moment müßig und wartete, daß die Frauen sich beruhigten.

Ich trat mit jener hochfahrenden Miene auf ihn zu, die am Hof zu Cuzco Brauch war und die jeder Eingeborene erkennen mußte, sei er noch so einfältig.

»Führe mich zum Oberhaupt dieser Fremden«, sagte ich. »Ich gehöre nicht zu Atahuallpa. Im Gegenteil, ich habe Grund, mich über ihn zu beklagen. Ich bin Asarpay, die Favoritin des Inka Huascar, deines Herrn.«

Und da ich es nicht mehr aushielt, in Unkenntnis zu verharren, und mich auch informieren wollte, bevor ich dem Mann gegenüberträte, dem es gelungen war, den Bastard von Quito inmitten seiner großen Armee gefangenzusetzen, fragte ich ihn, was eigentlich passiert sei.

Der Dolmetscher, der von einer Insel vor der Küste stammte, drückte sich in unserer Sprache sehr unzulänglich aus. Erst allmählich, auch nach den Reden Eurer Landsleute, konnte ich mir die Geschehnisse zusammenreimen. Ihr kennt sie. Wer in Spanien, dem seither unsere Reichtümer zuströmen, kennt sie nicht! Aber Erzähler fabulieren oft, und vielleicht hört Ihr nicht ungern die schiere Wahrheit über Francisco Pizarros Heldentat, zumal ich ihm in der Folge kein Lob mehr erteilen kann.

Wichtig ist es dabei, sich den Handlungsort vor Augen zu führen, denn der lieferte Pizarro den Schlachtplan.

Stellt Euch einen weiten Platz aus gestampftem Lehm vor. Er wird auf drei Seiten von einstöckigen Gebäuden aus ungebrannten Ziegeln begrenzt. An der vierten Seite verläuft eine lange Mauer, ebenfalls aus diesen Lehmziegeln, von der aus man die Landschaft überschaut. Die Mauer hat nur zwei Tore, die Zugang zur Stadt bieten. An dem einen Tor erhebt sich ein zweistöckiger Turm.

Als Atahuallpa auf diesen Platz von Cajamarca zieht, ahnt er nicht, daß sein Schicksal binnen Minuten besiegelt sein wird.

Pizarro hingegen hat alle Risiken erwogen. Er ist ein Veteran der Conquista, er geht auf die Sechzig, seine Zeit, Ruhm und Reichtum zu ernten, ist bemessen. Er weiß, daß dieses Land, das zu finden ihn so viele Jahre seines Lebens und auch so viele Leiden gekostet hat, das größte und reichste ist, in das jemals ein Eroberer den Stiefel setzte. Ebenso weiß er, wenn nicht er den ersten Schlag wagt und gewinnt, wird sein Ehrgeiz tödlich enden. So bleibt das Undenkbare, das Unmögliche für ihn der einzige Ausweg.

Zurück zu Atahuallpa. Von seiner Sänfte herab überschaut er den Platz, wo Diener, Musiker, Tänzer und Krieger wimmeln, und erwartet, daß die Fremden ihm ihre Ehrung entbieten, aber in der lärmenden, farbenfrohen Menge will kein Spanier erscheinen.

Er wird ungeduldig, entrüstet sich, da tritt aus einem Gebäude ein Geistlicher und kommt, von einem Dolmetscher gefolgt, auf die Sänfte zu. Die Reihen öffnen sich vor der braunen Kutte, das fromme Gebaren gebietet Schweigen.

Der Geistliche hält eine Bibel in der Hand. Er beginnt

auf Atahuallpa einzureden, spricht, Euren Bräuchen gemäß, von Gott und Seiner Spanischen Majestät, aber Atahuallpa, der keine Macht außer der seinigen anerkennt, wird immer gereizter. Der Geistliche läßt nicht locker.

»Alles steht in der Bibel geschrieben!« sagt er und streckt Atahuallpa das heilige Buch hin. Der schlägt es auf, blättert. Die Zeichen sagen ihm nichts. Verächtlich wirft er die Bibel zu Boden. Der Geistliche hebt sie auf und läuft eilends zu Pizarro.

Die Entscheidung stand vorher schon fest, aber zur Beruhigung des Gewissens mußte Atahuallpa zu einer feindseligen Handlung, zu einem Sakrileg provoziert werden. Pizarro gibt das Zeichen.

Sofort bricht aus allen Gebäuden, allen Toren die spanische Reiterei hervor. Mit wildem Kriegsgeschrei sprengen Roß und Reiter in die Menge, schießen aus Musketen und Feuerbüchsen, zugleich fangen die im Turm aufgestellten Kanonen an zu donnern.

Dieser Höllenlärm, diese Waffen, die aus dem Abstand Blitz und Tod spucken, diese Pferde, phantastische, riesenhafte Fabelwesen für einen, der noch nie welche gesehen hatte, das Geschrei, die Befehle, deren Bedeutung das Ohr nicht erfaßt, der scharfe Pulvergeruch, all das ist zuviel, zuviel Unbekanntes auf einmal. Den Männern meiner Rasse schwindelt es, sie werden von Furcht und Schrecken in einem Maße überwältigt, daß Vernunft und Disziplin keine Macht mehr haben. Sie sind viele tausend. Die Spanier allein mit ihrer Überzahl zu zermalmen wäre ein leichtes, aber sie denken nicht dran, sie denken nur noch an Flucht. Ihr Wille ist auf den Instinkt reduziert, wie eine Herde scheuender Tiere stürzen sie sich auf die Umfassungsmauer. Der Ansturm ist so gewaltig, daß die Steine und Luftziegel, aus denen die Mauer besteht, zusammenbrechen und viele unter sich begraben.

Nur die jungen Adligen von Atahuallpas Leibgarde und die Sänftenträger sind auf ihrem Posten. Man muß sie einen nach dem anderen niedermähen, immer aufs neue ersetzen Garden die Träger, bis schließlich die Sänfte zu Boden sinkt und Pizarro – den Schritt hat er sich vorbehalten – Atahuallpa aus seinem mit Türkisen und Smaragden übersäten Goldschrein schält.

Wie ich schon sagte, Pizarro hat langjährige Erfahrung. Er kennt die Mentalität unserer Völker: wer bei uns das regierende Haupt hat, ist Herr über den gesamten Leib. Also war sein einziges Ziel Atahuallpa. Und da er glaubt, daß der ihm noch nützlich sein kann, will er ihn lebendig.

Auf unserer Seite gab es fünftausend Tote, die einen in Stücke gerissen, die anderen in der Panik zertrampelt oder erstickt. Alle Spanier kamen unbeschadet davon.

In nur dreißig Minuten hat sich Pizarro unseres Landes bemächtigt ... Dreißig Minuten, an jenem 16. November 1532, und das Reich der Inkas und die Ehre eines zehn Millionen zählenden Volkes fielen in seine Hände! Das zu vermuten war ich damals natürlich weit entfernt.

* * *

In den ersten Monaten danach wurde ich mit Achtung behandelt. Pizarro gab mir eine Bleibe in Cajamarca samt Dienerinnen und notwendigem Zubehör.

Da diese Verfügungen bestätigten, was er mir bei unserer ersten Begegnung zugesagt hatte, nahm ich die neuen Dinge als gottgewollt. Ich dachte, diese Fremden, die trotz ihrer geringen Mittel so leicht über Atahuallpa gesiegt hatten, seien uns gesandt, die Ordnung im Reich wiederherzustellen und den Inka zurückzuführen auf seinen Thron ... Behaupteten sie es doch selbst! Kurz, eine Zeitlang waren sie für mich, wie für alle von Huascars Partei, die Retter. Manche gingen soweit, sie als Götter anzusehen.

Da ich dem neuerlichen Müßiggang nichts abgewinnen konnte, äußerte ich den Wunsch, ihre Sprache zu erlernen. Pizarro schickte mir seinen jungen Cousin Pedro, dem ich zum Ausgleich Ketschua beibrachte. Ich machte rasche Fortschritte, weil ich Huascar als Dolmetsch dienen wollte, sobald die Spanier ihn befreit hätten, was nur beweist, daß die Grausamkeiten des Lebens meiner Einfalt noch nicht Herr geworden waren.

Anstatt jedoch weiterzuziehen bis nach Cuzco, setzten sich Eure Landsleute in Cajamarca fest. Und je mehr Monde abnahmen, desto unruhiger wurde ich, da ich feststellen mußte, welche liebreichen Beziehungen Atahuallpa zu seinen Kerkermeistern geknüpft hatte, und ich fürchtete von seiner Intelligenz und Doppelzüngigkeit das Schlimmste.

Umgehend hatte er die Habgier der Sieger erfaßt und ihnen ein gewaltiges Lösegeld* in Gold versprochen ... gewaltig in den Augen der Euren, bei denen man für Gold alles bekommt, sogar das, was man sich verdienen müßte. Für uns, die wir soviel Gold hatten und ihm einen nur dekorativen Wert beimaßen, war es geringfügig.

Gold ... und Frauen!

Pater Juan, gibt es in Spanien schöne Frauen?

Ich frage Euch das, denn mit Ausnahme einiger Huren haben die Damen, die hierher zu ihren Gatten kommen, wie es die spanische Krone befiehlt, nichts an

* Atahuallpas Lösegeld bestand aus einer Menge Gold, die einen 22 Fuß langen und 17 Fuß breiten Raum bis zu anderthalbfacher Mannshöhe ausgefüllt hätte.

sich, um einen Mann in Erregung zu versetzen. Allerdings müssen ihr Teint und ihre Laune auch ranzig werden, wenn sie entdecken, in welcher ausgelassenen Freizügigkeit ihre Herren Gemahle sich sielen.

Kurz, auch den Hunger auf Frauen hatte Atahuallpa gewittert. Etliche Prinzessinnen von Quito und noch mehr Konkubinen mußten auf seinen Befehl sein Lager verlassen, um das von Pizarro und seinen Brüdern wie auch das anderer Spanier zu zieren. Die weniger begünstigten hatten sich mit dem zu begnügen, was sie am Weg auflasen, aber glaubt mir, alle Eure Leute wurden versorgt.

Zu dieser Zeit respektierte man mich. Pizarro ließ es sich sogar angelegen sein, Villalcázar zurechtzuweisen, als ich mich über dessen Nachstellungen beschwerte ... Villalcázar .... Ihr erinnert Euch? Einer der beiden Caballeros, die als Abgesandte nach Pultamarca gekommen waren.

Obwohl mit einer Schwester Atahuallpas und mehreren anderen Frauen wohlversehen, traf ich jedesmal auf ihn, wenn ich bei Pizarro vorsprach oder auch nur mein Haus verließ. Seine Komplimente, seine Beharrlichkeit beleidigten mich – uns sind solche Gewohnheiten fremd. Villalcázar tat, als bemerke er es nicht. Vielleicht hielt er meine Kälte sogar für Koketterie? Er gehörte zu jenen schönen, besitzergreifenden Männern, die eine Zurückweisung gar nicht verstehen, weil ihnen sonst keine begegnet. Schön war er wirklich! In der vollen Blüte seiner Jahre, herrlich gewachsen, ein stolzes Antlitz, Kiefer wie ein Raubtier – aber verstärkt eine gewisse Wildheit nicht die Verführungskraft eines Mannes? – dazu ein schimmernder, pechschwarzer Bart und diese unfaßlich blauen Augen, von denen ich schon sprach.

Im Februar widerfuhr mir eine große Freude.

Es wurde angekündigt, bald werde der Inka kommen, der noch immer als Gefangener von Atahuallpas Generälen irgendwo im Gebiet von Cuzco lebte. Meine Dankbarkeit gegenüber den Spaniern wuchs. Endlich sollte der Alptraum enden, und wenn ich mir die Angst vorstellte, die Atahuallpa erdrücken mußte, frohlockte ich.

Diese Tage, in denen ich auf ihn wartete und im voraus auf den Wolken des Triumphes schwebte, der Huascars Rückkehr begleiten würde, waren das letzte Geschenk, das er mir machte.

Eines Nachmittags, als ich zu der kühlen Stunde, da der Regen die unbändige Glut des Morgens löscht, meine Lektion Kastilisch nahm, kam Qhora, die ihren Wuchs fabelhaft nützte, sich überall einzuschleichen und die Zungen zu lösen, in mein Zimmer gerannt. Sie stürzte mir zu Füßen, umklammerte meine Beine mit ihren Ärmchen. Sie schluchzte: »Herrin, Herrin! Der Inka ist tot.«

Ich stieß sie zurück.

Huascar tot? Unmöglich. Irgendein Zeichen hätte mich doch gewarnt.

»Du lügst!« sagte ich.

Pedro, Pizarros Cousin, erhob sich.

»Señora, laßt uns fortfahren, wenn Ihr dazu in der Lage seid.« Er ging zur Tür, und sein Nacken war steif, sein Schritt eilig.

»Also ist es wahr!« rief ich. »Ihr wußtet es?«

Er drehte sich um und musterte mich vorsichtig. Es war ein höflicher junger Mann, von feinerer Denkungsart und besserer Erziehung als die übrige Familie.

»Wir erhielten die Nachricht heute nacht. Inka Huascar wurde auf Befehl der Generäle Atahuallpas ertränkt. Glaubt mir, Señora, ich bedaure es. Wir bedauern es alle.«

»Ertränkt!« wiederholte ich voller Grauen.

Ich fing an zu zittern. Mir war plötzlich kalt, so kalt, daß es mir bis ins Mark ging ... Ertränkt! Die Götter ließen mir also nicht einmal den Trost, mir vorzustellen, wie er sich eines friedevollen, erhabenen neuen Daseins erfreute! Denn nach unserem Glauben, Pater Juan, ist denen ewige Qual beschieden, die durch Ertränken oder auf dem Scheiterhaufen enden ...

* * *

Villalcázar wahrte die Formen. Er ließ mir drei Tage Trauerzeit. Am vierten erschien er.

»Señora, Ihr steht jetzt allein. Ich habe Francisco Pizarro, unseren Generalkapitän, um die Ehre ersucht, Euch zu beschützen, und er hat sie mir gewährt. Künftig wohnt Ihr in meinem Haus. Ich führe Euch hin. Befehlt, wenn ich bitten darf, daß man Eure Sachen packt.«

Das hieß, mir in gewählten Worten klarzumachen, daß ich nun, da der Inka nicht mehr lebte, nur mehr ein Gegenstand der Lust war.

Aber welche Möglichkeit hatte ich, mich aufzulehnen? Was ich aus freien Stücken zu geben mich weigerte, würde man mir mit Gewalt nehmen!

Da ich meinte, daß ich mich unnötig herabwürdigte, wenn ich einen bereits abgekarteten Beschluß anfocht, tat ich, was alle Frauen unseres Landes zu jener Zeit taten und noch heute tun, wenn sie das Interesse eines Spaniers erwecken: Ich rief Qhora, schickte sie, mein leeres Kokatäschchen und meinen Kamm zu holen, da ich außer dem Schmuck und den Kleidern, die ich trug, in jenem Haus weiter nichts Eigenes besaß, und folgte Villalcázar.

Er bewohnte das Haus eines Beamten von Cajamarca. Es hatte einen Innenhof, wo in einem Springbrunnen Wasser rieselte. Mehrere Frauen zeigten sich und verschwanden. Wir durchschritten einen Saal mit Nischen, in denen reiche Tonwaren standen. Ein sehr schönes Gefäß, wie ich noch weiß, stellte einen in Braun und Ocker gehaltenen Papagei dar, der an einem Maiskolben pickte. Ich erinnere mich dessen, weil ich meinen Geist zwang, sich an Details zu halten, damit er nicht abirrte.

Vor einer Tür, die durch einen mit Lamaleder bespannten Holzrahmen verschlossen war, drehte sich Villalcázar um.

»Du, Zwergin, raus!«

Ich befahl Qhora, zu den Dienerinnen zu gehen.

Villalcázar öffnete die Tür, schob mich in das Gemach, von dem ich nichts sah, denn er war sofort über mir. Er umschlang mich, riß den Goldreif von meiner Stirn, tauchte seine Hände in mein Haar, und indem er mein gesenktes Gesicht zu sich erhob, küßte er meinen Mund. Ein Kuß, so gewaltsam wie eine Handvoll Pfeffer!

Dann ließ er mich los.

»Zieh dich aus«, sagte er. »Ich warte schon viel zu lange.«

Und ich begriff, daß die Zeit der guten Manieren um war.

* * *

Villalcázar hatte die Ungeduld eines Knaben und die Gier eines Menschenfressers. Alles an ihm war maßlos, Worte, Gebärden, Gelüste, Begehren.

Anderntags verfügte er, daß die Konkubinen, die Atahuallpa ihm überlassen hatte, mich bedienen sollten.

»Das kommt nicht in Frage«, sagte ich. »Diese Kränkung tue ich ihnen nicht an. Was bin ich jetzt anderes als sie?«

»Du tust, was ich sage, oder ich schicke sie weg.«

»Glaubst du, sie beklagen sich darüber?«

Ihm stieg das Blut zu Kopf, und er erquickte mich mit einem Zornesausbruch, dem ich erschrocken beiwohnte, da unsere Herren sich zu solchen Ausschreitungen selten hinreißen ließen. Bei uns genügt einfach ein Runzeln der Brauen, ein strenges Wort.

Mit großem Gefuchtel und einer Reihe Grobheiten, von denen ich nur die Betonung verstand, da solche Ausdrücke nicht zu der Sprache gehörten, die Pedro Pizarro mir beibrachte, erklärte Villalcázar, ich hätte mich von nun an einem neuen Herrn zu fügen und noch nie in seinen achtzehn Eroberungsjahren in unseren Nachbarländern sei es einer »Indierin« gelungen, ihm die Stirn zu bieten. Die Art, wie er das Wort aussprach, traf mich ins Herz.

Ich blickte ihm gerade ins Gesicht.

»Hol dir dein Vergnügen«, sagte ich. »Aber bilde dir nicht ein, du könntest mich ändern. Wenn dir das nicht paßt, töte mich, du erweist mir einen Dienst.«

Den Satz warf ich ihm jedesmal an den Kopf, wenn wir in Streit gerieten, das heißt täglich.

Ich dachte oft ans Sterben.

Der Mensch braucht ein Ziel, ein Gefühl, irgend etwas, woran die Seele sich halten kann. Alles um mich brach zusammen ... Huascar ... das Reich ... meine Ehre ... So kam es, daß ich Villalcázar provozierte in der Hoffnung, er werde den Schritt tun, der mich erlöste. Doch allmählich gewann ich Geschmack an dem Spiel. Da ich nichts mehr zu verlieren hatte – und er merkte es –, entdeckte ich in mir eine böse Macht. Der andauernde Krieg, den ich zwischen uns schürte, hielt mich am Leben. Dieser Krieg und ...

Ich will Euch ein Geheimnis gestehen, Pater Juan.

Da Euer Empfinden sich in einer so anderen Welt gebildet hat, glaubt Ihr wahrscheinlich, daß ich Villalcázar haßte, weil er mich gezwungen hatte? Ihr irrt. Bei uns werden die Frauen durch das Gesetz des Mannes geformt, wenn sie noch kleine Mädchen sind. Villalcázar tat nicht mehr, als es anzuwenden. Im Grunde, im Grunde meiner selbst, nahm ich es hin: Männer sind so. Was nun die Entweihung betrifft ... Was wußte Villalcázar schon von unseren Institutionen! Eine Incap Aclla, das waren für ihn Bilder, die ihn, im Gegenteil, erst recht ermutigten. »Inkahure!« schrie er auf dem Gipfel der Raserei. Ihm klarzumachen, was für eine Frau ich war, fand ich nie der Mühe wert; was er dachte, ließ mich kalt.

Ungeachtet der Tatsache, daß ich an den Spaniern jetzt Bestrebungen entdeckte, die, oh, wie sehr! von jenen abwichen, die wir ihnen anfangs zugeschrieben hatten, haßte ich Villalcázar aus einem ganz anderen Grund. Ich habe es noch nie einem Menschen gesagt, Pater Juan ... eine Beichte gewissermaßen, aber bekennt man in Eurer Religion nicht auch die Sünden des Fleisches?

Nun denn. Ich fasse mich kurz. Lebendige Götter hatten mich auf ihr Lager gestreckt, und es hatte mich mit großem Stolz erfüllt, ohne daß ich mir vorgestellt hätte, daß eine Frau noch etwas anderes empfinden könne. Aber mit Villalcázar, einem gewöhnlichen Sterblichen, einem Fremden, von dem mich alles trennte, Rasse, Sitten, Glauben, Erziehung, mit ihm, den zufriedenzustellen mir einerlei war und dessen Umarmung mich erniedrigte, mit ihm ...! Daß es ihm gelang, sich meinen elenden Körper zum Komplizen zu machen, das habe ich ihm nie verziehen!

Im April erhielten die Spanier Verstärkung. Diego de Almagro, Pizarros Verbündeter bei dieser Expedition, ein alter Mann, häßlich und einäugig, kam mit zweihundert Soldaten nach Cajamarca, fünfzig davon Berittene.

Unter ihnen war ein Cousin von Villalcázar, Martin de Salvedra.

Villalcázar brachte ihn mit und erklärte, Martin werde bei uns wohnen.

»Wenn du ›Indierinnen‹ willst, Junge, genier dich nicht. Die sind heiß wie Brot, frisch aus dem Ofen! Nur die nicht«, sagte er und zeigte auf mich. »Die nimmt mir keiner weg. Sie war die Lieblingsfrau des Inka ... Huascar, den sie ertränkt haben. Sie hat mich ihr Lebendgewicht an Gold gekostet. Einer von den Pizarro-Brüdern wollte sie haben, aber für Gold, mein Freund ... Die Pizarros sind gute Rechner!«

Martin de Salvedra kreuzte errötend meinen Blick.

Er hatte nicht viel Ähnlichkeit mit Villalcázar.

Mitte Zwanzig, eine eckige Gestalt, die Züge noch unentschieden. Zwischen dem fahlblonden Kinn- und Schnurrbart ein huschendes Lächeln, das gleich wieder erlosch. Die braunen Augen hatten einen gutmütigen, oft verwunderten Ausdruck. Seine Kleidung war armselig.

In den darauffolgenden Wochen begriff ich, daß trotz der geräuschvollen Umarmungen, mit denen Almagros Ankunft begrüßt worden war, zwischen ihm und Pizarro kein Einvernehmen herrschte.

Gegenstand ihres Zwists war das inzwischen vollständig zusammengetragene Lösegeld Atahuallpas.

»Wenn Almagro glaubt, er braucht nur zu kommen und, ohne daß er einen Tropfen Schweiß vergossen hat, nur einzustreichen, was uns gehört, kann er sich das letzte Auge auch noch ausreißen!« schrie Villalcázar.

»Das Gold haben wir uns verdient, und das behalten wir. Ich hätte euch sehen wollen, wenn ihr dabei gewesen wärt! Dreißigtausend dieser ›Indier‹, und dagegen wir ... Einen Schiß hatten wir, die Därme voll! Und das sag ich ganz unverhohlen, denn noch nie haben Männer ihr Leben gewagt wie wir unseres an dem Tag! Also, dein Almagro ... daß ihn seine Syphilis fresse!«

»Es gab einen Vertrag«, beharrte Martin de Salvedra. »Francisco Pizarro hat auf die Evangelien geschworen, ihn einzuhalten. Und es wäre sehr ehrlos von ihm, wenn er uns von der Verteilung ausschließen würde, nur weil wir nicht hier waren. Ich spreche gar nicht für mich ... Wer bin ich, daß ich etwas zu fordern hätte? Aber die Geschichte geht nun schon so viele Jahre, Almagro hat dabei seine Gesundheit ruiniert. Glaubst du, er war in Panama untätig? Bei einer Expedition sind die Operationen im Hintergrund genauso entscheidend wie die vorn. Almagro hat sich darum gekümmert, den Truppennachschub zu organisieren, die Gläubiger abzuwehren, Hypotheken aufzunehmen, neues Kapital zu erschließen ... Ohne Kapital ist Mut gar nichts nütze.«

»Papierkram, Papierkram, das ist alles, was der Einäugige kann!«

»Francisco Pizarro versteht es trotz seiner Unbildung ja auch nicht schlecht, seinen Namen in Großbuchstaben unter Schriftstücke zu setzen, und zwar an den besten Platz. Als er vor vier Jahren nach Spanien ging, um die Genehmigung des Königs einzuholen, hat er sich die Herrschaft über alle hier entdeckten Gebiete zugeschanzt ... Statthalter auf Lebenszeit, Generalkapitän ...«

Villalcázar lachte höhnisch.

»Das hat Seine Majestät entschieden. Wenn Almagro dagegen war, hätte er nur Einspruch zu erheben brauchen. Beinahe hätte er es auch getan. Aber er hat es unterlassen, das war sein Pech. Wer durch die Dienstbotentür zum Fest kommt, muß sich nicht wundern, wenn er nur noch die Krümel aufsammeln darf. Für dich wäre es das Beste, Junge, du würdest in unser Lager überwechseln. Es gibt so irrsinnig viel Gold in diesem Land, und die hier wissen nichts damit anzufangen.«

Villalcázar drückte sich in meinem Beisein sehr freimütig aus. Zum ersten, weil er einer »Indierin« nicht mehr Verstand zutraute als einem der Schemel, die er beim Heerestischler bestellte, um sein Haus damit vollzustopfen, zum zweiten, weil er keineswegs vermutete, und ich hütete mich, ihn darüber aufzuklären, welche Fortschritte ich in Eurer Sprache gemacht hatte.

Dennoch erfuhr ich am Nachmittag des 29. August die Atahuallpa betreffende Nachricht nicht durch ihn, sondern von Qhora: ein am selben Morgen hastig einberufenes Gericht hatte den Bastard von Quito zum Tode verurteilt. Seine Hinrichtung stand unmittelbar bevor.

Ich stürzte aus dem Haus.

Eine dichte, stumme Masse strömte auf den großen Platz. Ich schloß mich an. Es regnete.

Bald wurde der Gefangene herbeigeführt. Obwohl er in schweren Ketten ging, trug er das Haupt erhoben, seine Haltung war majestätisch. Es machte mich stolz.

Beim Anblick ihres Herrschers brach die Menge in Schmerzensschreie aus. Viele Frauen sanken ohnmächtig zu Boden. Man ließ sie liegen. Es war nur barmherzig, ihnen den Anblick seiner Todesqual zu ersparen.

Während ich zusah, wie Atahuallpa der Garrotte überantwortet wurde, stritten widersprüchliche Gefühle in meinem Herzen. Gewiß wünschte ich ihm den

Tod, aber nicht diesen. Sein Leben gehörte uns, den Menschen seiner Rasse, und es hätte der Inkasippe zugestanden, über seine Strafe zu entscheiden. Mit welchem Recht spielten sich die Spanier als Richter auf? Welchen Schaden hatte Huayna Capacs Lieblingssohn ihnen zugefügt, außer sie fabelhaft zu bereichern ...? Und auf einmal war mir klar, daß, nachdem sie dieses Verbrechen an einer königlichen Person bewußt begangen hatten, nichts sie mehr zurückhalten würde.

Anderntags legte Villalcázar sein schwarzes Samtwams an, und mit jener Trauermiene, die Eure Landsleute willentlich aufsetzen können, begab er sich in die jüngst erbaute Kirche San Francisco, um Atahuallpas Begräbnis beizuwohnen, denn man hatte ihn in extremis getauft, unter der Androhung, man werde ihn sonst lebendig verbrennen.

Pater Juan, was ist eine solche Bekehrung wert!

Ihr antwortet nicht? Ihr habt recht, Euer Schweigen ehrt Euch.

Abends hörte ich ein Gespräch zwischen Martin de Salvedra und Villalcázar.

»Wir hätten ihn nach Spanien schicken müssen, damit Seine Majestät entscheide. Wir waren nicht befugt, einen Mann seines Ranges zu verurteilen ... Und auf welche Anklagen hin? Weil er aus der Ferne den Mord an seinem Bruder Huascar befohlen hat? Man munkelt, Pizarro habe ihn dazu bewogen! Und was die Verschwörung betrifft, die sie angeblich gegen uns schürten, das ist doch eine völlig konstruierte Geschichte.«

Villalcázar lachte.

»Du mit deiner Moral! Läßt man einen Fürsten am Leben, der ständig wiederholt: ›Unter diesem Himmel fliegt ohne meinen Willen kein Vogel‹? Er war zu mächtig und hat es nicht genügend verhehlt, das hat ihn umgebracht. Da brauchst du nicht weiter zu fragen. In großen Dingen, Junge, sind Prinzipien fehl am Platz.«

Im September verließen wir Cajamarca in Richtung Cuzco.

Als wir zwei Monate später in Jauja eintrafen, das an das Gebiet von Amancay grenzt, war ich entschlossen, zu fliehen und in die Berge zu gehen. Amancay war meine Heimatprovinz, ich wäre unter den Meinen gewesen und konnte darauf rechnen, daß man mir helfen würde, Manco zu finden ... wenn er noch am Leben war.

Ich ertrug die heuchlerischen Gesichter Eurer Landsleute nicht mehr und nicht das Besitzergebaren Villalcázars. Ich fühlte mich erniedrigt, besudelt, entehrt. Leider verstärkte sich sein Interesse, je kratzbürstiger ich wurde.

Gleich am Abend unserer Ankunft hatten wir einen Streit.

Er führte mich in sein Gemach, öffnete eine hölzerne Truhe und sagte: »Wähle.« In der Truhe lagen Goldgeschmeide, wer weiß wo, wer weiß wem geraubt.

Ich wich zurück.

»Nein, danke.«

»Wieso nicht? Welche Frau würde einen Schmuck ablehnen!«

»Sicher die nicht, die du für gewöhnlich besuchst.«

»Was soll das heißen?«

»Ich besaß einmal die erlesensten Kleinodien, die je in unserem Reich angefertigt wurden.«

»Wo sind sie?«

Mir kam mein weißer Palast zu Yucay in den Sinn, und ich sah mich, wie ich mit Marca Vichay in den geheimen Saal hinabstieg, und ich dachte an die Wunder, die dort unter der Erde ruhten, während ich über Land zog wie ein Soldatenweib. Ich seufzte und sagte in der Hoffnung, gut zu lügen: »Atahuallpas Truppen haben mir alles gestohlen.«

»Wenn sie dir alles gestohlen haben, hast du nichts mehr.«

Ich berührte mein Smaragdhalsband.

»Das hier bleibt mir. Ich will nichts, was jemand anderes getragen hat, gib es deinen Frauen.«

Er preßte die Kiefer so heftig zusammen, daß ich seine Zähne knirschen hörte.

»Du weißt genau, daß ich sie weggeschickt habe.«

»Das war ein Fehler von dir, sie waren schön und sehr viel liebenswürdiger als ich.«

»Dich krieg ich noch klein!« brüllte er. »Was glaubst du, wer du bist? Du Indierhure, Inkahure! Und was ich mit Indierinnen mache ...«

»Ich weiß. Du dressierst sie, und sie lecken dir die Füße! Nimm es nicht übel, aber das ist kein Kunststück. In unseren Ländern gehört Unterwerfung zu unserem Geschlecht. Nur ich bin nicht so. Ich beuge mich allein dem Inka! Also, was die Hure betrifft, such dir andere. An Huren mangelt es nicht, seit ihr hier seid, und laß mich gehen.«

»Niemals! Ich habe dich, ich behalte dich. Und denk ja nicht, du kannst mir auskratzen. Wohin du auch gehst, wo du auch seist, ich finde dich und laß dir die Haut vom Leibe peitschen wie einer Hündin. Danach nimmt dich kein Mann mehr, und wär es der letzte Bettler.«

Ich lächelte.

»Eines Tages töte ich dich«, sagte ich.

Villalcázar stieß ein Gebrüll aus, packte die Truhe, hob sie über seinen Kopf und schleuderte sie nach mir. Die Kleinodien kollerten über den Fußboden.

»Heb das auf«, sagte er.

Ich rührte mich nicht.

Mit einemmal lachte er. Seine blauen Augen blitzten.

»Abgesehen von mir, ist mir noch nie ein so miserabler Charakter begegnet!«

Und er kam auf mich zu.

* * *

Das Haus, in dem Villalcázar uns einquartiert hatte, lag hinter dem Gouverneurspalast, den zeitweilig der Inka bewohnte.

Anderntags überquerte ich die Straße ... Ach, hatte ich das erwähnt, Pater Juan? Wir hatten einen neuen Inka: Tupac Huallpa, ein legitimer Halbbruder von Huascar und Manco. Pizarros Wahl.

Ich überquerte also die Straße, um eine der Frauen Tupac Huallpas, die ich von früher her kannte, zu besuchen, als ich von einem Mann angesprochen wurde.

Er trug ein rotes Band um den Kopf, die Haare lang, wie in Jauja üblich. Er war in eine weiße Tunika und einen braunen Wollumhang gekleidet. Doch fiel mir sofort auf, daß sein ländlicher Aufzug nicht zu dem kühnen Gesicht paßte.

»Edle Frau Asarpay?« sagte er.

Mein Herz fing an zu klopfen.

»Die bin ich.«

Er vergewisserte sich, daß die Straße leer war, schlug seinen Umhang auf und zeigte mir ein Flechtband aus kostbarer, ockerfarbener Vikunjawolle, das er mehrfach um den Oberarm gewickelt trug.

»Erkennst du diesen Llautu? Manco trug ihn an dem Abend, als er dich in deinem Palast zu Yucay über unsere Niederlage unterrichtete. Manco sagt, du würdest ihn wiedererkennen.«

»Manco! Schickt Manco dich?«

»Ja.«

Es fällt nicht leicht, Worte zu finden, wenn es gilt, Gefühle auszudrücken, aber ich weiß noch genau, Pater Juan, daß ich mich inwendig auf einmal heiß werden fühlte, als hätte ich plötzlich die Sonne im Leib!

»Wo ist er?« fragte ich.

»Du wirst ihn bald sehen.«

»Führst du mich zu ihm?«

Der Mann musterte mich streng.

»Du bleibst hier, bei den Fremden ... Stell nicht so viele Fragen, höre. Manco befiehlt dir, ihn von Tupac Huallpa zu befreien. Ein Feigling, ein Verräter! Nicht genug, daß er sich wie ein Weib in den Schutz der weißen Männer geflüchtet hat, er konnte auch gar nicht schnell genug den Inkatitel annehmen, der rechtmäßig Manco zusteht. Tupac Huallpa entehrt uns. Er muß sterben.«

Ich dachte nur immerzu: ›Manco lebt, Manco lebt‹, ich sah den Horizont wieder leuchten, in meinem Herzen war Festtag, und da sprach dieser Mann davon, Tupac Huallpa umzubringen, befahl mir zu töten ... Mir! die ganz mittellos war, die ich noch nie Hand an jemanden gelegt hatte, und sei es eine Dienerin! Wie sollte ich eine solche Verantwortung auf mich nehmen, mich des Vertrauens würdig erweisen, das Manco in mich setzte? Und vor Furcht, ihn zu enttäuschen, begann ich zu zittern.

»Ich habe Tupac Huallpa nie als Inka anerkannt«, sagte ich. »Die Fremden boten ihm das Reich an, um sich seiner desto leichter zu bemächtigen. Aber wie will Manco ...? Ich bin nur eine Frau.«

»... deren Ruhm und Wissen groß sind, Asarpay! Verschaff dir Zugang zum Palast. Den Konkubinen Tupac Huallpas wird es eine Ehre sein, dich zu empfangen. In allem Weiteren werden die Götter dich leiten.«

Der Mann griff unter seinen Umhang und legte mir

eine goldene Fiole in die Hand, nicht größer als ein Daumen und verschlossen mit einem in gedrehtes Stroh eingehüllten Türkis.

»Dieses Gift wirkt erst in einem Viertelmond. Finde einen Weg, es in seine Chicha zu träufeln. Lebe wohl.«

»Warte. Ich habe Manco soviel zu sagen ... Wann sehe ich ihn?«

»Das hängt allein von dir ab. Töte Tupac Huallpa, und du wirst Manco wiedersehen.«

Wenn Villalcázar zu Hause war, wollte er mich ständig unter den Augen haben. Zum Glück hielten ihn seine Pflichten die meiste Zeit auswärts, und mir blieb genug Muße, den Palast aufzusuchen.

Die Nachlässigkeit dieses eilends einberufenen Hofes begünstigte meinen Plan. Im Gefolge von Illa, »Lichtstrahl«, meiner einstigen Gefährtin aus dem Acllahuasi von Amancay, kannte ich bald alle Winkel des Palastes und sogar die Gemächer des Inka.

Illa war hübsch, von ambrafarbener Haut, feingliedrig, und sie hatte kleine Hände, die wie Taubenflügel flatterten und die anmutigen Schwünge ihrer langen glänzenden Haare begleiteten. Bei unserer Vorstellung seinerzeit in Cuzco hatte Huayna Capac sie seinem Sohn Tupac Huallpa geschenkt. Heute war ich ein Nichts und Illa eine der Frauen des regierenden Fürsten. Die Umkehr unserer Situation erhöhte sicherlich das Vergnügen unseres Wiedersehens. Durch ein paar Schmeicheleien konnte ich ihr ohne Schwierigkeiten die Auskünfte entlocken, derer ich bedurfte.

Ich wählte einen Abend, als Villalcázar bei Pizarro speiste. Als das ganze Haus schlief, stieg ich über Qhora hinweg, die in ihrer Decke wollüstig auf meiner Türschwelle schnarchte, warf mir die Lliclla einer Dienerin um und ging.

Die beiden Wachen vor dem Seiteneingang des Palastes, der zur Straße hin lag, schwatzten weiter, während ich das Tor in demütiger Haltung durchschritt, wie es sich ziemte. Aus dem Garten erklangen Flöten und Tamburine. Zu dieser Stunde pflegten unsere Fürsten sich nach einem leichten Imbiß dem Genuß der Chicha hinzugeben, während sie im Kreis ihrer Frauen und Würdenträger sich an einer Darbietung ergötzten.

Eine mit dichten Behängen geschlossene Galerie führte zum Gemach des Inka. Der Duft des Mulli, eines Holzes, das in den aufgestellten Räucherbecken glomm, rief mir die erste Nacht in Erinnerung, als ich zu Huayna Capac geführt wurde. In jener Nacht war mein Mund ebenso trocken gewesen und mein Magen zugeschnürt, aber die Angst, die ich damals hatte, erschien mir gegen die heutige lächerlich.

Ich hob den Vorhang zum Gemach. Es war der alles entscheidende Moment. Eine Laune Tupac Huallpas genügte, daß die Gesänge und Tänze abbrächen ... Wenn ich an diesem Ort überrascht worden wäre, an dem einzig seine Frauen zugelassen waren, hätte ich nur den einen Ausweg gehabt, das ihm bestimmte Gift selbst zu schlucken.

Eine Fackel brannte. Ich schlich zu der Nische, wo die Frauen allabendlich den Krug Chicha niederstellten, den Tupac Huallpa leeren würde, nachdem er sich mit einer von ihnen entspannt hätte. Ich träufelte das Gift in den Krug, durchmaß wieder die Galerie, die auf einen blühenden Hof führte ... Nachdem ich ihn durchschritten hatte, mischte ich mich unter die Dienerschaft, eine aus verschiedenen Provinzen zusammengewürfelte Fauna, die dösend wartete, bis der Inka schlafen ginge.

Am Tor standen dieselben Wachen.

Ich hielt es für klüger, daß sie nicht sahen, wie ich

das Haus Villalcázars betrat. Darum ging ich die Straße weiter, die zur einen Seite von der Umfassungsmauer des Palastes und seiner Nebengebäude gesäumt war, zur anderen abwechselnd von den Häusern der Würdenträger und von Höfen. So ging ich fast eine Viertelmeile. Endlich fand ich zur Rechten eine schmale Gasse, in die ich einbog in dem Glauben, ich könnte von der Rückseite her ins Haus gelangen ... Aber eine Gasse führte in eine andere, ich verirrte mich in der Dunkelheit.

Als ich nach tausend Umwegen endlich ankam, empfing mich Villalcázar.

Er packte mich.

»Wo warst du?«

Seine tiefe, vom Wein belegte Stimme erschreckte mich mehr als sein übliches Gebrüll.

»Laß mich los«, sagte ich.

»Wo warst du?«

»Ich brauchte Luft, ich bin spazierengegangen.«

»Um diese Zeit? Wofür hältst du mich? Du warst bei einem Mann!«

»Wenn du mich ausreden ließest ... Ich bin spazierengegangen und habe mich verirrt. Ich ersticke in diesem Haus. Stell dir vor, ich war an andere Weiten gewöhnt als diese Mauern, in die du mich einsperrst.«

»Hündin! Was du brauchst, ist, dich an dunkler Haut zu reiben, was!«

Und indem er Abscheulichkeiten hervorstieß, die ich Euch unmöglich wiederholen kann, schüttelte er mich, als sollte die Wahrheit aus meinen Kleidern springen. Die kleine goldene Phiole, die ich in meinen Gürtel gesteckt hatte, rollte zu Boden.

Villalcázar unterbrach sein Verhör. Er ließ mich los, hob die Phiole auf und betrachtete sie prüfend.

»Was ist das? Ein Schmuckstück? Ein Geschenk deines Liebhabers? Meine Geschenke lehnst du ab, und andere nimmst du ...«

»Gib mir das wieder«, sagte ich, »es ist ein Talisman, den der Inka Huascar mir geschenkt hat.«

»Du lügst!«

In meiner Erregung riß ich ihm die Phiole aus der Hand.

»Hör auf mit den Dummheiten. Ein Liebhaber? Besten Dank! Deine Bekanntschaft hat mir alle Männer für immer verleidet.«

Ich weiß nicht, wie viele Schläge auf mich niedergingen. »Ich schlage dich tot!« brüllte er, und ich glaube, er hätte es, ohne es wirklich zu wollen, getan, wäre sein Cousin, Martin de Salvedra, nicht dazwischengetreten. Villalcázars Finger gaben meine Kehle frei, ich sah, wie er verschwand. Das ist alles, woran ich mich erinnere.

Als ich zu Bewußtsein kam, lehnte ich an einer Truhe, eine Hand betupfte mir mit einem feuchten Tuch die Stirn, und ich begegnete dem ängstlichen, braunen Blick des jungen Mannes.

»Geht es wieder?«

Ich griff an meine Kehle.

»Mir ist, als wäre mir eine Raubkatze an den Hals gesprungen.«

»Ist Euch auch nichts gebrochen?«

»Helft mir auf, dann weiß ich mehr.«

Fürsorglich stellte er mich auf die Füße. Arme und Beine ließen sich bewegen, aber mir tat alles weh. Mit den Augen suchte ich um mich, plötzlich von dem Gedanken entsetzt, Villalcázar könnte die Phiole mitgenommen haben.

Sie blinkte als goldener Punkt am Boden.

»Bitte, Martin«, sagte ich.

Er bückte sich und gab sie mir.

Die Phiole in der Hand zu halten beruhigte mich. Eine Welle von Stolz schwellte mein Herz.

Martin beobachtete mich.

»Ohne Euch hätte er mich erwürgt«, sagte ich. »Geht er mit Frauen immer so zartfühlend um?«

»Nein. Im allgemeinen ... Ich glaube, er liebt Euch.«

»Eine reizende Art, es zu beweisen!«

»Vielleicht weiß er es selbst nicht? Für einen Mann wie ihn ist Liebe eine Schwäche, fast ein Gebrechen.«

»Und für Euch?«

Er wurde rot.

»Oh, für mich! Ich komme aus Spanien. Dort gibt es nur Frauen, die man heiratet oder die verrufen sind. Um an Heirat zu denken, bin ich zu arm, und die anderen verlocken mich nicht. Aber was rede ich ... Ihr müßt Euch niederlegen und ausruhen. Wenn Ihr erlaubt ...«

Er trug mich in mein Schlafgemach. Er war stärker, als er aussah. Er legte mich auf meine Decken, goß Wasser in einen Becher und gab mir zu trinken.

»Ich rufe Eure Zwergin, sie kann Euch besser helfen.«

Ein Lächeln glitt über seinen blonden Schnurrbart.

»Ich hatte selten Gelegenheit, mich einer Frau anzunehmen.«

»Ihr macht es sehr gut. Danke. Vielen Dank, Martin.«

Ich folgte ihm mit den Augen. Es war das erstemal, daß ein Mann mir Güte bezeigte, ohne etwas dafür zu wollen.

Anderntags zog Villalcázar aus, gegen Krieger zu kämpfen, die die Brücken über den Apurimac zerstört hatten, um Pizarros Triumphmarsch aufzuhalten.

Bei seiner Rückkehr hielt ich es für klug, mich sanftmütiger zu benehmen. Er war zufrieden. Eigenliebe war Villalcázars stärkster Zug. Zweifellos hielt er nun Züchtigungen für das beste Mittel, mich zu zähmen.

Wie Mancos Abgesandter es vorausgesagt hatte, starb Tupac Huallpa eine Woche, nachdem er das Gift zu sich genommen hatte.

Sein Tod erweckte wenig Anteilnahme. Er gehörte zu den Wesen, die durch die Umstände für kurze Weile aus ihrer Nichtigkeit gehoben werden; dann aber stürmen die Ereignisse über sie hinweg und brechen sie, ohne daß sie mehr hinterlassen als einen Namen.

Einige Tage darauf legte Villalcázar wiederum die prächtigen Brokatkleider an, die ich in Pultamarca an ihm gesehen hatte. Ich fragte, weshalb er solche Eleganz entfalte.

»Interessierst du dich endlich dafür, was ich tue? Fürst Manco hat sich mit uns in Verbindung gesetzt. Er erhebt als legitimer Erbe Anspruch auf den Thron. Ich gehe, den Burschen auf seine Loyalität hin zu begutachten und eine Begegnung mit Pizarro vorzubereiten, die er verlangt. Wir müssen dafür sorgen, daß der Inka sehr schnell ersetzt wird, damit er die Einheit des Reiches wiederherstellt.«

Die Begegnung hatte bei Cuzco statt.

Die Spanier errichteten ihre Zelte auf einer grünen Hochebene.

Tags darauf stellte sich in heller Morgensonne Manco ein. Sein Geleitzug war, offen gestanden, alles andere als prächtig: eine karge Holzsänfte, die Krieger in verschlissenen Gewändern, ein paar Frauen. Was tat es! Er war da, und alles war mir wiedergegeben. Ich rang um ruhigen Atem, so trunken war ich vor unbändiger Freude, die zu unterdrücken ich kaum die Kraft hatte.

Ich stand wenige Schritte von Pizarro. Da er wußte,

daß ich das Kastilische besser als der Dolmetscher beherrschte, hatte er Villalcázar gebeten, mich mitzubringen.

Es gab große Umarmungen zwischen dem alten spanischen General dunkler Herkunft – es hieß, Pizarro sei der Bastard einer Bauernmagd und eines Edelmannes – und dem jungen Fürsten aus göttlichem Geschlecht.

Eine Frage, Pater Juan: Ist es in Euren Ländern üblich, daß man denjenigen umarmt, den man umzubringen gedenkt?

Nach vielerlei Reden, die darauf abzielten, Manco seiner künftigen Macht zu versichern, schloß Pizarro ihn erneut in die Arme, zum Zeichen, daß die Begegnung beendet sei.

Ich war fast erleichtert. Mein Herz hatte sich daran aufgerieben, mich Manco so nah und dennoch so fern zu fühlen. Da plötzlich sprach er mich an, der meine Anwesenheit nicht einmal bemerkt zu haben schien, obwohl ich den Dolmetscher mehrmals berichtigt hatte.

»In deiner Eigenschaft als Incap Aclla des ehrwürdigen Huayna Capac und meines Bruders Inka Huascar fordere ich dich zurück, ich, Manco, ihr Erbe. Sag es dem alten Mann. Sag ihm auch, daß deine Kenntnisse seiner Sprache helfen werden, unsere Freundschaftsbande zu festigen.«

Ich übersetzte.

Villalcázar stand mit den Brüdern Pizarro in der ersten Reihe. Ich sah, wie er rot anlief, erstarrte, wie scharf seine Kiefer sich spannten, sah, wie seine Hand ans Schwert fuhr, wie er vortrat. Pizarro wandte sich ab. Ich weiß nicht, welche Versprechen oder Drohungen sein Blick verheißen hatte: Villalcázar wich zurück.

»Señora Asarpay«, antwortete Pizarro, »sagt Fürst

Manco, daß wir seine Forderung mit Vergnügen erfüllen.«

So geschah es, daß ich wieder zu den Meinen kam.

* * *

Das Lager, hoch in den Bergen versteckt, bestand aus ein paar Rundhütten, die aus Grasschollen errichtet und mit Steinen befestigt waren. Mehrere junge, schöne Frauen, die sich am Feuer zu schaffen machten, ließen ihre Arbeit sein und kamen freudig gelaufen. Ohne ihnen mehr Beachtung zu schenken als den Dornensträuchern, die eine Art natürlichen Wall um das Lager bildeten, zog Manco mich in seine Hütte. Sie war durch eine zerfranste Standarte auf dem Strohdach gekennzeichnet.

Ich war dermaßen bewegt, daß ich mir an der niedrigen, engen Öffnung beinahe die Stirn gestoßen hätte.

Manco wandte sich um.

»So lebe ich jetzt. Aber bald haben wir Palast und Dienerschaft.«

Er goß sich einen Becher Chicha ein. Wenn er trank, hatte er etwas von der Gier Villalcázars.

Ich fand ihn sehr verändert. Seine Gestalt hatte ihren jugendlichen Schmelz verloren, sie war kräftiger geworden, massiger, muskulös. Und dieses scharfkantige Gesicht mit dem insgeheim gequälten Ausdruck war nicht mehr das, an das ich mich erinnerte. Auf einmal begriff ich, daß meine Träume sich an einen Mann gehängt hatten, von dem ich nichts wußte. Meine Verwirrung wurde noch größer. Ich hatte einen trockenen Mund, mein Rücken war feucht, ich hätte am liebsten geweint, und der Kopf schmerzte mir von all den Gedanken, die ich hin und her wälzte, seit wir Pizarro verlassen hatten.

Ich musterte das Innere der Hütte. Sie war sauber, gekehrt, die Decken sorgsam gefaltet. An einem Haken hingen Kleidungsstücke. Am Erdboden lagen ein prächtiger, goldgefaßter Schild und die Kriegskeule. Es duftete nach den Kräutern unserer Berge. Welche seiner Frauen mochte die getrockneten Bündel in die Wandhöhlungen gesteckt haben?

Manco tat die drei Schritte, die ihn von mir trennten.

»Du mußt mir berichten, Asarpay ... Ich will alles über die Fremden wissen. Der alte Mann macht einen ehrlichen Eindruck. Ich brauche seine Unterstützung, um Atahuallpas Krieger zu vernichten, die in unseren Provinzen immer noch Unruhe stiften ... Und wäre es nur, daß er uns von dem verfluchten Hund befreit hat ...! Es heißt, daß sie das Gold lieben. Ich gebe es ihnen. Sie werden wieder gehen, mit vollen Schiffen.«

»Sie werden nicht gehen«, sagte ich. »Sie wollen nur eins, sich des Reiches bemächtigen.«

Manco runzelte die Brauen.

»Warum verbünden sie sich dann mit mir?«

»Sie brauchen dich, so wie du sie brauchst. Um Frieden zu schaffen, die Provinzen zu einigen. Sobald du ihnen nicht mehr nützlich sein wirst ... Sie haben Atahuallpa getötet, sie töten auch dich.«

Er streckte die Hand aus, berührte meine Lliclla.

»Zwei Jahre sind es her. Ich will dich, Asarpay. Und du, willst du mich auch, sind deine Gefühle noch dieselben?«

Die so lange zurückgehaltenen Tränen strömten über mein Gesicht, ich senkte den Kopf.

»Herr, ich kann dir nicht angehören. Viele Dinge sind geschehen. Ein Mann ... einer der fremden Hauptleute hat mich auf sein Lager gezogen. Ich bin deiner nicht mehr würdig.«

»Hast du diesen Mann gewollt?«

Meine Tränen stürzten noch heißer.

»Ich wollte immer nur dich. Der große Huayna Capac und Huascar erwiesen mir Ehre, aber die Blume der Liebe hast du, nur du, in mein Herz gepflanzt.«

»Ich weiß von dem Mann«, sagte Manco.

»Du weißt!«

»Ich weiß alles über dich. Bei den Fremden Spione einzuschleusen ist keine Kunst: für sie sehen wir alle gleich aus ... Asarpay, unser Tun wird durch unseren Glauben bestimmt. Dies ist rein, jenes ist unrein. Und wenn wir ein Gesetz überschreiten, wehe dann uns und den Unseren! Sind sie aber noch alle gültig in den außergewöhnlichen Zeiten, die wir erleben? Nimm nur dies: Wenn ich eins von den herrlichen Tieren besteige, wie die Fremden sie besitzen, woher soll ich wissen, ob ich damit gut oder schlecht handele, ob ich auf unsere Äcker damit Regen herabbeschwöre oder Dürre? Die Tiere kommen in unseren Gesetzen nicht vor; die weißen Männer auch nicht. Als ob sie dermaßen abseits hausten, daß unsere Institutionen sie gar nicht zur Kenntnis nehmen mußten. Sollen wir strenger sein als sie? Ich habe nachgedacht, und ich, Manco, sage nein. Dieser Mann war ein Hagelschauer im Sturm, vergiß ihn und wolle fortan nur, was ich will.«

* * *

Pater Juan, habt Ihr eine wahre Liebe gekannt? Ach, bitte, werdet nicht böse! Meine Frage hat nichts Anstößiges. Wart Ihr nicht, ehe Ihr Gott gehörtet, ein Mann?

Ich muß Euch ein Geständnis machen: als mir Eure Ankunft gemeldet wurde, habe ich mich über Euch erkundigt. Es ist immer gut zu wissen, mit wem man es zu tun bekommt. Und außer einer Flut von Lobeshymnen erfuhr ich, daß Ihr, ganz wie Euer Ordensgründer ... Ignacio de Loyola, wenn ich nicht irre? ..., daß Ihr in früher Jugend höchst leidenschaftlich wart. Meinem Informanten zufolge saßen Euch alle Teufel im Leib, wenn Ihr eine Frau besitzen wolltet.

Wer mir das gesagt hat? Pater Juan! Werde ich das denn verraten? Die Gesellschaft Jesu ist sehr eifersüchtig. Nicht alle Geistlichen verfügen über die subtile Intelligenz, das Wissen, die bewundernswerte Geschmeidigkeit des Geistes und die Kühnheit, die Euren Orden auszeichnen. Ich brauchte mich nur an den Bischof zu wenden. Meine Almosen sind gewisse Freundschaftsdienste wert. Man hat sich ein Vergnügen daraus gemacht ... Ich hatte sogar den Eindruck, daß Eure Gegenwart stört und daß man recht froh wäre, Euch rasch wieder los zu werden!

Es täte mir leid, wenn meine Offenheit Euch verletzte. Mir schien vielmehr, sie sei ein Beweis des Vertrauens zwischen uns ... Bedenkt, wie unbefangen ich mein Leben vor Euch ausbreite! Gibt mir das keine Rechte?

Daß Ihr es wißt: unsere Beziehungen wären nicht geworden, was sie sind, wenn ich Euch in Cuzco Euren Untersuchungen überlassen hätte. Lange habe ich getan, was Männern gefiel, jetzt tue ich nur noch, was mir gefällt ... und es würde mir sehr gefallen, wenn Ihr mich in die Berge begleiten wolltet.

Allerdings muß ich Euch warnen. Der Aufstieg ist hart, das Temperaturgefälle, die Höhen können demjenigen, der nicht daran gewöhnt ist, manchmal hart zusetzen, und wenn Ihr Euch entschließt, müßt Ihr bis zum Ende des Weges durchhalten. Ein Weißer ist außerstande, sich in diesen Hochlagen allein zu orientieren ... Außerdem gibt es viele gefährliche Schlangen. Eine Art ist besonders giftig und heimtückisch. Sie nimmt die Farbe der Umgebung an, versteckt sich unter Farn und Fels, und wenn Ihr es am wenigsten erwartet, schnellt sie hervor und versetzt Euch den Todeskuß.

Pater Juan de Mendoza
Zu Ollantaytambo, den 9. Oktober 1572

Heute nacht fand ich keinen Schlaf. Im Morgengrauen erhob ich mich und betete mehrere Rosenkränze. Jetzt sitze ich auf einer kleinen Mauer, um mir Verschiedenes zu notieren, bevor wir aufbrechen.

Welch ungeheures Schauspiel. Einer nach dem anderen lösen sich, rosig erstrahlend, die Berge aus den Nebeln. Mir gegenüber erhebt sich die machtvolle Feste Ollantaytambo hoch über dem Fluß.

Die Technik dieser Baumeister ist eine Herausforderung an alles, was wir Menschen einer überlegenen Zivilisation hervorgebracht haben. Wie nur vermochten sie diese riesigen Gesteinsblöcke die jähen Felsenhänge hinaufzuschaffen und sie mit einer an Vollkommenheit grenzenden Harmonie übereinanderzuschichten? Wir sind gestern dort hinaufgestiegen. Und meine Bewunderung wurde noch größer. Von nahem erscheint dem Auge die geschliffene Oberfläche der Steine sanft, daß man sie für Samt halten möchte, und sie sind mit einer solchen Präzision zusammengefügt, daß nicht einmal eine Nähnadel dazwischen Platz fände. Daß Menschen, die in manchen Dingen so barbarisch sind, die den Gebrauch des Rades nicht kennen und nicht einmal Nägel, mit primitiven Werkzeugen aus Flintstein, mit Meißeln aus Bronze und Kupfer imstande waren, solche Bauwerke zu ersinnen und auszuführen, geht über jedes Begreifen!

Wir sind in einem Palast untergebracht. Der Besitzer, aus reinem Inkageschlecht, scheint ihr dienstbar. Welche Macht besitzt sie, daß Fürsten sich vor ihr neigen? Ich beobachtete sie, während sie die Ehrung von Indios aus der Umgegend empfing und mit einem jeden Grüße und Geschenke tauschte. Welch lächelnde Güte für die einfachen Leute! Aber den Mord an jenem Inka gesteht sie, ohne mit der Wimper zu zucken, ohne Reue, wie etwas Selbstverständliches ...! In ihr steckt sowohl etwas von einem Engel wie auch vom Teufel. Welches Gesicht zeigt sie mir? Du allein weißt es, Herr. Dein Wille geschehe!

Villalcázar ... Ist es derselbe Villalcázar oder ein anderer dieses Namens, der ihr verstorbener Gatte war? Ich habe nicht gewagt, sie das zu fragen. Sie scheint ihn allzusehr zu verabscheuen!

Die Fragezeichen häufen sich. Ich habe nur eine Gewißheit: sie haßt meine spanischen Landsleute und hat sie oft hintergangen.

Warum verhält sie sich mir gegenüber so anders? Wenn ich nüchtern darüber nachdenke, sehe ich für ihre Offenheit nur ein Motiv: es ist bereits alles so arrangiert, daß ich nicht mehr reden kann. Ein andermal wieder siegt, wie ich gestehe, bei mir die Eitelkeit. Sie erweist mir so zartfühlende Aufmerksamkeiten! Ich bin dann jedesmal überzeugt, daß es sie glücklich macht, ihre Bekenntnisse einem Geist zu überantworten, der den ihren zu schätzen weiß.

Während der letzten zwei Tage, die wir in Ollantaytambo weilten, erwog ich mehrfach, den Fuchs zu satteln, den sie mir lieh, und nach Cuzco zu galoppieren, um den Bischof zu unterrichten. Diese Frau gehört uns nicht. Wenn sie es vortäuscht, so zu einem wohlerwogenen Zweck. Aber ich bin sicher, sie hat auch diese Reaktion vorausgesehen. Wenn ich versucht hätte, ihr zu entfliehen – ich wäre nicht weit gekommen, dafür hat sie schon zuviel gesagt.

Zuviel, aber nicht genug! Sie hat die Tür nur erst spaltbreit geöffnet. Über die Eroberung der Länder hier kennen wir nur die Version der Eroberer ... Was haben wir diesem Volk angetan, und was ihr?

Wer verdammen oder freisprechen soll, muß alle Seiten kennen. Und auf die Weise verleitet sie mich und zieht mich mit. Inzwischen bin ich fast sicher, daß sie weiß, wozu ich nach Cuzco gekommen bin. Man wird es ihr gesteckt haben. Und das Spiel belustigt sie. Wie weit wird sie gehen?

Erleuchte mich, Herr!

In jedem starken Charakter gibt es eine Schwäche. Wenn ich ihre Schwachstelle herausfinden könnte, wäre dann nicht vielleicht noch Zeit, diese Seele Dir zu gewinnen?

5

Kurze Zeit nach unserem Einzug in Cuzco wurde Manco gekrönt. Die Nachricht hatte sich rasch verbreitet, die Häuptlinge der eroberten Stämme und die Provinzgouverneure strömten herbei, ebenso die Weihgeschenke.

Vor der Inthronisierung eines Inka bewegten sich normalerweise Geleitzüge mit Gold, Silber und Edelsteinen aus allen Teilen des Reiches über die Nan Cuna in Richtung der Hauptstadt, doch obwohl Pizarro noch immer große Popularität genoß, hatte seine Art, Atahuallpa zu schröpfen, eine gewisse Vorsicht geweckt, und die Schätze blieben in den Verstecken.

Im Palast Huascars, den Manco zu seiner zeitweiligen Residenz erklärt hatte, häuften sich mehrfarbige Tongefäße, Stoffe aus Baumwolle wie aus Wolle, Waffen, Gewirke aus feinen Federn, Kokablätter, Mais, aromatische Pflanzen, Dufthölzer, alles also, was in den verschiedenen Regionen hergestellt wurde, und trotz ihrer Bescheidenheit waren diese Gaben hochwillkommen, denn Manco besaß so gut wie nichts.

Zehn Tage vor der Zeremonie stellten wir jede körperliche Beziehung ein.

Der künftige Herrscher zog sich zurück, um zu beten und zu meditieren, er nährte sich von Wasser und rohem Mais und von einer Chucam genannten Pflanze, die wir in Fastenzeiten zu uns nehmen, weil sie Kraft spendet.

Am Tag der Thronbesteigung war es fast wie zu den besten Zeiten unserer Inkas.

Auf den Hügeln leuchteten die farbigen Festkleider des Volkes, und alles, was es in unseren Provinzen noch an Adel gab, drängte sich auf der Huacaypata, dem großen Platz von Cuzco, der mit Laubwerk und Blumen geschmückt war.

Die Spanier waren zugegen.

Bei unserer Ankunft in der Stadt hatten ihre Soldaten, entgegen den Befehlen, schamlos geplündert, sogar bis in den Sonnentempel waren sie vorgedrungen ... Gleichwohl – so groß war der Wunsch nach Frieden! – sahen die Gemüter sie beharrlich weiterhin als Befreier, und das Funkeln ihrer Kürasse und Helme ersetzte fürs Auge das Gold, das sie uns gestohlen hatten.

Eine Messe wurde gefeiert. Pizarro krönte Manco mit dem kaiserlichen Llautu und der Mascapaycha, ein Akt, der eigentlich dem Hohen Priester der Sonne zustand. Der Tausch erregte kein Murren. Offenbar hielt man den alten Mann für einen Abgesandten der Götter.

Manco leistete dem König von Spanien den Huldigungseid, mit dem er die Einnahme Cuzcos durch den Eroberer offiziell anerkannte. Nach ihm schworen die Würdenträger, indem ein jeder, der Anweisung des Kronanwalts folgend, die kastilische Standarte berührte. Ich hätte um meine Smaragdkette gewettet, daß sie von der Tragweite ihrer Geste nicht einmal eine Ahnung hatten. Dann tranken Pizarro und der Inka Manco aus demselben Kelch und umarmten sich. Die Fanfaren schmetterten, die Freude kannte keine Grenzen. Ich raste.

Niedergeschlagen wohnte ich den darauf folgenden traditionellen Lustbarkeiten bei, die sich diesmal im Beisein der toten Inkas abspielten, unter der goldenen

Scheibe Intis, unseres Vaters der Sonne, die der Raubgier der Soldaten entgangen war.

Es gab viel Musik, Gesänge und Tänze. Ich nahm daran teil, Manco hatte es so gewollt. Villalcázar thronte mit den Brüdern Pizarro in der ersten Reihe, schimmernd an Haar und Bart, schwarzer Samthut, weißes Seidencape überm Kettenhemd. Er ließ mich nicht aus den Augen. Ich bemühte mich zu tun, als bemerkte ich es nicht, trotzdem spürte ich, wie sein Blick an mir klebte.

Der Abend endete im Fackelschein mit einem Gelage, bei dem ebensoviel Wein von der Mancha wie Chichawein ausgeschenkt wurde.

Als wir uns allein im Schlafgemach fanden, riß Manco sich wütend die Kleider vom Leib.

»Den Pizarros breche ich das Genick!« rief er aus.

Ich ließ seinen Mantel fahren, den ich aufgehoben hatte, und warf mich an seinen Hals.

Er nahm mein Gesicht in seine Hände.

»Ganz zu Anfang, ja, da habe ich an sie geglaubt ... Sie hatten Atahuallpa zerschmettert. Der verfluchte Hund erschien mir als die schlimmste Bedrohung. Wie blind ich war! Die schlimmste Bedrohung sind sie! Nach der Plünderung von Cuzco habe ich es begriffen ... Es sind Männer ohne Wort und Ehre! Du hast es mir gesagt, und du hattest recht. Aber eine Frau ... Frauen hören zu oft auf ihren persönlichen Groll. Ich dachte ... Ich hätte mich erinnern sollen, daß du keine Frau wie andere bist! Wenn wir sie gewähren lassen, nehmen sie uns alles, alles, was uns teuer ist. Sie wollen unser Gold, aber ebenso unsere Äcker, und bald werden sie uns ihren Gott, ihre Sitten aufzwingen wollen, am Ende sind wir weniger als Lamas, gerade gut genug, die Lasten zu schleppen, die sie uns aufbürden.«

»Was hast du vor?«

»Täuschen, abwarten. Dem Schwachen bleibt nur eine Stärke: Geduld. Sich zum Schein unterwerfen, den Argwohn des Feindes einschläfern, den Wurm spielen, damit er sich Jaguar wähnt. Was glaubst du, weshalb ich mich bereit gefunden habe, ihrem König zu huldigen, weshalb ich zugelassen habe, daß Pizarro mit seinen unreinen Händen den göttlichen Llautu berührt? Im Augenblick sind sie alle hier, mit ihren Feuerwaffen, ihren Pferden. Aber sobald sie sich zerstreuen, sind wir zur Stelle. Auch wenn viele von uns dabei zugrunde gehen werden – wie viele sind wir, wie wenige sie, wir zermalmen sie einen nach dem anderen bis auf den letzten, und dann bin ich, Manco, der Herr.«

Wie schön er war, und wie jung auf einmal!

In jener Nacht begann die große Zeit unserer Liebe.

* * *

Einige Tage darauf sammelte Manco in seinem Namen eine fünftausend Mann starke Armee und zog mit Pizarro und einem beträchtlichen Aufgebot an Caballeros in den Kampf, die letzten Parteigänger Atahuallpas niederzuwerfen, die nach ihrer Flucht vor den herannahenden Spaniern in der Umgebung von Cuzco noch immer Unruhe stifteten.

Während seiner Abwesenheit gedachte ich einen Diener ins Yucaytal zu schicken, denn für eine Frau war es selbst mit Geleit wenig ratsam, sich über Land zu wagen. Da kam zu meiner Überraschung Marca Vichay nach Cuzco.

Ihr werdet Euch an Marca Vichay erinnern, Pater Juan, meinen Diener vom Stamm der Canaris, in dessen Obhut ich meinen Palast und meine Güter gelassen hatte?

Er sah schön aus wie immer mit seiner seidigen Haut, wie sie manche unserer jungen Männer haben, dem Haarknoten im Holzring und den Wollflechten, die ihm über den Nacken fielen. So schön, daß man ihn, bei jener Spur Hochmut, den ihm die Autorität verlieh, mit der ich ihn ausgestattet hatte, für einen Fürstensohn halten konnte.

Er warf sich nieder, küßte den Saum meiner Tunika, und ich war den Tränen nahe, so freute ich mich, ihn wiederzusehen ... Außerdem, was wollt Ihr, Pater Juan, jeder hat seine Schwächen, ich brauche Anbetung!

Die Nachrichten, die er mir brachte, waren nicht gut.

Atahuallpas Truppen hatten meinen Palast verschont, aber inzwischen war er von Spaniern besetzt. Natürlich hatten sie das Gold aus den Gärten geholt, die Tafeln von den Mauern gerissen, mein Bad zerstört, den Beckenboden herausgelöst, Teile der Terrassen umgebrochen und die Beete aufgewühlt, um die Wasserrohre auszugraben, die ebenfalls aus Gold waren. Sie hatten auch meine Jaguare erschlagen.

Ich biß die Zähne zusammen.

»Und was noch?« fragte ich.

Ein verschmitztes Lachen schüttelte Marca Vichay.

Es tat mir wohl. In Cuzco wurde kaum mehr gelacht. Dabei waren wir fröhliche Leute, bis die Spanier kamen. Sogar in Yahuarpampa, entsinne ich mich, gelang es Qhora manchmal, meine Gefährtinnen im Unglück durch ihre Sprünge und Hanswurstiaden zu erheitern. Aber in der Gegenwart lebten wir wie erstickt.

Marca Vichays schmale blanke Augen über den starken Wangenknochen beobachteten mich. Triumphierend eröffnete er mir in einem Zuge, daß meine Lamaherden auf den Berghöhen sich friedlich vermehrten.

»Die Fremden sind so dumm, daß sie nicht einmal auf den Gedanken kommen, bis zu den Felsen hochzusteigen. Sie bewegen sich nur, wenn es um Gold und Frauen geht.«

»Richtig, Marca Vichay, das Gold ... Das Gold in der geheimen Kammer?«

»Ist, wo es war, hohe Frau Asarpay.«

»Wunderten sie sich nicht, als sie den Palast leer fanden, haben sie dir nicht zugesetzt, nicht versucht, dich zum Reden zu bringen?«

Marca Vichay löste seinen Umhang und hob sein Hemd. Oberkörper und Rücken trugen violette Streifen.

»Haben sie dich gepeitscht?«

»Und sie wollten mir die Füße im Feuer rösten. Das tun sie.«

»In Cuzco auch ... Warum wurdest du verschont?«

»Andere kamen dazu. Einer davon verstand ein paar Wörter unserer Sprache. Ich konnte ihm erklären, daß meine Herrschaften ihr Gold mitgenommen hätten aus Furcht vor Atahuallpas Kriegern und daß es im Palast keine weiteren Schätze mehr gäbe außer einigen hübschen jungen Dienerinnen, die ihnen zur Verfügung stünden, wenn sie Frauen wollten. Für Frauen sind sie immer zu haben. Seitdem bediene ich sie aufs beste, sie denken an nichts wie Essen, Trinken und Beischlaf.«

»Weiter so«, sagte ich. »Mögen sie daran krepieren!«

»Wann kommst du?« fragte Marca Vichay.

»Bald. Sehr bald. Der Inka wird diese Leute verjagen.«

Manco kehrte als Sieger über Quizquiz zurück, den letzten großen Feldherrn Atahuallpas; ich berichtete ihm von dem Besuch Marca Vichays.

Er beschloß, Pizarro anzusprechen.

»Sie werden dir deinen Palast nicht zurückgeben, sie geben nichts zurück. Aber vielleicht wundert sich Pizarro, wenn du keine Rückerstattung forderst.«

Wer von uns hätte noch daran gedacht, beim Anblick von Cuzco die Erde zu küssen!

Es gab die heilige Stadt nicht mehr, jeder beliebige Eingeborene konnte hinein. Die Plätze, jetzt Orte des Handels, zogen ein buntes Volk von sonstwoher an, das auf Grund seiner Beziehungen zu den Siegern keinen Respekt kannte. Unsere Gassen, deren Pflaster stets nur von nackten Füßen oder Sandalen und dem samtigen Schritt der Lamas poliert worden war, hallte unaufhörlich vom Getrappel der Pferde wider. Die früher so reinlichen Straßen waren zu stinkenden Abfallgruben geworden – die Straßen und sogar die Gehsteige, da die Reiter auch sie ungescheut benutzten. Pech für die Fußgänger! Die geringste Belästigung war noch, bis zur Stirn mit Kot bespritzt zu werden! Sich von einem Ort zum anderen in einer Sänfte zu bewegen wurde zum Abenteuer. Die Träger wagten sich nur unter Murren daran. Und in den Palästen unserer toten Inkas, die mehr oder minder in Pferdeställe verwandelt waren, hausten Eure Landsleute mit ihren Vergnügungen und Streitereien. Da wurde Tag und Nacht gespielt. Das Gold blinkte nicht mehr an unseren Fassaden, es rollte je nach Würfelgunst von Hand zu Hand.

Indessen ruhte sich Pizarro nicht aus auf seinem Ruhm. Der alte Mann handelte. Er warf seine Netze über Cuzco, zwängte es in die Maschen einer straffen Organisation. Eine Stadtverwaltung war gewählt worden, der zwei seiner Brüder angehörten, Juan und Gonzalo. Alles lief durch ihre Hände. Als erste Zeichen der spanischen Oberherrschaft hatten sie auf der Huacaypata eilends Galgen errichtet und unseren Sonnentempel in »Santo-Domingo-Kirche« umgetauft. Galgen und Kreuz!

Letztlich waren wir nur noch Geduldete in der Stadt, die unsere Vorfahren im Schweiß ihres Angesichts erbaut hatten und die seit ihrer Gründung immer von der göttlichen Weisheit der Sonnensöhne erleuchtet worden war.

Aber wo war jetzt die Sonne, wo waren die Götter? klagten die Einwohner. Viele begannen zu glauben, daß sie uns verlassen hätten, um Mancos Untätigkeit zu strafen. Und die Fürsten, die seine Inthronisierung begrüßt hatten, scheuten sich nicht mehr, ihm Vorwürfe zu machen. Manco nahm die Vorhaltungen mit Gleichmut auf. »Ohne die Spanier«, sagte er nur immer wieder, »hätte das Reich heute den Bastard von Quito zum Herrn, und ihr wärt nicht mehr am Leben, um seinem Triumph beizuwohnen.« Ich litt mit ihm.

Eines Nachmittags stellte sich bei mir ein von den Pizarro-Brüdern ernannter Beamter ein. Die Rückforderung meines Besitzes betreffend, teilte er mir mit, der Grundbesitz der verstorbenen Inkas gehöre jetzt der spanischen Krone, der Erlaß schließe fast das gesamte Tal von Yucay ein, da Huayna Capac und Huascar dort den größten Teil der Ländereien besaßen.

»Der Erlaß gilt weder für meinen Palast noch für mein Land«, entgegnete ich. »Sie gehörten nicht mehr dem Inka Huascar, er hat sie mir geschenkt.«

Der Mann, hager, schwarz gekleidet, das Gesicht so zugewachsen vom Bart, daß es, wenn er sprach, aussah, als fräße sein Kinnbart seinen Schnurrbart, richtete die kleinen Augen unter den mächtigen Brauen auf mich: »Habt Ihr die Schenkungsurkunde?«

»Was versteht Ihr darunter?«

»Die Schriftstücke, Señora. Die Schriftstücke, die diese Schenkung bezeugen.«

Ich richtete mich auf.

»Señor! Ihr wißt sehr gut, nehme ich an, daß wir nie eine Schrift gebrauchten. Bei uns wurde alles durch die

Quipus festgehalten. Es gibt keine Papiere. Aber ich kann Euch mehrere Fürsten nennen, die als Zeugen zugegen waren, als der Inka Huascar mir den Besitz übereignete, und die es Euch bestätigen können ...«

»Ich bezweifle, Señora, daß das genügt. Zeugen kann man kaufen.«

»Señor!«

»Nehmt es mir nicht übel. Um Eure Rechte geltend zu machen, brauchen wir amtliche Dokumente, so ist die Vorschrift. Bitte versteht, daß wir Eure Ansprüche gegenüber den Kronanwälten rechtfertigen müssen, die hier im Land die Interessen Seiner Majestät des Königs von Spanien wahrnehmen ...«

Ich unterbrach ihn, außerstande, noch mehr zu hören.

»Ich werde mich direkt an den Statthalter wenden (so nannte man jetzt Francisco Pizarro).«

Der Mann verneigte sich.

»Wie es Euch beliebt, Señora.«

Der Zorn, den ich mir verbissen hatte, brach in Mancos Gegenwart aus mir heraus. Er strich mir übers Haar.

»In deinem Palast sitzen Männer von Gonzalo, dem Bruder Pizarros. Beherrsche dich. Ich habe es dir vorausgesagt: was sie haben, das behalten sie, und was sie noch nicht haben, werden sie sich holen.«

Ich wandte mich ab.

»Wie kannst du so ruhig bleiben? Ich jedenfalls kann es nicht. Indem sie mich bestehlen, kränken sie dich, den Inka! Wie lange sollen wir das noch ertragen ...«

»Pizarro verläßt Cuzco. Er geht an die Küste, nach Lima, um eine große Stadt zu gründen ... Verstehst du: er geht weg! Bald kann ich handeln. Indessen warte ich ab, die Maskerade geht weiter ... Ich habe Befehl erlassen, zur Feier der Abreise Pizarros eine große Jagd zu veranstalten. Du wirst ihn sehen. Sprich mit ihm über deinen Besitz. Er könnte es verdächtig finden, wenn du es nicht tust. Aber ohne Empörung, sei demütig. Du brauchst nur nachzudenken ... Was glaubst du, woran ich denke, wenn ich ihre Beleidigungen hinunterschlucke und lächele!«

* * *

Zwanzigtausend Männer aus unseren Dörfern waren zusammengerufen worden, die kaiserliche Jagd vorzubereiten.

Der Vorgang bestand darin, einen riesigen Kreis mit einem Durchmesser von zwanzig bis dreißig Meilen zu bilden, natürlich innerhalb gegebener Grenzen, also Flüsse oder Bergkegel. Dann kamen die Männer bergab, scheuchten durch gewaltige Schreie das Wild auf und trieben es, indem sie den Kreis immer enger zogen, vor sich her, bis sie es durch ihre fest geschlossenen Reihen auf dem vorbestimmten Gebiet umzingelten, das gleichsam der Mittelpunkt des Kreises war.

Manco kam auf dem Fuchs, den Pizarro ihm geschenkt hatte, in Gesellschaft des Statthalters und seines Verbündeten, Almagro des Einäugigen.

Nach den Würdenträgern folgten wir Frauen in unseren Sänften, ein langsamer Zug, um den lautstark die spanischen Caballeros ritten und bewaffnete Fußsoldaten sich drängten. Dann und wann hob ein Soldat den Behang einer Sänfte ... Wie fern schien die Zeit, als ein solcher Frevel den Verwegenen das Leben gekostet hätte! Jetzt erlaubte man es sich, uns, selbst wenn wir uns in Begleitung des Inka befanden, ganz unverhohlen anzustarren.

Eine Frage, Pater Juan.

Ist es in Spanien höflich, Frauen mit dem Blick auszuziehen? Nein? Ein anderes Land, und schon ändern sich also die Sitten! Runzelt nicht die Brauen, Pater Juan. Ich bin wie Ihr überzeugt, daß es Spanier gibt, die unser Geschlecht achten, aber wo sind sie? Gut, kommen wir besser zur Jagd zurück, Ihr seid noch nicht fähig, alles zu hören!

Die Träger setzten uns auf einem Hügelrund ab, das sanft zu dem Jagdterrain abfiel, ein weites Gebiet mit saftigem Gras.

Ohne die Pumas, Bären, Ozelots und die mitgefangenen Füchse zu zählen, die von den Männern bereits erlegt worden waren, ebenso wie Ginsterkatzen und andere Schädlinge, befanden sich innerhalb der Barriere, die von den Treibern gebildet wurde, an die zwanzig- bis dreißigtausend Tiere, Rehe, Damwild, Hirsche, Vikunjas, Guanakos. Das Wogen und Durcheinanderstrudeln der seidigen oder wolligen Felle, okerfarben, rot, graubeige, schwarzbraun und hier und dort ein Spritzer Weiß dazwischen, ist ein Schauspiel, das ich nie vergessen werde. Seither haben wir derlei nicht mehr erlebt und werden es auch nicht mehr erleben. Mancos Jagd war die letzte. Eure Landsleute ziehen lieber aus, auf eigene Faust kreuz und quer zu töten. Die Arten zu bewahren – und sei es die menschliche –, das schert sie nicht.

Ich entstieg meiner Sänfte. Qhora beeilte sich, mein Haar zu ordnen und die Bahnen meiner Lliclla zu glätten. Obwohl ich nur meiner Aufgabe nachkam, Manco als Dolmetscherin zu dienen, fühlte ich die Augen seiner übrigen Frauen auf mir. Die meisten waren kleine Prinzessinnen aus Inkageblüt, die man zu Mancos Thronbesteigung zusammengeholt hatte. Ihre Erziehung war auf Grund der Ereignisse vernachlässigt, sie konnten sich schwer damit abfinden, daß ich den ersten Platz und jede Nacht das Lager des Inka einnahm. Die alte Denkweise verfiel. Es fehlte die feste Hand der

Älteren, die im Lager von Yahuarpampa zugrunde gegangen waren. Sogar die Coya war blutjung ...

Und ich dachte gerade daran, daß ich Manco dahingehend beeinflussen sollte, einige von ihnen doch öfters zu beehren, damit die Stimmung sich besänftigte und Haltung und Anstand an unseren Hof zurückkehrten, als mir ein großer Schatten in den Weg fiel.

Villalcázar kam mir so nahe, daß ich ihn riechen konnte: Eisen, Messing, Ambra.

»Ihr wünscht ...«, sagte ich.

»Seit wann redest du mich mit ›Ihr‹ an? Du siehst nicht gerade froh aus. Kümmert sich der ›Indier‹ nicht um dich?«

»Ihr vergeßt, daß Ihr vom Inka sprecht ... Laßt mich durch.«

»Ich vergesse nichts, sei unbesorgt. Nicht, auf welche Art du mich verlassen hast, und nicht deinen Geschmack an ... Befriedigt dich dein Hengst wenigstens?«

»Laßt mich durch, oder ich rufe um Hilfe! Was wollt Ihr? Aufsehen erregen? Ich glaube nicht, daß es der Statthalter gutheißen würde.«

Er blickte über meine Schulter und sagte in verändertem Ton: »Hier kommt sein Bruder. Er will dich sprechen.«

Ich drehte mich um.

Zwischen Francisco Pizarro und Gonzalo bestand keinerlei Ähnlichkeit. Sie waren auch nur Halbbrüder, beide unehelich und von verschiedenen Müttern, daher ihr großer Altersunterschied. Gonzalo mochte so alt sein wie ich, gute zwanzig. Untersetzte Statur, Stiernacken, gedrungener Schädel. Denkt Euch dazu den agressiven Ausdruck, der stets in seinen ziemlich schönen, schwarzen Augen saß, es sei denn, er blähte auch noch seinen breiten, mit kräftigen Zähnen bestandenen Mund, und Ihr habt ein grob hingeworfenes Porträt Gonzalo Pizarros. Außerdem, erinnere ich mich, hatte er ständig die Hand an seinem Bart, strich oder kraulte ihn oder strählte ihn mit gespreizten Fingern.

»Señora«, sprach er mich an, ohne auch nur den Hut zu lüften.

»Señor.«

»Wie ich höre, erhebt Ihr Anspruch auf einen Besitz im Yucaytal.«

»Richtig. Der Besitz gehört mir.«

»Señora, die Dinge gehören dem, der sie hat.«

»Ein Standpunkt, Señor, der mancherlei Neigungen ermutigen könnte! Wie ich Eurem Beamten schon sagte, wurde mir dieser Besitz von Inka Huascar übereignet, und ich habe genug Zeugen, es zu beweisen.«

»Ein Rat, Señora: beharrt nicht darauf. Wir Spanier glauben nur Dokumenten, Ihr würdet uns am Ende verärgern. Bisher, denke ich, hattet Ihr keinen Grund, Euch über uns zu beklagen. Wir haben Euch aufgenommen, haben für Euer Wohlergehen gesorgt, wir haben Euch zur Verteidigung Eurer Ehre den besten und tapfersten Mann zugestanden, meinen Freund Villalcázar, hier zugegen, Ihr wollt doch nicht, daß wir es bereuen ... Ihr hättet bei uns bleiben sollen. Niemand kann gleichzeitig im Freien weiden und vorm Gewitter geschützt sein.«

Villalcázar lächelte.

Ich besann mich der Empfehlungen Mancos, schluckte meinen Zorn hinunter und blieb höflich.

»Wollt Ihr mich bitte entschuldigen, Señores. Man läßt den Inka nicht warten.«

Auf dem anderen Hang des Hügels reihten sich nach ihrem Rang unsere Fürsten und Würdenträger. Für Pizarro und Almagro den Einäugigen waren Sitze aufgestellt worden und für Manco eine mit Wolle bezogene kleine Bank. Die Prinzessinnen, die sich zu ihm gesellt hatten, während ich mit Villalcázar und Gonzalo sprach, lagerten zu seinen Füßen und breiteten ihre mit Stickereien und Kolibrifedern gesäumten und gegürteten Tuniken um sich. Sie trugen Ohrgehänge aus Perlmutter, Korallen oder Lapislazuli und Hals- und Armbänder aus schwarzroten Glücksbohnen. Niemand zeigte mehr Gold. Ich blieb nach wie vor bei meiner Smaragdkette, da Steine unsere Eroberer nur im Hinblick auf das Gewicht des Metalls interessierten, in das sie gefaßt waren.

Vom Statthalter dazu aufgefordert, erläuterte ich ihm den Ablauf der Jagd, wie sie bei uns Brauch war.

Die Auslese begann.

Man verfuhr stets auf dieselbe Weise. Von Hirschen, Damwild und Rehen wurden die tragfähigen Weibchen freigelassen, ebenso die schönsten männlichen Tiere. Das Fleisch der übrigen wurde an die Bevölkerung der Provinz ausgeteilt.

Was für ein Fest gab es dann, damals in unserer Ayllu! Schließlich hatten wir kaum eine andere Möglichkeit, an Fleisch zu kommen, da dem gemeinen Mann die Jagd bei Todesstrafe verboten war.

Pizarro unterbrach meine Erklärungen.

»Wildbret ist auch bei uns der herrschaftlichen Tafel vorbehalten.«

»Dem Inka wird immer nur Federwild aufgetragen, Eure Exzellenz. Dieses Gesetz wurde erlassen, um jene abzuschrecken, die sich dem Müßiggang ergeben könnten.«

»Wo ist da der Zusammenhang?«

»Geruhe Eure Exzellenz zu überlegen. Wer sich nach Lust und Laune eine schmackhafte, abwechslungsreiche Nahrung beschaffen kann, und obendrein noch auf vergnügliche Weise, wird kaum mit gleichem Eifer sein

Feld und die Ländereien des Inka bestellen. Und wenn die Erde unbebaut bleibt, woher kommt dann der Tribut, der notleidenden Gemeinden so kostbar ist? Unsere Gesellschaft hat seit jeher auf die Weise funktioniert. Die Arbeit jedes Einzelnen kommt allen zugute, und die Anstrengung aller sichert das Wohlergehen des Einzelnen. Deshalb wird Faulheit hierzulande als ein Verbrechen angesehen: sie schadet dem Gemeininteresse.«

Pizarro lächelte, was außergewöhnlich war.

»Das Prinzip erscheint mir vorzüglich. Ein Volk, das sich der Arbeit weiht, ist auch ein Reichtum ... Ihr seid in einem Dorf geboren, Señora Asarpay? Man sollte es nicht glauben. Frauen vom Dorf haben weder Eure Bildung noch Eure Schönheit.«

Ich hielt dies für eine günstige Gelegenheit.

»Der Inka hat, glaube ich, Eurer Exzellenz meinen Wunsch mitgeteilt, ein Gut zurückzuerhalten, das ich im Tal von Yucay besitze. Und da Eure Hoheit alles vermag ...«

Das lange, schmale Gesicht des alten Mannes wurde ernst unter dem breitkrempigen schwarzen Filzhut, den er nie ablegte.

»Ich bedaure. Solche Fragen gehen mich nichts an. Wendet Euch an meine Brüder.«

»Eben das ...«

»Ich bedaure.«

Laute Schreie stiegen von dem Jagdgebiet auf, sie feierten die Schur der Vikunjas und Guanakos, die danach wieder in die Freiheit entlassen wurden. Die Tiere lassen sich nicht zähmen. Für uns war es das Schönste, diesem Teil der Jagd zuzuschauen, wir maßen ihm große Bedeutung bei, er machte uns stolz. Die üppigen Vliese, ob seidig, ob rauh, vom Wind der Gipfel gestrählt und genährt vom Gras der Puna, wurden in den geschickten Händen unserer Frauen zu der Wolle, die uns kleidete, den Decken, die uns vor der Kälte schützten, den Sandalen an unseren Füßen, dem Schmuck, durch den wir uns unterschieden, kurz, eine wesentliche Grundlage unserer Zivilisation, eine Gabe unserer Mutter Erde, und als solche empfingen wir sie.

Eure Landsleute sehen die Dinge völlig anders. Sie beuten den Menschen aus bis auf die Knochen, die Natur bis aufs blanke Gestein und behaupten lediglich, Herr über sie zu sein ...

»Eine Jagd, an der man nicht teilnimmt, ist keine Jagd«, erklärte Pizarro unvermittelt. »Sagt dem Inka, ich muß zurück nach Cuzco.«

Er stand auf, verlangte nach seinem Roß.

Bewegung kam in sein Gefolge.

Hinter mir hörte ich eine Stimme flüstern: »Du hast auf den ›Indier‹ gesetzt, das hättest du nicht tun sollen. Denk nicht, daß ich verzichte.«

Zu meiner Erleichterung ging Villalcázar mit Pizarro nach Lima. Seine starrsinnige Heftigkeit machte mir Angst. Dunkel spürte ich, daß die bösen Geister, von denen er besessen war, mir eines Tages böse mitspielen würden.

Über Cuzco herrschte jetzt Almagro der Einäugige.

Pizarros Bundesgenosse hatte weder dessen stattliche Erscheinung noch das würdige Gebaren. Er hatte ein unschönes Gesicht, war klein, lebhaft, leutselig, warmherzig.

Zwischen ihm und Manco entspann sich eine Art Freundschaft. Er kam oft in den Palast. Martin de Salvedra, Villalcázars Cousin, begleitete ihn. Ich nutzte es, um mein Kastilisch zu verbessern. In der alten Zeit wäre es für eine Incap Aclla undenkbar gewesen, ein Gespräch mit einem Mann zu führen, auch öffentlich nicht, aber wir lebten in einer Zeit des Umbruchs, nichts war mehr, wie es sein sollte. Und Manco ermunterte mich dazu. Er sagte, je mehr wir mit Euren Landsleuten umgingen, desto mehr erführen wir über sie ... obwohl Martin gegen alles war, was Spanien uns gebracht hatte!

Es freute mich, ihm zu begegnen.

Manchmal allerdings erzürnte er mich, wenn er Villalcázar auf das beharrlichste verteidigte.

»Er ist nicht von Grund auf schlecht, er reagiert, wie er es versteht. Das Leben in den Ländern hier hat ihn gelehrt, daß mit Gewalt alles zu haben ist. Ihr seid sein erster Fehlschlag, das erträgt er nicht. Er ist verrückt nach Euch ... Ohne Euch zu nahe treten zu wollen, werdet Ihr doch wohl einräumen, daß jeder Mann in Euch verliebt sein darf? Und das ist er. Aber seid unbesorgt. Hinter dem Benehmen, das Euch sattsam bekannt ist, verbirgt sich bei Villalcázar eine scharfe Intelligenz. Er weiß, daß Pizarro auf gute Beziehungen zum Inka hält, er wird nichts dagegen unternehmen.«

Eines Tages sagte Martin: »Ich verlasse Euch. Almagro hat seinen Ehrgeiz auf die Stadt Cuzco gerichtet, aber Pizarro verweigert ihm die Rechte, die er darauf zu haben meint. Keine Redlichkeit, schiefe Vorwände! So sind die Pizarros! Deshalb hat Almagro sich entschlossen, Chile zu erobern. Fünfhundert Freiwillige haben sich bereits gemeldet. Ich bin dabei.«

»Martin«, sagte ich, »wißt Ihr auch, was Ihr tut? Warum kehrt Ihr nicht heim nach Spanien? Ihr gehört nicht zu diesen Leuten.«

»Almagro war gut zu mir. In Chile sieht er die einzige Möglichkeit, die Zukunft seines Sohnes zu sichern. Ihr habt ihn gesehen, er ist ein Mestize, Almagro hat ihn von einer Eingeborenen aus Panama. Ich bin es ihm schuldig.«

»Habt Ihr eine Familie in Spanien?«

»Eine ältere Schwester.«

»Ist Eure Schwester verheiratet?«

»Ja.«

»Hat sie Kinder, ist sie glücklich?«

»Beides nicht.«

»Und Euer Schwager?«

»Er hat sie verlassen und lebt in der Neuen Welt. Lassen wir das, wenn Ihr erlaubt, es ist ein zu heikles Thema. Um aber darauf zurückzukommen ... Was soll ich in Spanien? Wir haben ein kleines Gut, immerhin ... Oh, ich bin mir bewußt, daß ich nicht tüchtig bin wie Villalcázar, ich habe zu viele Skrupel, Handeln ist nicht meine Stärke, und ich müßte gesünder sein. Aber Euer Land ist so schön, und der Kameradschaftsgeist ...! Almagros Soldaten sind anders als die von Pizarro. Wie der Herr, so's Gescherr. Almagro ist sehr beliebt, er ist nicht habgierig, er teilt alles mit uns, einem so großmütigen Mann zu dienen ist eine Ehre ... Und um es offen zu sagen, ich könnte einfach nicht mehr meinen kargen Olivenhain abschreiten, in der Sonne dösen und das ganze Jahr kümmerlich von dem Schwein zehren, das ich zu Weihnachten geschlachtet habe, wie es die kleinen Landbesitzer bei uns tun. Unbescheiden geworden, sicherlich! Mein Traum wäre, mir hier ein Gut zu erwerben. Nicht zu groß und nah an der guten Bergluft. Ich glaube, daß ich mich mit Euren Leuten vertragen könnte, wir hätten uns gegenseitig allerhand zu geben.«

»Ich werde Euch vermissen, Martin.«

Haltet fest, Pater Juan, daß ich empfänglich bin für Freundschaft. Nur leider gaben die Spanier mir dazu wenig Gelegenheit. Martin war ein Lichtblick in meinem Leben.

Almagro war auf dem Weg nach Chile, Pizarro in Lima, die Herrschaft von Juan und Gonzalo begann, den Brüdern des Statthalters.

Juan und Gonzalo entblößten sich nur vor Gott und vor Gold. Meines Erachtens waren die beiden Gottheiten in ihrem Herzen ein und dieselbe.

Durch Eingeborene gewisser Stämme, die unsere Inkas einst unterworfen hatten, wußten Juan und Gonzalo, daß beim Tod Huascars und Atahuallpas zahlreiche Schätze versteckt worden waren. Die Vorstellung, inmitten goldener Berge zu leben und sie nicht in die Hand zu bekommen, erbitterte ihre Habsucht und machte sie rasend wie einen Puma bei Vollmond.

Ohne sich anzumelden, ohne Anlaß erschien bald der eine, bald der andere im Palast, sie mißhandelten die Diener, brachen in Mancos Gemächer ein. Sie hielten sich nicht mehr mit heuchlerischen Formeln und Verbeugungen auf, sondern spien offen aus, was sie dachten: Der Inka? ein Hampelmann, eine hohle Muschel, ein Strohwisch, tauglich nur, sie mit Gold zu versorgen ... Gold! Das Wort ist gefallen. Es prallt an Mancos Stummheit ab, schlägt auf sie zurück, und sie wüten, raufen sich den Bart, stampfen, brüllen und drohen, ihre Augen sind rot, das Gesicht violett.

Sowie sie den Rücken kehren, bricht Manco wie Eis und schäumt. Jetzt muß ich ihn zur Ruhe mahnen.

Da die Lage unerträglich wurde, für ihn sogar lebensgefährlich, entschloß sich Manco zur Flucht. Außerdem entfremdete die zweideutige Rolle, die er spielte, ihm seine Sippe, die nicht minder den schlimmsten Kränkungen ausgesetzt war.

Er rief Adel und Würdenträger und enthüllte ihnen, was er vorhatte: den Aufstand auslösen, der im ganzen Reich gärte, und überall gleichzeitig angreifen, so daß der Feind seine Kräfte nicht erst sammeln konnte. Zur Stunde gedachte er, sich zu dem hohen Sonnenpriester zu gesellen – seinem und Huascars Bruder –, der mit Almagro aufgebrochen war, scheinbar, um letzterem den Zugang zu den Völkern des Südens zu erleichtern, in Wahrheit, um dort Männer zu rekrutieren und zur Befreiung Cuzcos zurückzukehren.

Eines Nachmittags machte sich Manco durch eine kleine Pforte davon, zu Fuß, schlicht gekleidet wie ein Mann der Felder, auf dem Haupt die Wollmütze der Collas vom Titicacasee. Seine kurz geschnittenen Haare, eine Fingerlänge vom Schädel, wie sie nur der Inka trägt, hätten ihn verraten können. Und heutzutage war es in Cuzco ohnehin besser, von auswärts zu sein!

Tags darauf sollten wir, seine Frauen, uns unter die Volksmengen mischen, die seit der Ankunft Eurer Landsleute die erhabene Ruhe unserer Stadt stören, und in Gruppen zu viert oder fünft durch das Stadttor entweichen, uns dann sammeln und an einem vereinbarten Ort auf der Straße nach Süden mit ihm zusammentreffen.

Der Tag davor verging über den Vorbereitungen.

Qhora, meine Zwergin, hatte bäuerliche Kleider beschafft. Sie anzuprobieren erheiterte die kleinen Prinzessinnen und trocknete ihre Tränen. Ich zeigte ihnen, wie sie den Chichakrug auf dem Rücken befestigen und in den Falten der Lliclla die vorgesehenen Traglasten unterbringen sollten, damit ihre Gestalten ein wenig echter wirkten. Die Flucht wurde zum Verkleidungsspaß!

Ich konnte es kaum erwarten, bis wir bei Manco wären. Diese Mädchen zu geleiten, die nie eine Verantwortung, nur ihr Köpfchen auf den Schultern getragen hatten, beängstigte mich.

Wir gingen schlafen.

Das Verkleiden hatte mich in meine Kindheit zurückversetzt, und ich suchte mir aus der Erinnerung das Gesicht meiner Mutter vorzustellen, als großer Lärm erscholl. Ich hörte Qhora schreien, eine Fackel drang mit ihrem gelben Feuerschein in das Dunkel um mich, und ehe ich begriff, was es war, umringte ein Trupp spanischer Soldaten mein Lager.

»Zieh dich an«, befahl einer.

Ich protestierte. Der Form halber. Längst hatte mir mein erschrockenes Herz die Erklärung für diesen Überfall geliefert: Manco! Manco gefangen, womöglich tot, falls seine Flucht verraten worden war ... Ich wußte nicht, wie es hätte geschehen sollen, doch klammerte ich mich an den Gedanken.

»Stell keine Fragen, zieh dich an«, wiederholte der Spanier.

Da er sich weigerte, mich allein zu lassen, mußte ich mich im Beisein der Soldaten ankleiden.

Weitere Soldaten hatten die Prinzessinnen in einen Saal des Palastes getrieben. Was für ein Anblick, Pater Juan, wenn Männer sich an Kindern vergreifen! Die Augen vor Müdigkeit und Tränen geschwollen, stürzten die armen Kleinen auf mich zu. Ein Vertrauensbeweis, der erste, der mir half, eine Ruhe vorzutäuschen, die ich keineswegs empfand.

Die Bediensteten eilten herbei. Ich befahl ihnen, nicht einzuschreiten, es hätte nichts genützt.

Qhora zerrte an meinem Rock. Ich klopfte ihr auf die Finger: »Hab dich nicht dumm, bleib hier, sterben hilft auch nicht weiter.« Sie stellte sich taub. Verbockt wie ein Lama! Ein Soldat sah das Theater, er packte sie beim Nacken und warf sie mitten unter die Dienerinnen. In drei Wirbeln war Qhora wieder bei mir und schnitt dem Soldaten eine prachtvolle Grimasse. Der zuckte die Schultern, die anderen lachten.

Wir verließen den Palast, stiegen durch die Oberstadt in Richtung der Terrassen von Collcampata hinan.

Dieser düstere Marsch, dessen Schatten die Kienfackeln an die Mauern warfen, erinnerte mich an die Nacht, als Atahuallpas Krieger uns nach Yahuarpampa geführt hatten, mich, die Coya Rahua Ocllo und so viele andere, deren Gebeine in der Erde verwesten. Ich wußte nun zur Genüge, daß Männer sich unter bestimmten Umständen in der Grausamkeit ebenso überbieten können wie in der Tapferkeit, und machte mir über das Los, das uns erwartete, keine Illusionen.

Vor dem Palast, in dem eine der Prinzessinnen, Inkill Chumpi, gelebt hatte, bevor sie Manco dargeboten wurde, gellten Schreie. Wir hielten inne. Ein Spanier kam durch die Reihen gerannt: »Es ist eine der Frauen. Der reinste Satan. Bring sie zum Schweigen, oder ...«

Ich folgte ihm.

Inkill Chumpi wälzte sich am Boden. Sie heulte, zerkratzte sich die Wangen, riß an ihren Haaren. Wer es nicht kannte, wie unsere Frauen ihre Verzweiflung bekunden, mußte glauben, sie sei von bösen Geistern besessen. So standen die Soldaten denn im Kreis und getrauten sich nicht, ihr näher zu kommen.

Ich kniete mich hin.

»Sollen die Fremden dich für feige halten, dich, die Enkelin des großen Huayna Capac? Sollen sie in deinen Palast einfallen und deine Brüder und Schwestern wegführen?«

»Es heißt, daß sie Frauen vergewaltigen, sie werden uns umbringen, ich habe Angst«, wimmerte Inkill Chumpi.

Sie hatte lange dichte Wimpern, rundliche Wangen, einen Mund, so rot wie eine Blüte der Kantuta, und sie war vierzehn. Ich glättete ihr das Haar, schob ihr Stirnband zurecht.

»Du hast Angst? Angst ist noch nicht der Tod. Wie oft hatte ich große Angst und bin immer noch am Leben, nicht wahr? Denk an den Inka. Wenn er dich so sähe, er müßte sich deiner schämen.«

Ich hob sie auf, legte ihr meinen Arm um die Schultern, und wir zogen weiter. Arme Inkill Chumpi! Nie hat sie erfahren, wie sehr ihre Schwäche mir Kraft gegeben hat.

Über dem Collcampata erhebt sich die gewaltige Festung Sacsahuaman. Als wir den Berghang erreichten, wurde mir klar, daß die Soldaten uns dorthin führten. Der Himmel war verhangen, ohne einen Stern, der Mond war verborgen. Mich schmerzte ein Stein in meiner Sandale; ich zog mein lahmendes Bein nach.

Wir kamen durch enge Maueröffnungen, durch die dreifachen Umfassungswälle.

Obwohl die Inkas eine Residenz in einem der drei Türme unterhielten, die sich über dem großen Platz im Herzen der Festung erhoben, war ich noch niemals in Sacsahuaman gewesen. Von weitem ist der Anblick wunderbar. Von nahem erdrückt er, man fühlt sich wie Staub. Stellt Euch vor, Pater Juan, daß manche Granitquader, die zu dem Bau verwendet wurden, bis zu zwanzigtausend Männer erfordert hatten, um sie hügelauf zu bewegen. Und stellt Euch vor, was unglückliche Geschöpfe, die man in tiefer Nacht aus dem Schlaf gerissen und roh hierher verbracht hatte, empfinden mußten angesichts dieser wie für Riesen errichteten, eisigen Welt aus Stein!

Unter Stoßen und Schimpfen wurden wir von den Soldaten in eines der Gebäude und über Treppen hinuntergeführt. Wir gelangten in einen unterirdischen Bereich, an dessen Ende es abermals über Treppen abwärts ging. Je tiefer wir hinabstiegen, desto kälter wurde es. Klebrige Feuchtigkeit sickerte aus den Mauern, zerschmolz zu Pfützen, in denen sich der Fackelschein spiegelte. Das war auch die einzige heitere Note! Ich schlotterte, ich dachte: Manco! Manco! Sein Name erfüllte meinen Kopf so unheilvoll wie die Meeresmuscheln, wenn sie den Tod verkündigen. Und plötzlich – die Soldaten stießen uns in einen Saal – plötzlich sah ich ihn, sah Manco.

Er saß auf dem Fußboden, den Hals in einem Eisenring, den eine Kette an die Mauer schloß, die Gliedmaßen in Eisen.

* * *

Tagelang bekamen wir nur ein bißchen rohen Mais und Gras. Wir hatten weder Licht noch Decken, Wasser gerade nur soviel, daß wir nicht verdursteten, und in welchem Unrat wir hausten, mögt Ihr Euch selber denken.

Doch die Liebe läßt Blumen sprießen, egal wo.

Manco zu umsorgen war ein Glück.

Wir rissen Bahnen von unseren Llicllas und schoben sie unter die Eisen, um sein wundes Fleisch zu schonen, wir gaben ihm zu essen und zu trinken, immer tastend in der Dunkelheit und wie Tiere kriechend, und war das Wenige für ihn getan, kauerten wir uns um ihn nieder und bildeten ihm mit unseren Körpern einen Wall gegen die Kälte. Er war unser Sohn, unser Vater, unser Geliebter, unser Gott. Nie erfuhr ein Inka auf dem Gipfel seiner Größe eine so reine, so innige Liebe wie Manco dort, wo das Elend uns zusammenschloß und alle bösen Gedanken verwehrte, die sonst zwischen Frauen so leicht keimen.

Er berichtete uns, daß er beim Verlassen der Stadt von einem Eingeborenen eines unterworfenen Stammes erkannt und verraten worden war. Doch er klagte nicht. »Wir haben unsere Schuld noch nicht genug gebüßt«, sagte er. »Nehmen wir die Prüfung an, unser Vater die Sonne wird uns beistehen.«

Eines Morgens – wenigstens vermutete ich, daß es Morgen war, denn wir hatten unsere Tagesration noch nicht erhalten – stellten sich Juan und Gonzalo Pizarro ein.

»Wir haben dir den Weg geebnet, dich auf den Thron deiner Väter gesetzt, und du, Hund, fliehst, um uns von hinterrücks zu meucheln! Dankbarkeit gibt es in den Köpfen von Wilden wohl nicht? Wir waren viel zu geduldig mit euch. Bei Kreaturen wie euch helfen nur Peitsche, Eisen und Gewalt! Entweder du lieferst uns eure Schätze aus, oder deine Frauen werden vor deinen Augen eine nach der anderen vergewaltigt, und dann töten wir dich.«

Manco bewegte die Lippen. Er sprach so leise, daß ich seine Worte kaum verstand.

»Atahuallpas Krieger haben Cuzco geplündert, und was sie raffen konnten, das haben sie weggeschleppt. Als ich mit dem Statthalter eintraf, war der Palast meines Vaters leer, und leer stand der Palast Huascars, meines Bruders. Ich habe nichts.«

»Du lügst! Ihr ›Indier‹ lügt alle. Schurken, Lügner, tückische Brut! Du weißt, wo das Gold ist. Überleg es dir. Du hast zwei Tage Zeit.«

Mechanisch übersetzte ich. Meine Lider zuckten. Die Fackeln, das grelle Licht ... ich war nicht mehr daran gewöhnt.

Gonzalo Pizarro strählte, mit vor Ekel aufgeworfenen Lippen, seinen Bart. Tatsächlich, wir boten einen ziemlich abstoßenden Anblick. Aber vor allen Manco ... Mancos Augen entsetzten mich. Zwei Schlünde. Als blicke man in das schwarze Nichts.

Bevor die Brüder Pizarro gingen, bespien sie ihn.

»Was machst du nun?« fragte ich ihn.

»Die kriegen nichts.«

Ich rückte ihm näher.

»Gib ihnen das Gold, das in meinem Palast versteckt ist«, raunte ich. »Gib es ihnen, sonst tun sie, was sie angedroht haben.«

»Das tun sie so und so. Je mehr sie kriegen, desto mehr wollen sie, und wenn sie alles haben ... oder glauben, alles zu haben, dann löschen sie uns aus. Das hat Atahuallpa umgebracht. Wenn sie erfahren, daß es unter unseren Palästen, unseren Tempeln geheime Lager, unterirdische Gänge gibt, sind diese Dämonen imstande, Cuzco zu zerstören, Stein für Stein.«

Bis zum übernächsten Tag, als die Brüder Pizarro wiederkamen, sagte er kein Wort mehr.

Sie kamen mit etwa fünfzehn Soldaten.

»So, wo ist das Gold, verdammter stinkender Köter!«

»Sucht in den Schluchten, in den Abgründen, am Grund der Flüsse«, sagte Manco, »und Ihr werdet es finden. Nach der Hinrichtung Atahuallpas haben seine Hauptleute viel versenkt, damit es nicht in Eure Hände fällt.«

»Du machst dich wohl lustig, du Aas«, sagte Juan Pizarro. »Aber du lachst nicht mehr lange.«

Sie zogen sich zurück.

Die Soldaten blieben. Wir hörten sie miteinander scherzen.

»Sieh, mein allmächtiger Herr«, flüsterte die kleine Inkill Chumpi, »sieh doch, sie haben uns die Fackeln dagelassen.«

Manco gab keine Antwort.

Da stürmten die Soldaten in unseren Kerker.

Pater Juan, haben die Spanier, die Euch die wunderbare Eroberung Perus darstellten, auch erzählt, daß an jenem Morgen die Soldaten auf den Inka urinierten, daß fünf von ihnen sich über fünf Frauen hermachten und sie vor unseren Augen vergewaltigten? Hat man Euch das berichtet? Ich glaube kaum. Derlei sind Nichtigkeiten.

Voll Grauen mußte ich, die ich zu Euch spreche, dem beiwohnen, zusehen, wie die reine, jungfräuliche Inkill Chumpi niedergeworfen, unter diesen Bestien genotzüchtigt wurde, ich mußte ihr Schreien anhören ... Ich höre es noch heute, wie sie schrie, sie und ihre Gefährtinnen, und wie ihre Vergewaltiger grunzten. Ich habe den Geruch noch in der Nase, den Männer verströmen, wenn sie nur noch brünstige Bestien sind.

Manco, die Seele hinter den Lidern, schien abwesend.

Ich hatte mich dazwischenwerfen wollen. Er hielt mich zurück.

»Rühr dich nicht, verschluck deine Zunge. Flehen oder sich empören, beides erniedrigt dich unnütz. Schande fällt auf die zurück, die sie begehen. Aber beobachte, höre und vergiß nichts. Vergiß nie!«

Am selben Abend kamen die Soldaten wieder und nahmen sich andere Frauen vor. Es war noch schlimmer. Da sie morgens zugesehen hatten wie wir, wehrten sie sich wie von Sinnen, und die Männer taten sich zu mehreren zusammen, die einen rissen ihnen die Kleider ab und schlugen, während die übrigen sie einer nach dem andern nahmen.

Danach mußte ich mich übergeben, so wenig ich auch im Magen hatte, und dann stürzten wir alle, die wir unversehrt waren, zu den geschundenen kleinen Körpern, die wie ausgerenkt am Boden lagen. Nicht einmal Wasser hatten wir, um das Blut abzuwaschen und sie von dem schändlichen Samen zu reinigen.

Manco rief mich. Seine Stimme klang seltsam, ganz sanft.

»Sie werden bezahlen«, sagte er. »Für jeden Schimpf,

jeden Schlag, jede Schmach. Ich reiße ihnen die Augen aus, ich schneide ihnen die Haut in Streifen, und da sie das Gold so lieben, werden wir es schmelzen, und sie werden es vor mir trinken, bis sie die Eingeweide voll haben! Asarpay, du wirst hier weggehen.«

Ich blickte ihn an, ich dachte, der Haß habe ihn wahnsinnig gemacht.

»Sag den Soldaten, sie sollen die Pizarros holen.«

Anderntags verließ ich die Festung in einer Sänfte, mit Qhora.

Als die Dienerinnen des Palastes mich sahen, fingen sie an zu schreien und rangen die Hände. Ich befahl ihnen zu schweigen, mir die schmutzigen Lumpen vom Leibe zu ziehen und mir ein Bad zu bereiten. Ich war sehr schwach, die Luft, diese Welt der Lebendigen mit ihrem Lärm, ihrem Gefuchtel, ihrem Wortschwall machte mich schwindlig.

Nach dem Bad legten sie mir frische Kleider an, setzten mir ein Mahl vor.

Da standen auf gestickten Matten Gerichte, die ich über alles liebte, mehrere Bohnengemüse, mit zarten Blättern der Quinua oder mit Bergkräutern angerichtet, geröstetes Fleisch, kräftig mit Pfefferschoten gewürzt, und Erdnüsse, Ananas, Guaven.

Aber in den vergangenen Tagen hatte ich mich von nichts genährt, und so erbrach ich die paar Bissen, die ich zu mir genommen hatte. Mir schien, ich würde nie mehr Hunger haben. Auf einmal von Überfluß umgeben zu sein, von Behaglichkeit und Schönheit, mutete mich an wie Verrat. Alles war mir unerträglich, sogar der zarte Zimtblütenduft meiner Haare! Wie hätte ich auch irgend etwas genießen können, da ich Manco im Unrat wußte und wenn ich bedachte, wie die Kleinen bei der geringsten Bewegung der Soldaten erzittern mußten?

Als ich in das Schlafgemach kam und mein weiches, fleckenloses Lager sah, brach ich in Schluchzen aus und weinte alle Tränen, die ich nicht geweint hatte.

Qhora schalt mich.

»Wenn du dich gehen läßt, gibst du sie preis.«

Und sie brachte mir meine Kokatasche.

In den folgenden Tagen konnte man meine Sänfte von früh bis spät durch die Gassen der Oberstadt wie der Unterstadt schwanken sehen.

Wer nicht unserer Rasse angehört, kann nicht ermessen, mit welchen Schwierigkeiten eine Frau zu kämpfen hat, will sie sich bei Männern Gehör verschaffen. Hätte ich mir zu Huascars Zeiten nicht den Ruf der Weisheit erworben, hätte Mancos Verwandtschaft sich mit Sicherheit geweigert, mir auch nur den geringsten Glauben zu schenken, so einmütig die spanische Herrschaft jetzt auch von allen verabscheut wurde.

Nach endlosem Gerede und indem ich ihnen auseinandersetzte, daß ihnen das Schicksal des Inka drohte, wenn sie nicht für uns handelten, gelang es mir, Fürsten und Würdenträger zu erweichen und die verhärteten Seelen dahin zu bewegen, daß sie sich von ihren letzten Kostbarkeiten trennten, um die Pizarros zu besänftigen, die ungeduldig auf das Lösegeld warteten, das ich zusammenbringen sollte.

Unsere schöne Einfalt, wie sich von selbst versteht, war verflogen; wir waren uns völlig im klaren, daß sie Manco niemals freilassen würden. Lösegeld ... Das war so ein Wort! Ein schillerndes Wort, ein Wort, das bei Juan und Gonzalo die in Cajamarca eingefahrene Goldernte beschwor ... und ein Wort, das uns half, Zeit zu gewinnen, bis der Hohe Sonnenpriester zurückkehrte, dem ich umgehend eine Botschaft gesandt hatte, mit der ich ihn über die Lage unterrichtete und ihn anflehte, entsprechend zu handeln.

Für Augenblicke sagte ich mir, daß Manco vielleicht gar nicht mehr am Leben war und ich mich mühte, Berge zu versetzen in einer Landschaft, die schon längst versteinert war!

Inzwischen traf im Auftrag des Statthalters ein weiterer Pizarro namens Hernando ein, den Oberbefehl in Cuzco zu übernehmen.

Von den fünf Brüdern war Hernando Pizarro der einzige legitim geborene. Von seinem Vater, einem Edelmann aus der Estremadura, hatte er angenehme Manieren, die seiner Beleibtheit Majestät verliehen und seine harten Züge milderten. Mitte Dreißig, tapfer ... aber ist es nicht eine unnötige Doppelung, dieses Wort für unsere Eroberer zu verwenden? Er war klug, ein Mann von großem Stolz. Sein heftiges, eigensinniges Temperament trug ihm unter den Seinen nicht viel Freundschaft ein, aber er pfiff darauf. Andererseits stand er in dem Ruf, den Leuten meiner Rasse wohlwollend zu begegnen. Übrigens munkelte man, Pizarro habe ihn nach dem Sieg von Cajamarca, mit Gold für Euren König beladen, nach Spanien geschickt, um die Hände frei zu haben, und wäre Hernando dagewesen, hätte man das Todesurteil über Atahuallpa nicht gefällt.

Sowie ich erfuhr, daß er in Cuzco war, begab ich mich zum Sumtur Huasi, dem prächtigen Palast, den sich die Pizarros angeeignet hatten, er lag seitlich von der Huacaypata – umbenannt in Plaza Mayor.

Dort herrschte ein Ansturm, wie er jedem neuen Befehlshaber widerfährt, und hinzukam das große Gefolge, das Hernandos Hof bildete. Ich suchte in dem Gewühl, an wen ich mich wenden könnte, um eine Audienz zu erhalten, als mich jemand bei den Schultern faßte. Liebevoll, vertraut, besitzergreifend ... Ich drehte mich um und war kaum erstaunt, als ich Villalcázars blauen Augen begegnete.

»Hab ich's doch gewußt ... Diese Figur, die Haltung, dieses königliche Haar, es konnte nur Asarpay sein!«

Er sah fröhlich aus, lächelte.

Ich lächelte auch. Jedes Gefühl, ob Zuneigung, Liebe oder Haß, schafft Bande. Und ... wie soll ich es erklären? Wochen um Wochen krümmte ich nun das Rückgrat wie ein Kind vor den alten Inkafürsten und war allein mit meinen Ängsten. Villalcázar zu treffen hieß, daß ich mich plötzlich wieder als Frau fühlte.

»Bist du nach Cuzco zurückgekehrt?« fragte ich.

»Wie du siehst. Du bist mager geworden. Der ›Indier‹ scheint Dummheiten gemacht zu haben. Warum hat er sich nicht mit dem begnügt, was wir ihm zugebilligt hatten?«

Mein Lächeln zerfiel.

»Warum habt ihr euch nicht mit dem begnügt, was ihr uns weggenommen habt? Das ist die richtige Frage!«

Er lachte.

»Jetzt bin ich ja beruhigt! Du hast deine Krallen noch! Warum? Ganz einfach, meine Wunderschöne, weil wir die Stärkeren sind, wenn du das doch einmal begreifen wolltest ... Aber sag, waren die Pizarro-Brüder dir gegenüber korrekt?«

»Sehr.«

Er lachte wieder.

»Juan und Gonzalo kennen mich. Wenn sie sich erlaubt hätten, dich anzutasten ...«

»Dann muß ich es also dir danken, daß ich ihren Soldaten nicht wie die anderen Frauen des Inka als Matratze herhalten mußte?«

»Das könntest du«, sagte er vergnügt. »Was machst du hier?«

»Ich möchte Hernando Pizarro meine Aufwartung machen.«

»Weißt du, daß Seine Majestät ihn zum Ritter von Santiago ernannt hat? Das wird dir nichts sagen, aber es ist der höchstgeachtete Ritterorden in unserem Land ... Glücklicher Hernando! Er landet, mit Ehren überhäuft, und bringt dem Statthalter neue Machtbefugnisse und den Titel eines Marqués. Marqués de los Atabillos! Klingt gut, nicht? Almagro ist auch nicht vergessen worden, Chile gehört ihm. Auf die Weise sind alle zufrieden. Ich begleite dich zu Hernando.«

»Und du«, fragte ich, »bist du kein Ritter geworden, kein Marqués?«

»Der König, meine Liebe, bemißt seine Gunst nach dem Goldgewicht, das man ihm zu Füßen legt. Aber warte, wenn ich erst einen Schatz entdecke!«

»Hast du Nachricht von Martin de Salvedra?«

»Wie sollte ich? Es war dumm von ihm, mit Almagro zu gehen. Keiner ist so beschränkt wie die, die es mit dem Gewissen haben. Eines Tages rechnen wir mit dem Einäugigen ab.«

»Aber ich dachte ...! Sagtest du nicht eben ...?«

»Du meinst Chile? Na höre. Felsen, Wüste und Eis. Und Wilde, die einen, scheint es, bei lebendigem Leibe fressen, Stück für Stück, das sie vor deiner Nase braten. Chile, das ist ein faules Ding. Aber Almagro ist zäh. Wenn er davonkommt, werden seine Ansprüche auf Cuzco ihn wieder jucken, und dann, krach! drehen wir ihm den Hals um.«

»Armer Martin!«

Ohne sich um die vielen Menschen zu kümmern, die in der Galerie auf und ab schritten und uns im Vorbeigehen musterten, faßte Villalcázar mich am Arm, so daß ich stehenbleiben mußte.

Er hatte wieder seinen bösen Mund, seinen feindseligen Blick.

»Armer Martin!« wiederholte er. »Muß man, um dir zu gefallen, ein Schwächling sein, ohne Willen, ohne Ehrgeiz?«

»Martin ist gut.«

»Gut? So ein Unsinn! Was bringt es denn, gut zu sein?«

»Manches, was man auch für Gold nicht kaufen kann.«

Villalcázar lachte auf.

»Man kann alles kaufen, sogar dich. Wollen wir wetten?«

Hernando Pizarro zeigte sich erzürnt über die Maßnahmen gegen den Inka. Er besaß ein Geschick, das Juan und Gonzalo abging, und glaubte in der Tat, daß er bei Manco durch Versöhnlichkeit mehr erreichen würde.

Er befahl, ihm die Ketten abzunehmen, ihm in der Festung eine seinem Rang gebührende Wohnung und Nahrung zu bieten, und die Soldaten wurden angewiesen, sich für die Übergriffe zu entschuldigen, die sie an seinen Frauen begangen hatten.

Am Ende der Woche rief mich Hernando zu sich, und wir begaben uns gemeinsam hinauf nach Sacsahuaman. Auf dem Weg, während ich in meiner Sänfte saß und er sein Roß zügelte, um seinen Gang dem der Träger anzupassen, teilte er mir in besorgtem Ton mit: Da der Inka dem König von Spanien den Huldigungseid geleistet hatte, war seine Flucht ein Fall von bewußter Rebellion. Seine Majestät der Duldsamkeit geneigt zu machen würde große Schritte erfordern.

Auch wenn ich Hernando wenig kannte, hatte ich mit seinen Brüdern hinreichenden Umgang gehabt, um zu verstehen, was er verschwieg. Ich versicherte ihn also der Dankbarkeit des Inka. Wir hatten uns verstanden.

Euch mein Gefühl zu beschreiben, als ich Manco wiedersah, ist, glaube ich, nicht nötig. Hernando Pizarro schloß ihn in die Arme. Ich mußte mich darauf beschränken, seine Hand und seinen Mantel zu küssen.

Er war vornehm gekleidet, wirkte ziemlich heiter, gab sich liebenswürdig ... beinahe unterwürfig, ein Eindruck, der verlosch, als er die schweren Lider hob und sein Blick sich auf mich richtete.

Wir sind ein listiges Volk, aber treu einem einmal gegebenen Wort. Ich kann Euch schwören, daß Manco den Vertrag mit dem Statthalter nie gebrochen hätte, wenn die Pizarros sich daran gehalten hätten. Sie waren es, die ihn in die Schule der Schurkerei nahmen, und sie hatten sich als so hervorragende Lehrmeister erwiesen, daß er sie schließlich übertraf.

Der Besuch war lang und herzlich.

Dem einen eröffneten sich neue, blendende Vorstellungen von Gold; dem anderen die Freiheit, die Rache und die Hoffnung, endlich Gott in seinem Land zu sein.

Ich nutzte Hernandos liebenswürdige Stimmung und erhielt die Erlaubnis, wieder auf die Festung zu kommen und die kleine Inkill Chumpi mit nach Cuzco zu nehmen. All die erlittene Gewalt hatte sie stumm gemacht, man bekam keinen Ton aus ihr heraus.

Später, als Martin mich in die Feinheiten Eures Kalenders einweihte, der so wie der unsere zwölf Monate hat, aber deren Unterteilung größere Genauigkeit ermöglicht, machte ich mich daran, das Datum zu berechnen, an dem Mancos Herrschaft wirklich begann. Es war am 18. April 1536.

Morgens stieg ich mit Qhora und Inkill Chumpi hinauf nach Sacsahuaman. Das arme Kind war wie gewöhnlich völlig in sich versunken und lutschte emsig an den Fingern. Da ich ihr meine Erregung nicht mitteilen konnte, sagte ich in einem fort zu Qhora: »Dies ist das letzte Mal! das letzte Mal, verstehst du, daß ich vor einem Pizarro katzbuckele!« Und ich seufzte: »Das tut so gut, so gut, daß ich es mir kaum auszumalen wage.«

Die Regenzeit endet mit dem März. Das Wetter war schön. Rötlicher Staub wirbelte um die Sänfte. Inmitten der Felsen, die sich im Sonnenschein wärmten, wirkte die Festung in ihrem dreifachen Mauerwall wie ein Ungeheuer, das auf Beute lauert, um sie zu verschlingen und zwischen ihren gewaltigen Kiefern aus Stein zu zermalmen. Immer ergriff mich ein heiliger Schrecken, wenn ich die Tore von Sacsahuaman durchschritt.

An jenem Morgen konnte ich das Glück gar nicht glauben.

Hernando Pizarro war bereits eingetroffen, von einem Dolmetscher und zwei Offizieren begleitet, die den Zug befehligen sollten und mit denen Manco sich unterhielt.

Seit einem Monat bewegte er sich ungehindert in Sacsahuaman, stieg täglich aufs Pferd, und in der Woche davor war er mit Hernando und zahlreichen Spaniern sogar im Yucaytal gewesen, um an einem Gedenkfest zu Ehren von Huayna Capac teilzunehmen. Bei der Gelegenheit hatte er Hernando eine Statue überreicht, die seinen Vater in natürlicher Größe darstellte. Hernando war ein wenig enttäuscht: die goldene Statue war hohl. Manco, der mit dieser Reaktion gerechnet hatte, beeilte sich zu erklären, wenn man ihm erlauben würde, mit einer ausreichenden Anzahl von Trägern noch einmal in das Yucaytal zu ziehen, könnte er eine Statue aus massivem Gold von über zwei Zentnern herbeischaffen. Als Hernando das Gewicht hörte, kam seine Vorsicht ins Wanken ... Heute nun war der Tag, an dem der Zug zum Transport des Wunders aufbrechen sollte.

Ich warf mich vor Manco nieder und küßte dreimal den Saum seines Mantels. Es war das vereinbarte Zeichen.

In der Frühe hatte der Hohepriester mir durch einen Boten bestätigt, daß alles bereit sei, wie vom Inka befohlen.

Hunderttausend Krieger erwarteten ihn am Eingang des heiligen Tals. Bei ihnen befanden sich die berühmten Schätze des Sonnentempels, die nach Huascars Gefangennahme in Sicherheit gebracht worden waren, die Hüllen unserer toten Inkas, die Sonnenjungfrauen, die Mamacunas aus dem Acclahuasi, die Coya und die Kinder, die bei Nacht durch unterirdische Gänge geflohen waren.

Man brachte Manco den Fuchs.

In wenigen Stunden würde er die höchste Freude erleben, Sapa-Inka, der Gott-Mensch, zu sein, den die Sonne erleuchtet, der befiehlt, beschützt, führt und lenkt, dessen Atemhauch eine Ebene in goldene Ernten oder in einen See von Blut verwandeln kann und vor dem jedes Menschenwesen sich verneigt. Und bald würde ich bei ihm sein, aus seinem Kelch trinken, seinen Triumph auskosten.

Leichte Sänften warteten versteckt in Vororten von Cuzco, die uns zu ihm bringen sollten.

»Señora Asarpay!«

Lächelnd trat ich zu Hernando Pizarro.

»Edle Dame Asarpay, ich bitte Euch, mir zu folgen. Ihr werdet in meiner Residenz mein Gast sein, bis der Inka wiederkehrt. Übersetzt bitte.«

Wie brachte ich es fertig, meinen Atem, meine Stimme zu beherrschen?

Wahrscheinlich war es meine Liebe zu Manco, der Haß, den ich gegen die Eurigen empfand.

Der Dolmetscher, ein Verräter aus der Provinz der Chachapuyas, hörte zu. Ich übersetzte. Mancos Gesicht blieb unbeweglich. Er saß auf, grüßte Hernando, gab dem Pferd die Sporen, von den spanischen Offizieren und dem Dolmetscher umringt. Ich sah, wie er sich entfernte, und sagte mir, daß ich ihn nie wiedersähe.

Abends speiste ich zur Rechten Hernandos.

Zugegen waren seine engsten Vertrauten und ihre Konkubinen, vorwiegend Prinzessinnen und Schwestern Atahuallpas, reich mit Juwelen behängt. Die Verbindungen dauerten seit Cajamarca und waren mittlerweile halbe Ehen geworden.

Auch Villalcázar war dort. Zwei junge Geschöpfe umrahmten ihn. Er mußte sie von Lima mitgebracht haben. Ihre lebhaften und anmutigen Manieren erinnerten mich an die kleine Yunga, die Huayna Capac so verhext hatte mit ihrer Schlange. Villalcázar und ich taten, als sähen wir uns nicht. Mir fiel auf, daß er viel trank.

Trotz Wein und Frauen kam keine Fröhlichkeit auf. Die Unterhaltung drehte sich um die Unruhen, die seit kurzem überall im Reich aufflammten und denen eine Reihe Spanier aus dem Hinterhalt zum Opfer gefallen waren.

»Was ich mir nicht erklären kann«, sagte Hernando, »ist, wie die Indios sich verständigt haben. Zum selben Zeitpunkt aufzustehen, sich gemeinsam zu erheben in einem Land, das so riesig ist ...!«

Ich hätte ihm antworten können, daß er, wäre er weniger an unserem Gold und mehr an unseren Sitten interessiert gewesen, längst begriffen hätte, daß so etwas allein dank der Chasqui möglich war. Ebenso hätte ich ihm sagen können, daß diese Operationen, die Manco von der Festung aus leitete, durch den Hohenpriester und mich abgestimmt worden waren.

Bei der Gelegenheit, Pater Juan, will ich Euch etwas über die Chasqui sagen.

Seit jeher hielten die Inkas darauf, die Kräfte, die in den Menschen schlummern, in Anpassung an unsere schroffen Höhenunterschiede zu entwickeln. Unsere jungen Männer haben eine fabelhafte Gabe zu laufen. Sie werden mit geflügelten Füßen geboren! Daher die uralte Institution der Chasqui oder Läufer. Habt Ihr, von Lima kommend, nicht jene kleinen Häuser bemerkt, die sich jeweils im Abstand einer halben Meile oberhalb der Nan Cuna hinziehen? Es sind die Wechselposten. Dort leben ständig mehrere Chasqui. Einer von ihnen hält immer Wache. Sowie er einen Mann von der vorhergehenden Station herankommen sieht, saust er los, nimmt im Fluge die Botschaft entgegen und läuft, so schnell er kann, dem Chasqui des folgenden Postens die Botschaft weiterzugeben, der sie wiederum mit derselben Geschwindigkeit dem nächsten Posten übermittelt, und so geht es weiter bis zum Bestimmungsort. Ich nenne Euch nur ein Beispiel: eine Botschaft, die in Cuzco aufgegeben wird, braucht nur fünf Tage, um die fünfhundert Meilen bis Quito zu überwinden! Auf die Weise war der Inka sehr schnell über alles informiert. Die Chasqui sorgten außerdem dafür, daß die kaiserliche Tafel mit Meeresfischen, Krustentieren und mit Früchten aus den heißen Zonen versorgt wurde. Die Einrichtung hat überlebt. Nachdem die großen Männer der Conquista sich gegenseitig umgebracht haben, benutzen die von Seiner Spanischen Majestät eingesetzten Verwalter sie noch heute.

Hier allerdings sucht Ihr die Chasqui vergeblich, Pater Juan. Im Gebirge verständigen wir uns mit Hilfe von Feuern. Bei Tage ist der Rauch aus weiter Ferne zu sehen. Bei Nacht lesen die Wächter aus den Flammen. Das geht noch schneller. Oft werden auch beide Übermittlungen nebeneinander benutzt. Ich habe erlebt, wie der große Huayna Capac binnen zwei Stunden über den Aufstand einer Provinz unterrichtet war, die über vierhundert Meilen entfernt lag!

Hernando Pizarro lud mich nicht ein weiteres Mal zu Tisch.

Wir aßen in dem Gemach, das mir zugewiesen war und das ich mit Inkill Chumpi und Qhora teilte.

Der Raum hatte zwei Öffnungen: eine schmale hoch unter dem Deckenbalken, die uns von einem kleinen Innenhof her Licht gab, und die Tür, die ein Vorhang schloß.

Auf der anderen Seite des Vorhangs hielten zwei Soldaten Wache, die morgens und abends abgewechselt wurden. Groll stand in ihren Gesichtern zu lesen. Drei Indiofrauen zu bewachen, ohne daß man sie antasten durfte, mußte ihnen als sehr unmännliche Pflicht erscheinen.

Jeden Abend kam Hernando.

»Der Inka läßt auf sich warten, Señora Asarpay.«

»Eine solche Menge Gold zu transportieren erfordert große Anstrengungen, Exzellenz.«

Als aber Tag um Tag verrann, gab ich keine Antwort mehr. Es war unnütz. Er wußte Bescheid, auch wenn er gegenüber seinen Brüdern und seinen Vertrauten den Irrtum nicht eingestehen wollte, zu dem ihn die Gier verleitet hatte.

Eines Morgens gab es ungewohnte Unruhe im Palast.

Ich hob den Vorhang und fragte einen Soldaten, was es gebe.

»Der Inka ist geflohen. Eine Patrouille hat die beiden Offiziere gefunden, die ihn begleiteten. Don Hernando rüstet sich, ihm nachzujagen, dann haut er den Hund in Stücke, und danach kommst du dran.«

Ich streckte mich auf mein Lager. Inkill Chumpi, einen Finger im Mund, sang vor sich hin. Das tat sie, seit sie in dem Palast war. Der monotone Singsang zerrte an meinen Nerven. Nichts brachte sie zum Schweigen, außer Essen, Schlafen oder wenn ich ihr die Haare kämmte.

Qhora flüsterte.

»Was werden sie uns tun?«

»Dir und der Kleinen, weiß ich nicht. Schließlich könnt ihr nichts dafür, und Hernando ist kein Ungeheuer wie seine Brüder. Mir ... An irgend jemand muß er ja seine Wut auslassen.«

Sie fing an zu weinen. Ich streichelte ihren Kopf.

»Der Inka konnte nicht wiederkommen, ich wußte, daß er nicht wiederkommen würde. Was zählt da schon eine Frau!«

Diesmal, Pater Juan, ergab ich mich, ich schickte mich in mein Los.

Abends ging Qhora mit einem Soldaten zur Küche, unser Essen zu holen.

Um mich zu beschäftigen, knüpfte ich das Band auf, das Inkill Chumpis Haare zusammenhielt, und löste sie. Sie schwieg. Ich genoß die Stille. Auf einmal hallte ein energischer Schritt durch den Innenhof. Ich erkannte ihn. Der Kamm glitt mir aus der Hand. Die Kleine nahm ihren Singsang wieder auf. Sie verstummte erst, als Villalcázar eintrat.

Ich erhob mich.

»Hernando wird dich umbringen«, sagte er.

»Wenn du mir weiter nichts zu sagen hast ...«

»Asarpay! Kannst du mich nicht einmal anders sehen?«

»Wie soll ich dich denn sehen?«

Er trat näher.

»Ich bin nicht dein Feind.«

»Dann erkläre mir, was ich hier soll!«

»Wenn du versprichst, daß du mitkommst und mit mir leben willst, setze ich deine Begnadigung durch. Die Pizarros schulden mir einiges.«

»Geh.«

»Himmeldonnerwetter! Begreifst du nicht, du wirst sterben? In deinem Alter! Eine Frau wie du! Und für wen? Für eine Schweinerei dieses ›Indiers‹, der dich einfach preisgibt und der selber bald Galgenfleisch ist! Willst du das: dich an einen Kadaver klammern und enden wie er?«

»Hernando Pizarro kriegt den Inka nicht. Er hat hunderttausend Männer bei sich. Und wie viele seid ihr? In Cuzco nicht einmal zweihundert.«

»Die Zahl hat nichts zu sagen. Denk an Cajamarca.«

»Seitdem hat sich manches geändert. Jetzt sind unsere Krieger mit euren Pferden und euren Feuerwaffen vertraut, und vor allem wissen sie, daß ihr nicht unbesiegbar seid. Du redest mir von Sterben, aber vielleicht sind deine Tage gezählt.«

»Unsinn! Willst du mich lehren, was ein Mann zu tun hat? Der weiß nämlich, was sein Soldatenhandwerk verlangt, stell dir vor. Und ich kenne deine ›Indier‹: unerschrocken, wenn das Glück mit ihnen ist, aber in Auflösung, sobald es ihnen widersteht. Wir Spanier dagegen leisten gerade, wenn es am schlimmsten kommt, unser Bestes. Asarpay, ich kann dir alles bieten, was du dir wünschst. Ich bin jetzt reich, du bekommst einen Palast, Gärten, Diener ...«

»Woher weißt du, was ich mir wünsche? Du weißt ja nicht einmal, wer ich bin.«

»Ich weiß, daß ich dich will.«

Villalcázar hielt inne, blickte auf Inkill Chumpi.

»Was hat die? Ist sie schwachsinnig?«

»Sie ist, was eure Soldaten aus ihr gemacht haben. Sie war ein fröhliches Kind, hat gerne gelacht. Seit sie vergewaltigt wurde ... Laß uns bitte allein.«

In seiner jähen Art war er mit zwei Schritten bei mir und preßte mich an sich.

»Ich will dich. Wenn ich dich nur sehe, kocht mir das Blut! Und wenn du anders nicht nachgibst, bin ich bereit, dich vor Gott zu heiraten.«

Ich machte mich los.

»Wenn einem an einer Frau etwas liegt und man sie retten kann, stellt man keine Bedingungen, man rettet sie.«

»Für wen hältst du mich? Du hättest doch nichts Eiligeres zu tun, als mir wieder zu entwischen! Ich rette dich, aber zu meinem Preis ... einem großzügigen Preis. Ich könnte dich umsonst haben, ich kann dich sogar auf der Stelle ...«

»Geh, oder ich rufe die Wache.«

»Die habe ich weggeschickt.«

Er faßte meine Handgelenke. Seine Hände waren zwei eiserne Ringe, seine Augen zwei Schwerter, die mich durchbohrten. Er stieß mich zum Lager und warf sich über mich ...

Da sah ich, wie Inkill Chumpi durch den Raum gestürzt kam. Die offenen Haare im Gesicht, die Finger gekrümmt wie Fänge, glich sie einem der grausamen Geister, die auf den Hochweiden ihr Unwesen treiben, den Lamas das Blut aussaugen und jedweden, der sie überrascht, in einen Geier oder Fuchs verwandeln. Sie krallte sich an Villalcázar fest. »Laß sie! Laß sie!« heulte sie, und sie riß an seinen Haaren, trommelte mit ihren kleinen Fäusten auf seinen Kopf, versuchte ihn zu beißen.

Er ließ mich los.

Ich erhob mich, schloß die Arme um Inkill Chumpi und wich, ohne sie loszulassen, zurück.

»Rühr sie nicht an«, sagte ich.

Er stand auf, richtete seine Kleider.

Wir sahen uns an.

»Wenn Hernando dich nicht hängt, wirst du eines Tages bedauern, daß er es nicht getan hat!« sagte er. Und er ging.

»Asarpay! Asarpay!« schluchzte Inkill Chumpi.

Und plötzlich wurde mir bewußt: das Mädchen redete, sie hatte ihre Sprache wiedergefunden!

Als Qhora mit dem Essen kam, fand sie uns umschlungen. Inkill Chumpi lachte vor Freude. Ich weinte. Ich habe vergessen, warum.

Hernando Pizarro kehrte unverrichteter Dinge zurück. Kauend an seinem Zorn, seinem verletzten Stolz, kam er in mein Gemach.

»Der Inka hat mich hintergangen, und Ihr ebenso, Señora. Ich habe ihm einen seiner Krieger geschickt, den wir gefangengenommen haben. Wenn Manco nicht binnen drei Tagen in Cuzco erscheint, werdet Ihr gehängt.«

»Er kommt nicht«, sagte ich. »Eure Brüder haben ihn zu tief gedemütigt. Ihr seid ein stolzer und tapferer Mann, Ihr müßt es verstehen.«

»Drei Tage, Señora! Euch bleiben drei Tage.«

Drei Tage, wenn am Ende der Tod steht, sind lang, man muß zu großer Liebe entsagen, zu vielen Plänen, muß zu viele kleine Tode nacheinander sterben ... Und den Spaniern diese Genugtuung zu bieten, sich vorzustellen, wie sie mich am Strick hängen sähen! Die Hinrichtung eines Mannes flößt eine gewisse Zurückhaltung ein. Die Todesqual einer Frau peitscht die männlichen Instinkte auf – übrigens bei allen Rassen. Töten ist eine Weise zu besitzen, nicht wahr?

Ich beschloß, mich in der Nacht davor mit meinen Haaren zu erdrosseln. So machen wir Frauen es meistens. Qhora würde mir dabei helfen. Als das feststand, dachte ich an das Los meiner Gefährtinnen.

Wenn Hernando Pizarro das Gold auch über jeden Verstand liebte, hatte er doch kein grausames Wesen wie seine Brüder. Er würde wahrscheinlich einwilligen, die beiden Unschuldigen zu verschonen und zur Familie Inkill Chumpis geleiten zu lassen.

Qhora weigerte sich rundweg.

»Wir gehen gemeinsam, du und ich.«

»Du gehst mit Inkill Chumpi! Ich weiß wenigstens, wofür ich sterbe. Hernando will sein Recht. Ich kann es ihm nicht verdenken, wir würden es nicht anders machen.«

Ich rief die Soldaten und verlangte, ihn zu sprechen. Mir wurde erwidert, Seine Exzellenz halte Rat. Heute abend vielleicht ...

Aber am selben Abend erschienen Mancos Krieger auf den Hügeln.

Die Belagerung von Cuzco begann.

Wir schliefen nicht, wir lauschten dem Klang der Meeresmuscheln, der Flöten und Trommeln, der durch das Strohdach drang. Inkill Chumpi sagte immerzu: »Da ist unser allmächtiger Herrscher. Du mußt nicht sterben, Asarpay!« Und sie lachte, tanzte, als wären wir schon dort oben auf den Hügeln, unter den Unsrigen, im Glück.

Am nächsten Morgen schickte ich Qhora aus, Nachrichten einzuholen. Sie kam mit ein paar Handvoll Mais und mit strahlendem Gesicht wieder.

»Ich bin hinausgekommen. Die Spanier sind wie verrückt. Sie haben auf dem Platz Zelte errichtet und dort die Pferde eingestellt. Wenn du die Hügel sehen könntest ... Man sieht kein Gras, keine Felsen mehr, nur Krieger!«

»Was tun sie?«

»Nichts. Sie sind da. Sie blicken herab. Wie eine Riesenschlange, die eine Ginsterkatze anstarrt, bis sie halbtot ist vor Angst, wenn sie sie verschlingt.«

»Vergiß nicht, daß wir im Augenblick noch im Schlund der Ginsterkatze stecken!« sagte ich.

Der Tag verrann.

Abends verboten die Soldaten, daß Qhora den Raum zum Essenholen verließ. Ich protestierte. Sie sagten: »Du, ›Indierin‹, brauchst bei dem bißchen Zeit, die dir bleibt, nichts mehr zu essen.«

Ihr Schweiß roch scharf. Mut verhindert nicht Angst. Übrigens macht das Bewußtsein der Gefahr ihn erst wirklich zur Tugend, meint Ihr nicht, Pater Juan?

Das Lärmen der Krieger, das Brüllen der Meeresmuscheln, der ununterbrochene Trommelwirbel ersetzten uns die Abendmahlzeit. Welch göttliche, nervenzehrende Nahrung! Mancos Männer so nahe zu wissen ... Das Gefühl meiner Ohnmacht machte mich rasend. Diesmal stand es außer Frage, nach dem heiligen Grundsatz des Vaters meines Vaters zu handeln: ›Pack das Unglück beim Kragen, und die Götter stehen dir bei‹ ... Die Götter waren auf dem Hügel und wir, an Händen und Füßen gebunden, die Beute der Dämonen.

Ich sprach mit meinen Gefährtinnen darüber.

»Ich denke, wir haben nur eine Chance: falls der Angriff gleichzeitig an allen Fronten erfolgt und die versprengten Spanier uns vergessen. In dem Fall können wir vielleicht entkommen und uns zu den Unsrigen durchschlagen.«

Wir hatten in der vorigen Nacht nicht geschlafen. Ich

bestimmte eine Wachablösung. Als ich mich endlich niederlegen konnte, fällte mich der Schlaf ...

Ich hustete. Qhora und Inkill Chumpi knieten, über mich gebeugt, und rüttelten mich. Als ich ihre tränennassen Augen sah, war mein erster Gedanke, man komme mich zum Galgen holen, und ich schloß die Augen. Dann roch ich Rauch und öffnete sie wieder.

Eine Stimme schrie: »Kommst du endlich, Hexe! Von mir aus könntest du hier schmoren, aber anscheinend bist du noch zu was gut!«

Wir eilten von Raum zu Raum. Überall war der beizende Geruch, Augen und Kehle brannten, aber kein Feuer war zu sehen, keine Flammen.

Draußen auf dem Platz, in den Zelten der Spanier, drängten sich die verängstigten Pferde Kruppe an Kruppe. Kaum hatten wir das Tor durchschritten, erfüllte ein gewaltiges Fauchen meine Ohren. Nach ein paar Schritten hielt ich vor Entsetzen inne. Der größte Teil der Oberstadt, der an den Hügeln lehnte, stand in Flammen! Ich sagte Euch doch, Pater Juan, daß unsere Dächer alle auf dieselbe Weise gebaut sind: ein Gerüst aus Balken und Pfeilern, das mit dichten Strohbündeln gedeckt ist, langes, geschmeidiges und sehr widerstandsfähiges Stroh, das Ichu, es ist ein vorzüglicher Schutz gegen Hitze und Kälte, wie sie in unseren Regionen häufig sind, aber ebenso das beste Ziel für brennende Pfeile und glühend gemachte Kiesel, die unsere Bogen- und Schleuderschützen mit großem Geschick aussenden.

Es war ...

Wie soll man mit Worten diesen lodernden Scheiterhaufen von den Ausmaßen einer ganzen Stadt beschreiben, dies Flammenmeer, das der verhehrende Wind weiter und weiter peitschte? Der Himmel war rot und schwarz, riesige Funkengarben schossen empor, die sofort im Wirbelsturm des Rauchs erloschen. Inkill Chumpi schluchzte. Ich stand versteinert. Wie konnte Manco es wagen? Cuzco in Brand zu stecken, unsere Stadt, den Nabel der Erde, die Heimstatt der Götter! War ihm denn nichts mehr heilig?

Die Soldaten zerrten uns weiter.

Wir hatten sie vor uns, hinter uns und einen an jedem Arm. Einer, ein Riese mit einer Knollennase und rotem Bart, hatte sich Qhora auf die Schultern gesetzt, sonst hätte die Menge sie zertreten. Mitten unter den Spaniern wimmelte es von Eingeborenen, die mit Schiffen von Panama gekommen waren oder den unterworfenen Stämmen angehörten. Die Elenden waren gelb vor Angst, weil sie nur zu gut wußten, daß sie von unseren Kriegern den Tod der Verräter zu gewärtigen hatten.

Am Rande des Platzes begann die Unterstadt. Dort schien alles ruhig. Man konnte wieder Luft holen, der Lärm blieb hinter uns zurück. Vor dem Acllahuasi angelangt, drückten die Soldaten uns an die Mauer, um einen Trupp Pferde durchzulassen, die von den Reitern am Zügel geführt wurden. Sie bogen in die Umfriedung des Sonnentempels ein, der zur Kathedrale Santo-Domingo geworden war. Vermutlich wollte man die Tiere in dem Garten unterbringen, wo jeder unserer Inkas, bis hin zu Huascar, mit eigenen Händen eine besondere Sorte Mais gesät, gewässert, gepflegt und geerntet hatte, der ausschließlich zur Weihegabe bestimmt war ... Natürlich gab es dort keinen Mais mehr, ebenso wie die goldenen Tafeln und Perlen, die Smaragde, die Türkisbuckel, die Mosaike aus Edelsteinen verschwunden waren, die zu Friedenszeiten die Mauern und Türen des Tempels mit funkelnden Fresken überzogen hatten und bis ins Dachgebälk strahlten.

Die Soldaten brachten uns in den Tempel.

Wir überquerten den Platz der Sonne, dann gingen wir um das gewaltige Bauwerk herum, wo die Geister unserer Götter so lange ihr Licht hatten leuchten und ihre Gebote kundwerden lassen. Nach den Schilderungen, die Huascar mir von diesen verbotenen Orten gegeben hatte, die nur der Hohepriester, seine Untergebenen, der Inka und einige seiner Verwandten betreten durften, erkannte ich den riesigen Innenhof wieder, der einst, mit Bäumen und Büschen bestanden, über und über blühte und berühmt war für seine fünf Wunderfontänen. Sie waren verstummt. Die Rohrleitungen waren herausgerissen worden, aber das größte Becken, das dem Hochzeitsbad der Coya vorbehalten war, stand von den letzten Regengüssen noch voll Wasser.

Als wäre es abgesprochen, stürzten wir alle zu dem Becken wie verdurstende Tiere. Der Soldat, der Qhora getragen hatte, stellte sie in das Bassin hinein. Die anderen lachten, Wasser perlte von ihren Bärten. Doch wie beschämt, daß sie sich hatten hinreißen lassen, packten sie uns aufs neue und brachten uns in ein kleines Nebengebäude, durch das eine schmale Galerie unter freiem Himmel lief. Auf jeder Seite lag ein fensterloser Saal mit einem Fußboden aus gestampftem Lehm. Sie steckten uns in den einen. In der Galerie hielt ein Soldat Wache.

Wir kauerten uns nieder. An der Wand vor mir hingen ein hölzernes Kruzifix und ein Rosenkranz aus beinernen Perlen. Es mußte Mittag sein: die Sonne stand senkrecht über der Galerie.

»Asarpay, was werden sie mit uns machen?« flüsterte Inkill Chumpi.

Ewige Frage!

»Die Pizarros wollen uns offenbar als Geiseln bewahren. Es gibt Hoffnung.«

Inkill Chumpi seufzte.

Ich betrachtete sie. Ihre molligen Formen waren verschwunden, sie betrug sich nicht mehr wie ein verwöhntes Kind. In ein, zwei Jahren wäre sie eine sehr schöne junge Frau, sehr verführerisch mit ihren großen, so leicht erregbaren Augen, ihrer Patriziernase und ihrem üppigen Liebesmund ... In ein, zwei Jahren? Vielleicht war sie in wenigen Stunden tot.

Um unsere Lage zu erkunden, verlangte ich von dem Soldaten Nahrung. Wir hatten seit dem vergangenen Morgen nichts gegessen.

»Wer in die Hölle kommt, wo die Abtrünnigen hingehören, der braucht keinen vollen Magen«, antwortete er.

Am Nachmittag herrschte im Tempelbereich ein unaufhörliches Hin und Her von Männern und Pferden.

Abends wurde der Soldat durch den abgelöst, der Qhora von Hernandos Palast bis zum Tempel getragen hatte. Ich redete mit ihm.

»Eure verdammten Krieger sind im Zuge, uns auszuräuchern wie die Ratten«, sagte er. »Außer dieser Kirche, die der Herr beschützen möge, dem Frauenhof nebenan und einem Palast brennt die ganze Stadt. Ein einziger Backofen! Da oben haben sie Gräben gezogen und mit Pfählen gespickt, damit die Pferde sich daran aufschlitzen, und die Festung haben sie besetzt. Ein Ausfall ist versucht worden, aber alle mußten kehrtmachen. Vielleicht könnte man ihnen noch über die Chaussee entwischen. Bloß, Don Hernando will nicht. Er weigert sich, ihnen die Stadt zu überlassen. Lieber schmoren wir drin, und Ihr mit.«

Trotzdem teilte er mit uns seine Maiskolben und sein Wasser. Er hieß Bartolomé, wie Villalcázar. Er hatte seine Mutter und zwei Schwestern in der Estremadura, sie arbeiteten auf einem Gut, in Trujillo, dem Lehen der

Pizarros, und er hoffte auf Gold, um sie aus der Leibeigenschaft freizukaufen.

Wir versenkten uns wieder ins Beten. Mein Kopf war schwer, ich fühlte mich völlig entkräftet. Sollten wir aus dieser Tragödie herauskommen, gelobte ich mir, werde ich mich nie mehr von meiner Kokatasche trennen ... Pater Juan, Ihr solltet meinen Rat annehmen und ein paar Blätter kauen, Ihr seht elend aus.

Gegen Mitternacht riß uns ein gewaltiges Prasseln, das von der Galerie kam, aus unserer schläfrigen Meditation. Wir stürzten zur Tür. Es war Regen, eine jähe Sintflut, wie wir sie kennen in Cuzco. Im selben Augenblick erleuchtete Inti Illapa, der Herr der Blitze, die Galerie. Mir klopfte das Herz.

»Seht doch«, sagte ich, »der Soldat ist weg!«

Wir liefen zum Eingang des Gebäudes.

Jetzt schallten Rufe, Schreie durch das Getöse des Wassers und das fast ununterbrochene Donnerrollen.

Wir nützten eine kurze Dunkelheit und näherten uns vorsichtig dem Tempel. Was wir erblickten, machte uns baff.

Aus allen Öffnungen kamen Spanier gesprungen. Und alle beugten wie in der Ekstase, in die wir durch gewisse rituelle Tänze geraten, den Kopf nach hinten und tranken den Regen. Dann sanken sie an die nächstbeste Schulter und schrien vor Freude. Die Augen leuchteten wie kleine Monde in ihren strömenden Gesichtern. Sie fielen auf die Knie, küßten die Erde, bekreuzigten sich. Es waren auch Indiofrauen dazwischen. Niemand beachtete sie. Der inbrünstige Jubel war Sache der Männer. Ich sah unseren Soldaten. Er hatte die Arme um zwei andere gelegt, er sang. Einen Lobgesang. Ich gab das Zeichen zum Rückzug. Wir verbargen uns in einer Baumgruppe. Hinter den Bäumen hörte ich den Bach plätschern ...

Hatte ich das erwähnt, Pater Juan? Durch ganz Cuzco fließen zwei Bäche. Sie sind mit Balken und Planken überdeckt, damit Sänften und Fußgänger sie überqueren können. Der linke, wenn man unter dem Hügel von Sacsahuaman steht, kommt in Höhe des Tempels zum Vorschein, fließt durch den heiligen Bezirk und dann weiter ins offene Land.

Qhora flüsterte: »Wir müssen uns trennen, sonst schnappen sie uns, wenn wir durchs Tor wollen. Sie nehmen keine Zwerginnen zu Konkubinen.«

Ich legte meine Hand auf ihren Kopf.

»Wir sind zusammen, wir bleiben es. Keine Widerrede. Außerdem kennen mich zu viele Spanier. Und es gibt ohnehin nur das Nordtor, wo sie alle sind. In die Oberstadt zu kommen, ist ausgeschlossen ... Wir gehen durch den Bach.«

»Den Bach! Ich bin so klein, da ertrinke ich doch, ich komme nicht mit.«

»Willst du lieber, daß sie dich töten?«

Das Hochwasser hatte seit gut einem Monat aufgehört. Wenn auch vom Regen, der immer noch wütete, geschwollen, war der Bach nicht sehr tief. Indem eine der anderen half, glitten wir hinunter. Steine bedeckten den Grund. Die Uferbüsche verbargen uns. Qhora zwischen uns, die wir jede mit einer Hand festhielten, machten wir uns auf.

Als die Wirtschaftsgebäude des Tempels hinter uns lagen, sahen wir vor uns eine Kehre. Der Bach bog ab nach Süden und schoß nun den Hang hinab. Um von der Strömung nicht mitgerissen zu werden, klammerten Inkill Chumpi und ich uns mit der freien Hand an die niedrigen Zweige der Sträucher ... Und mit einemmal ebnete sich das Bett, das Wasser floß ruhiger, es war das offene Land, hohe Gräser und am Horizont, wie hingesät, fahle Flecken. Zelte. Die Unsrigen.

Ich wandte mich um.

Meine Augen erkannten steinerne Kanten, die stufenweise bis zum Vorgebirge des Tempels anstiegen. Von dort kamen wir.

»Die Terrassen der Sonnengärten«, murmelte ich.

»Wie kann das sein, Asarpay«, sagte Inkill Chumpi. »Meine Mutter hat mir immer gesagt, dort leuchte, sogar in tiefer Nacht, unser Vater die Sonne.«

»Das war das Gold, Kind. Dort gibt es kein Gold mehr, dort hat die Sonne aufgehört zu leuchten. Sie leuchtet, wo Manco ist, dort, wo wir hingehen.«

Wir fielen uns in die Arme. Drei, die vor Wasser trieften und weinten, weinten! Vor Freude weinen ist schön.

Für die Spanier war die von der Vorsehung gesandte Flut, die den Brand stillte, das Werk der Jungfrau Maria. Manche behaupteten auch, sie hätten den Erzengel Jakob auf seinem weißen Roß durch die Lüfte reiten sehen, wie er mit dem Schwert des Lichts auf uns Heiden gewiesen habe. Rückblikend bin ich überzeugt, daß die Götter dies Wunder meinetwegen taten, damit das Schicksal, das sie mir bestimmt hatten, sich erfüllte.

Pater Juan de Mendoza
10. Oktober 1572

Der Morgen graut.

Ich habe geschlafen wie ein Tier.

Gestern überquerten wir auf einer der berühmten Hängebrücken den Urubamba. Bestürzende Erfahrung, wie gefährdet ein Menschenleben ist! Dann begann der Aufstieg. Dorniges Buschwerk, in das die Indios Schneisen für uns schlagen. Urwald. Der Fuß versinkt in modrigem Humus, vollgesogen mit Wasser, die Hände klammern sich fest, wo sie können, die Luft ist feucht und giftig, es schwirrt vor Schmetterlingen, fliegenden Ameisen, mir dreht sich der Kopf. Sie hatte mir eine Tragmatte angeboten, ich lehnte ab. Falsche Bescheidenheit, törichter Stolz!

Ich hatte davon munkeln hören, daß die Brüder Pizarro sich gegenüber dem Inka Manco ungeschickt benommen hätten. Welch eine Beschönigung!

Was habe ich inmitten dieser feindseligen Natur zu suchen, wo ich ihrer schwankenden Sänfte folge, gehe, wo sie hingeht, ohne zu wissen, wohin?

Wenn ich mich befrage, schmeichle ich mir, ich täte es um Deines Ruhmes willen, o Herr, aber dieses Gelüst, das mich einst trieb, Verbote zu übertreten, diese verderbliche, unbesonnene Neugierde ... Sollte es nicht eher der Teufel sein, der mir neuerdings eine Versuchung schickt? Sie könnte meine Mutter sein, doch ich sehe nur die Frau. Blühend in voller königlicher Schönheit. Kann sie auch den Jahren befehlen? Manchmal hasse ich sie!

Ich bete auf meinem Weg. Hundert Ave Maria besänftigen mich. Heute, habe ich beschlossen, werde ich barfuß gehen ... Dies heimtückische Fleisch züchtigen!

Als wir die Brücke überschritten hatten, schnitten ihre Diener die Seile durch, die sie am Ufer befestigt hatten. Warum?

Heilige Maria, Mutter Gottes, breite deinen weißen Mantel über den Sünder!

6

Unser Aufenthalt in Ollantaytambo, Pater Juan, war gewissermaßen eine Pilgerstation.

Nach dem Brand von Cuzco errichtete Manco sein Stabsquartier in dieser Festung, deren Bau Ihr so sehr bewundert habt. Priester und Sonnenjungfrauen hatten ihren gesonderten Bereich.

Wir Frauen wohnten in dem Palast unterhalb der Festung. Wenn Manco dort weilte, stieg ich fast jeden Abend über die Terrassen, die beide Gebäude verbinden, zu ihm hinauf.

Eine aus Goldfäden gewirkte Zeit, so leuchtet sie in meiner Erinnerung.

Wir tranken aus einem Kelch, wir redeten, besprachen, was getan war, was getan wurde und was getan werden sollte. Unsere Herzen sagten uns mit Gewißheit: die Spanier würden bald nur mehr Dünger unserer Erde sein, und aus dem Krieg erwüchse der erhabene Frieden.

Sicher, Hernando Pizarro hat Sacsahuaman zurückerobert, aber sein Bruder Juan, der verfluchte, ist tot; der Schädel wurde ihm in der Schlacht durch einen Stein zertrümmert. Ein Pizarro weniger! Es wird gefeiert, Chichawein fließt in Strömen ... Sicher, der Feind beweist eine Hartnäckigkeit, die uns in Erstaunen setzt. Lima und Cuzco, von Mancos Feldherren belagert, behaupten sich, aber die Stadt Jauja, ein strategischer Punkt im Zentrum des Reiches, gehört wieder uns. Sonne, Sonne! Sicher, unser eilig aufgestelltes Heer ist keines, wie unsere Inkas es ruhmvoll führten, ihm mangelt es an Disziplin, an ›Handwerk‹, wie Villalcázar gesagt hätte, es ist schwerfällig, weil es Frauen und Kinder mitschleppt, und all die Mäuler wollen gestopft, all die Unwissenheiten ausgewetzt werden, aber wir haben Massen, haben Feuerwaffen vom Feind, spanische Gefangene, die für uns Pulver herstellen, und Pferde, die unsere Männer mit ihren steinbeschwerten Lassos geschickt einzufangen lernten, und was für ein herrlicher Reiter ist Manco! Wenn wir ihn, als Krieger gewandet, auf seinem Fuchs davonsprengen sehen, vornweg die kaiserliche Standarte in den Farben des Regenbogens, begleitet vom triumphalen Marschgesang der Flöten, Meeresmuscheln und Trommeln, wie können wir dann daran zweifeln, daß er mit dem Sieg auf der Lanzenspitze heimkehren wird?

Im August beginnt die Zeit der Aussaat. Die Speicher der Region waren leer, Hungersnot drohte. Um die künftige Ernte zu sichern, mußte Manco mehr als die Hälfte seiner Krieger mit ihren Familien nach Hause schicken.

Die Natur ist gebieterisch. Die Menschen müssen sich ihrem Rhythmus fügen. Also wurde die nun Monate währende Belagerung Cuzcos teilweise aufgehoben.

Hernando Pizarro nutzte die Lage, uns in Ollantaytambo anzugreifen.

Von Pfeilhagel und Steinlawinen empfangen, mußte er mit den Seinen fliehen. Manco ließ die Schleusen öffnen, der Fluß überflutete die Ebene, Hernando wäre ums Haar ertrunken. Der Rückzug bezifferte sich auf zahlreiche Tote und Verwundete. Sonne, Sonne! Wir Frauen hatten nicht Hände genug, die Chicha zu keltern und unseren Gebieter und seine Sippe zu tränken.

Doch Schatten begannen sich zu zeigen.

Aus Panama, Nikaragua, Guatemala, aus Neu-Kastilien und Neu-Spanien brachten vollbeladene Schiffe frische Truppen zur Unterstützung der Pizarro-Brüder. Weitere Verstärkung gab ihnen ein Kontingent unserer eigenen Rasse, Eingeborene der unterworfenen Provinzen, die es der Inkadynastie heimzahlen wollten, daß sie sie zivilisiert und bereichert hatte. So sind die Menschen! Beißen die Hand, die sie aus dem Sumpf zieht! Würdenträger schlossen sich ihnen um ihrer Vorteile willen an. Der Abfall des eigenen Blutes nahm Manco furchtbar mit. Ich sehe ihn noch: verschleierter Blick, die Seele in den schwarzen Gründen des Seins. Aber am meisten litt er um Cuzco, den Hort der Götter und Sitz der Allmacht ... Die Stadt war praktisch schon in seiner Hand gewesen, nun entglitt sie ihm mehr und mehr.

Plötzlich fliegt von Mund zu Mund ein Name: Almagro! Almagro, der mit geschundenem Leib und blutendem Herzen aus Chile zurückkehrt ... Und Almagro mit seiner großen Armee sendet Manco eine freundschaftliche Botschaft. Almagro, das hieß die mögliche Verständigung, hieß ein ehrenhaftes Bündnis gegen den gemeinsamen Feind, die Brüder Pizarro.

Eine Zusammenkunft in Urcos im Yucaytal wird vereinbart.

Hernando Pizarro ist im Nu informiert. In jedem Lager wimmelt es von lauschenden Ohren und flinken Füßen. Die Hautfarbe bürgt für Anonymität. Hernando beeilt sich, das Spiel zu verwirren. Er schickt Manco eine Warnung: Almagro, läßt er sagen, habe keine Machtbefugnis zum Verhandeln, seine Versprechen seien Anmaßung und Lügen. Manco läßt dem Boten die Hand abschlagen.

Für den Fall, Pater Juan, daß Ihr gegen Anfälle von

Empfindsamkeit noch immer nicht hinreichend gewappnet seid und Euch weiterhin an unseren barbarischen Bräuchen stoßt, laßt Euch sagen, daß Eure Landsleute ständig in der Art verfuhren. Die abgeschlagenen Hände, die man sich von Lager zu Lager schickte, waren in diesem Krieg gleichsam ein Austausch von Höflichkeiten.

Um das Gift des Zweifels vollends in Mancos Geist zu träufeln, arrangiert Hernando eine Begegnung mit Almagros wichtigstem Offizier und überhäuft ihn mit Umarmungen, wohl wissend, daß unsere Spione uns die Szene getreulich übermitteln werden.

Nun schlußfolgert Manco, daß die Spanier hinter seinem Rücken intrigieren ... Vergeblich bemühe ich mich, ihm Hernandos Tücke aufzuzeigen, ihm klarzumachen, welches Interesse jener daran hat, zwei Feldherren gegeneinander zu hetzen, die sich verstehen könnten und deren Bündnis die Pizarros um jede Möglichkeit brächte, sich in Cuzco zu halten ... Manco hat zuviel gelitten, er wittert überall Verrat. Sein Mißtrauen treibt ihn in die Falle. Sein Haß, glaube ich, findet darin sogar Genugtuung. Er beantwortet Almagros Angebote mit Gewalt und verliert so die einzige Stütze, die er auf Eurer Seite hatte.

In der Folge dieses Hin und Her beschließt er, Ollantaytambo aufzugeben.

Ich war schwanger.

* * *

Unser Zug erstreckte sich über mehrere Meilen.

Die Kondore, Adler und Falken, die am Himmel kreisten, mögen sich gefragt haben, welchem Schoß die Riesenschlange wohl entkrochen sei, die mit ihren funkelnden und federgeschmückten Ringen sich den Berghöhen entgegenwälzte.

Manco hatte unserem Rückzug ein feierliches Gepränge geben wollen. Er, der Gott-Mensch, der letzte Pfeiler des Glaubens, der Bräuche und Traditionen ritt voran, umringt von seiner Leibgarde, von Lanzen und goldenen Schilden. Dahinter kamen seine Bogen- und Schleuderschützen, die juwelenübersäten Hüllen der toten Inkas, die Würdenträger, die sich für Gefolgschaft und Exil entschieden hatten, die Priester in ihren weißen Gewändern und goldenen Masken, die sich um den Punchao scharten, die vor den Wirren gerettete, riesige Sonnenscheibe; es kamen die Seher, die Weisen, die Amauta, nach ihnen die endlose Karawane der Sänften, in denen wir Frauen hinter geschlossenen Behängen saßen, schließlich der Gegenstand aller Begehrlichkeiten, die zahllosen Wunderwerke und Schätze, die beim Erscheinen von Atahuallpas Soldateska in unterirdischen Stollen verschwunden waren und nun auf dem Rücken von hunderttausend Lamas ruhten. Den Schluß bildete samt Familien die große Menge der Diener, Träger und Hilfsverpflichteten, die einen beladen mit Lebensmitteln und Wasservorräten, die anderen betraut, Pfeile und Schleudersteine zu fertigen, schließlich die spanischen Gefangenen und die Tausenden Krieger, die auf den Flankenschutz und die Nachhut verteilt waren.

Ich hatte Qhora bei mir.

Angesichts der Langsamkeit, mit der unser gewaltiges Aufgebot sich vorwärtsbewegte, mußte ich damit rechnen, noch auf der Reise niederzukommen.

Tag um Tag schlugen wir uns durch die Vegetation, die Ihr jetzt kennt, bald feindselig verschlossenes, bald lüstern umschlingendes Labyrinth, das Mensch und Tier in seine Fallen saugt und mit seiner süßlichen Feuchte und seinen fauligen Dünsten betäubt. So ging es den Wolken entgegen.

Da kam der Angriff.

Chachapuyas, ein den Spaniern verbündeter Stamm, wollten uns den Weg zu den Gipfeln verwehren. Manco zermalmte sie. Nur einer überlebte: der Häuptling Chuqui Llasax, den wir, einen Strick um den Hals, als Gefangenen mitführten.

Durch Chuqui Llasax erfuhren wir, daß Almagro sich Cuzcos bemächtigt hatte und daß in den Kerkern von Sacsahuaman nun Hernando Pizarro, sein Bruder Gonzalo, Villalcázar und andere Größen der Conquista saßen. Ich brauche Euch nicht zu beschreiben, was wir empfanden, als wir uns Gonzalo an demselben Ort der Schande vorstellten, den er uns zugemutet hatte! Doch Mancos frohe Stimmung wich, denn er hörte, daß Almagro einen neuen Inka gekrönt hatte, seinen Halbbruder Paullu, der sich den Euren stets als gefälliger Sklave erwiesen hatte. Eine Geste ohne Wert, aber die erklärte Feindschaft. Er war beunruhigt. So groß die Zahl unserer Krieger auch war, noch größer war die der Personen, deren Schutz sie zu gewährleisten hatten.

Von nun an galt beschleunigter Marsch empor zu den Bergkämmen. Er verlangte unseren Trägern Übermenschliches ab. Nachts biwakierten wir in Fels und Eis. An den bläulichen Orten der Stille, wo die Seelen der Ahnen wohnen, erhob sich für Stunden eine Art Stadt mit ihren Feuern, Geräuschen und Gerüchen.

Die Zeitmessung geriet aus den Fugen. Die Tage waren, was Manco aus ihnen machte. Endlich, nachdem er an den Himmelssaum gerührt und mehrere Pässe überwunden hatte, beschloß er den Abstieg und befahl eine Rast, überzeugt, daß kein Spanier uns hier mehr verfolgen würde. Das durch schroffe natürliche Mauern geschützte Tal von Lucamayo nahm uns auf.

Nachdem das Lager errichtet, den Göttern Ehre erwiesen war, ließ Manco den Häuptling der Chachapuyas, Chuqui Llasax, hinrichten. Von einer Lanzenspitze stand sein Kopf dem anschließenden Gelage vor. Vergossenes Blut stillt den Haß und schürt den Durst. Da ich wußte, wie die Trinkerei enden würde, zog ich mich mit Qhora zurück. Ich war erschöpft. Mitten im lautstarken Gelächter der betrunkenen Männer legte ich mich schlafen. Die Frauen sangen. Mein letzter Gedanke galt der Frage, mit welcher von ihnen Manco die Nacht wohl beschließen würde.

Geschrei weckte mich. Es war stockfinster. Ich glaubte, die Orgie sei auf dem Höhepunkt. Das Kind strampelte. Obwohl mein Leib keine Anstrengung scheute, ihm eine behagliche Wohnung zu sein, schien er ihm nun eng zu werden. Zärtlich gerührt, suchte ich eine andere Lage, die mich ein wenig erleichterte, als ich Schüsse hörte. Zuerst dachte ich, es seien die Unseren, und meinte, Manco müsse schon sehr berauscht sein, wenn er derart Pulver vergeuden lasse. Als ich aber zu klarerem Bewußtsein kam, kam mir der Lärm ungewöhnlich vor. Durch einen Schlitz in der Zeltwand spähte ich hinaus.

Sowie ich spanische Kürasse und Helme erblickte, hatte ich nur noch einen Gedanken: das Kind in Sicherheit zu bringen. Stumm rüttelte ich Qhora wach. Auf allen vieren krochen wir hinaus, und glaubt mir, für eine Hochschwangere ist das kein leichtes Unterfangen! Wir verbargen uns in dem Buschwerk, an das sich das Zelt lehnte, und verharrten dort, unter Laub versteckt, mit stockendem Herzen und angehaltenem Atem.

Das Chichagelage kam uns teuer zu stehen. Die Spanier machten sich mit satter Beute davon: Juwelen, mehrere ehrwürdige Hüllen, die Hälfte unserer Lamas und, was noch schlimmer war, die Coya, mehrere Frauen und Titu Cusi, ein illegitimer Sohn Mancos, fünf Jahre alt und ein Liebling seines Vaters. Die Gefallenen gar nicht gezählt.

Diese Niederlage, unsere erste, vermochte Mancos Willen nicht zu schwächen, vielmehr machte sie ihn noch härter.

Wieder brachen wir auf.

Immer weiter, immer höher. Kein Weißer hätte dort überlebt. Die Kälte stach uns ihre Eisnadeln in die Knochen. Die Luft wurde dünn. Wir ernährten uns unterwegs von einer Scheibe gesalzenem und gedörrtem Lamafleisch, von ein wenig Chunu oder Mais. Und wenn Manco uns ein paar Stunden Ruhe gestattete, so einzig, damit die Träger wieder zu Kräften kamen.

Ich knabberte an einem Maiskolben, als die Wehen einsetzten.

Sie folgten einander in immer kürzerem Abstand, Qhora breitete eine Decke auf den Boden der Sänfte. Ich ließ mich nieder, ruhig und furchtlos. Meiner Fehlgeburt eingedenk, hatte ich die beste Vorsorge getroffen: keine Leckereien mehr, keine Koka, häufiges Fasten, reichliche Opfergaben an die Huacas wie auch an Pachamama, unsere Göttin der Erde. Und ich gab acht, bei jeder Apachita haltzumachen ... Ihr habt sie gesehen, Pater Juan, jene großen Steinpyramiden auf den Höhen. Jeder Reisende muß dort seinen eigenen Stein hinzulegen und ihn bespeien, um den bösen Geist, der in der Umgegend haust, zu verjagen. Was zu tun ich nicht verfehlte.

Wie habe ich mich auf dieses Kind gefreut, Pater Juan, wie hatte ich mir gewünscht, Manco einen Sohn zu schenken! Es war ein Mädchen, ein winziges Dingelchen, runzlig, behaart, blutverschmiert, aber sowie es geboren war und Qhora es mir hinhielt, fühlte ich mich ... Wie soll ich sagen? Ein Kind, Pater Juan, ist für eine Mutter die Welt!

Ich hieß die Träger uns am Wegrand niedersetzen. Am Vortag hatte es einen Schneesturm gegeben. Ich nahm Schnee in den Mund und erwärmte ihn; mit dem lauen Wasser benetzte ich die Kleine, und während Qhora sie in eine Decke wickelte, griff ich mir Schnee mit vollen Händen und rieb mich kräftig ab. Eine erlesene, glühende Liebkosung für meinen glorreichen Leib!

Da ich einen Maiskolben in Händen hatte, als sie auf die Welt kam, nannte ich meine Tochter Curi Zara, »Goldener Mais«.

Zara! der einzige Name, der mir noch Tränen entlocken kann! Aber wie haben wir, Qhora und ich, an jenem Tag gejubelt bei der mindesten Regung des kleinen Wunders, das ich in meinen Armen hielt.

* * *

Der Ort, an dem Manco sich niederließ und von dem er die Spanier mit neuem Krieg zu überziehen gedachte, war eine der heiligen Städte, die unsere Inkas von Zeit zu Zeit aufsuchten, um sich der Meditation unterm Blick der Götter zu ergeben und ihre Pläne im Angesicht des Himmels zu erwägen.

Wo diese Städte lagen, wußten nur der Hohepriester und die nächsten Anverwandten des Herrschers, ebenso natürlich seine Diener. Aber dies niedere Volk, das stets aus denselben Dörfern und denselben Familien im Umkreis von Cuzco kam, wußte sehr wohl, daß das Los seiner Ayllu von seiner Verschwiegenheit abhing, und es hätte eher den Tod gewählt, als die Geheimnisse seines Dienstes preiszugeben.

Ich ahne, Pater Juan, welche Frage Ihr auf den Lippen habt. Sie betrifft das Schicksal derer, die jene Städte inmitten der unwirtlichen Natur errichtet hatten, nicht wahr? Laßt es, wie ich, dabei bewenden. Herrscher haben ihre Gründe ... Hat nicht auch Euer verstorbener Kaiser Karl V. Armeen geopfert, Völkermord erlaubt, damit Europa und das Christentum siegten? Und Christentum ... Ist die Bekehrung der Völker, die allzuoft nur deren Auslöschung bedeutet, nicht der fromme Mantel über der unermeßlichen Menge Gold, die der geistliche Ehrgeiz Seiner Spanischen Majestät verschlang? Ihr wißt so gut wie ich: Leben sind vergänglich, Werke bleiben. Hüten wir uns vor Heuchelei.

Es war ein erhabener Ort, an den Manco uns führte.

Wir betraten ihn über den einzigen Zugang: eine Treppe, die sich zwischen weißen Gipfelschatten abwärts wand und sich allmählich verbreiterte, bis sie in Plattformen mündete, wo der Fels dem Erdreich wich. Dort stufte sich den Hang hinab die Stadt. Und unterhalb der Wallmauern und der gemeinen Wohnungen hingen am Berg wie runde Balkone die Pflanzterrassen, hoch über Waldschluchten und Bächen.

Normalerweise bevölkerten Priester und Sonnenjungfrauen diese dem Kult und dem Gebet geweihten Stätten. Diese aber stand leer ... Ein Fluch? Eine rätselhafte Seuche? Waren mörderische Antis eingefallen, kannibalische Stämme vom Osthang der Berge, gegen die wir uns dereinst verteidigt hatten? Manco wollte mir keine Erklärung geben, doch mußte die Stadt seit Menschengedenken verlassen stehen.

Eine geile Vegetation hatte sich genüßlich jede Ausschweifung erlaubt, überwucherte Paläste, Tempel, Häuser, erdrückte sie mit ihrer Last, versprengte ihren Samen wie ein berauschtes Tier. Zedern und Baumfarne waren in den Höfen, den Sälen gewachsen, sogar in den Wasserbecken; Bambusdickichte, Berberitzensträucher, spitzige Agavenkolonien teilten sich Plätze und Gassen, und Lianen, Brombeerbüsche, Orchideen, hundert Arten Luftwurzler machten sich auf den Dächern breit.

Zum Glück fehlte es nicht an Arbeitskräften. Alle Dörfer, auf die wir getroffen waren, hatten sich aufgemacht und unserem Zug angeschlossen.

Etliche Monate kampierten wir auf den entstrüppten Terrassen. Aber als die Wege geräumt und neu gepflastert, die Wasserleitungen wieder instand gesetzt waren, als die Mauern abgekratzt und mit feuchtem Sand geschliffen und nochmals geschliffen waren, bis sie ihre Jugend wiedergewannen, und als die großen Hauben aus hellem Stroh sich heiter in der Landschaft gruppierten, welch einen Anblick bot da unsere Stadt!

Zwischen der Ober- und der Unterstadt erstreckte sich der Intipampa, eine weite Rasenfläche, Fest- und Richtplatz, durch dessen Mitte ein Kanal floß. Das Wasser, das von den Gletschern kam, speiste Becken und Fontänen und gelangte in jeden Hof, jeden Garten. Weiter unten wässerte es die Kulturen.

In der Oberstadt lag der viereckige Inti Cancha, der heilige Platz. Dort standen sich der Palast des Hohenpriesters und der Tempel gegenüber. Zu ihren Seiten hatten die Würdenträger und ihre Familien ihre Residenzen, auch unsere Gelehrten, die Amauta. Zur Linken, ein wenig abseits, erhob sich mit Galerien und blühenden Patios Mancos neuer Palast, der Palast, den jeder Inka zu errichten pflegte, was ihm bisher aber nicht vergönnt gewesen war. Die Entdeckung riesiger Blöcke aus Porphyr und weißem Granit, die schon in Form gehauen und bearbeitet waren, vermutlich einst zu einem religiösen Monument bestimmt, hatte die Bauzeit verkürzt. Die Türen mit den schweren Stürzen aus einem Block waren überaus schön.

Die Unterstadt umfaßte neben anderen wichtigen Gebäuden Gefängnisse, die Werkstätten, wo Frauen die pflanzlichen und mineralischen Materialien zermahlten, um die Farbstoffe zum Färben der Wolle zu gewinnen, die man nebenan im großen Acllahuasi webte. Es war mit kleinen Mädchen bereits wohlversehen und wurde geleitet von den Mamacunas von Cuzco. Etwas weiter konnte man die Thermen bewundern, zehn in Stufen angelegte Bäder, wo über goldenen und silbernen Grund das Wasser rauschte.

Die Schilderung unserer Stadt, die ich absichtlich beschränkt habe, um Euch nicht durch zu viele Details zu ermüden, bleibt gleichwohl leblos, fürchte ich. Es fehlt das Wesentliche: ihr Relief. Vergeßt nicht, Pater Juan, daß die Pläne der Baumeister sich einem sehr stark geneigten Felsgrund fügen mußten. Und also muß ich Euch von den Treppen berichten. Treppen im Übermaß! Man konnte keine drei Schritte gehen, ohne daß eine dem Boden entsprang, um die Abschüssigkeiten auszugleichen. Gebäude und Plätze wurden von einem Irrgarten Tausender aus dem Stein gehauener Treppchen und Stufen gerahmt, die bald beschwingt, lebhaft, graziös, bald gravitätisch oder feierlich verliefen, immer neue Anblicke und Winkel schufen und unserer Stadt einen nicht zu beschreibenden Reiz verliehen ... Es mag unsinnig sein zu sagen, die Stadt war Musik, und doch empfinde ich es so noch heute.

Nicht lange nach unserer Niederlassung erhielt ich den Titel Mamanchic, der grundsätzlich den Coyas gebührte und nur in seltenen Ausnahmefällen einer jungen Frau verliehen wurde.

Überdies schenkte Manco mir einen kleinen Palast am Rand seiner Gärten, zwischen Orchideensträuchern.

Wir hatten uns wieder gefunden, wenn es auch nicht mehr ganz so war wie vor meiner Schwangerschaft. Zuviel Haß macht einen Mann alt.

Sobald seine Spione – er hatte sie überall – ihm einen reichbeladenen Zug auf der Nan Cuna meldeten, zog er mit einer Kriegerschar aus, überquerte im Boot den Apurimac, machte einen Überfall und tötete viele. Er kehrte mit Pferden und Waffen zurück, mit Waren und europäischen Kleidern, die er überaus liebte, und kostbaren Nichtigkeiten, die er uns schenkte. Wir fingen nichts damit an, weil wir in erbitterter Feindseligkeit alles ablehnten, was wir nicht kannten, eine ziemlich törichte Haltung, die uns in unserer Isolation aber Kraft gab.

Manco brachte auch Gefangene mit, Reisende, Händler, Soldaten. Die Soldaten ließ er leben, sie mußten Pulver herstellen und seine Krieger an den Feuerwaffen unterweisen. Wer sich weigerte, starb.

Die Hinrichtungen fanden auf dem Intipampa statt. Die ganze Stadt nahm daran teil. Bögen aus Grün wurden errichtet, Blumengirlanden verliefen längs des Kanals. Die Sitzreihen, die sich über dem Platz stuften, wurden mit Teppichen gepolstert. Da gab es Farben, Musiker, Tänzer, Mancos geliebte Jaguare, und auch wir Frauen mußten dabeisein und unsere Festgewänder zu seinen Füßen breiten.

Angekündigt vom hallenden Klang der Meeresmuscheln, der den Kriegern ins Mark ging, begann das Spektakel. Wenn es endete, erbrach ich mich. Zu sehen, wie die Gepeinigten auf einen Pfahl gespießt wurden, der ihnen zum Mund herauskam, war mir unerträglich. Mißversteht mich nicht, Pater Juan! Die Aasgeier auszurotten, die unser Land plünderten, erschien mir gerecht. Aber die unnötige Grausamkeit, die Leiden, die Folter ... Wozu?

Anfangs hatte ich es Manco gesagt.

Er hatte mich angesehen. Seine Augen waren schwarze Steine. »Wozu! Vergißt du so schnell, Asarpay? Nichts kann in meinem Gedächtnis auslöschen, was die Spanier uns in Sacsahuaman angetan haben. Sie sind schlimmer als wir! Die hier bezahlen für die anderen, die unsere Rasse vergewaltigen und schänden. Auch wir mußten bezahlen, unsere Männer, Frauen und Kinder bezahlen tagtäglich! Und was ist unsere Schuld, außer daß wir diesen Hunden zu treuherzig begegnet sind? Niemals wird mir das mehr passieren. Ich habe einen Vorteil: Sie wissen nicht, wo wir sind; aber ich weiß, wo und wann ich sie treffe. Wenn sie sich nicht mehr auf die Straßen trauen, nicht mal mehr in den Städten, wenn sie endlich begreifen, daß sie klüger daran tun, ihr Leben zu retten, als für eine Handvoll Gold zu sterben, dann werden sie sich einschiffen, und das Reich kann neu erstehen. Das ist mein Krieg. Er ist nicht ehrenvoll. Aber haben sie mir eine Wahl gelassen?«

Da Manco mehr unterwegs als daheim war, widmete ich die Zeit, die sonst ihm gehört hätte, meiner Tochter.

Ich war keine vorbildliche Mutter. Ich verwöhnte sie, wie ich nur konnte.

Wenn Zara schelmisch zwinkerte, schmolz ich, löste die Bänder, die sie an ihre Wiege fesselten, und nahm sie in die Arme, verschlang sie mit meinen Küssen und weidete mich an dem Geruch ihres zappelnden kleinen Körpers.

Wenn Qhora uns dabei überraschte, schimpfte sie.

»Das darfst du nicht, das verbieten die Gesetze. Davon bekommt sie schlaffe Gliedmaßen, du machst noch ein forderndes, plärriges Gör aus ihr. Ich glaube nicht, daß deine Mutter sich je erlaubt hat ...«

»Arme Frau! Höchstens hat sie mich zwischen ihren Knien gerollt, wenn sie mich lauste ...! Das ist aber auch der einzige Liebesbeweis, der mir von ihr geblieben ist.

Ich will, daß meine Tochter mich liebt, sie soll sich später erinnern können, daß sie eine Mutter hatte.«

»Wenn das der Inka wüßte!«

»Der Inka? Er macht sich so wenig aus Zara.«

Qhora seufzte.

»Ja, ein Mädchen, das kann nicht kämpfen, also zählt es auch nicht.«

Ich seufzte auch.

Daß er die anderen vernachlässigte, diese ewigen Neugeborenen, die dem Rausch oder einem kurz aufgeflammten Begehren entsprungen waren, das verstand ich. Aber Zara, ein in Liebe empfangenes Kind, meine Tochter, wie konnte es sein, daß er nie einen Blick, eine Geste für sie hatte?

Unser Leben ging nach dem majestätischen Zeremoniell des alten Hofes weiter, unterteilt vom Gesang der Sonnenjungfrauen, von den Beschwörungen der Priester, den religiösen Festen und dem Reigen der Jahreszeiten, in dem Kokablatt und Mais wuchsen und sich mehrten, die fette Papa* in der Erde ihre Knollen bildete, die schweren duftenden Glocken der Daturas erblühten, die Orchideen und die Kantutas aufbrachen und tausend andere Blumen, deren Name Euch nichts sagt.

Trotz gewisser Erschütterungen war diese Periode nahezu, was sie in meiner Erinnerung bleibt: eine gesegnete Zeit unter anderen ...

Ihr entsinnt Euch gewiß, Pater Juan, daß Almagro nach unserem Aufbruch von Ollantaytambo unsere Stadt Cuzco den Pizarros, Hernando und Gonzalo, entrissen hatte? Unsere Spione nun meldeten, daß Gonzalo und Villalcázar aus der Festung Sacsahuaman ent-

* Die Papa oder Kartoffel wurde einzig im Inkareich angebaut. Von dort kam sie nach Europa und wurde erst danach in andere Gebiete Amerikas exportiert.

kommen waren und daß Almagro sich schließlich bereit gefunden hatte, Hernando freizulassen.

»Mit allen Pizarros gegen sich ist Almagro verloren«, sagte Manco. »Sie wollen Cuzco, sie werden es kriegen, und obendrein die Haut des Einäugigen.«

Genau das geschah im darauffolgenden Frühling. Die Erde tränkte sich mit dem schönen roten Blut Eurer Landsleute und lag voller Seide und Samt, Stahl und Leichen. Hernando in seinem Zorn besiegte Almagro.

Als die Schlacht geschlagen war, stürzten unsere Leute, die von den Höhen den brudermörderischen Totentanz genossen hatten, von den Hügeln herab und ließen die Gefallenen nackend zurück. Die Totenwäsche überließen sie den Geiern.

Der kranke, gichtgeplagte und von langjähriger Syphilis ausgezehrte Almagro wurde abgeurteilt und im Kerker erdrosselt. Den Leichnam enthauptete man auf dem großen Platz zu Cuzco. Dann warfen sich Hernando und seine Offiziere in Trauerkleider und bestatteten ihn sehr christlich.

Als Manco erfuhr, was geschehen war, betrank er sich. Ich glaube, auch wenn er es nicht zugab, er bereute, daß er Almagros ausgestreckte Hand verschmäht hatte, und er bewahrte dem Einäugigen noch immer einen Rest von Zuneigung.

In jener Nacht sah ich im Traum Martin de Salvedra. Er war hier, in unserer Stadt, und umarmte mich. Der Traum war mir ein Rätsel. Martin hatte mich körperlich nie angezogen. Zugleich war ich erleichtert: ich glaubte nun fest, Martin sei dem Untergang entronnen.

Nach Almagros Tod trieb es Manco noch wilder. Daß Cuzco aufs neue in der Hand der Pizarros war, machte ihn rasend. Er vervielfachte die Strafexpeditionen, wagte sich immer weiter vor, ohne auf Gefahren zu achten. Seine Verwegenheit trug ihm mehrere Rückschläge ein. Bei der Heimkehr hielt er sich an den Gefangenen schadlos, berauschte sich mit Chicha und verbrauchte eine Menge Frauen, sehr junge, schöne und auch nicht schöne. Auf die Zahl kam es an, um sich von seinem Haß zu leeren, aber der Haß blieb und zehrte ihn aus wie ein böses Tier.

Ich war es leid, Pater Juan!

Leid der Lage, in der Manco sich verschanzte, leid zu zittern, wenn er aufbrach, leid der barbarischen Genüsse bei seiner Rückkehr, die für ihn die Exekutionen darstellten. Sich an Blut zu weiden ist nicht eben das Glück für eine Frau!

Und ich drehte mich im Kreis, entdeckte, daß diese Stadt, das teure Sinnbild unserer Freiheit, in Wahrheit ein Gefängnis war, dem nur meine Gedanken wie Vögel entfliehen konnten. Sie ließen es sich nicht nehmen.

In der gegenwärtigen Situation erschien mir eine Rückeroberung des Reiches aussichtslos. Manco und ich hatten einst daran geglaubt. Ich glaubte nicht mehr dran. Und er? Er hatte großen Edelmut und einen ungeheuren Heroismus aufgebracht, sich den Conquistadoren entgegenzustellen, ihre Regeln abzulehnen und, koste es was es wolle, den schönen Teil unserer Seelen zu bewahren. Aber der Kampf, den er jetzt führte, war nur noch blindwütiger, mörderischer Widerstand, eine fast animalische Erbitterung, einzig darauf versessen zu beißen.

Da keine kriegerische Trunkenheit mich beseelte, wandte ich mich dagegen: Warum konnte man, anstatt sich an Alpträume wie an Träume zu klammern, nicht die Augen auftun, sich der Wirklichkeit stellen und versuchen, daraus Nutzen zu ziehen?

Im Lauf der vergangenen Jahre hatten die Spanier zu viele Bündnisse mit den Vertretern unserer Rasse geschlossen. Sie hatten sich längst haltbar eingenistet, sie waren zu zahlreich, das Kräfteverhältnis stand zu ihren Gunsten. Allerdings mußten sie mit uns rechnen, und Mancos Aktionen störten ihre Pläne erheblich. Daher begann Pizarro gewisse Gerüchte auszustreuen, denen zufolge er bereit wäre, sich mit uns zu einigen, wohl wissend, daß die Botschaft uns zu Ohren käme.

Als unsere Spione uns diese Friedensangebote zum erstenmal übermittelten, biß Manco vor Wut in seinen Mantel. Wenige Tage darauf fand Pizarro im Patio seines Palastes in Lima eine ganze Anzahl blonder und roter, frisch abgeschlagener Köpfe ...

Da ich noch einigen Einfluß auf Manco hatte, bemühte ich mich, ihn umzustimmen. Wenn er vortäuschte, dem Anerbieten des spanischen Hofes zu glauben, könnte er wieder Kontakt zu den Provinzen aufnehmen, die von uns abgefallen waren. Und ich sagte: »Wer mit Saatkorn geizt, der erntet nicht. Wenn wir uns verpflichten, Pizarros Verträge mit den Stammesfürsten anzuerkennen, verbünden sie sich wieder mit uns. Was immer wir sind, nie schlägt unser Herz für einen Weißen! Außerdem ... Morgen ist nicht gestern. Du hast jetzt eine beträchtliche, disziplinierte und gut organisierte Armee. Du kennst die Spanier und ihre Taktik. Schließen wir uns zusammen, und wir schlagen sie!«

Was Manco letztlich in seiner Entscheidung beeinflußte, war die Abreise Gonzalo Pizarros.

Gonzalo, der vom Charakter her zu tollkühnen Abenteuern neigte, hatte es sich in den Kopf gesetzt, das »Zimtland« zu entdecken. Ihr wißt ja, Gewürze stehen in Euren Ländern im Wert so hoch wie Gold und sind teurer als Smaragde und Perlen. Gonzalo segelte also in den grünen Ozean jenseits der Osthänge unserer Anden, einen sumpfigen Urwald, wo es von Raubtieren, Schlangen, Kannibalen wimmelte und von wo noch nie einer zurückgekehrt war.

Was die anderen Pizarros angeht ... Juan hatte während der Belagerung von Cuzco der Tod hinweggerafft, Hernando war in Spanien. Blieb also nur Francisco, der Statthalter oder Marqués, wie Ihr wollt. Diesen mächtigsten Pizarro haßte Manco am wenigsten, das Bild des alten Mannes stand außerhalb der erlittenen furchtbaren Demütigungen.

Nachdem er sich mit den Göttern beraten, einige Sonnenjungfrauen geopfert und die Orakel befragt hatte, die sich vermittels der Stimme des Hohenpriesters günstig aussprachen, antwortete Manco auf Pizarros Botschaft.

Als Ort der Zusammenkunft wurde der Eingang des Yucaytals bestimmt.

Die Diener hatten ein dichtes, weiträumiges, sehr schönes Laubgewölbe errichtet und durch die Kokafelder einen Weg aus Schilf und Blumen gebahnt, auf dem Pizarro eintreffen sollte.

Manco saß auf einem niedrigen Thron. Das helle Licht spielte auf seinem Umhang aus Kolibrifedern. Ich selbst hatte ihm die große Silberscheibe, die auf seiner Brust glänzte, und die smaragdbesetzten Kniebänder angelegt. Eine Goldmaske verbarg seine Gedanken.

Ich stand in meiner Eigenschaft als Dolmetscherin zu seiner Rechten. Hinter ihm reihten sich auf einem reichen Mosaikteppich die Priester und seine Anverwandten. Vor ihm kauerten seine schönsten Frauen, übersät mit Juwelen, wie er es befohlen hatte, und fügten ihre Lieblichkeit in das vor Farben, Federn, Stickereien und tausenderlei Zierat prangende Bild.

Während Manco auf Pizarros Ankunft wartete, verlangte er ein Mahl. Matten wurden ausgebreitet, und schon erschienen heiße Suppen, gebratenes Wild, Gemüse und Früchte.

Vom Lager her ertönte Kindergeschrei. Manco hatte seinen ganzen Hausstand mitgebracht. Zara war dabei. Qhora hütete sie. Meine Tochter war jetzt vier Jahre alt. Man sah, sie wuchs zu einer Schönheit heran ... Danke für das Kompliment, Pater Juan. Sosehr Ihr Euch auch dagegen verwahren mögt, steckt hinter dem Gottesmann doch immer der Charmeur ... Ja, Zara war mir ähnlich, aber launenhaft, aufbrausend, kurz, schlecht erzogen, und ganz sicher durch meine Schuld. Sagt, was Ihr wollt, diese erlesene Wildpflanze in ein häusliches Gewächs zu verwandeln, nein, wahrhaftig, dazu konnte ich mich nicht entschließen, ich hätte mich selbst verleugnet. Und da sie so schelmisch, so bezaubernd sein konnte, wie beteten wir sie insgeheim an. Aber ich schweige. Glückliche Erinnerungen zu berufen ist das Traurigste, was es gibt.

Manco kostete eben von einem Erbsengemüse, gewürzt mit Kräutern, die man nur im heiligen Tal findet und die ich für ihn hatte pflücken lassen, als einige Krieger unserer Vorhut gelaufen kamen: ein Trupp Spanier, von Indios begleitet, nähere sich.

In einem Gefunkel von Stahl und Brokat trafen sie auch schon bald ein. Sie hielten in einem Abstand. Zwei von ihnen saßen ab. Sie kamen mit ihrem Dolmetscher, zertraten die rosa und malvenfarbenen Orchideen, den blauen Salbei und die Blätter auf ihrem Weg. Nach ihnen führte ein Soldat ein entzückendes kleines Pferd am Zügel, einen Apfelschimmel mit Sattel und Zaumzeug aus scharlachrotem Leder.

Seit fast fünf Jahren hatte ich Villalcázar nicht mehr gesehen, doch war er keiner von denen, die man vergißt. Seine Gegenwart erstaunte mich. Ich hatte ein ungutes Vorgefühl.

Er und sein Gefährte, Alonso Medina, ein Edelmann aus Pizarros Gefolge, verneigten sich vor Manco. Dann sprach Villalcázar, seinen Dolmetscher übergehend, mich in einem Ton an, als wären wir uns erst am Vorabend begegnet. Es war ein Affront. Unsere früheren Beziehungen derweise hervorzukehren konnte Manco nur verstimmen. Doch wie ich Villalcázar kannte, hatte er es absichtlich getan.

»Dich wiederzusehen ist immer ein Vergnügen. Du siehst wunderbar aus ... Das Pferd ist ein Geschenk des Marqués. Er bittet den Inka, es als Freundschaftspfand anzunehmen.«

Obwohl ich mein Kastilisch durch Gespräche mit unseren Gefangenen geübt hatte, übersetzte ich stockend. Die Worte wollten sich mir nicht fügen. Verwirrt spürte ich, daß Manco starr war vor Empörung.

»Sage diesen Männern«, sprach er, »daß auch ich ein Geschenk mitgebracht habe, aber daß ich es mit meinem Dank für seine Aufmerksamkeit nur in Pizarros eigene Hände legen werde.«

Wieder verneigte sich Villalcázar.

»Der Marqués ist unpäßlich. Er hat uns beauftragt, die Verhandlungen aufzunehmen. Wenn wir zu einer Übereinkunft gelangt sind, wird er sich herbemühen, sie zu unterzeichnen und sich mit dem Inka gegebenenfalls über die Punkte zu verständigen, die offenbleiben sollten.«

»Das war nicht vereinbart«, sagte ich.

Villalcázar lächelte.

»Der Marqués hat es so verfügt.«

»Der Inka will nur mit ihm verhandeln. Er wird gekränkt sein.«

»Begnüge dich bitte zu übersetzen.«

Ich wandte mich zu Manco.

Seine Reaktion erfolgte unmittelbar, genau so, wie ich sie befürchtet hatte. Er erhob sich und versetzte den goldenen Schüsseln vor ihm einen Fußtritt.

»Sprache von Schlangen und Herzen von Verrätern! Der Inka verhandelt nicht mit Männern, die vor Pizarro den Rücken beugen, der Inka verhandelt nur von Fürst zu Fürst. Diese Männer sollen verschwinden, sonst töte ich sie. Die Audienz ist beendet.«

Villalcázar hob die Hand zum Zeichen der Beschwichtigung.

Manco brüllte.

»Und sag dem da, er soll sich nie mehr unter meine Augen wagen, sonst mache ich aus seinen Därmen Sehnen für meine Schleuder.«

Dann setzte er sich wieder, kreuzte die Arme.

Ich übersetzte.

Villalcázar glättete seinen Filzhut. Er lachte.

Ungewollt bewunderte ich seine Verwegenheit. Wir hatten Tausende Krieger bei uns, bereit, ihn zu überwältigen und in Stücke zu hacken, und er wußte es durchaus.

»Ich habe den Marqués gewarnt«, sagte er. »Der ›Indier‹ ist ein Affenkopf. Den kriegt man nur klein als Toten ... Bis bald, meine Allerschönste.«

»Hast du nicht gehört, was der Inka gesagt hat? Er tötet dich, wenn du noch einmal vor ihm erscheinst.«

»Keine Sorge. Bei unserem nächsten Wiedersehen ist er nicht dabei.«

Er entbot Manco einen sehr förmlichen Gruß. Alonso Medina tat es ihm nach, und sie gingen. Der Dolmetscher und der Soldat waren schon weit.

Das erste, was Manco hierauf befahl, war, das hübsche kleine Tier an einem Baum aufzuhängen.

Schweigend wohnten wir der Exekution bei. Wir standen versteinert, befürchteten weitere Zornesausbrüche. Als das Tier aber mit den letzten Zuckungen verendet war, verlangte er lediglich ein frisches Mahl.

Die Frauen räumten eilends die Matten fort, über die sich der restliche Inhalt der Schüsseln ergossen hatte. Matten wie Speisen wanderten ins Feuer. So war es geboten. Was auch immer der Inka berührt hatte, ob Speisen oder Gewänder, es wurde nach dem Gebrauch zu Asche, die Asche wurde in Körben gesammelt und einmal im Jahr in alle Winde gestreut.

Während die Frauen eifrig schafften, berief Manco seine Hauptleute zu sich und verkündigte ihnen, das Lager werde abgebrochen. Er sagte es in fröhlichem Ton, und auf einmal begriff ich, daß ihm Pizarros Fernbleiben ganz recht gekommen war. Daß er sogar darauf gehofft hatte und in das Treffen viel mehr eingewilligt hatte, um seinem Stolz zu genügen, indem er sich in allem Gepränge zeigte, als um über einen Frieden zu verhandeln, der seinem Wesen zuwider war. Diese Feststellung verletzte mich.

Er aß mit bestem Appetit, trank dann drei Becher Chicha und zog sich mit zwei reizenden Jungfrauen zurück, die ihm ein Curaca auf dem Herweg dargeboten hatte.

Wenigstens konnten wir nun unsere Glieder lockern. Im Lager wurde schon zum Aufbruch gerüstet.

Mein Zelt lag auf den Höhen, unweit von Mancos Zelt. Es war noch nicht abgebaut. Ringsum sah ich Diener und meine Qhora, die wild gestikulierte. Sie hielt inne, als sie mich erblickte, brach in Schluchzen aus, warf sich mit dem Gesicht zu Boden, richtete sich auf. Ihr Gesicht war grau, ihre Augen schreckensweit.

»Qhora!« schrie ich, »was ist denn?«

Ich blickte mich um.

»Wo ist Zara?«

Sie gab keine Antwort.

»Wo ist Zara?«

»Sie haben sie geraubt, sie haben das Kind geraubt ...«

Ich packte sie, schüttelte sie.

»Geraubt! Was redest du?«

Und da Qhora stumm blieb, stumpfsinnig schluchzte, an ihren Tränen würgte, tat ich, was ich noch nie getan hatte, ich schlug sie.

»Es waren zwei Männer ... zwei Männer, anscheinend Unsrige«, sagte sie. »Ich kämmte Zara, als sie ins Zelt traten, ich dachte, sie holen deine Sachen ... Ich hatte alles gepackt, weil es hieß, wir brechen auf ... Sie haben mich niedergeschlagen. Als ich zu mir kam, war Zara nicht mehr da. Zuerst dachte ich ... Sie ist doch so verspielt! Aber draußen war sie nicht, die Diener hatten sie nicht gesehen, und ihre Decke war verschwunden. Sie werden sie hineingerollt und weggeschleppt haben. Wer hätte sie in dem Durcheinander bemerkt! Ich wollte es dir gerade melden ... Unsere Blume, unser Täubchen ...«

Ich ließ sie jammern und versuchte, klar zu denken. Zara geraubt? Warum? Von wem? Es ergab alles keinen Sinn. Und plötzlich fiel mir ein, wie der kleine Titu Cusi entführt worden war, Mancos Liebling ...

Qhora zerrte an meinem Rock.

»Sie haben das Ding hier an meine Brosche gespießt. Vielleicht verstehst du, was es heißt.«

Ich riß ihr das »Ding« aus den Händen. Ein Stück Papier. Darauf Schriftzeichen, wie die Weißen sie schreiben. Ich rannte los.

Man begann die Lamas zu beladen. Die Zelte fielen eins nach dem anderen. Die Krieger sammelten sich. Ich sprach einen an, befragte ihn und rannte weiter den Hang hinunter, ohne Rücksicht auf mein Bein.

Die spanischen Gefangenen standen, einen Strick um den Hals, die Beine gefesselt, an einen Baumstamm gebunden. Ich trat in den kühlen Schatten und streckte einem das Papier hin.

»Lies!« sagte ich.

Es war ein blutjunger Bursche, ein Schneiderlehrling, der zu seinem Unglück sich in einem Zug befunden hatte, den Manco überfiel. Als er in unserer Stadt anlangte, sah er aus wie ein Mädchen, blond und sanftmütig. Jetzt war er dürr, vom Fieber ausgezehrt, und seine Brauen hingen herab. Nie hatte er eine Waffe geführt, war aber geschickt mit der Nadel. Manco hatte ihn zur Pflege seiner europäischen Kleider angestellt. Er erinnerte mich entfernt an Martin de Salvedra. Von Zeit zu Zeit steckte ich ihm ein paar Kokablätter und ein bißchen Fleisch zu.

»Lesen ist nicht meine Stärke«, sagte er. »Zum Glück ist es kurz.«

»Was steht auf dem Papier geschrieben?«

Stotternd las er: »Wenn du deine Tochter willst, komm sie in Cuzco holen. Allein. Bartolomé.«

Ich lief wieder hinauf, zu Mancos Zelt.

Eines der Mädchen lag schlaff in einem Winkel, das andere, die Tunika geschürzt, unter ihm. Ich kauerte mich hin, wartete, bis Manco fertig wäre. Meine Gedanken drehten sich im Kreis, zerflatterten, ohne daß ich einen zu fassen vermochte. Mir tat alles weh. Zu denken, daß Zara ... Pater Juan! es war, als hätte man mich mittendurch geschnitten!

Ich zwang mich zur Ruhe. Manco würde entscheiden. Er würde wissen, was zu tun sei.

Das Mädchen schrie zum erstenmal als Frau. Mancos schwerer, prächtiger Körper bedeckte sie, nur ein Bein war, zierlich und braun, über das Lager gestreckt.

Manco löste sich von ihr, drehte sich um, sah mich.

Die Kleine auch. Ein Wink von ihm, und sie richtete sich auf, schlug ihre Tunika herunter und entfloh, eine kleine Gestalt unter einer Flut von Haaren. Die andere folgte ihr.

Ich beherrschte mich. Es wäre verfehlt gewesen, Manco mit tränenschwerer Stimme anzusprechen. Laut und klar mußte ich sein, als verstünde es sich von selbst, daß vom Vater die Hilfe käme, die mir meine Tochter wiedergeben konnte. Aber mit einemmal war ich mir dessen nicht mehr so sicher ...

Ich näherte mich dem Lager.

Manco erhob sich.

»Was willst du?«

Sein Ton war nicht eben liebenswürdig.

Dabei kannte er mich zur Genüge und wußte, daß ich nie, selbst in der Blüte unserer Liebe nicht, wegen seiner Lustbarkeiten würdelos gegrollt hatte, die schließlich nur eine Art unter anderen sind, den Körper von Erregungen zu reinigen. Ich mußte schon einen sehr ernsten Grund haben, wenn ich ihn störte.

Ich sprach, zeigte das Papier.

Er sagte nichts.

»Schickst du Krieger aus?« fragte ich. »Die Indios, die Zara in Villalcázars Auftrag entführt haben, können noch nicht weit sein.«

»Sie haben Pferde, sie sind weit. Krieger ausschikken? Begreifst du nicht, was das bedeutet? Es ist eine Falle! Um unseren Aufbruch hinauszuzögern, Kräfte zu sammeln, uns zu umzingeln, mich gefangenzunehmen! Die Hunde sind zu allem fähig.«

»Das glaube ich nicht. Villalcázar kann sich nicht damit abfinden, daß ich ihn verlassen habe.«

»Nach so langer Zeit? Nimmst du dich nicht zu wichtig?«

Ich war in zu großen Ängsten, um beleidigt zu sein.

»Manco, was wirst du tun?«

»So schnell wie möglich abziehen, hoch in die Berge.«

»Und Zara ... Zara!«

Manco zuckte die Achseln.

»Da ist nichts zu machen.«

»Du hast sie nie geliebt!« schrie ich. »Sie ist Fleisch von deinem Fleisch, aber dir gilt sie nicht mehr als eine Handvoll Gras!«

»Asarpay ...«

Ich fiel ihm zu Füßen.

»Ich flehe dich an! Wenn du es nicht für sie tust, tu es für mich.«

»Du machst mir Vorwürfe ... Was habe ich getan, als die Spanier Titu Cusi verschleppten? Ich habe abgewartet. Zu einem günstigen Augenblick haben die Unseren ihn zurückgeholt. Auch für deine Tochter wird die Zeit kommen. Man muß warten.«

»Warten! Titu Cusi kam nach zwei Jahren wieder ... Zwei Jahre! Zwei Jahre warten, vielleicht noch länger, und wer sagt uns ... Titu Cusi hatte seine Mutter bei sich, aber Zara ... so klein, so allein zwischen Menschen, deren Sprache sie nicht versteht! Wer sorgt für sie? Wer ist für sie da, wenn sie friert oder Hunger hat oder Angst ...«

Mit meiner Beherrschung war es vorbei.

Die Seele anderswo, mit jenem Ausdruck, den man an ihm kannte, wenn seine Entschlüsse gefaßt waren, begann Manco sich anzukleiden.

Mir dröhnte der Kopf wie eine Glocke. Der Gewohnheit gehorchend, stand ich schluchzend auf, um seinen Lendenschurz zu schließen, als plötzlich ein Gedanke mir die Augen trocknete. Ich ließ den Stoff fahren und suchte Mancos Blick.

»Wenn du nichts tun willst ...«

»Ich kann nichts tun.«

»Aber ich kann. Ich gehe nach Cuzco und hole Zara zurück.«

»Nach Cuzco gehen! Bist du verrückt? Sie fangen dich, foltern dich, bis du ihnen sagst ...«

»Was denn? Wo unsere Stadt liegt? Ich habe die Reise in geschlossener Sänfte gemacht. Ich weiß nicht, wo die geheimen Tunnel und Pässe sind. Ich kenne nur die Straße, die zum Berg führt. Und die kennt jeder: sie wird ständig von deinen Kriegern bewacht.«

»Du weißt nichts, aber wissen die das?«

»Ist mir egal! Die wirkliche Folter ist, an Zara zu denken, wie allein sie ist, ohne mich, und nichts zu tun.«

»Du gehst nicht, ich verbiete es dir. Der Inka verbietet es dir.«

Ich hatte dem Mann zuviel gegeben, um den Gott zu fürchten.

»Ich gehe«, wiederholte ich.

»Du gehst nicht.«

»Ich gehe.«

Er streckte die Hand aus.

»Ich müßte dich töten.«

»Tu es. Es kostet dich weniger, als mir meine Tochter wiederzugeben.«

Manco begann zu schreien.

»Wenn du gehst, wenn du zu diesem Mann gehst, dann komm nie zurück! Und wenn er dich dem Henker ausliefert, rechne nicht mit unserer Hilfe. Nicht *du* gehst – *ich* verjage dich.«

Ich legte die Kleider einer Dienerin an, flocht meine Haare wie die Frauen aus dem Volk, versah mich mit einer Decke, ein wenig Dörrfleisch, ein paar Maiskolben, verbarg meine Kokatasche und meine Smaragdkette unterm Gewand und nahm Abschied von Qhora und

Inkill Chumpi. Qhora bettelte sich heiser, wälzte sich am Erdboden, ich ließ mich nicht erweichen, sie mitzunehmen.

Gegen Abend traf ich auf spanische Caballeros. Ich sah auch einen Zug, der einem Curaca voranschritt, der sich in einer prächtigen Sänfte spreizte. Aber er war nur der Sklave der ersteren. Die Feldbauterrassen, die wie Freitreppen an den Talhängen niederstiegen, wirkten gut unterhalten. Es war Mai. Die meisten Felder waren schon abgeerntet. Ich schloß mich einer Gruppe von Männern und Frauen an, Bauern, die nach Cuzco gingen. Sie waren weder gesprächig noch neugierig. Abends entzündeten sie ein Feuer. Die Frauen kochten eine dicke Suppe aus Quinuamehl. Ich steuerte ein paar Scheiben Charqui bei. Und wir betteten uns in einer Erdkuhle.

Müdigkeit vertrieb die Verzweiflung. Ich schlief ein, Zaras Gesichtchen unter den Lidern, beim Erwachen würde sie gleich wieder um mich sein. Ich vermied es, an Villalcázar zu denken. Der Wunsch, ihn umzubringen, hätte meine ganze Kraft verschlungen. Später! Fürs erste, sofern sich keine andere Möglichkeit bot, Zara zurückzubekommen, war ich zu allem, was er wollte, bereit. Er hatte es beim Namen genannt, als wir uns damals bei Hernando Pizarro begegneten, während Manco in Sacsahuaman gefangensaß: »Jegliches hat seinen Preis.«

Unser Weg führte unterhalb meines Palastes entlang. Ein Spanier in weißem Filzhut und granatfarbenem Samtmantel erklomm zu Pferde den Berghang. Zwei Neger folgten ihm neben einem Karrenwagen, den vier mit Pompoms und Schellen gezäumte Maulesel zogen.

Die Bauern, in deren Gesellschaft ich mich befand, redeten über Marcha Vichay. Aus ihrem Ton klangen

Respekt und Furcht. Mein Canari war eine Persönlichkeit geworden und gebot über einen Teil des Tals.

Gern wäre ich zu meinem Palast hinaufgestiegen, aber ich widerstand. Zara zog mich vorwärts.

Am vierten Tag gegen Mittag betrat ich Cuzco.

Es ist etwas Sonderbares, Pater Juan, an einem Ort, an dem man gelebt hat und dessen Bild die Erinnerung verehrt, sich vollkommen fremd zu fühlen.

Ich erkannte unsere Stadt nicht wieder! Sie war in die Höhe gewachsen, trug andere Farben, hatte alle Majestät eingebüßt. Über den steinernen Mauern unserer Paläste und Tempel, die dem großen, von Manco gelegten Brand widerstanden hatten, erhoben sich Putzfassaden, weiß, ockerfarben, rosa, hellgrün oder blau, von frivolen Fenstern mit schmiedeeisernen Schnörkeln durchbrochen. Manche hatten drei Stockwerke, ich sah es verstört. Diese aufstrebenden, schwindelerregenden Bauten, die uns den Himmel verbargen, trugen seltsame geschwungene Dächer. Wo waren unsere edlen, ebenerdigen Perspektiven hin, wo unser blondes Stroh, wo befand ich mich? In einer gestorbenen Stadt. Auf ihre Gebeine, auf meine Erinnerungen hatten die Spanier ihre Stadt gestellt.

Wie eine Schlafwandlerin gelangte ich zur Huacaypata ... Verzeihung! Zur Plaza Mayor. Ich trank am Brunnen, erfrischte mein Gesicht, meine Kleider. Ich löste meine Zöpfe und kämmte mich. Aber ich setzte mich nicht, ich wäre nicht mehr hochgekommen.

Als ich nach dem Haus von Bartolomé Villalcázar fragte, wiesen zehn Arme auf eine der in den Platz mündenden Straßen, und von fern erblickte ich das kostbare Spitzenwerk aus geschnitztem Holz, das als Balustrade um das erste Stockwerk lief.

Zu denken, daß dort mein kleines Mädchen sein

könnte ... Mir klopfte das Herz, ich vergaß meine blutenden Füße und lief los.

Ein hohes, silberbeschlagenes Portal fügte sich unter dem granitenen Türsturz, einem Rest der Vergangenheit, in die Fassade. Ein Flügel war angelehnt. Ich schlüpfte hindurch.

Unnütz, Pater Juan, Euch die gedielte Halle zu schildern, ihr wuchtiges Mobiliar, die Treppe mit dem schönen Zedernholzgeländer, Ihr kennt das Haus, denn dort empfing ich Euch ... Nein. Fragt nicht, wie ich zu dem Besitz kam, und drängt jetzt nicht, es zu erfahren, es wird Euch nicht gefallen. Beiben wir zur Stunde bei der Frau, die ich war, eine arme, erschöpfte junge Frau, die ihr Kind wiederhaben will.

In der Halle zögerte ich. Mich verwunderte, daß sich keine Dienerschaft zeigte. Hinten sah ich in einen Hof, wo angebunden Pferde standen. Ich nahm die Treppe. Meine Knie zitterten. Diese sich in die Höhe schwingende Stufenfolge hatte nichts mit den Treppen unserer Stadt gemein, die direkt dem Felsen entsprangen.

Rechts von der Treppe stand eine Tür offen. Heraus drang monotones Gemurmel. Vorsichtig trat ich näher. Mitten im Raum erstreckte sich auf einem schwarz verhangenen Sockel einer dieser entsetzlichen langen Holzkästen, in die Ihr Christen Eure Toten sperrt. Kerzen vergoldeten mit ihren Flammen einen blonden Frauenkopf, der auf einem seidenen Kissen ruhte. Es war die erste weiße Frau, die ich je sah. Krankheit oder Tod hatten ihr Fleisch geschmolzen. Die tief bleiche Gesichtshaut umkleidete eine zerbrechliche, kindliche Knochenform. Die über einem Kruzifix gefalteten Hände waren nicht mehr jung.

Das Kerzenlicht verbannte die Anwesenden ins Dunkel. Undeutlich erkannte ich an Einzelheiten der Gewänder, daß dort mehrere Spanier standen, dann zwei

Geistliche, die ihren Rosenkranz beteten, und dahinter knieten eine ganze Anzahl Indios beiderlei Geschlechts, die mit erheuchelter Inbrunst zu dem fremden Gott beteten, der sie ernährte.

Villalcázar war nicht da.

Ohne mir dessen bewußt zu sein, war ich vorgetreten. Plötzlich fühlte ich die auf mich gerichteten Blicke, und ich lief hinaus.

Auf halber Treppe hörte ich eine Stimme meinen Namen flüstern. Ich wandte mich um. Es dauerte einige Sekunden, bis ich in der ausgemergelten, verwüsteten Gestalt, die da herunterkam, das liebe Bild Martin de Salvedras erkannte.

»Kommt«, sagte er.

Im Erdgeschoß betraten wir einen kleinen Raum. Er schloß die Tür.

»Martin, was macht Ihr hier? Wo ist Villalcázar?«

»Beim Bischof. Wegen der Beerdigungsfeier.«

»Wer ist die Tote? Jemand aus seiner Familie?«

»Seine Frau.«

»Seine Frau? Er sagte doch, er sei nicht verheiratet! Aber gleichgültig! Martin, wißt Ihr, wo ...«

»Beruhigt Euch, Eurer kleinen Tochter geht es gut.«

»Martin ...«

»Sie ist auf einem Gut in der Umgebung, das Villalcázar gehört ... Asarpay, ich bin so sehr erleichtert, daß Ihr gekommen seid! Wenn ich mir Eure Angst vorstellte ... Aber was konnte ich tun, ausgestoßen, wie ich bin. Seit Almagro tot ist, lebe ich in Lima mit Diego, seinem Sohn, und einigen Gefährten. Ein Leben wie von Aussätzigen. Nichts wie Schikanen, Demütigungen! Aber Pizarro wird dafür büßen. Er wird büßen, ich schwöre es. Entschuldigt, ich lasse mich gehen ... Damit habt Ihr nichts zu tun. Ihr seid nicht hier, um meine Klagen anzuhören ...«

»Ich habe oft an Euch gedacht«, sagte ich. »Martin, wo liegt das Gut von Villalcázar?«

Er nahm meine Hand.

»Wie viele Jahre haben wir uns nicht gesehen? Fünf Jahre ... sechs?«

»Sechs Jahre. Vor Eurer Abreise nach Chile.«

Er ließ meine Hand los, seufzte.

»Eine Ewigkeit! Ich habe ein Pferd, ich bringe Euch hin.«

»Ich wollte Euch keine Schwierigkeiten machen.«

»Mir Schwierigkeiten machen? Villalcázar und ich reden nicht mehr miteinander. Wenn meine Schwester mich nicht gerufen hätte, als sie ihr Ende nahen fühlte ... Sie nämlich hat mir die Geschichte mit Eurer Tochter erzählt. Welch eine Niedertracht! Und ich glaubte, mich könnte seitens der Menschen nichts mehr in Erstaunen setzen ...«

»Eure Schwester?«

»Meine Schwester war die Frau von Villalcázar.«

»Eure Schwester? Oh! ich bin untröstlich, Martin! Warum habt Ihr mir nie gesagt, daß Villalcázar mit Eurer Schwester verheiratet war?«

»Mich an diese Heirat zu erinnern war mir immer zuwider. Sie war das Werk meiner Schwester, und entgegen allem, was Ihr vielleicht denkt, spielte Villalcázar dabei nicht die Schurkenrolle.«

»Woran ist sie gestorben?«

»Seelenleid. Das läßt sich nicht heilen. Brechen wir auf, bevor er zurückkommt.«

* * *

Wir verließen Cuzco in Richtung Süden.

Martin hatte mir eine Mantille seiner Schwester gegeben, die mich verhüllte. Ich saß seitlich vor ihm.

Seine Arme umschlossen mich, und ich hielt mich mit beiden Händen an der Mähne fest. So großen Schrecken mir das mächtige Tier auch einflößte, ich fühlte mich zum erstenmal seit Zaras Entführung weniger elend.

»Ist es noch weit?« fragte ich immerzu.

»Noch ein bißchen.«

Martin blieb schweigsam.

Auf einmal bog er von der Straße ab und schlug einen Landweg ein. Bis zu den Vorläufern der Berge erstreckten sich Äcker mit rostrotem Stroh. Auch dort war die Ernte eingebracht.

»Dies ist das Gut«, sagte Martin.

»Wie ist Villalcázar dazu gekommen?«

»Als Almagro, von Chile zurück und nachdem seine Verhandlungen mit dem Inka gescheitert waren, sich Cuzcos bemächtigt hatte, verteilte er die Ländereien neu, die Pizarro den Seinen gegeben hatte. Dieses Gut bekam einer seiner Hauptleute, ich war oft hier. Und nach Almagros Niederlage und seiner Hinrichtung nahm Pizarro uns wieder ab, was wir seinen Getreuen genommen hatten ... Daß Landsleute sich gegenseitig bestehlen, hassen und umbringen müssen, was für ein Elend! Villalcázar, der sich im Kampf gegen uns an der Seite Hernando Pizarros ausgezeichnet hatte, wurde reich belohnt: der Palast in Cuzco, die Ländereien hier samt mehreren Dörfern ... Eben deswegen ... Die Gesetze, nach denen die Spanier in Westindien leben, verlangen, daß jeder Mann, der reichen Besitz hat, eine Gemahlin an seiner Seite haben oder sich verheiraten muß. Also ließ Villalcázar meine Schwester kommen. Ehrlich gesagt ...«

Ich unterbrach ihn.

»Ist es dort?«

Um einen Hügel, in mäßiger Höhe über einem buschbestandenen Vorsprung, zeichneten sich eine Gruppe von Hütten und das Fachwerkgerüst eines großen, hohen Hauses ab.

»Ja, das ist es«, sagte Martin. »Das alte Haus ist abgebrannt, Villalcázar läßt es wieder aufbauen.«

Er band das Pferd unterhalb des Vorsprungs an einen Baum.

Wir stiegen zu den Hütten hinauf. Ringsum war das Gelände geräumt und rundete sich vor der Baustelle zum Platz.

»Merkwürdig«, murmelte Martin, »wo sind die Bauleute?«

Da hörte ich die Klagen.

Eine Frau heulte mit jener düsteren, kehligen Stimme, die bei uns immer von Unheil kündet. Die Stimme kam aus einer der Hütten.

»Da ist etwas geschehen«, sagte ich. »Martin! Martin! Bitte!«

Schweiß brach mir aus allen Poren, ich zitterte, und ich erinnere mich, daß ich über einen Stein stolperte. Martin hob mich auf.

»Beruhigt Euch. Es muß einen Unfall gegeben haben ... einer der Bauleute. Vielleicht warten wir besser. Es wird schon jemand herauskommen.«

Ich riß mich los.

»Warten? Wartet, wie Ihr wollt! Ich gehe hinein, ich will mein Kind!«

Ich bückte mich tief, kroch ins Innere der Hütte. Dunkel umfing mich. Ich stieß gegen Schatten. Zwei Männer. Ich erriet es an ihrem Schweigen. Unsere Männer sind nur laut im Krieg, im Rausch oder in der Freude. Irgendwo in dem Raum klagte weiter die Frau. Martin war mir nachgekommen.

»Zara! Zara!« schrie ich.

Eine Männerstimme fragte: »Was willst du?«

Wie unter uns vereinbart, sagte ich: »Dieser Fremde ist ein Verwandter von Señor Villalcázar. Wir wollen das kleine Mädchen abholen, um es nach Cuzco zu bringen.«

»Es ist ein großes Unglück geschehen«, sagte der Mann.

Ich stieß ihn beiseite, drang weiter vor in das Dunkel.

Zara lag auf einer Decke, in ihrer weißen Tunika mit den roten und gelben Blumen, die ich ihr gestickt hatte, die Haare ordentlich zu beiden Seiten ihres lieblichen Gesichts. Ich warf mich über sie, umarmte sie, rief sie an. Ich wollte nicht glauben, was meine Augen sahen, meine Hände fühlten. Es konnte nicht sein! Und ich betastete sie weiter, redete zu ihr, rüttelte sie beinah ...

»Asarpay«, flüsterte Martin.

»Laßt mich, laßt mich!«

Nun redete die Frau.

»Ein schönes Kind, und so lebhaft! Wir waren Kräuter pflücken für die Suppe. Aber den Bauleuten zusehen, das machte ihr solchen Spaß. Ich hatte es ihr verboten, aber sie ist mir ausgerückt ... Meine Beine sind nicht mehr gut, verstehst du ... Sie ist zu dem Gerüst gelaufen, ist über die Planken hochgeklettert, da verlor sie das Gleichgewicht. Ein Arbeiter sah sie fallen, sie hat sich das Genick gebrochen. Sie sind so zart in dem Alter! Ein Vögelchen! Und der Señor Villalcázar hat so sehr darauf gedrungen, daß wir gut auf sie achten! Ein Mann ist los, einen fremden Geistlichen holen, der im Dorf wohnt ... Wegen der Beerdigung, verstehst du.«

Beerdigung ...

Zara beerdigen! Mein kleines Mädchen nach den verdammten spanischen Bräuchen in die Erde legen, sie, die das Licht so sehr liebte, sie, die lauter Licht war!

Ich wandte mich an Martin.

»Sie erwarten einen Eurer Priester, um sie zu beerdigen. Aber das ... das ... niemals! Brechen wir auf.«

Ich hob Zara in meinen Armen hoch.

Pater Juan! wenn Ihr wüßtet, wie schwer das ist, der Körper eines toten kleinen Kindes!

»Was tust du?« fragte die Frau.

»Wir brechen auf.«

Sie hängte sich an meinen Rock.

»Du darfst nicht! Señor Villalcázar hat sehr auf das kleine Mädchen gehalten. Der Priester muß mit eigenen Augen sehen, daß wir sie nicht mißhandelt haben, sonst wird Señor Villalcázar ...«

»Was sagt sie?« fragte Martin.

Während ich übersetzte, redete die Frau auf die Männer ein, Männer wie in meiner Ayllu, außer einem, der europäisch gekleidet war, ein Diener Villalcázars wahrscheinlich. Er wandte sich an mich, von oben herab, wie es Gemeine oft tun, sobald sie sich ein bißchen über ihresgleichen erhaben dünken.

»Du schweigst, Frau. Geh oder bleibe. Aber das kleine Mädchen behalten wir.«

Martin sagte leise: »Es sind zu viele. Um Eurer Sicherheit willen, Asarpay ...«

»Meine Sicherheit! Martin, Ihr wart sehr gütig. Jetzt geht, das ist nicht Eure Sache, mischt Euch nicht ein.«

Er zuckte die Achseln.

»Haltet das Kind gut fest und folgt mir. Wir versuchen durchzukommen.«

Villalcázars Diener, der ein paar Worte Kastilisch zu verstehen schien, streckte die Hand nach mir.

»Du, wer bist du?«

Ton und Gebärde rissen mich aus der Verzweiflung.

»Faß mich nicht an!« schrie ich. »Wer ich bin? Sieh mich an, niederer Mensch, klägliche Larve, sieh mich genau an! Wo ich herkomme, würde man dich hängen dafür! Ich bin Asarpay, die Mutter dieses mit dem Inka Manco, deinem Herrn und Gott, gezeugten Kindes. Sie stammt ab von unserem Vater der Sonne, ihr Fleisch ist genährt mit göttlichem Blut. Wage mich daran zu hindern, sie nach unseren Riten für das selige Leben im Jenseits vorzubereiten ... Wage es, du hast das Recht. Aber zittere, zittert ihr alle! Der Inka ist allgegenwärtig, die Seinen finden euch, und wenn er euch zerstückelt und gepfählt hat, wenn ihr nur mehr Fleischfetzen an einem Pfahl seid, werden böse Geister und Würmer euer Herz verschlingen, ihr werdet Staub sein bis in Ewigkeit! Kommt, Martin.«

Ich trat vor.

Einer nach dem anderen wichen die Männer beiseite.

Draußen war es schön, das seidige Leuchten eines schönen Tages, der zu Ende ging.

Als ich sah, daß der Himmel an seinem Ort war und die Berge ragten wie je, ich glaube, in dem Augenblick habe ich wirklich begriffen, wie einsam ich nun sein würde.

Wir waren wieder die Straße geritten, dann abgebogen und befanden uns in einer Ebene voll hoher Gräser.

Martin half mir vom Pferd. Ich setzte mich, Zara in die Mantille gehüllt und an mich gedrückt. Seltsam, dieser sinnlose Wille der Lebenden, den Toten ihre Wärme zu geben. Ich hatte solche Angst, daß sie fror.

»Was wollt Ihr nun tun?« fragte Martin.

Es waren die ersten Worte, die er sagte.

Ich hatte nichts gedacht, aber ich wußte es sofort.

»Ich gehe nach Cuzco und töte Villalcázar.«

Martin setzte sich mir gegenüber.

»Seid ehrlich, es war ein Unfall.«

»Wenn er Zara nicht geraubt hätte, würde sie leben, es kommt aufs gleiche heraus.«

Martin seufzte.

»Früher, wißt Ihr, hätte ich versucht, Euch umzustimmen, ich kannte keinen Haß. Heute ...! Nur, Asarpay, unter den jetzigen Umständen wäre es Wahnsinn. Eure privilegierten Beziehungen zum Inka Manco sind öffentlich bekannt. Ihr könnt in Cuzco jederzeit erkannt werden. Diejenigen Eurer Rasse, die sich mit den Pizarros verbündet haben, um ihre Besitztümer zurückzubekommen, werden Euch als erste verraten. Und Ihr seid nicht imstande ... Entschuldigt, daß ich so hart zu Euch spreche, aber wer sich rächen will, muß leben und auf seine Zeit warten.«

Ich streichelte Zaras Kopf. Ich sah sie wieder, die Wangen vom Spiel erhitzt, die Haare wild durcheinander. Wieviel Leben war in ihr, wieviel Freude! Und damit brachen die Erinnerungen ab. Nichts käme mehr hinzu, kein Lachen, keine Tränen, kein Kummer oder Glück. Es war zu Ende, sie würde nicht erwachsen werden, würde nicht altern, ihr Bild war für immer erstarrt.

Martin stand auf.

»Habt Ihr nachgedacht? Wohin wollt Ihr? Ihr könnt sie unmöglich bis zum Inka mitnehmen. Sie ... sie würde die Reise nicht überstehen. Sagt mir wohin? Ich helfe Euch.«

Martin hatte recht: Tote warten nicht. Zara in ihrer Anmut und Lieblichkeit zu erhalten war dringlicher als Villalcázar zu töten.

Ich grübelte.

Wohin? Ich dachte an meinen Palast. Oberhalb der Weiden gab es trockene, gesunde Grotten, geeignet für die Aufbewahrung einer Toten und das Wohlbefinden ihrer Seele. Aber wie käme ich dorthin? Die Spanier saßen fest in dem Palast, die Umgebung, das Yucaytal, wimmelte von Indios in ihrem Sold, Verrätern und Bekehrten. Träfe man mich mit der Leiche meiner kleinen

Tochter an, man würde sie mir entreißen, sie in eine Kiste legen, und die Kiste in die Erde ... Also, wohin? Und vor allem, wo fänden sich kundige Hände, sie zu bereiten, zu ölen, zu balsamieren, zu schmücken? Gewiß, in jedem Dorf kannte man die Geheimnisse, die Riten, aber Eure Religion, Eure Gesetze verboten es, unsere Verstorbenen auf unsere Weise zu ehren. Man tat es nur noch im geheimen, wo man unter sich war, in der Ayllu ...

Ich unterbrach mein Grübeln.

»Martin, ich weiß, wohin ich will: nach Hause, in mein Dorf.«

»Wo liegt das?«

»Bei Amancay.«

»Ich bringe Euch hin. Es liegt ohnehin an meinem Weg. Ich gehe zurück nach Lima.«

»Bleibt Ihr nicht zum Begräbnis Eurer Schwester?«

»Denkt Ihr, ich würde mit Villalcázar an die Gruft treten, Sieger und Besiegter Seite an Seite? Dazu fehlt mir die gebotene Heuchelei.«

Ich sah ihn an.

»Martin, warum kehrt Ihr nicht heim nach Spanien? Almagro ist nicht mehr ...«

»Aber Diego, sein Sohn. Ich bin ein sehr gewöhnlicher Mensch, Asarpay, aber treu in der Freundschaft. Diego braucht mich, wir haben noch einiges vor. Danach ... Wer weiß!«

Wir trennten uns am Fuß der Pflanzterrassen. Die Ernte liegt hier später. Männer und Frauen begannen gerade erst, die frisch geschnittenen hohen Maisrohre gebündelt aufzustellen. Die Kinder halfen. Die kleinsten waren auf allen vieren eifrig bei geheimnisvollen Dingen. Als ich so alt war wie Zara, fand ich es genauso lustig, die Myriaden kriechender Insekten zu ärgern, die das Menschengewühl aus ihren Löchern trieb. Nichts hatte sich geändert.

Pater Juan de Mendoza
12. Oktober 1572

Wie grausam hat das Leben diese Frau geschlagen! Trotzdem ist sie heiter und lacht gerne, ein gestählter Charakter, durch alle Arten von Unglück geprägt, aber auch durch Güte. Für Momente tritt die Seele in ihre Augen, und wie sie dann strahlen! Ach, ich fürchte, diese Seele ist für Dich, o Herr, verloren, und es ist unsere Schuld.

Die Träger sammeln sich, die Diener löschen die Glut, wir brechen wieder auf. Noch zwei oder drei Tage, sagt sie.

So gewaltige Sprünge die Temperatur auch macht, so daß ich abwechselnd schwitze und schlottere, die Landschaft, ein Chaos aus Felsen und mit braunem Buschpelz überzogenen Flanken, ändert sich kaum.

Allerdings beschränkt sich meine Aufmerksamkeit auf diesen Pfaden dicht an Abgründen entlang auch gänzlich auf meine Füße. Wirft man nur einen Blick in die Tiefe, stockt das Herz.

Gestern übermannten mich Schwindel und Schwäche. Sie zwang mich, Kokablätter mit einer Paste zu kauen, die ihre Wirkung zu verstärken scheint. Wunderbare Medizin! Danach sprang ich unbekümmert wie eine Ziege! Die Träger schmunzelten. Geteilter Alltag ebnet die Unterschiede ein. Lächelnd sagte sie: »Das nächste Mal, Pater Juan, werdet Ihr mir ohne Widerspruch gehorchen. Vergeßt nicht, daß Ihr mein Gefangener seid.«

Zieht sie den Strick allmählich enger, den sie mir um den Hals geworfen hat?

Herr, welche Gedanken das Nachdenken über sie meinem

Geist auch immer eingibt, ich bin in Deinen Händen – und in ihren. Dein Wille geschehe.

Ich werde ihre Medizin erst wieder im Fall absoluter Notwendigkeit einnehmen. Es ist die Ehre eines Mannes, er selbst zu bleiben, was auch geschehe.

7

Ich glaube, ich habe Euch erzählt, Pater Juan, wenn ein kleines Mädchen in ein Acllahuasi eintritt, ist es für seine Familie verloren.

Mit der Pubertät wechselt es den Namen, anschließend erfüllt es seine Pflichten als Incap Aclla am Hof zu Cuzco oder vermehrt die Zahl der Konkubinen eines hohen Herrn. Wie sollten die Angehörigen seine Spur jemals wiederfinden? Sie kamen auch gar nicht auf den Gedanken. Das Kind gehörte hinfort einer anderen Welt an, einer wunderbaren, magischen Welt, die ihnen verboten war.

Meine Ayllu hatte also nie die geringste Verbindung hergestellt zwischen der kleinen »Maisregen«, die einst vor langen Jahren nach Amancay ging, und Asarpay, der Frau, die ich geworden war, deren Liebe zu Huascar und zu Manco die Wanderheiler priesen und bis in die kleinsten Dörfer, hoch in den Tälern der Sierra, trugen ... Daß ich unserem Curaca die Wahrheit enthüllte, geschah einzig, um Zara im Maße der Gegebenheiten eine Bestattung zu ermöglichen, die der Tochter des Inka würdig war. Der Schmerz tötete in mir den Stolz.

Der Curaca verstand es nicht so.

Als ich die Absicht bekundete, in die Hütte meiner Familie zu ziehen, schrie er auf. Meine Erzeuger waren lediglich Instrumente gewesen. Der ganzen Ayllu, deren Blut und erbliche Eigenschaften ich teilte, gebührte die Ehre, von den Göttern auserwählt worden zu sein und einer so erhabenen Bestimmung gedient zu haben, und er teilte sich sofort ein gut Teil davon zu, indem er mich nötigte, eine seiner Wohnungen, mit seiner zweiten Frau als Dienerin, anzunehmen.

In der Kindheit hatte ich mich den Frauen des Curaca nur mit gesenktem Blick genähert. Jetzt beugten sie sich vor mir und nannten mich »Mutter«, wie es bei einfachen Leuten ohne Ansehen des Alters der Brauch ist. Ihr Betragen war mir peinlich. Eindrücke der Kindheit sind zäh. Diese fast furchtsame Unterwürfigkeit, die ich in jedem Blick las und die mir noch mehr in den Augen meiner Mutter und meiner Schwester begegnete! Beide hatte die Zeit so zerfurcht, daß man ihre Gesichter verwechseln konnte, stumm, trübe, erdfahl.

Mein Vater hatte sich besser gehalten, aber aus seinem Mund, der früher so munter scherzen konnte, kamen nur noch Klagen. Seine Sorgen waren die des armen Mannes der Felder, der sich in Verhältnisse gestellt fand, über die er nichts vermochte, obwohl er die Folgen zu tragen hatte.

Wenn ich ihm zuhörte, kam ich zu dem Schluß, daß wir in Mancos Stadt paradoxerweise in größerer Nähe zu den Spaniern gelebt hatten, da wir all ihr Tun und Treiben ja ausspionierten, als zu der alltäglichen Wirklichkeit, der das Volk ausgesetzt war.

»Unter dem Inka«, seufzte mein Vater, »verteilten die Beamten die Wolle, und wir webten sie. Jetzt sollen wir sie selber liefern. Aber woher nehmen bei der kleinen Herde, die unser Dorf besitzt ...! Wir müssen also das wenige, das der Fremde uns von der Ernte läßt, drangeben, um uns Wolle zu beschaffen. Bald haben die Frauen keinen Mais mehr, die Chicha anzusetzen! Früher sorgte der Inka für den Fall einer Dürre oder eines Erdbebens vor, man lebte ruhig, jeder wußte, wir konnten nicht verhungern, wir konnten uns kleiden und hatten eine warme Decke. Heute lebt man, ohne zu wissen, ob man morgen noch leben kann.«

Und zu der Zeit, Pater Juan, verlangten Eure Landsleute noch nicht einmal alles, was sie uns seither aufgebürdet haben!

Jeden Morgen stieg ich zu der Grotte hinauf, wo Zara ruhte.

Die Ayllu hatte sich von ihren kostbarsten Geweben getrennt, um sie zu schmücken. Natürlich fehlten die Edelsteine, die Geschmeide und goldenen Beigaben, mit denen man Fürstenkinder ehrt, aber meine Tochter hatte alles Wesentliche: einen in der Dämmerung gefangenen kleinen Vogel, der sie auf ihrer Reise in die Ewigkeit leiten würde, segenspendende Amulette, aus Körnern, Bändern und Federn gefertigt, die der Vater meines Vaters unter die drei wollenen Tücher und die Schilfmatte gelegt hatte, in die ihr zierlicher Körper gehüllt worden war, um sie in der Lage des Fötus zu erhalten, in der die Verstorbenen die Welt der Lebenden verlassen sollen.

Ich sprach zu ihr, stellte Leckereien vor die Grotte, gerösteten Mais, Bohnen, Honig, den wir aus Maisstengeln, bevor der Kolben reift, gewinnen. Es waren keine Früchte der heißen Zonen, Guaven oder Avocados, die Zara so gerne aß, aber ich tat, was ich konnte.

Den Anschein des Lebens zu erhalten, eine Verbindung zu den Wesen zu wahren, die wir geliebt haben, heißt für uns, Trennung und Tod zu verleugnen. Was ist daran verwerflich, sagt? Auch die Spanier schmücken ihre Gräber und reden im Gebet zu ihren Toten. Warum also ist man derart erpicht, unsere Bräuche abzuschaffen? Ihr werft uns unsere Amulette, unsere Opfergaben vor ... Und Ihr? Wappnet Ihr Euch nicht mit Kreuzen, Skapulieren, Rosenkränzen? Ihr verbietet unsere Huacas, aber Ihr kniet vor den Bildern Christi, der Jungfrau und der Heiligen, Ihr errichtet sie noch in dem kleinsten Ort. Haben diese Bildwerke und unsere Huacas nicht denselben Sinn: uns zu beschützen, böse Geister von uns fernzuhalten, und drücken sie nicht dieselben Ängste aus? In wessen Namen macht man uns das Recht streitig, uns das Jenseits unserem Glauben gemäß zu erschließen? Was tätet Ihr, Pater Juan, wenn man Euch zwingen wollte, Eure Religion nur darum zu wechseln, weil man das Recht des Stärkeren auf seiner Seite hat? Allein der Gedanke widerstrebt Euch? Stellt Euch vor, was wir empfinden!

Hinter der Steinmauer, mit der die Grotte verschlossen war, dachte ich mir Zara, wie sie nun immer bleiben würde, unberührt von der Zeit, die das Fleisch zerfurcht und zersetzt, so, wie ich sie zum letzten Mal gesehen hatte ... Der zarte Nacken vorgebeugt, das süße Kinn dicht an den Knien, die Ärmchen um die gefalteten Knie geschlungen, die Haare in zahlreichen hauchdünnen, glänzenden Flechten wie ein Netz aus schwarzen Perlen, das sich über ihre junge Lieblichkeit breitete. Die Zöpfe meiner kleinen Toten hatte ich selbst geflochten, Pater Juan, hundertachtzehn genau. Ich habe sie gezählt, meine Tränen nicht. Aber ich höre jetzt besser davon auf und rede von Villalcázar.

Jeder Besuch bei Zara schürte meinen Haß. Er vergiftete mein Blut, bereitete mir Herzklopfen und Ekel, mir drehte sich alles im Kopf.

Ungefähr einen Monat nach meiner Ankunft im Dorf, Ende Juni, hielt es mich nicht mehr, ich beschloß, nach Cuzco zu gehen.

Der Vater meines Vaters sagte: »Die Männer sind auf den Feldern, sie bringen die Kartoffelernte ein. Ich gehe mit dir.«

»Ich danke dir, Alter. Aber ich gehe lieber allein.«

Der Vater meines Vaters straffte seine in Fuchsfelle gehüllte hagere Gestalt, maß mich mit einem Blick, wie er mich als Kind in Schrecken versetzt hatte: »Eine Frau geht nicht allein auf den Straßen. Jede Ayllu, meine Tochter, wirft sich dir zu Füßen, aber mich beeindruckst du nicht. Habe ich nicht prophezeit, daß du wirst, was du bist? Ich habe gesagt, ich gehe mit dir nach Cuzco, also gehe ich.«

»Du weißt doch gar nicht, was ich dort will.«

»Nichts Gutes. Du hast zuviel Willen und Selbstsicherheit, das ist nicht gut. Eine Frau soll sanft und unterwürfig sein.«

»Das hat der Inka Huascar auch gesagt, und trotzdem ... Männer haben eine bestimmte Vorstellung von Frauen, aber sie gehen zu denen, die ihnen Staunen einflößen.«

»Der Inka ist kein Mann. Du sprichst schamlos.«

»Ich weiß, wovon ich rede.«

Während der ganzen Reise hörten wir nicht auf, uns zu streiten.

Daß er mir in allem widersprach, zu Recht oder zu Unrecht, kräftigte mich in gewissem Sinn. Streit gibt der Unterhaltung die belebende Handvoll Pfeffer. In der Ayllu wurde mir nur fade Wassersuppe serviert. Respekt macht einsam.

Außerdem war es anrührend und bewundernswert, wie dieser Greis, der noch nie von seinem Berg heruntergekommen war, die Nan Cuna für sich entdeckte wie ein erobertes Land!

Ich ging hinter ihm, trug die Nahrung, die Kalebassen, den Chichakrug, die Stäbchen zum Feuermachen, die Decken. Er begnügte sich mit seinen zwei Bechern – dem unerläßlichen Zubehör eines Mannes, ob Herr, ob Bauer: einen anderen zum Trinken einzuladen ist eine Höflichkeit –, außerdem hatte er ein paar Bündel Heilkräuter und mehrere Amulette mit, die er auf dem Markt zu Cuzco gegen einen neuen Chichavorrat eintauschen wollte.

»Ich verbiete es dir«, hatte ich gesagt. »In Cuzco ist jetzt nur noch die Religion der Fremden öffentlich erlaubt. Ich habe kein Interesse daran, aufzufallen und eingesperrt zu werden, nur damit du dich berauschen kannst.«

»Ich glaube dir nicht. Sieh: ist das nicht die Sonne? Unser Vater regiert.«

»Aber, Alter, wenn ich dir doch sage ...! Du wirst sehen, sie haben ihre Tempel auf unsere Tempel gebaut, ihre Priester haben unsere Götter vertrieben.«

»In dem Fall frage ich dich: Was hast du, eine Frau des Inka, unter diesen Unreinen zu suchen?«

»Das ist persönlich.«

»Frauenprobleme werden von den Männern geregelt. Was du vorhast, werde ich tun.«

»Du kennst die Fremden nicht, du sprichst nicht ihre Sprache ...«

»Aber du, Tochter meines Sohnes, sprichst sie! Du sprichst mit ihnen! Also willst du zu diesen Fremden.«

»Schweig, Alter. Ich bitte dich, schweig!«

Er gluckste blitzenden Auges.

»Ganz mein Charakter! Kaum bläst man drauf, gleich steht er in Flammen! Es taugt nichts, wenn eine Frau ist wie ein Mann.«

Die Hängebrücke über den Apurimac zu überqueren machte ihm eine kindliche Freude. Die Chicha hatte seine Beine beflügelt.

Am vorletzten Tag der Reise trafen wir auf Bauernfamilien, die in die Stadt zogen. Ihre Klagen lehrten uns, daß unsere Ayllu noch gut dran war. Der Bruderkrieg zwischen Pizarro und Almagro hatte ganze Dörfer an den Bettelstab gebracht.

Es waren kaum Spanier unterwegs, was mich verwunderte. Dennoch bekamen wir es mit einer Kavalkade zu tun, die uns in den Straßengraben scheuchte. Und zum erstenmal sah der Vater meines Vaters nun Pferde. Der Rest Chicha im Krug mußte herhalten, den Schreck zu verdauen. Als der Krug leer war, hatte er nichts Eiligeres zu tun, als ihn wieder zu füllen, und er wurde mit einem Bauern handelseinig, der Sora bei sich hatte. Sora wird aus vergorenem Mais gebrannt. Es ist ein Teufelsgetränk. Die Inkas hatten es verboten.

»Du wirst dieses Dreckszeug nicht trinken!« sagte ich wütend.

»Weiß eine Frau, was gut ist für einen Mann? Ich trinke, was mir gefällt. Der Maissaft regt das Denken an, und ich muß denken, wenn ich höre, mit welcher Respektlosigkeit die Tochter meines Sohnes es wagt, mit mir zu sprechen!«

Als wir vor Cuzco anlangten, läuteten Glocken.

Obwohl ich dem alten Mann zu erklären versucht hatte, daß die Bräuche, die einst unser Stolz gewesen waren, nicht mehr gestattet waren, wollte er unbedingt die Erde küssen und fiel der Länge nach hin. Ich zog ihn an seinen Staatskleidern hoch, es gelang mir, ihn auf die Füße zu stellen, aber ich zitterte. Nach einer Weile merkte ich, daß ich das Flintmesser verloren hatte, das unter meinen Gewändern versteckt war, und ich lief zurück, es zu suchen.

Die Kirchenglocken läuteten noch immer. Was feierte man? Wenn es ein Fest war, fehlte doch Leben auf den Straßen. Immerhin lief ich keine Gefahr, so gebeugt unter meiner Traglast erkannt zu werden, dazu mit einem solchen Gefährten an der Seite! Er aber, der noch nie den Klang einer Glocke gehört hatte, spähte nach dem Himmel, drehte sich nach allen Seiten, faßte sich an den Kopf und rollte ihn ächzend zwischen den Händen. Die Glocken, dazu die Menge Sora, die er in sich hatte, es war zuviel!

Plötzlich kauerte er sich auf das Pflaster.

»Die Götter verbieten mir weiterzugehen, wir kehren zurück ins Dorf.«

Und er zeigte mir das Unterlid seines linken Auges: es flatterte. Tatsächlich, eines der unheilvollsten Vorzeichen. Aber ich hatte zu lange darauf gewartet, Villalcázar meinen Haß entgegenzuspeien.

»Geh, wohin du willst, Alter«, sagte ich. »Ich gehe, wohin ich muß.«

Damit entfernte ich mich.

Ich war noch keine zwanzig Schritte weit, als er mich einholte, das Auge zu, verschlossen mit einem Stückchen Strohhalm und Spucke – die klügste Art, in solchem Fall das Schicksal zu beschwören, wie jeder weiß.

»Die Tränen können nicht fließen«, sagte er majestätisch. »Ich gehe, wo du hingehst.«

Bis zur Huacaypata mußte ich ihn in einem fort rüffeln. Die Mauern unserer Paläste, das gipserne Zuckerwerk, das sich über ihnen erhob, die wenigen Passanten, alles war ihm Vorwand, stehenzubleiben, laut auszurufen, zu bewundern oder zu bemängeln.

Ich kämmte und wusch mich am Brunnen. Der Alte hielt es nicht für nötig, Wasser zu berühren. Ein Becher Sora erfrischte ihn besser als jede Wäsche.

An der Ecke des großen Platzes, wo die Straße einmündet, bat ich ihn, auf mich zu warten und auf unsere Sachen aufzupassen.

Vor Villalcázars Haus sank mein Fieber.

Es war kaum über einen Monat her, als ich diese Schwelle betrat in der Erwartung, meine kleine Tochter hier zu finden; ich fühlte ihre warmen Ärmchen schon um meinen Hals, hörte ihre Freude schon in meinen Ohren gellen, Hoffnung führte mich …

Ein Monat! Mir war zumute, als ob ich meine Trauer seit Jahren schleppte.

Ich hob den silbernen Türklopfer.

Ein Diener erschien.

»Was willst du?«

Aber er meinte nicht mich.

Ich drehte mich um, und mit den Augen des Dieners starrte ich auf den Vater meines Vaters, sein verhorntes Gesicht, das schmutzig war wie eine alte Kartoffel, seine rötlichen Lumpen, über denen wie eine Halskette die Kräuterbündel an einer Strippe baumelten.

»Ich habe doch gesagt, du sollst auf mich warten!« schrie ich.

»Ach, zankt euch woanders!« sagte der Diener. »Mit Barfüßern haben wir nichts zu tun, und für Almosen ist es der falsche Augenblick.«

»Elender Würmling, Dreck von einer Kröte!« brüllte der Vater meines Vaters. »Hat dich keiner gelehrt, das Alter zu achten? Und du, Tochter, sagst nichts, du erlaubst, daß man den Vater deines Vaters beschimpft, den Hüter unserer heiligen Huaca, den, der mit den Göttern redet?«

Ich schickte mich an, meinen Zorn auf den Diener umzulenken, wie es die Kindespflicht gebot, als neben der Tür das Flügeltor aufging, das zu den Pferdeställen führte, und eine Flut Frauen ausspie. Wie im Triumph von dieser lärmenden, goldgezierten Schar, die sich um sein Roß drängte, emporgehoben, erschien Villalcázar. Blinkender Küraß, dunkler Samtmantel und, wie stets, sein großer schwarzer Filzhut.

Eine Reihe Berittener folgte ihm.

Sein Anblick gab mir meine Entschlossenheit wieder.

Ich stürzte in das Gewühl, stieß die Frauen beiseite und faßte sein Pferd am Zügel. Er beugte den Kopf.

»Du!« sagte er.

»Ich muß dich sprechen. Können wir ...«

»Jetzt? Unmöglich. Ich reise.«

Sein Mund krümmte sich.

»Asarpay, ich möchte ... Wegen deiner kleinen Tochter, Gott ist mein Zeuge, das habe ich nicht gewollt, ich wollte dich nur wiederhaben, der Indier verdient dich nicht.«

»Du reist ab?«

»Die Nachricht kam heute morgen. Einige Schufte, darunter dein teurer Martin und andere Freunde von Diego de Almagro, dem Sohn des Einäugigen, haben Pizarro in seinem Palast ermordet.«

»Pizarro ist tot!«

»Ich hatte ihm geraten, vorsichtiger zu sein. Nie hätte er zulassen dürfen, daß dieses Ungeziefer sich nur Schritte von seinem Palast entfernt einnistet. Sie haben ihn überrumpelt und mit ihren Schwertern durchbohrt. Wäre ich dort gewesen ... Leider war ich es nicht. Diego de Almagro hat sich zum Statthalter und Generalhauptmann von Peru ausrufen lassen. Ein Bürschchen, und Mestize obendrein! Jetzt die Rechnungen zu begleichen, das wird ein verdammter Schlamassel.«

Die hinteren Pferde stampften.

Er beugte sich zu mir herunter.

»Ist das dein Leibwächter, die Vogelscheuche da? Konnte Manco dir nichts Besseres zur Begleitung mitgeben?«

Ich preßte die Kiefer zusammen, ließ den Zügel fahren.

»Er ist ein großer Seher, der Vater meines Vaters. Wer getan hat, was du getan hast, ist nicht einmal seines Speichels würdig.«

»Asarpay! Ich bereue es, ich bereue es aufrichtig. Kannst du mir das nicht wenigstens glauben?«

»Deine Reue gibt mir mein Kind nicht zurück. Aber Böses rächt sich, früher oder später. Du wirst dafür zahlen.«

»Bartolomé!« rief einer der Caballeros. »Reiten wir?«

Villalcázar tippte an seine Hutkrempe.

»Ich sage dir nicht Lebewohl. Zwei wie wir finden sich immer wieder.«

Die Frauen liefen mit schwingenden Röcken neben den Pferden her bis zur Huacaypata. Dann kehrten sie zurück zum Haus. Die Türen schlossen sich. Die Straße lag still und dunkel. Seit Eure Landsleute ihre Stockwerke auf unsere Mauern gesetzt haben, fällt in Cuzcos Gassen kein Himmelslicht mehr.

Ich blieb stehen, wo ich stand. Ein Satz von Martin ging mir durch den Sinn: »Wer sich rächen will«, hatte er gesagt, »muß leben und auf seine Zeit warten.« Er, der Sanftmütige, der Schüchterne, der Träumer, hatte auf seine Zeit gewartet. Ich nicht. Der Haß hatte mich dumm und blind gemacht ... Aus unbedachtem Antrieb nach Cuzco zu kommen, ohne genauen Plan! Sicher, den Mord an Pizarro hatte ich nicht voraussehen können, aber Villalcázar mit einem Flintmesser erstechen zu wollen ...! Selbst angenommen, wir wären allein gewesen, er und ich, hätte er mir etwa die Seite geboten wie ein Lama oder ein Meerschwein!? Ich erstickte an meiner eigenen Dummheit.

»Gehen wir, Tochter«, sagte der Vater meines Vaters.

An der Gassenencke nahm ich meine Last auf, und ohne uns abzusprechen verließen wir Cuzco.

Unterwegs kam der Regen und ließ uns nicht mehr

los. Erst als fern die scharfen Grate unseres Berges sich abzeichneten, begann der alte Mann, der fast den ganzen Rückweg lang Schweigen gewahrt hatte, plötzlich zu reden.

»Der Fremde, der ganz mit blankem Metall bedeckt war, mit dem du gesprochen hast, wer ist das?«

»Einer von ihren Häuptlingen.«

»Du scheinst ihn gut zu kennen.«

»Ich kenne ihn.«

Der Vater meines Vaters blieb stehen.

»Ich verstehe nicht.«

»Es würde zu lange dauern, es dir zu erklären«, sagte ich. »Die Zeiten sind nicht mehr, was sie waren, Alter, und die Ereignisse zwangen mich zu mancherlei.«

»Hat der Fremde dich auf seinem Lager gehabt?«

Ich brauste auf: »Was erlaubst du dir!«

»Ich weiß es, ich wußte es, als ich euch zusammen reden sah. Wenn einer Scharfsinn hat, fühlt der Geist, was verborgen ist.«

»Wenn du es weißt, wieso fragst du!«

»Ich verstehe nicht«, wiederholte er. »Wie kannst du, eine von den Söhnen der Sonne Geehrte, wie kannst du verliebt sein in einen weißhäutigen Mann?«

Ich musterte ihn entsetzt.

»Alter, du verlierst den Verstand! Verliebt in ... Ich hasse ihn! Ich werde erst Frieden haben, wenn er nicht mehr ist. Deshalb bin ich nach Cuzco gegangen, ich wollte ihn töten, aber ...«

»Auch das weiß ich. In dir ist Gewalttat, Tochter. Sie verdirbt dein Herz.«

»Und dich, Alter, verdirbt das Trinken!«

Ich wühlte in meinen regendurchweichten Kleidern, warf ihm das Flintmesser vor die Füße, das ich ihm entwendet hatte, und lief davon.

Am Tag nach unserer Rückkehr wurde ich auf dem kleinen Platz, der unsere Ayllu in oben und unten teilt, ohnmächtig. Nach diesem Zusammenbruch bekam ich hohes Fieber. Der Curaca schickte mir seine erste Gemahlin, die älter, weise und dürr wie ein Strohhalm war. Sie tastete meinen Körper ab, um die Hitze zu messen, und nach der Untersuchung ließ sie mich zwischen den Augen mittels einer Flintsteinspitze zur Ader. Da das Fieber anhielt, beschaffte sich die Alte einen Frosch, den mußte ich einen ganzen Tag am bloßen Leib festhalten. Dann ließ sie sich mit ihren Kräuterpackungen, ihren Pulvern und Tränken an meinem Kopfende nieder. Wer weiß, ob es die gelbblütige Chicoree, die Rinde der Chinchona oder der Kaktussaft war, nach einigen Wochen jedenfalls schwand das Fieber. Von all den Abführmitteln, Aderlässen und der Schonkost war ich sehr geschwächt. Es war mir gleichgültig. Ich lebte mit leisem Atem, fand sogar Genüge daran. Ich bestimmte die Nische im Felsen neben Zara, wo ich ruhen wollte. Ich hätte es dort gut gehabt. Das Leben hatte mich zu sehr verwöhnt, als daß ich wünschte, es in der jetzigen erbärmlichen Eintönigkeit fortzusetzen.

Ich weiß, Pater Juan, Ihr denkt, daß diese Versuchung zu sterben nicht die erste war. Das stimmt. Sagt, was Ihr wollt, dem Fatalismus seiner Rasse entgeht man nicht so leicht! Außerdem standen die Dinge doch anders, unumkehrbar, wie mir schien. Nachdem Manco mich verjagt hatte und meine Tochter gestorben war, hielt kein Tau mein Boot mehr am Ufer, ich trieb davon ohne Bedauern.

Jeden Morgen wechselten sich vier Frauen darin ab, mich in der Sänfte des Curaca zu Zaras Grotte hinaufzutragen. Ich verweilte dort Stunden um Stunden.

Eines Tages, es war März, erwachte meine Aufmerksamkeit bei dem Geklapper der Stöcke, mit denen Greise und Kinder auf den Pflanzterrassen die Vögel aus dem zarten jungen Mais vertrieben. An dem Tag nun kamen die Frauen früher herauf als gewöhnlich. Anstatt die Holme der Sänfte zu fassen, kauerten sie sich nieder.

Eine davon war meine Mutter. Im allgemeinen benahm sie sich mir gegenüber zurückhaltender als alle anderen. Die Frauen mußten ihr sehr zugeredet und ihr die Worte eingeflüstert haben, daß sie sich jetzt ein Herz faßte mir zu sagen.

»Du, unser Stolz«, sagte sie, »du siechst dahin, wirst täglich weniger, dein Fleisch schmilzt. Nicht lange, und du wirst von uns gehen in das andere Leben. Was können wir tun, wenn die Götter es so befehlen! ... Wir wollen dir ein Ansinnen vortragen: willst du uns, ehe du gehst, nicht erzählen von der reichen Zeit, die du erlebt hast, uns einige deiner Erinnerungen darbieten, auf daß sie in unseren Herzen blühen? Wir wissen nichts vom Inka, nur daß es unsere Pflicht und unsere Freude war, seinem Glanz zu dienen. Du aber weißt ...«

Arme Mutter!

Ich sehe sie noch, wie sie da in ihren staubgesäumten Kleidern hockte, wie sie die Hände zu Hilfe nahm, ihre Worte zu unterstützen, Hände, die nicht minder viel hätten erzählen können, aber wann je hat der Heroismus des Alltäglichen interessiert?

* * *

Meine Zuhörer vermehrten sich rasch. Bald war es zur Gewohnheit geworden, daß abends nach getaner Arbeit die Leute aus dem Ober- und die aus dem Unterdorf sich auf dem Platz versammelten. Die Männer reihten sich auf einer Seite, die Frauen und Kinder auf der anderen, jeder hatte sein Essen und seine Decke mitgebracht. Bei uns beißt die Kälte, sobald es dunkelt. Dann kam ich in Begleitung des Curaca und seiner Frauen. Schweigen trat ein, und ich begann zu erzählen. Da öffneten sich denn die geheimen Wege, die Tore, gestirnt mit Türkisen, Korallen, Perlmutter und Smaragden, und, wie Seide raschelnd, taten sich die Behänge aus Ara- und Papageienfedern auf. Gemeinsam besichtigten wir die Tempel, die Paläste, die Thermen mit den fallenden Wassern, wandelten durch die Gärten, wo die Natur zu jeder Jahreszeit frisch und blühend prangte, da sie ja goldene Täuschung war, und ich versuchte ihnen begreiflich zu machen, welche Schönheit und Lust in den unnützen Dingen liegen kann. Ich verschwieg, was zu verschweigen war, und verweilte bei dem, was die Einbildungskraft sich ausmalen konnte.

Eigentlich ist es fast unmöglich, die Pracht der von Menschenhand erschaffenen Wunder in den Augen derjenigen zu erzeugen, deren Dasein sich auf das strikt Notwendige beschränkt ... Versucht es, Pater Juan, versucht nur einmal, einer Zuhörerschaft einen Edelstein zu beschreiben, die nichts anderes als hübsche Kiesel kennt, die man im Geröll findet!

Wenn ich mir die Gesichter zurückrufe, scheine ich meine Sache trotzdem recht gut gemacht zu haben.

Daß ich heute mit Freude daran zurückdenken kann, verdanke ich den Leuten meiner Ayllu. Für ein bißchen Traum haben sie mir viel gegeben. Man kann die Menschen auf diese und auf jene Art sehen. Die Andacht jedenfalls, mit der sie meinen Erzählungen lauschten, hat mich ihnen nahegebracht. Wir hatten ein gemeinsames Erlebnis, ich, indem ich eine Welt wiedererstehen ließ, die es nicht mehr gibt, sie, indem sie mit scheuen Schritten dort eintraten. Etwas miteinander zu teilen ist wichtig, ist entscheidend! Und so getragen von ihren begeisterten Blicken, ihren unbefangenen Fragen, ihren bescheidenen Überlegungen, habe ich dieses Volk, dem ich entsprungen bin, entdecken und lieben gelernt. Im Umgang mit den Fürsten hatte ich es vergessen.

* * *

Während ich genas, kümmerte ich mich wenig um die äußere Welt.

Von den Wanderheilern, die uns von Zeit zu Zeit aufsuchten, hörte man, daß die Spanier sich nach dem Mord an Pizarro wieder einmal gegenseitig zerfleischten.

Manchmal kamen mir die Namen Villalcázar und Martin de Salvedra in den Sinn. Ich verbannte sie rasch. Kein Haß, keine Freundschaft. Jedes Gefühl meiden, das über meine Kräfte ging und einer noch anfälligen Gemütsruhe gefährlich gewesen wäre. Ich lernte wieder leben, ganz verhalten, eine Lebensweise, die mir nicht sehr entsprach, aber mehr traute ich mir noch nicht zu.

Als das Korn und die verschiedenen Trockengemüse gespeichert wurden, war es so weit, daß ich einen großen Plan verwirklichen konnte: ich richtete in der Wohnung, die mir der Curaca lieh, eine Werkstatt ein.

Unsere Frauen sind außerordentlich geschickt im Verarbeiten der Wolle. Wir werden gleichsam mit einer Spindel in den Fingern geboren, und unser Erwachen wird von den Bewegungen unserer Mütter gewiegt, die mehrere Stunden des Tages beim Weben zubringen: zwei Holzstöcke sind es nur, einer ist an die Hüttenwand oder an einen Baum gehakt, der andere an einem Gurt um die Taille der hockenden Weberin befestigt, die mit ihrem Körper die Fadenspannung reguliert.

Zwei weitere Stäbe, parallel zu den beiden ersten zwischen die Fäden geschoben, bahnen der langen Holznadel den Weg, die den Webfaden führt. Ein ganz einfaches Werkzeug, alles hängt ab von Geschick und Geschmack. Unsere Frauen haben beides. Natürlich erwarben wir uns in den Acllahuasi, wo die Kleider des Inka und der Coya gefertigt wurden, dank der Erfahrung der Mamacunas, die von Generation zu Generation weitergegeben wurde, eine Meisterschaft, eine Eleganz und Verfeinerung im Färben und in der Vermählung der Farben, die von den Frauen im Dorf nicht erreicht werden konnten.

Ich hatte mir vorgenommen, meine Ayllu in diese Geheimnisse einzuweihen. Unter den gegenwärtigen Verhältnissen schien es mir den Versuch wert, unsere Kunst vor dem Aussterben zu bewahren. Denn Eure Landsleute in ihrer Tugendhaftigkeit hatten die Acllahuasi geschlossen. Sie nahmen sich der Erziehung unserer kleinen Jungfrauen nun persönlich an, und bestimmt ermunterten sie die kleinen Hände der Mädchen nicht gerade, ihre Talente in der Weberei zu entfalten!

Eines Nachmittags begeisterten wir uns, die Frauen und ich, an einem Färbebad, das ein prachtvolles Violett ergab. Wir hatten es durch mehrere aufeinanderfolgende Arbeitsgänge erreicht, indem wir Indigoblau mit dem Rot der Schildlaus mischten, dem wiederum eine Spitze Gelb aus der Rinde des falschen Pfefferbaums beigefügt wurde. Wir schickten uns gerade an, die Wollstränge hineinzutauchen, als eine Schar Jungen in den Raum gestürzt kam: unten, unterhalb der Feldterrassen, sei ein weißer Mann.

»Der Mann hat ›Asarpay!‹ gerufen, ein paar Mal!« plapperten die Kinder. »Wir haben sein Gesicht gesehen. Puah! Wie gekochtes Fleisch. Haben die Fremden kein Blut, daß sie so fahl aussehen?«

»Geh nicht hin«, flehten die Frauen mich an. Und einige fingen an zu barmen und zu weinen.

Ich ging zur Tür.

»Dein Gürtel, deine Lliclla, edle Mutter! Und warte wenigstens, bis ich dich gekämmt habe!« erregte sich die zweite Frau des Curaca, die mich wie einen weisen Affen hätschelte und diese Fürsorge keiner anderen überließ.

Die Nachricht hatte sich im Flug herumgesprochen. Draußen drängte sich eine Menge. Männer, ihre Taklla geschultert, folgten mir auf dem holprigen Feldweg hinab zu den Pflanzterrassen. Und einer nach dem anderen kamen sie hinter mir die »Treppen« herunter – wenn man die an den Stützmauern stufig angelegten großen flachen Steine so bezeichnen kann, über die man schnell von einer Terrassse zur anderen gelangte.

Ganz unten erkannte man einen Mann in europäischen Kleidern. Ich weiß nicht warum, unsinnigerweise hatte ich zuerst an Villalcázar gedacht, aber diese fröstelnde Gestalt da ...

Ich wandte mich zu meiner Eskorte um: »Wir haben nichts zu fürchten, es ist ein Freund!«

Martin de Salvedra betrat die Schwelle unserer Hütte durch eine doppelte Hecke von Gaffern. Er war erschreckend mager und schmutzig, das Gesicht von einem wilden Bart überwachsen, der Blick ... Es war dieser Blick, der mich bannte. Denselben Blick hatte ich während der großen Jagden bei Hirschen und Rehen gesehen.

Er sackte auf den Boden nieder.

Ich kauerte mich ihm gegenüber.

»Martin, was ist mit Euch?«

»Seit Diego gefangen ist, Almagros Sohn ...«

»Gefangen?«

»Wie, das wißt Ihr nicht!«

Die Verblüffung belebte ihn ein wenig.

»Nein«, sagte ich, »ich weiß von nichts. Nachrichten erfährt man hier nur durch die Wanderheiler, und meistens erst Monate später, wir leben einfach vor uns hin, und es genügt uns auch. Wozu muß man alles wissen? Immerhin weiß ich, daß Ihr im vorigen Jahr Pizarro umgebracht habt, daß Almagros Sohn sich als Statthalter hat ausrufen lassen ... ohne daß übrigens der Wechsel meinem armen Volk irgend etwas gebracht hat. Jedenfalls glaubte ich, daß Diego seine Vergeltung noch immer auskostet, und Ihr mit ihm.«

»Im vorigen Monat wurden wir im Tal von Chupas geschlagen, zwischen Jauja und Amancay ... Asarpay, hättet Ihr wohl ...? Ich habe seit zwei Tagen nichts gegessen.«

Auch der Tisch des Curaca, dessen zweite Frau mir die besten Bissen brachte, war karg. Ich wärmte ihm einen Rest Erbsen- und Bohnengemüse und eine Quinuamehlsuppe.

Martin schlang alles in sich hinein, starren Auges, ohne ein Wort.

Danach bot ich ihm Chicha, aber er wollte nur Wasser. Dann erhob er sich und begann auf und ab zu wandern.

»Die Schlacht von Chupas war ein einziges Gemetzel. Einige von den Unseren stürzten sich lieber in die Lanzen des Feindes, als gefangen zu werden.«

Ich unterbrach Martin.

»Wer befehligt Pizarros Partei, seit er tot ist?«

»Gonzalo war gesonnen ...«

»Gonzalo? Gonzalo Pizarro? Ihr wollt doch nicht sagen, Gonzalo Pizarro sei von seiner Expedition zurückgekehrt, aus dem Dschungel der Antis kehrt keiner zurück.«

»Er ist wieder da. Gonzalo mag sein, wie er will, aber

was Mut und Ausdauer anbelangt ...! Aus dem sagenhaften Zimtland, das er entdecken wollte, hat er – und in welchem Zustand! – nicht mehr mitgebracht als seine Haut und ein paar Dutzend seiner Gefährten, aber allein das ist schon eine unerhörte Leistung. Als er in Quito den Mord an seinem Bruder erfuhr, schwor er, uns bei lebendigem Leib zu zerstückeln ... Wir haben Pizarro erschlagen, um Almagro zu rächen, jetzt fordern die Pizarroleute den Kopf von Almagros Sohn, und wenn sie den haben, wer kommt dann an die Reihe? Es ist ein Unheil! Was Gonzalo Pizarro angeht, so wurde er von dem Stellvertreter Seiner Majestät, einem gewissen Vaca de Castro, der unsere Zwistigkeiten regeln soll, angewiesen, sich herauszuhalten. Und Vaca de Castro führte im Tal von Chupas den Oberbefehl. Eine Schlächterei, wie ich schon sagte! Diego de Almagro, mir und einer Handvoll anderer gelang die Flucht. Aber die Soldaten Vaca de Castros fingen Diego in der Nähe von Cuzco. Sie werden ihn hinrichten. Seitdem verstecke ich mich. Wenn sie mich schnappen, werde ich gehängt.«

Martin rang die Hände.

»Als ich mich mit dem Gedanken schlug, Pizarro zu töten, sagte ich mir: ›Tu, was du tun mußt. Dein Leben ist unwichtig.‹ Und heute, da unsere Partei vernichtet, meine Zukunft ruiniert ist und mich nichts mehr hält, scheut das Tier, bäumt sich auf und erschrickt vor dem Tod! Wenn das nicht zum Lachen ist, wie klein, wie jämmerlich sind wir doch!«

Ich wollte ihn beruhigen.

»Martin, was Ihr jetzt braucht, ist Schlaf. Morgen ...«

»Morgen, da bin ich längst fort! Ich kann nicht hierbleiben, ich würde Euch in Schwierigkeiten bringen ... Asarpay, als sie Diego faßten, hatte er versucht, sich zu Manco durchzuschlagen. Der Inka war Almagros Sohn immer gut gesinnt, er hätte ihm Asyl geboten.

Und ich ... Erinnert Euch, als Almagro und ich Euch damals in Cuzco besuchten, zeigte Manco sich immer freundlich. Deshalb ... Ehrlich gesagt, ich hatte gar nicht erwartet, Euch hier zu finden, ich dachte nur, wenn ich Euren Namen riefe und mich mit den paar Wörtern verständlich machte, die ich von Eurer Sprache kenne, würde dieses Dorf mir einen Führer geben, der mich in die Berge bringen könnte, in die Richtung, wo sich der Inka verborgen hält ... Wäre Euch das möglich: mir einen Führer zu beschaffen?«

Ich legte meine Hand auf seine Hände.

»Es genügt, daß Ihr mein Freund seid, damit sind alle Leute unserer Ayllu auch die Eurigen. Ich spreche gleich mit dem Curaca, er wird Späher aufstellen, Ihr braucht nichts zu fürchten. Ich werde Euch noch ein bißchen zu essen mitbringen, und dann schlaft Ihr hier, ich übernachte bei den Frauen des Curaca. Ruht Euch aus, Ihr habt es bitter nötig. Was Manco angeht, darüber reden wir morgen ... Und, Martin, ehe Ihr Euch hinlegt, zieht Eure Kleider aus, Decken findet Ihr, und legt alles auf die Schwelle, ich werde versuchen, Euch wieder zu ein bißchen Ansehnlichkeit zu verhelfen. Ihr braucht auch ein Flintmesser, um Euren Bart zu scheren. Wasser gibt es weiter oben am Bach ... Und seid unbesorgt, Eure verdammten Landsleute werden Euch nicht kriegen.«

Die erste Frau des Curaca schnarchte. Die Meerschweine kratzten sich gegen ihr Ungeziefer. Ich schlief nicht und suchte den Schlaf nicht einmal, ich grübelte. Und je länger ich grübelte, desto mehr erregte mich der Gedanke an Manco.

Manco ...

Ich sah ihn und hörte ihn wieder: »Nicht du gehst – ich verjage dich.«

Worte, die mein Stolz mir zur unüberwindlichen

Grenze gemacht hatte. Nun riß das Gewicht einiger anderer Worte, die Martin gesprochen hatte, diese Grenze ein. Und da meine aufgewühlte Erinnerung glücklichere Erlebnisse in mir wachrief, wagte ich mir auf einmal einzugestehen, wie sehr Manco mir fehlte, wie sehr mir alles fehlte, sogar sein Wüten, seine Exzesse, und Qhora, Inkill Chumpi, unsere Stadt ... alles und alle! Es war undankbar, denn in einem Sinn hatte ich von meiner Ayllu mehr empfangen als je von Manco, dem ich soviel gegeben hatte, aber wägt das Herz ein solches Mehr oder Weniger?

Am Morgen war ich entschlossen.

Die zweite Frau kämmte mich. »Beim Neumond werden wir deine Haare in ein gutes Kräuterbad tauchen«, sagte sie.

Ich gab keine Antwort, mir schnürte sich die Kehle zu. Doch als sie mir ihren kleinen Messingspiegel vorhielt, sah ich, daß in meinen Blick das Leben zurückgekehrt war, ein Blick, wie ich ihn seit Zaras Tod nicht mehr an mir gesehen hatte.

Ich ging zu meiner Wohnung. Wir hatten Martins Kleider, so gut wir konnten, ausgeschüttelt, gesäubert und geflickt. Er erwartete mich, schon fertig angezogen, mit reinlichem Bart.

»Asarpay«, begann er überstürzt, »bitte, vergebt mir. Gestern war ich kaputt, völlig zerschlagen, ich habe Euch nicht einmal gefragt ... Wie geht es Euch? Ihr seht gut aus ...«

»Mir geht es besser.«

»Etwas kann ich mir nicht erklären. Was tut Ihr hier? Eine Frau wie Ihr in diesem ... dieser Armseligkeit! Ich weiß, es ist unhöflich, das zu sagen, da Euer Dorf mir eine so großmütige Gastfreundschaft gewährt, aber ich begreife es nicht. Wenn meine Frage ungehörig ist, ziehe ich sie zurück.«

»Ich war sehr krank, beinahe wäre ich gestorben. Meine Leute haben mich gerettet ... Armseligkeit? Ich bin hier geboren, man gewöhnt sich wieder daran. Sie waren alle so gütig, hilfreich und besorgt, sie haben sich so gemüht, daß ich ihnen erhalten bleibe! Martin, ich habe mich entschlossen. Ich gehe mit Euch. Allein kämt Ihr niemals bis zu Manco durch. Seine Krieger würden Euch nicht hinführen, wahrscheinlich würden sie Euch töten.«

»Ich möchte nicht, daß Ihr Euch meinetwegen ...«

»Ich wollte es Euch gerade mitteilen, ich gedenke zurückzukehren.«

Es dem Curaca und den Frauen mitzuteilen war quälend. Hart auch, Zara allein zu lassen. Als ich mich von ihrer Grotte abwandte, ging ich zu unserer Huaca, um ihren Schutz zu erflehen und Abschied zu nehmen vom Vater meines Vaters. Der Greis sagte nicht viel. Seit unserem Streit wegen Villalcázar hatten wir kaum mehr miteinander gesprochen.

Ich hatte kein Gepäck, nur die Kleider, die ich am Leib trug. Zu der Stunde, da unser Vater die Sonne in ihrer ganzen Pracht erstrahlt, verließ ich mit Martin das Dorf. Unter Tränen hatte ich wieder und wieder versprechen müssen, daß ich zurückkehren würde.

Es wird Euch vermutlich erstaunen, Pater Juan, aber die einzigen, die mir meine Abreise erleichterten, wie ich spürte, waren meine Mutter und meine Schwester. Die armen Frauen waren mit unserer Verwandtschaft und zugleich unserem Abstand voneinander nicht zurechtgekommen.

Ein Nachbar meines Vaters, Maïta mit Namen, begleitete uns.

Maïta, »der Fliegende«, hatte seine Soldatenjahre einst auf den Höhen der Sierra verbracht, in einer jener

Festungen, die Huayna Capac zur Abwehr der Antis hatte errichten lassen. Die Antis sind Völkerstämme, die an den Osthängen der Anden wohnen; viele von ihnen hatten sich inzwischen mit Manco verbündet.

Maïta kannte also die Bergpfade, wir brauchten uns seinem behenden Schritt nur anzupassen. Das Entscheidende war, bis an das Gebiet Mancos zu gelangen. Sobald seine Krieger uns erspäht hätten, würden sie sich um uns kümmern.

Die Expedition nach Chile hatte Martin gestählt. Er bewältigte erfreulich gut die jähen Wechsel zwischen glühender Hitze und Frost, die den Reisenden bei uns übergangslos treffen und die Euch so sehr zu schaffen machen ...

Nein, ich beharre nicht, Pater Juan. Wenn Ihr meine Kokablätter nicht wollt, müßt Ihr keine nehmen! Ihr leidet scheinbar gerne. Hat man Euch einmal gesagt, daß Ihr zu denen gehört, die, um sich nur recht zu schinden und ohne eigentliche Berufung, bis zum Martyrium gehen?

Martin bekam wieder Farbe. Zu meiner Freude sah ich ihn über Maïtas Späße lachen, ein Kerl wie ein Baum, geschwätzig, ein großer Trinker, Züge wie mit der Axt zugehauen, aber Gold in den Augen und immer zum Scherzen aufgelegt, sogar als wir drei Flüsse auf schwanken Fähren überqueren mußten, die er nur fortbewegen konnte, indem er in das eisige Wasser stieg.

Was mich angeht, so war ich trunken vor Weite und Freiheit.

Ich hatte es versucht - aber ein Leben, das sich still unter der Asche verzehrt, war nichts für mich. Ein kleiner Tod. Mit Martin und Maïta lebte ich auf. Eine Frau muß sich als Frau fühlen können. In der Ayllu hatte meine Vergangenheit mich begraben. Dort hatte ich keine Jugend, kein Geschlecht mehr gehabt, ich war eine ehrwürdige Antiquität!

Und mit einemmal wurde ich wieder jung, jung wie zu der Zeit, bevor der Schatten eines kleinen Mädchens zwischen mich und das Licht getreten war. Doch je näher wir dem Ziel kamen, desto schwerer wurde mir das Herz vor Furcht.

»Ihr seid müde, Asarpay«, sagte Martin. »Heute abend schlagen wir beizeiten das Lager auf. Ein Tag mehr oder weniger ... Maïta wird uns ein köstliches Mahl bereiten, und wir plaudern. Mein Gott, ich hatte vergessen, daß das Leben auch seine Freuden hat! Dank Euch ...«

Martin hatte es nicht eilig. Mich trieb es vorwärts und trieb mich auch nicht. Manco wiederzusehen ... Wie würde er mich empfangen? Froh oder mit Beschimpfungen, mit Vergebung oder dem endgültigen Abschied?

Die Ängste wuchsen. Ich hielt es für ehrlicher, Martin die Wahrheit zu sagen.

Wir hatten unser Abendessen beendet, einen gebratenen Fasan, den Maïta tags zuvor erlegt hatte, und Früchte, die er im Wald gefunden hatte, eine Art große Birne mit einem Kern, deren Namen ich nicht weiß. Ihr Fleisch ist sehr süß und duftet. Wir blickten ins Feuer. Während Martin einen Becher Chicha trank, erzählte ich ihm die schreckliche Szene, die mich gegen Manco aufgebracht hatte.

»Euch, Martin, wird er aufnehmen. Aber mich ...«

»Ihr meint, er weist Euch ab? Ich bin überzeugt, der Inka hat die Worte längst bereut, die ihm der Zorn damals eingab. Er ist heftig, heißblütig ... Habt Ihr einmal bedacht, daß er auf die Liebe, die Ihr Eurer Tochter schenktet, vielleicht eifersüchtig war? Es gibt solche Charaktere, die nicht teilen können, Egoisten aus zu großer Liebe. Aber Euch abweisen ... Eine Frau wie Euch abweisen, Asarpay! Welcher Mann könnte das!«

Martin verstummte.

Manches Schweigen ist beredt. Das seine enthüllte mir überraschend, was er für mich fühlte.

Maïta hatte sich als guter Gefährte und hervorragender Führer bewährt. Wir nahmen Abschied von ihm, als wir von Mancos Kriegern angerufen wurden.

Maïta kehrte zurück ins Dorf. Ich war untröstlich, weil ich nichts hatte, was ich ihm schenken konnte. So gab ich ihm einen schönen rostroten Stein, der wie ein Ring gehöhlt war und den ich aus einem Bach gefischt hatte. Er nahm ihn, als wäre es ein Schatz, und ich glaube, für ihn war es einer. Er nahm auch das Heiligenbild, das Martin aus seinem Gebetbuch zog, und beide Männer umarmten sich und klopften sich nach spanischer Sitte kräftig auf die Schultern. Martin hatte die Herzenswärme, die einfache Menschen anzieht, aber jeglicher Karriere im Wege ist.

Unter den etwa zwanzig Kriegern, die uns umringten, kannten mich die meisten. Sie bauten sofort eine Sänfte und stritten um die Ehre, sie zu tragen. Martin folgte uns.

Die Anspannung dieser Männer, die hier am Berg in ständiger Alarmbereitschaft lebten, war offensichtlich. Die Rufe der Wachen ersetzten hier das Trillern der Vögel. An strategischen Punkten oberhalb der Zugangswege tauchten Köpfe hinter Steinhaufen auf, die dazu bestimmt waren, jeden Eindringling, jede Armee vom Aufstieg abzuhalten.

Als wir die Höhen erreicht hatten, wurden Martin die Augen verbunden, und die Krieger führten ihn, als es durch die unterirdischen Labyrinthe ging. Als ihm die Binde abgenommen wurde, taumelte er und rieb sich die Augen: »Ist es noch weit bis zu der Stadt?« Ich gab keine Antwort mehr. Ungeduld, jene Ungeduld, die Manco mir so oft vorgeworfen hatte, kehrte mir den Magen um.

Und auf einmal breitete sich die Stadt zu unseren Füßen, erhoben sich majestätisch ihre ockerfarbenen und weißen Bauten, ihre Hauben aus buschigem Grün und verzweigten sich ihre verschwenderisch vielen Treppen.

Unsere Ankunft war gemeldet worden. Die Terrassen wimmelten von Männern, Frauen und Kindern. Dennoch, stellte ich fest, keine Musik, keine Tänze. Erstarrte Gesichter, und stumm. War es ein Vorgeschmack des Empfangs, den ich von Manco zu erwarten hatte? Mir wurde der Mund trocken.

Plötzlich schoß etwas wie eine Kugel quer über den verlassen liegenden Platz, über die Brücke, die den blauen Kanal überspannte, sprang in meine Sänfte, warf mich fast um.

»Qhora!« flüsterte ich.

Mehr brachte ich nicht heraus.

Qhora küßte mir Saum und Hände. Sie war gealtert, tiefe Schatten höhlten ihr flaches, langes Gesicht, das nicht zu ihrem kleinen Wuchs paßte, wie bei Zwerginnen oft.

»Wenn du mich noch einmal verläßt, bring ich mich um!« sagte sie.

»Qhora, Qhora!« Ich drückte sie, streichelte ihr Haar.

»Der Inka hat das mit dem Kind erfahren, wir wußten«, murmelte sie. »Unser Täubchen, unser liebliches Reis ...«

»Still«, sagte ich, »still, nicht jetzt ... Ist Manco guter Dinge?«

»Wer könnte die Gedanken des Inka erraten. Er hat befohlen, dich zum Palast zu bringen. Ich weiß es von

Inkill Chumpi. Sie hat mich zu sich genommen. Seit du fort bist, wohnt sie in deinem Palast ... Den Fremden hinter deiner Sänfte kenne ich doch.«

»Es ist Martin de Salvedra, der Cousin von Villalcázar.«

»Das Ungeheuer!« knurrte Qhora.

»Martin ist gut. Er will um Asyl bitten, die Seinen suchen ihn und wollen ihn hängen.«

»Es sind schon Fremde da.«

»Du meinst, weiße Männer?«

»Ja, fünf. Es sind fünf. Der Inka hat ihnen ein Haus bauen lassen und sie mit Frauen versorgt. Sie wurden auch gesucht.«

Ich rief Martin und übersetzte ihm, was Qhora mir mitgeteilt hatte. Die überraschende Nachricht brachte einen Wechsel mit sich. Sie gab Martin wieder ein wenig Frische und verhalf mir, meine Aufregung zu beherrschen.

Die Krieger setzten die Sänfte in einem Hof des Palastes ab und verschwanden mit Qhora.

Martin und ich warteten.

Ich spazierte zwischen Kantutabüschen und blaublühendem Salbei in der Runde. Das einzige Geräusch kam von einer Fontäne, die sich in ein großes Becken im sandigen Boden ergoß. In den Kissen kriechenden Grüns, die es umschlossen, tummelte sich eine ganze kleine Tierwelt aus Gold. Das Gesprudel des Strahls und die Wasserreflexe verliehen den Fischen, Fröschen und Salamandern den Anschein von Leben und Bewegung. Im Wasser wellten sich winzige gelbe Flammen. All diese kostbare Schönheit gab es im vorigen Jahr noch nicht, als wir im Mai ins Yucaytal gezogen waren.

Die Sonne ging unter. Der Himmel verdüsterte sich. Diener erschienen mit Kienfackeln. Sie boten uns einen Imbiß. Ich lehnte ab.

»Friert Ihr nicht?« sagte Martin. »Wie lange werden wir noch warten müssen? Ich sage das nicht meinetwegen, ich darf mich nicht beklagen, aber Ihr ... Könntet Ihr nicht fragen?«

»Lieber Freund! Wen oder was fragen? Niemand hat das Recht, den Inka zu fragen. Früher war es mir erlaubt, aber da wandte ich mich an den Mann; doch wenn der Mann strafen will, wird er wieder zum Gott. Wenn es Manco gefällt, läßt er uns hier bis morgen.«

»Es ist meine Schuld. Ihr seid mir zuliebe mitgekommen.«

»Martin! Wann hört Ihr einmal auf, Euch immer schuldig zu fühlen! Beruhigt Euch damit, daß Ihr nur der Vorwand wart, der mir fehlte. Ich selbst habe es gewollt.«

Gesang ertönte. Diener kamen in den Hof und baten uns, ihnen zu folgen. Wir durchschritten mehrere Galerien, und schließlich geleitete man uns in den großen Saal, wo Manco sich nach der Abendmahlzeit zu zerstreuen beliebte.

Meine Augen, an das Halbdunkel unserer Hütten gewöhnt, begannen zu zwinkern. Im Kreuzfeuer des Goldes, das die Wände vom Boden bis ans Gebälk bedeckte, erkannte ich die übliche Gesellschaft der Würdenträger, eine Gruppe von Sängerinnen mit Flöte und Tamburin und ganz hinten Manco, der saß und Chicha trank, eine Hand auf dem Kopf seines Lieblingsjaguars; zu seinen Füßen kauerten seine Frauen, und ihre mit Goldreifen gefaßten Haare schimmerten wie Seidendocken. Das einzige Ungewohnte in dem Gemälde, in dem auch ich so lange meinen Platz gehabt hatte, waren weiße Männer in Wams und Stiefeln, auch sie ihren Becher in der Hand.

Ich raunte Martin zu: »Geht, als hättet Ihr Eure Landsleute nicht bemerkt. Auf den Inka, allein auf ihn muß Eure ganze Aufmerksamkeit gerichtet sein, vergeßt es nicht.«

Mir brannte mehr Zorn als Liebe im Herzen.

Ich war mit den besten Vorsätzen zurückgekehrt, entschlossen, den schrecklichen Streit, der uns getrennt hatte, auf meine Kappe zu nehmen, kurz, Manco seine Grausamkeit zu verzeihen und sogar – sogar! – seine Gleichgültigkeit gegenüber Zara. Sind Männer denn fähig, so zu fühlen wie wir, die wir die Kinder in unserem Leib austragen und sie von unserem Blut ernähren? So hatte ich mir, offen gestanden, ein bißchen feige zugeredet, weil ich unbedingt eine Entschuldigung für ihn finden wollte, um ihn von neuem ganz lieben zu können ... Aber hatte ich dieses Warten, all dieses schmähliche Gebaren verdient? Wer hatte ihn zum Inka gemacht? Was wäre er denn, hätte meine Hand nicht Tupac Huallpa das Gift eingeträufelt? Was wäre er, hätte ich ihn nicht aus den Kerkern von Sacsahuaman befreit, indem ich hundertmal mein Leben aufs Spiel setzte?

Empörung im Sinn, warf ich mich ohne überschwengliche Bekundungen vor ihm nieder. Hinter mir kniete Martin.

»Was will der Fremde?« fragte Manco.

Ich antwortete für ihn: »Martin de Salvedra war ein Freund Almagros, mein Gebieter. Erinnerst du dich? In Cuzco hat er dich häufig besucht. Er kam in mein Dorf, wohin ich geflüchtet bin, nachdem ...«

Manco schnitt mir das Wort ab.

»Sprich von dem Fremden. War er an dem Mord an Pizarro beteiligt?«

»Er ist ein treuer Freund, eine aufrichtige Seele. Er hat nach seinem Gewissen gehandelt. Geruhe, Herr, ihm deine Gastfreundschaft zu gewähren.«

»Er kann bleiben. Er findet Gesellschaft. Diese Männer waren bei der Ermordung des Statthalters auch dabei. Sag ihm, er ist willkommen. Sag ihm auch, er darf die Stadt nicht verlassen.«

Hierauf übersetzte ich dem Inka Martins Dankesworte, dann machte der Inka ein Zeichen.

Einige Frauen erhoben sich. Drei von ihnen, runde glatte Lärvchen, hatten kaum das Alter, in dem man das Acllahuasi verläßt. Die vierte streifte mich mit feuchtem Blick: es war Inkill Chumpi. Sie hatte zugenommen.

Inkill Chumpi reichte Manco zwei kleine Goldbecher voll Chicha. Manco nahm die Becher, streckte Martin mit seiner linken Hand den einen hin. Der Hof lauerte: nach dem Zeremoniell des Zutrunks richtete man sein Verhalten. Die linke Hand ehrt einen Gast nicht so wie die rechte, und die Größe der Becher drückt die Wertschätzung aus. Zum Glück wußte Martin nichts davon, sonst wäre sein geringes Selbstvertrauen noch mehr geschrumpft!

Die Chicha war getrunken, Manco forderte Martin auf, sich zu den Spaniern zu gesellen. Nun folgten jene freudigen und lautstarken Umarmungen, die bei den Eurigen gang und gäbe sind, Pater Juan, auch wenn man die Absicht hegt, sich anderntags zu ermorden.

Ich blieb allein.

Hunderte Augen beobachteten mich unter gesenkten Lidern. Obwohl ich mit allen in diesem Saal die Gefahren, Entbehrungen und Hoffnungen des langen Marsches geteilt hatte, der uns von Ollantaytambo bis in Mancos Stadt geführt hatte, wagte es niemand, mir irgendein Gefühl zu bekunden, solange der Inka meine Stellung nicht bestimmt hatte. Mir war heiß und kalt, ich hatte Durst, meine Schläfen pochten. Aber Ihr kennt mich jetzt genug, Pater Juan, um zu wissen, daß Demütigung mich stärker macht.

Mancos Jaguar zerrte an seiner Kette. Krieger der Antis hatten seine Mutter getötet und ihn, nicht viel größer als ein Meerschweinchen, zu uns gebracht. Manchmal hatte ich ihn in meinen Palast geholt, Zara hatte ihn mit ihren kleinen Armen umschlungen, ihn geküßt und dabei gejuchzt ...

Auf Mancos Wort streckte sich der Jaguar auf den Boden. Und nun erst, als habe ihn das Tier an meine Anwesenheit erinnert, wandte er sich zu mir.

»Für dich steht eine Wohnung bereit. Man wird dich hinbegleiten.«

Ich küßte seine Sandalen in dem heißen Wunsch, zuzubeißen, und verließ hinter den Dienern den Saal.

Zugegeben, die Wohnung war schön.

Mehrere Räume um einen grünen und blühenden Innenhof. Das Anwesen lag im Westen, im Viertel der Inti Cancha, des heiligen Platzes, wo der Hohepriester und die Amauta ihren Sitz hatten, aber ziemlich abseits davon, an den Grenzen der Stadt, und vom Garten führten gewundene Pfade, die sich wie kleine Wurzeln verzweigten, in buschbestandene, jungfräuliche Weiten.

Für viele ein privilegierter Ort. Für mich das Exil, die Trostlosigkeit. Vorher hatte ich von meinem in Mancos Gärten gelegenen Palast freien Zugang zu seinen Gemächern. Jetzt würde ich, wenn ich ihn sprechen wollte, um eine Audienz ersuchen müssen, eine zusätzliche Kränkung, die ich mir keinesfalls zuzumuten gedachte.

Ich stieg aus der Sänfte. Dienerinnen eilten zur Stelle. Qhora erschien.

Gegen die Ausgestaltung der Räume gab es nichts einzuwenden. Gold überall, eingelegte Edelsteine, Töpferzierat, wohlriechendes Gebälk.

»Komm weiter, komm weiter«, drängte Qhora immerzu und zupfte an meinem Rock. Die vertraute Geste besänftigte mich ein wenig.

An der Schwelle des Schlafgemachs schickte sie die Dienerinnen fort. Ich trat ein und stieß einen Schrei aus.

An den dafür vorgesehenen Haken hingen meine Tuniken, meine Lliclias, alle Kleider, die ich zurückgelassen hatte. Und in den Nischen stapelten sich die Schatullen mit allem Schmuck, den Manco mir geschenkt hatte, meine Haarbänder und Sandalen, meine Decken und sogar all die kleinen Dinge, die ich zu meiner Toilette verwendete.

»Warst du das?« fragte ich Qhora.

»Als wir von Yucay zurückkamen, mußte ich deinen Palast ausräumen und deine Sachen in Körbe packen. Als der Inka jetzt hörte, daß du wiederkommst, befahl er, deine Körbe hierher zu schaffen. Ich habe alles selbst eingeräumt. Nichts fehlt.«

Ich betastete die Stoffe, sah mir die Augen satt an Erlesenheit, Eleganz und Schönheit. Dann legte ich Qhora die Hand auf den Kopf.

»Er liebt mich noch«, sagte ich.

Wir Frauen hängen unsere Hoffnung oft an Kleinigkeiten.

Nachdem ich andernmorgens unserem Hohenpriester und den Amauta, meinen ehemaligen Lehrern, meine Aufwartung gemacht hatte, begab ich mich zu Inkill Chumpi.

Ich hatte wenig Lust, ihr zu begegnen, doch Qhora hatte mich dazu gedrängt.

Den ganzen Weg entlang wurde meine Sänfte von einer Menschenmenge umringt. Neuigkeiten verbreiteten sich bei uns wie der Wind. Daß mir in unserer Gemeinschaft wieder ein Platz zustand, hatte die Zurückhaltung gelöst. Jeder wollte mich nun begrüßen, mir seine Freude, seine Achtung ausdrüken ... Das hob meine Stimmung. Mochte Inkill Chumpi auch in meinem einstigen Palast regieren, draußen blieb ich die Herrin!

Als sie mich erblickte, brach sie in Tränen aus.

»Wie gut, daß du gekommen bist. Ich durfte es nicht. Der Inka ... du weißt, wie er ist.«

»Ich wußte es, ich weiß es nicht mehr. Du mußt es mir schon erklären. Und was sollen die Tränen?«

Inkill Chumpi schluchzte auf.

»Du nimmst es mir übel!«

»Daß du meinen Platz eingenommen hast? Das wäre zuviel der Ehre!«

»Asarpay, Asarpay! Sprich nicht in dem Ton zu mir. Ich liebe dich, du bist meine einzige Freundin, ohne dich wäre ich nicht mehr am Leben ... Zuerst, als der Inka mich hier einquartiert hat, war ich geblendet. Du siehst, ich verhehle dir nichts ... Der Inka! Welche Frau könnte seinem göttlichen Glanz widerstehen. Von ihm ausgezeichnet zu sein! Aber sehr schnell begriff ich: er hatte mich, mittelmäßig wie ich bin, ja nur erwählt, um sich an dir zu rächen. Weil wir Freundinnen sind. Einen Mond danach sah er mich nicht mehr an. In Wahrheit hat er mich nie angesehen, er sieht keine seiner Frauen an. Wenn die Natur ihn erhitzt, läßt er vier, fünf von ihnen kommen, zerstreut sich und vergißt sie. Keine fesselt seine Aufmerksamkeit. Und dabei sind sie so jung, so hübsch! Du hast sein Herz entführt, Asarpay. Jeder in der Stadt weiß das.«

»Trotzdem lebst du jetzt über ein Jahr in meinem Palast.«

»Ob ich oder eine andere. Keine, sage ich dir! Asarpay, als wir das von Zara hörten ... Einer der Unseren brachte die Nachricht, einer aus Cuzco ...«

»Was tat Manco?«

»Er ließ uns, mich und Qhora, rufen, teilte uns den Tod deiner kleinen Tochter mit und wies uns an, unsere Trauer zu verbergen. Nur wir beide wissen, weshalb du weggegangen bist. Er spricht nie darüber, und wer hätte es gewagt, eine Frage zu stellen, deinen Namen auszusprechen! Manche glaubten, er habe dich ausgeschickt, die Weißen auszuspionieren, andere dachten, vor allem die Frauen, du hättest ihn betrogen und er habe dich töten lassen ... Asarpay, deine Tochter ...«

Jede Kleinigkeit hier rief sie mir zurück.

Ich konnte die Augen nicht auf eine der Türen richten, ohne daß ich sie auf meinen Ruf gelaufen kommen sah, fast erwartete ich, daß sie erscheine ...

Überstürzt nahm ich Abschied. Wir umarmten uns. Arme Inkill Chumpi! Mit ihrem kläglichen Willen ließ sich ein Manco nicht verführen, da brauchte es andere Waffen!

* * *

In den folgenden Tagen erwartete ich andauernd eine heimliche Zusammenkunft, irgendein Zeichen. Ich lenkte meine Ungeduld ab durch lange Bäder, frisierte mich, probierte Kleider, ich ging alle meine Schmucksachen durch, beschäftigte mich mit meinem Aussehen.

Qhora sah mir seufzend zu.

Eines Abends, als ich im Garten dem Sonnenuntergang zuschaute und dachte, daß es wohl morgen genauso sein würde wie heute, schmiegte sie sich an meinen Rock.

»Hast du jemals bedacht, wie tief du den Inka gekränkt hast?« murmelte sie. »Du sagst immer, er hat dich verjagt. Aber du wolltest fort, du hast dich aufgelehnt ... Sich auflehnen gegen den Inka! Nimmt ein

Gott eine Beleidigung hin wie ein einfacher Mann einen Schmutzfleck auf seinem Mantel?«

»Es ging um Zara.«

»Hast du dich bis ins Herz entrüstet, als die Spanier Titu Cusi raubten, seinen Lieblingssohn, und er die Entführer nicht verfolgt hat? Er konnte es nicht, ebensowenig wie bei Zara.«

»Titu Cusi war nicht mein Sohn. Eine Mutter beschützt ihr Kind. Anscheinend bist du ...«

Qhora rückte von mir ab.

»Zara war das Kind, das ich nie haben werde. Ich hätte gehandelt wie du. Aber du mußt dich damit abfinden: der Inka verzeiht nicht.«

Ich schrie: »Verschwinde, Hexe!«

Als meine böse Wut sich erschöpft hatte, dachte ich nach. Qhora hatte nicht ganz unrecht. Mir wurde klar, daß ich in meinem Groll gegen das irdische Wesen, gegen den Liebhaber und Vater, den Gott übersehen hatte. Offen gestanden, Pater Juan, und was ich Euch da anvertraue, ist ein sehr lästerlicher Gedanke, ich habe Manco trotz der ehrerbietigen Anredeformeln, die der Brauch von mir erheischte, niemals als den Gott angesehen. Dafür war er in der Leidenschaft zu menschlich! Und bei zu vielen Gelegenheiten hatte ich ihn arm und bloß gesehen. Das Bild des Inka darf durch keinen Makel getrübt werden. Doch wie dem auch sei, wenn ich meinem Stolz abschwören mußte, damit dem seinen geschmeichelt würde, war ich dazu bereit.

Wieder ging ich zu Inkill Chumpi und erfuhr, was ich wissen wollte.

Beim dritten Besuch hieß ich die Träger mich nicht in meinem einstigen Palast, sondern in den Gärten absetzen. Und ich wählte den grünen Irrgarten vor einer Terrasse, die mit Büschen bepflanzt war und wo sprudelnde Fontänen sangen. Manco hatte ihre erquickende Einsamkeit zu meiner Zeit sehr geschätzt.

Laut Inkill Chumpi kam er noch immer täglich zur selben Stunde dorthin, zur blauen Stunde der Dämmerung, die der Seele Besänftigung schenkt.

Ich hatte mich sorgfältig gekleidet. Weiße Tunika und Lliclla. Keine Stickerei, kein Schmuck, nur ein schlichtes Flechtband in den offenen Haaren.

Als Manco auftauchte, ließ ich mich quer über den Weg fallen wie eine Tote.

Wenig darauf hörte ich seine Stimme.

»Ich hatte dir soviel Verstand zugetraut, daß du uns eine Szene von solcher Lächerlichkeit ersparst. Steh auf.«

»Wozu aufstehen, wenn das Licht des Inka sich abwendet und mich in der Finsternis allein läßt!« sagte ich. »Ich habe mich vor dir, mein Gebieter, sehr schuldig gemacht. Aber gabst du mir Gelegenheit, deine Vergebung zu erflehen?«

»Asarpay, Asarpay! Ich kenne dich. Du fühlst kein Bedauern, keine Reue. Hör auf mit der Komödie, sie steht dir nicht.«

»Erhabener ...«

»Höre«, sagte Manco, »wenn der Krug bricht, läuft er leer. Das Herz ebenso. Steh auf.«

Ich gehorchte.

Sein schwerer, kalter Blick erschreckte mich.

Ich warf mich vor ihm nieder, ergriff seine Hand.

»Ich liebe dich!« schrie ich. »Du kannst nicht ...«

»Ich hätte dich für immer aus der Stadt verbannen, dich töten können. Ich kann alles. Das hast du vergessen.«

»Es ging um unser Kind, dein Kind!«

»Durfte ein Kind dir mehr gelten als der Wille deines Gebieters? Ich habe geglaubt, deine Liebe sei grenzenlos, Asarpay. Du hast mich enttäuscht.«

»Aber ich habe dir alles gegeben.«

»Hast du nicht alles bekommen?«

Kläglich sagte ich: »Manco, ich beschwöre dich, denk an …«

»Nein. Mein Gedächtnis hegt nur meinen Haß. Du kannst hier in Ehren leben, erwarte nicht mehr. Jetzt geh und besinn dich, damit du wieder zur Vernunft kommst.«

Martin de Salvedra lebte mit den Männern Almagros.

Es waren fünf: Diego Mendez, Gomez Perez, Francisco Barba, Cornejo und Monroy. Ich mochte sie nicht. Ich witterte bei ihnen eine heimtückische Verkommenheit, einen üblen Beigeruch. Dennoch ließ ich meine Sänfte um Martins willen halten, wenn ich auf sie traf.

Martin sah gut aus, er trug reiche europäische Kleider, Geschenke von Manco; sie setzten seine neugewonnene Kraft in Geltung. Er floß über vor Dankbarkeit.

»Der Inka ist derart großzügig! Oft lädt er uns zum Abendessen, beschenkt uns reichlich. Und er interessiert sich für alles. Meine Kameraden haben ihn Schach, Dame und das Kugelspiel gelehrt. Ich wette, er übertrifft sie bald alle. Er fängt sogar an, Kastilisch zu sprechen.«

»Das freut mich für Euch, Martin.«

»Und Ihr, Asarpay?«

Ich umging die Frage in lockerem Ton.

»Ich webe, sticke, ich beschäftige mich. Kann man sich in einer so großartigen Landschaft langweilen?«

Martin seufzte.

»Auf die Gefahr hin, undankbar zu wirken, sage ich ja. Man sieht Euch selten.«

»Ihr habt Eure Freunde … und Frauen. Der Inka sorgt für all Eure Bedürfnisse.«

»Bedürfnisse habe ich wenige. Asarpay, wenn ich an unsere wunderbaren Tage mit Maïta denke ...«

»Denkt nicht zuviel zurück. Erinnerungen belasten mehr, als sie nützen. Auf bald!«

Und ich winkte den Trägern.

Etwa zwei Monde nach unserer Ankunft überquerte Manco den Platz mit seinen Kriegern, Standarten, Muscheln und Trommeln.

Wohin ging er? Ich wußte nichts. Ich hatte zur Rechten des Inka gethront, jetzt wußte ich weniger als seine Bedienten! In gewissem Sinn eine schlimmere Strafe als Tod oder Verbannung, und ich war mir sicher, daß Manco das wohl bedacht hatte. Der Gedanke setzte mich in Flammen. Wenn er sich einbildete, ich würde mich damit zufriedengeben, nicht mehr zu sein als eine Figur in einer Nische! Sich zufriedengeben heißt die Niederlage annehmen. Ich nahm sie nicht an. Eines Tages würde ich, auf die eine oder andere Weise, seinen Willen besiegen. In dieser Voraussicht versuchte ich, mich über den Klatsch und die Intrigen am Hof auf dem laufenden zu halten. Qhora, die Freundschaften mit den Palastbediensteten unterhielt, war meine Kundschafterin.

Am Tag nach Mancos Aufbruch meldete sie mir, daß man den jungen Diego de Almagro auf dem großen Platz zu Cuzco enthauptet hatte.

»Der Inka ist ausgezogen, seinen Zorn zu stillen«, sagte sie. »Es wird neue Gefangene geben.«

Ich dachte sofort an Martins Gram.

»Geh ihn holen«, sagte ich.

Qhora rollte erschrocken die Augen.

»Der Inka ...«

»Ich gehöre mir! Als Zara ... Daß ich das Kind in meine Ayllu bringen konnte, daß es friedlich und glücklich dort ruht, verdanke ich Martin. Der Inka! Wenn du Martin die Wege nennst und er durch den Garten in die Werkstatt kommt, wo ich meine Weberei eingerichtet habe, wer sollte ihn sehen?«

»Die Dienerinnen.«

»Die würden sich nicht erlauben, mein Verbot zu übertreten und um die Werkstatt zu streichen, während ich färbe oder webe. Bei der Arbeit brauche ich meine Ruhe, das wissen sie genauso wie du ... Also geh, zieh kein Gesicht, Martin kennt ein paar Wörter unserer Sprache, er wird dich schon verstehen.«

So begannen die heimlichen Besuche Martin de Salvedras.

Zu Anfang ging es mir um reine Freundschaft, dann um das Vergnügen an seiner Gesellschaft und schließlich um die verbotene Lust, Manco zu trotzen.

Bei seinen ersten Besuchen sprachen wir hauptsächlich über Diego de Almagro.

»Diego«, sagte Martin, »war überzeugt, daß er eine gerechte Sache zum Sieg führe. Tatsächlich war sein Name nur der hallende Träger anderer Ziele ... Immer derselben. Zurückholen, was wir schon einmal denen abgenommen hatten, die es uns als erste abgenommen hatten. Nachdem Pizarro beseitigt war, hätte ein Bündnis zwischen dem Inka und Diego eine ausgewogene Lösung unserer und Eurer Probleme bringen können. Aber die Rache ging vor. Was soll's, er war erst zwanzig Jahre alt und schlecht beraten, Diego ist der Kamm geschwollen. Versetzt Euch an seine Stelle: Lima, das uns noch tags zuvor wie Parias ansah, machte ihm schöne Augen, wir bezogen Pizarros Palast ...«

»Wie habt Ihr es angefangen ... ich meine: Pizarro zu töten?«

»Wollt Ihr das wirklich wissen? Es war an einem Sonntag. Wir wohnten am Platz der Kathedrale, fast neben dem Palast, aber denkt nicht ... Zwischen der Höhle, wo wir hausten, und Pizarros Residenz bestand der gleiche Unterschied wie zwischen unser beider Situation! Wir hatten geplant, ihn auf dem Weg zur Messe anzugreifen. Hegte er einen Verdacht? Er ging nicht zur Messe. Wir meinten, die Gelegenheit käme nicht wieder. Unsere Spannung steigerte sich. Und so hockten wir da, käuten und käuten an unserem Haß, als einer von uns aufsprang und schrie: ›Wir müssen es tun, entweder er oder über kurz oder lang wir!‹ Wir hatten unsere Kürasse noch an, wir packten die Hellebarden, außerdem hatten wir zwei Armbrüste und eine Hakenbüchse, und es ging los auf den Platz.«

»Wie viele wart Ihr?«

»Keine zwanzig. Diego war nicht dabei. Er wurde für einen Mord verurteilt, der ohne ihn geschah. Die Messe war zu Ende, es waren wenig Leute vor der Kathedrale. Übererregt, wie ich war, brüllte ich mit den anderen: ›Es lebe der König! Tod den Tyrannen!‹, Mordlust brannte in meinen Schläfen, ich hatte nur eines im Kopf: töten! Ein Page bemerkte uns und lief in den Palast, um Alarm zu geben. Wir folgten ihm, erstiegen die Treppe. Eine Tür schlug zu. Es war die Saaltür. Sonntags, am Tag des Herrn, pflegte Pizarro zu empfangen. Als seine Gäste, die waffenlos waren, unser Geschrei und Gestampfe vor der Tür hörten, flohen sie durch Fenster und Flure, so leid es mir für ihre Ehre tut ... Da ging die Tür wieder auf. Ob der Hauptmann Chavez, dem die Bewachung des Saals oblag, die Tür vor Schreck geöffnet hat oder um sein Leben zu retten, wird man nie erfahren. Ihn fällte ein Stoß in die Kehle. Wir drangen in den Saal ein. Niemand da. Meine Beine trugen mich plötzlich kaum mehr, Brechreiz überkam mich. Wir rannten von Raum zu Raum, bis zu einem

Verschlag, den Pizarro wahrscheinlich für geeigneter hielt, sich dem Angriff zu stellen. Da stand er mit zwei Pagen und dem letzten seiner Brüder, Martinez de Alcantara, der einzige, der kein Pizarro war. Die Pagen und Alcantara wurden sofort durchbohrt. Nur noch der alte Mann mit seinen dreiundsiebzig Jahren, groß, hager, unbeirrbar, schwang sein Schwert, und wenn er es auf mich gerichtet hätte, ich schwöre, Asarpay, ich hätte nicht vermocht, ihm auszuweichen! Ich versuchte, meinen Haß, meinen Groll zu sammeln, aber ich war leer wie eine Nußschale ... Pizarro hielt stand. Außer sich vor soviel Hartnäckigkeit, stieß einer von uns den Kameraden vor ihm in Pizarros Schwert. Der spießte ihn auf, dabei öffnete er seine Deckung und empfing den entscheidenden Stoß in die Kehle. Ich will lieber nicht davon sprechen, wie sie anschließend über ihn hergefallen sind. Endlich brach er zusammen. Mit letzter Kraft zeichnete er mit seinem Blut ein Kreuz auf den Boden und hauchte aus. Es war keine schöne Sache.«

»Aber Ihr wolltet seinen Tod, Martin!«

»Nicht den. Etwas Sauberes.«

»Findet Ihr, daß es von Pizarro sauber war, den alten Almagro in seinem Kerker erdrosseln zu lassen?«

»Nein. Bestimmt nicht. Aber wenn man diejenigen nachahmt, deren Taten man verachtet, wird man dann nicht auch wie sie? Diese Schlächterei ... Und jetzt ist Almagros Sohn enthauptet, von den vielen tapferen Soldaten, die in unseren Bruderkämpfen schon geopfert worden sind, ganz zu schweigen! Wann hören wir endlich auf, uns gegenseitig hinzumetzeln?«

»Die Götter rächen sich«, sagte ich. »Unser Gold stößt Eure Häuptlinge einen nach dem anderen in die Grube. Und es ist gerecht. Wären die Spanier zu Haus geblieben ...«

»Dann hätte ich Euch nie kennengelernt«, sagte Martin.

Und sein Gesicht hellte sich auf.

* * *

Manco kehrte zurück. Martins Besuche hörten auf. Meiner Weberei kam es zugute. Ich beendete eine Baumwollspitze, so fein, daß das ganze Stück in meine zwei Hände paßte. Ich machte daraus eine Lliclla, stickte Vögel hinein aus Gold- und Silberfäden, und da ich keine Gelegenheit hatte, das Gewand zu tragen, packte ich es weg.

Dann machte ich mich an eine Tunika. Besondere Sorgfalt hatte ich auf das Farbbad verwandt, hatte Schildlaus und Pfefferbaumrinde so lange gemischt, bis ich ein leuchtendes Ockerrot erhielt. Ich beschloß, die Wolle in einer Weise zu verarbeiten, die man in Euren Ländern als »durchwirkt« bezeichnet. Natürlich versenkte ich mich in die komplizierte Arbeit, die hohes Geschick erfordert, vor allem, weil ich meinen Gedanken entrinnen wollte.

Mich bedrückte die Einsamkeit, oder vielmehr, um die Sache beim Namen zu nennen, mir fehlte ein Mann. Ich hatte zu lange keusch gelebt. Es schockiert Euch, Pater Juan, daß eine Frau das bekennt, nicht wahr? Nun, Ihr müßt wissen, so unbestritten der Vorrang des männlichen Geschlechts bei uns wie bei Euch auch sein mag, gesteht man den Frauen bei uns doch zumindest gewisse natürliche Bedürfnisse zu und erstickt sie nicht unter sakrosankter Heuchelei!

An Martin hatte ich als möglichen Liebhaber indessen nie gedacht, und ich dachte auch nicht daran, als ich ihn durch Qhora rufen ließ.

Er kam geeilt.

Ich war bei der Arbeit. Während ich den Riemen löste, der mich mit meinem Gewebe verband, beugte er sich bewundernd über mein Werk. Ich stand auf, wandte mich um. Durch die Drehung geriet ich an ihn. Unsere Oberkörper berührten sich. Martin verströmte den Geruch eines Mannes, scharf wie gewisse Kräuter am Wegrain. Jähe Hitze durchfuhr meinen Leib ... ein Erstaunen, wenn ich eine mir wohlbekannte Empfindung so ausdrücken kann, da sie so gar nicht zu den schwesterlichen Gefühlen paßte, die ich für Martin hegte.

Schon wich er zurück.

Ich ging auf ihn zu, streckte ihm die Hände entgegen.

»Martin! Ich freue mich, Euch zu sehen.«

Er nahm meine Hände und küßte sie.

»Asarpay, Ihr habt mich gerufen, da bin ich ... Aber ist das nicht unklug? Der Inka ...«

»Ihr wißt sicherlich, daß der Inka mir keine Beachtung schenkt.«

»Doch nicht, weil er Euch nicht achtet.«

Ich lachte. Tausend schalkhafte Dämonen kitzelten meinen Schoß.

»Ihr macht Fortschritte, Martin. Ihr kennt Euch schon aus in unseren Bräuchen! Einen Mann zu empfangen könnte mir tatsächlich Ärger bereiten, aber kein Ärger ist für mich schlimmer als Langeweile, und ich langweile mich ohne Euch ... Trotzdem möchte ich nicht ... Wenn Ihr Eurer Sicherheit wegen lieber ...«

Röte schoß ihm ins Gesicht.

»Haltet Ihr mich für so feige!«

»Nur für vorsichtig.«

»Vorsichtig!« wiederholte er. »Wenn es für Euch ... für Euch ...«

Armer lieber Martin!

Ich sehe ihn noch, dunkle Entrüstung in den Augen, die sonst ziemlich hellbraun waren, hin und her gerissen zwischen dem Bedürfnis, sich mit Worten zu rechtfertigen, und der Furcht, sie auszusprechen.

»Ärgert Euch nicht«, sagte ich. »Das ist kein Vorwurf. Eure Lage ist heikel. Ich würde es sehr gut verstehen ...«

Er unterbrach mich.

»Was scheren mich Gefahren, was schert mich der Inka! Seit dem ersten Tag in Cajamarca, als Villalcázar mich mitnahm und ich Euch sah ... Welch ein unvergeßlicher Augenblick! Und seitdem ... Eure Schönheit erhöht sich durch soviel Klugheit, Mut und Empfindsamkeit, sie ist der Schrein so großer Güte! Ich könnte nicht, nicht von Herzen eine noch so schöne Frau lieben, wenn sie grausam, egoistisch, berechnend wäre ...«

»Aber das bin ich auch, Martin.«

»Ihr seid wunderbar! Also sprecht mir nicht von Vorsicht. Nicht an mich dachte ich. Meine Liebe ist groß genug, ich kann ihr das Glück einiger Stunden mit Euch wohl opfern ...«

Ich blickte ihn an.

Er schlug die Augen nieder.

»Es war falsch, ich hatte mir geschworen ... Es ist lächerlich. Vergebt mir und vergeßt, was ich sagte. Ein Mann wie ich ... Was gilt die Liebe eines Mannes wie ich einer Frau wie Euch!«

Ich trat auf ihn zu.

Zieht mir die Jahre ab, Pater Juan. Konnte ein Mann, und sei er noch so schüchtern und prüde, mir widerstehen?

Ich habe Martin nie gefragt, ob er andere Frauen gehabt hatte. Mir schien, nicht. Mit der Zeit machte ich ihn zu einem nicht ganz ungeschickten Liebhaber. Im übrigen war die Gefahr, die unsere Beziehung bedrohte, eine hinreichende Würze.

Ich hatte die Wollust dieses selbstmörderischen Spiels entdeckt.

Rückblickend erkenne ich, wie verzweifelt ich gewesen sein muß, daß ich mich auf eine solche Tollheit einließ. Ich weiß nicht, was uns erwartet hätte, hätte man uns überrascht. Aneinandergefesselt und an den Haaren aufgehängt zu sterben – oder eher an den Füßen, da Martin die Haare kurz trug, kopfunter aufgehängt also an einem Felsvorsprung, bis Durst, Frost und Leiden uns auslöschen würden – es war nicht gerade die Todesart, der man entgegenstrebt! Mir erschienen diese Qualen damals nichtig, verglichen mit dem schwarzen Orkan, der über Manco hereinbräche, sähe er sich ebenso öffentlich verhöhnt, wie er mich öffentlich verschmäht hatte. Mir seine Demütigung vorzustellen war ein Genuß, wie wenn ich ihm die Zähne ins Fleisch geschlagen hätte! Ein Schlag, von dem weder der Mann noch der Gott sich je mehr erholt hätte.

Und Martin, und Qhora, werdet Ihr fragen? Ich fühlte kein Gewissen. Sie hatten sich an mein Boot gekettet, sie mußten mit, wohin es mich trieb.

Ich sehe, Pater Juan, daß ich Euch ein sehr düsteres Bild dieser Beziehung male, vielleicht weil es mir viel schwerer fällt, mich ihrer zärtlichen Momente zu erinnern.

Unsere Gespräche waren das Beste. Ich lerne gern, und Martin lehrte mich viel über Spanien, seine Geschichte, seine Geographie, seine Sitten, auch über Eure Religion. Villalcázar hatte sich nie damit abgegeben, mir irgend etwas beizubringen, außer im Bett gut zu sein.

Durch unser Geplauder lernte ich das Kastilische bis in seine Feinheiten. Ich brauchte nicht mehr nach Worten zu suchen, sie kamen von selbst. Mein Kopf speicherte die Kenntnisse mit demselben Vergnügen, wie manch einer unnütze Dinge sammelt. Von Manco zur Bedeutungslosigkeit verdammt, wußte ich nicht, wozu sie mir dienen könnten. Die Götter wußten es.

Eines Tages, als Martin mir sein Zuhause schilderte, kam er auch auf seine Schwester und auf Villalcázar zu sprechen.

»Unsere Eltern waren arm. Meine Schwester ... Ihre Schönheit, ihre Wesensart vertrugen sich schwer mit der in Würde zu tragenden Armut, die in Spanien das Los der meisten kleinen Edelleute ist. Und natürlich stellte sie Vergleiche zu dem älteren Zweig unserer Familie an, dem die Eltern Villalcázars entstammten. Sie lebten im Wohlstand. Also warf sie ihr Verlangen auf ihn und schwor sich, ihn zu bekommen. Diesen Ehrgeiz hatten alle junge Mädchen weitum, er war ein prächtiger Bursche, temperamentvoll, verwegen, wie er den Frauen gefällt. Doch tat meine Schwester, was keine andere getan hatte: sie gab sich ihm hin. Wenig darauf verkündete sie Villalcázar, sie sei schwanger. Zu jener Zeit hatte Villalcázar noch Gewissen und Ehre, er heiratete sie. Seine Mutter, die sich eine Schwiegertochter mit einer Mitgift erhofft hatte, spionierte und teilte ihm mit, daß sie ihn hereingelegt hätte: seine Frau erwartete gar keinen Erben. Eine furchtbare Szene folgte, und Villalcázar schiffte sich ein nach der Neuen Welt. Meine Schwester, Gott sei ihrer Seele gnädig! trug schwere Schuld. Sie hat in ihm das Edle und Gute zerstört, vor allem jeden Glauben an die Menschen. Die Unglückliche hat es gebüßt. Villalcázar ist nie nach Spanien zurückgekehrt. Sie blieb allein, in der eigenen Falle gefangen, verliebt in einen Mann, den sie verloren hatte, von seiner Familie verachtet. Und sie hat noch härter gebüßt, als Villalcázar sie gute zwanzig

Jahre später nach Cuzco kommen ließ, um den Gesetzen zu genügen, die jedem Grundbesitzer in der Neuen Welt vorschreiben, seine Frau zu sich zu holen oder, falls er keine hat, zu heiraten ...«

Ich hatte Martins Schwester nur als Leiche gesehen, eine längliche Form in einem Sarg, lockige blonde Haare, zwei Hände, die sich über einem Kruzifix falteten. Sie ging mich nichts an. Aber dieses Bild verquickte sich in meinem Geist mit Zaras Tod, und es schmerzte mich grausam.

Seinen Erinnerungen hingegeben, fuhr Martin fort.

»Als meine Schwester ankam, war ihre schwache Gesundheit von den Beschwernissen der Reise noch mehr zerrüttet. Von Spanien bis Peru fährt man etwa ein halbes Jahr. Sie hegte kaum Illusionen. Aber einen Mann am Arm zu haben, und sei es nur in den Pflichten der Repräsentation, erschien ihr schon viel nach dem Fegefeuer, das sie durchlebt hatte. In Cuzco kam sie vom Fegefeuer in die Hölle, das Haus wimmelte von Konkubinen, der Mann hing besessen einer unsinnigen Leidenschaft an, die sich mit der Zeit nicht milderte, sondern verstärkte ... Wenn Villalcázar getrunken hatte, das heißt beinahe jede Nacht, kam er ins Schlafzimmer meiner Schwester und pries der armen Frau Eure Schönheit, oder er verwünschte Euch. Er hatte sogar, ohne Euer Wissen, mehrere Bildnisse von Euch malen lassen, während Ihr noch in Cuzco wart, meine Schwester hat es mir erzählt. Nur eins davon hatte er behalten, er hatte es über ihr Bett gehängt. Ziemlich ähnlich, ich sah es, als sie mich zu sich rief ... Asarpay! was habt Ihr? Mein Gott, wie roh ich bin! Dabei hatte ich mir fest vorgenommen, Euch nie an den unheilvollen Tag zu erinnern ...«

Ich zwang mich zur Ruhe.

»Glaubt Ihr, daß er noch lebt?«

Mein Haß war neu erwacht, er raste in meinem Bauch. Zu denken, daß Villalcázar noch lebte, daß er mein Bild in seinem Schlafzimmer hatte und sich darunter mit Kreaturen wälzte! Sofern er nicht den Anstand gehabt hatte, es abzuhängen, nachdem Zara ... Er war am Leben, und mein Kind tot!

»Ob er noch lebt?« wiederholte Martin. »Er soll, wie ich hörte, in der Schlacht von Chupas verwundet worden sein, wo er natürlich gegen uns kämpfte, auf seiten der Krone, aber seither ...«

Da erzählte ich Martin meinen Ausflug nach Cuzco mit dem Vater meines Vaters, nach Pizarros Tod.

»Wie seltsam die Ereignisse sich verketten!« sagte ich. »Wenn ich das bedenke: hättet ihr Pizarro nicht erschlagen, wäre Villalcázar nicht nach Lima geritten, er hätte mich empfangen, und vielleicht hätte ich ihn getötet.«

Martin schloß mich in seine Arme.

»Ich bin froh, daß Ihr es nicht getan habt. Kaltblütig zu töten hinterläßt nichts wie Ekel. Eine Frau wir Ihr ...«

Ich löste mich auflachend.

»Eine Frau wie ich! Das sagt Ihr immer. Martin, kennt Ihr die Frau, die ich bin?«

* * *

Mond für Mond schrieb sich das neue Jahr in den Himmel. Und abermals begann ein Jahr.

Eines Tages im Erntemonat kam Martin in heller Erregung.

»Asarpay! Seine Majestät hat für Peru einen Vizekönig ernannt, er ist bereits gelandet. Er soll Vollmachten haben, die Eurem Volk günstig sind, und beauftragt sein, mit dem Inka Verträge zu schließen. Der erfuhr es gestern abend durch seinen Kundschafter. Er scheint Verhandlungen nicht abgeneigt.«

»Wer kann das bei Manco je genau wissen?« sagte ich.

Meine unterkühlte Haltung zerstob am folgenden Morgen. Die Sänfte eines Würdenträgers hielt vor meiner Tür und brachte die so sehnlich erhoffte und schon nicht mehr erwartete Botschaft: der Inka rief mich noch am selben Nachmittag in den Palast.

Stellt Euch, Pater Juan, einen Gefangenen vor, der in seinem Kerker, dreißig Fuß unter der Erde, vermodert und dem man ankündigt, er solle das Licht wiedersehen, stellt Euch meine Seligkeit vor ... Das Undenkbare, das Unmögliche sollte geschehen!

Wie jede Frau richtete ich meine Toilette nach meiner Stimmung. Ich ließ meine Haare in Kräuterbädern sieden. Ich schickte die Dienerinnen, Orchideen zu pflücken. Ich musterte zwanzig Tuniken, meine sämtlichen Gürtel, leerte meine Schmucktruhen, fiebrig, unentschlossen, verrückt vor Glück.

Qhora beobachtete mich mit spöttischem Blick. »Du gehst zu keinem Fest«, sagte sie immer wieder.

Zur Besinnung gekommen, hielt ich es für klüger und würdiger, ganz schlicht aufzutreten. Ich nahm die Blumen aus meinem Haar, entblößte meine Ohren, meinen Hals, meine Handgelenke von allem Überfluß und entschied mich für einfache Kleider. Als einziges Zugeständnis an meinen Stolz zeichnete ich mir mit Ichma eine feine Linie vom Augenwinkel bis zu den Schläfen. Nur Prinzessinnen war der Gebrauch dieses Schminkpuders erlaubt, ein entzückendes Scharlachrot. Manco hatte ihn mir zur frohen Zeit unserer Liebe, in Übertretung des Brauchs, zugestanden. Es würde ihn daran erinnern, wie groß die Kraft seines Verlangens damals gewesen war!

Im Palast wurde ich zu einer offenen Galerie geführt, wo der Blick über Muschelboskette ins Weite schweifte, bis hin zu einem Wasserfall.

Manco thronte auf einer Bank aus rosa Granit. Die fünf Spanier und Martin zogen bei meinem Eintritt die Hüte. Frauen füllten die Becher mit Chichawein. Ich trat vor, verneigte mich. Eine Frau brachte eine Matte. Ich ließ mich nieder.

Seit jener Szene im Garten hatte ich Manco nicht mehr gesehen. Ich weiß noch, er trug einen seidenweichen schwarzen Mantel aus Vikunjawolle. Die Jahre hatten ihm noch mehr Majestät verliehen, aber das schöne, verschlossene Gesicht erinnerte kaum mehr an das Antlitz seiner Jugend.

Er kam gleich zur Sache, ohne Vorrede, ohne Höflichkeit.

»Wisse, Asarpay, daß unsere Situation eine neue Wendung nimmt. Der spanische Herrscher scheint sich endlich um unsere Rechte zu kümmern. Er schickt uns einen Gesandten mit außerordentlichen Vollmachten. Diese hier anwesenden Männer erbieten sich, in meinem Namen zu verhandeln und die Rückkehr unseres Hofes nach Cuzco zu erwirken ... Natürlich denken sie dabei in erster Linie an ihre Amnestie! Aber ich habe nicht die Absicht, sie ihnen zu ermöglichen, indem ich hinkende Abmachungen unterzeichne. Die Vertragsbedingungen müssen Punkt für Punkt besprochen werden. Dazu habe ich nicht genug Übung in ihrer Sprache. Und ein Dolmetscher ... Es geht nicht nur um die Worte, sondern um ihren wahren Sinn. Du hattest als einzige unter uns genügend Umgang mit den Spaniern, um hinter ihre Listen zu kommen. Diese Männer scheinen durchdrungen von Eifer und Dankbarkeit, trotzdem bleibt ein Weißer immer ein Weißer. Du wohnst also unseren Beratungen bei.«

Ich küßte Mancos Sandale, den Saum seines Mantels. Ich versicherte ihn meiner Ergebenheit und dankte ihm für sein Vertrauen, wobei ich mein Frohlocken hinter dem gleichen kalten, unpersönlichen Ton verbarg, den er gebrauchte.

Ein Goldschimmer überstrahlt in meinen Erinnerungen die folgenden Tage. Ich war vom Morgen an im Palast und kehrte erst bei Fackellicht zurück.

Qhora erwartete mich und fragte mich aus: »Habt ihr miteinander gesprochen?«

»Das ist gar kein Ausdruck! Meine Kehle ist ganz ausgetrocknet.«

»Ich meine: hat der Inka etwas zu dir gesagt ... etwas, das anzeigt, daß du außerhalb der Dienste, die du ihm leistest ...«

»Qhora! Haben die Götter dich an meine Seite gestellt, um mir ständig vor Augen zu führen, daß das Leben ein Sumpf ist? Zur Zeit ist Mancos Blick auf Cuzco gerichtet ... Entscheidend ist doch, daß er mich braucht, und vor allem, daß er es zugibt. Das Übrige wird schon kommen. Die Würdenträger täuschen sich darin nicht! Sie haben plötzlich ihr Gedächtnis wiederentdeckt und überhäufen mich mit Aufmerksamkeiten.«

Diego Mendez erwies sich kraft seiner Persönlichkeit als Anführer der fünf Spanier. Also ging er als Bevollmächtigter zum Vizekönig nach Lima.

Während wir seine Rückkehr erwarteten, nahm ich meine Weberei wieder auf.

Martin hatte sich eingestellt.

Mich verlockte es nicht mehr, an den Haaren oder an den Füßen aufgehängt zu sterben. Ich sah eine Möglichkeit, meine Privilegien, meine Bedeutung und, vielleicht, Manco wiederzugewinnen. Ich verabschiedete Martin. Freundschaftlich ... und mit Versprechen, von denen ich glühend wünschte, sie nicht halten zu müssen. Es war nicht leicht. Verwünschungen wären mir lieber gewesen als seine Ergebenheit.

Diego Mendez kam zurück.

Nichts gefiel mir an diesem Spanier, seine ungesunde Dickleibigkeit so wenig wie die schütteren roten Haare; er tauchte seinen Bart in die Chicha, vermischte Hochmut und Grobheiten, und vergeblich suchte man seinen fahlen Blick unter den schlaff hängenden Brauen. Aber wie sollte man einen Mann nicht als Freund empfangen, der einem den Frieden wiederbrachte und, mit einer Stimme wie tausend Trompeten, uns die Tore von Cuzco aufstieß?

Zehn Jahre Kampf zwischen dem Inka und Seiner Spanischen Majestät näherten sich dem Ende. Mancos Heroismus und Beharrlichkeit triumphierten. Sicher mußte man den Interessen der Krone Genüge tun, die Teilung der Macht in Erwägung ziehen, aber teilen ist besser, als eine hohle Hand zu schwingen, und Manco schien es endlich einzusehen. Die Vorbereitungen zum Aufbruch begannen. Manco ließ mich wissen, daß ich ihn nach Lima begleiten würde, um zwischen ihm und dem Vizekönig zu dolmetschen. Sonne, Sonne! Meine Sänfte schwamm auf rosa Federn, ich berührte den Boden nicht mehr.

Und es kam der Morgen, da alles ins Wanken geriet.

Es war vier Tage vor unserer Abreise. Ich ruhte in meinem Schlafgemach.

Qhora hatte mir am Abend eine Maske ihrer Erfindung aufgetragen, die meiner Haut jugendliche Frische geben sollte ... Lacht nur, lacht, Pater Juan. Falten verstärken bei einem Mann die Männlichkeit; bei einer Frau ist jede Falte ein Abstrich ihrer Verführungskaft! Da lag ich also und flog in Gedanken den erlesensten Aussichten entgegen, was, nebenbei gesagt, die Jugend sicherer bewahrt als jede Maske – da plötzlich kam Qhora.

»Der Fremde ist in deiner Werkstatt.«

»Martin?«

»Soviel ich weiß, empfängst du keinen anderen.«

Ich erhob mich.

»Ich hatte ihm doch gesagt ...«

Ich riß die Maske ab, die sich löste wie eine Haut, und lief hinaus. Ich war wütend und verwünschte Martin. Über ein Jahr hatte ich ihn unbesorgt in meinen Armen empfangen. Jetzt wollte mir allein dadurch, daß ich ihn bei mir wußte, der Boden unter den Füßen schwinden.

Ich betrat die Werkstatt.

»Martin, ich hatte Euch gesagt ...«

»Asarpay, ich habe soeben ein Gespräch meiner Kameraden belauscht. Sie sagen mir ja nichts. Man muß den Inka warnen. Diego Mendez und seine Freunde haben vor, ihn zu ermorden.«

»Manco ermorden! Ihr sagt: ermorden?«

»Ja.«

Ich lehnte mich an die Wand.

»Das ist ...! Und wie wollen sie das anstellen? Sie sind nur fünf.«

»Mehr habe ich nicht gehört.«

»Das ist doch Unsinn! Welches Interesse sollten sie daran haben?«

»Asarpay, überlegt. Für Spanien wären mit dem Verschwinden des Inka die Probleme hier grundsätzlich gelöst, da er der einzige Vertreter der Interessen der Indios ist. Womöglich ist Diego Mendez in Wahrheit schon nach Lima gegangen, um über dieses Angebot zu verhandeln? Mord gegen Mord. Der Mord am Inka macht den an Pizarro wett! Oder kam die Idee von seiten des Vizekönigs? Ich weiß es nicht. Nach den paar Sätzen, die ich erhaschen konnte, ist jedenfalls sicher, daß sie sich davon ihre Rehabilitierung und sonstige Vorteile erhoffen. Schufte, die! Die Wohltaten des Inka so zu vergelten ...! Ich schäme mich ...«

»Martin, ich muß in den Palast. Geht Ihr zurück. Sie dürfen nichts ahnen, sonst seid Ihr der nächste.«

»Ach, ich«, sagte Martin.

Wie oft sehe ich noch diesen überdrüssigen Zug um seinen Mund, ich sehe ihn, und es tut mir weh.

Ich werde nie erfahren, ob Manco meine Warnung ernst nahm oder nicht. Die Augen auf den Boden gerichtet, die Seele wie entrückt, hörte er meine Worte und schickte mich weg.

Ich verbrachte den Tag in Ängsten, ging andernmorgens wieder in den Palast. Manco empfing mich nicht. Als ich meine Sänfte bestieg, strauchelte ich, und die bösen Vorzeichen häuften sich. Mehrmals liefen mir Schauer durch den ganzen Leib, und es sauste mir in den Ohren, ich trat auf einen Skorpion, eine Dienerin gähnte dreimal vor mir, zwei Spinnen ... Ich höre auf, es langweilt Euch. Die Europäer fühlen nicht wie wir voraus, sie wissen die Zeichen nicht zu deuten, durch die sich das Unglück ankündigt, sie lachen darüber, zu Unrecht.

Erschöpft legte ich mich beizeiten nieder.

Fern erklang ein Flötenkonzert, das aus dem Palast kam. Manco gab ein großes Bankett zu Ehren seiner spanischen Gäste, ein Bankett, das die Reihe der Festlichkeiten und Opferfeiern beschloß, die seit der Ankündigung unseres Aufbruchs einander gefolgt waren. Die Musik beruhigte mich ein wenig.

Ist Euch aufgefallen, Pater Juan, daß die tragischen Ereignisse in meinem Leben mich meist aus tiefem Schlaf gerissen haben?

Verstört, ungekämmt, schlotternd vor Kälte wurde ich in dieser verhängisvollen Nacht von den Trägern in den Gärten des Inka abgesetzt, wo wir einst so glückliche Stunden verlebt hatten. Ich lief los. Die Frauen wichen auseinander. Ich fiel auf die Knie. Mancos Tunika und Mantel waren rot vor Blut, aber er atmete. Der Hohepriester hob mich auf. Die Ärzte umringten Manco. Man trug ihn fort. Ich blieb zwischen den stummen Würdenträgern und der heulenden Dienerschaft allein.

Ich rang um Fassung. Ich hatte das Schlimmste befürchtet. Das Schlimmste war an uns vorübergegangen ... Manco lebte!

Während ich mir dies immer wiederholte, suchte ich mit den Augen nach Martin. Durch den Diener, den Inkill Chumpi mir mit der Nachricht geschickt hatte, wußte ich schon, daß die Spanier das Attentat verübt hatten, aber Martin ...

Da ich ihn nirgends sah, brach ich das niedergeschmetterte Schweigen der Würdenträger.

Ich fasse zusammen, was sie über das Drama berichteten: Nach dem Bankett hatte Manco eine Partie des Kugelspiels angesetzt, seine bevorzugte Zerstreuung. Diego Mendez gewann Manco ein Goldstück ab, verlor es wieder und empörte sich ... Von da an widersprachen sich die Zeugen. Den einen zufolge stürzte sich Diego Mendez auf Manco und traf ihn mit seinem Degen; die anderen sagten, Manco habe im Verlauf des Spiels ein düsteres Vorzeichen gesehen, er habe seiner Garde befohlen, die Spanier umzubringen, daraufhin hätten Diego Mendez und seine Kameraden sich auf ihn gestürzt und auf ihn eingestochen.

Aber Martin ...?

Arme wiesen nach einem großen Feuer weiter unten am Hang.

»Die weißen Männer sind den Garden entkommen. Sie haben sich in das Haus geflüchtet, das der Inka ihnen zur Wohnung gab. Sieh, es brennt. Die Garden haben es in Brand gesteckt und umzingeln es. Wenn das

Feuer die weißen Männer hinaustreibt, werden sie von den Garden getötet.«

Ich eilte hinab.

Als die Terrassen hinter mir lagen, lief ich einen Pfad hinunter, der zu dem Haus führte. Ich brauchte nicht weit zu laufen. In niedrigem Buschwerk lag eine dunkle Gestalt.

Ein Schwert oder eine Lanze hatten Martin zwischen den Schultern durchbohrt. Ich öffnete das Wams. Sein Herz schlug nicht mehr. Ich setzte mich auf die Erde, drückte Martin an mich und wiegte ihn, wie ich mein totes Kind gewiegt hatte.

Manco überlebte seine Wunden nur fünf Tage.

Kurz vor seinem Tod ernannte er, wie es bei uns Brauch ist, seinen ältesten legitimen Sohn zum Herrn und Gebieter, den jungen Sayri Tupac.

Dann kam das langsame, das grausame Abschiedsdefilee. Der ganze in Trauer gehüllte Hof beugte sich, einer nach dem anderen, über Mancos Lager, seinen letzten Atem und seine Worte zu empfangen. Endlich rief er mich.

»Asarpay, dieser ist dein neuer Inka. Sei ihm in allem dienstbar ... Und du, mein Sohn, höre den Rat dieser Frau, sie ist hellsichtig, klug und weise.«

Verzweifelt, der Etikette zuwider, suchte ich Mancos Blick. Er senkte die Lider. Der Inka geruhte mir einige Verdienste zuzuerkennen, er verzieh mir nicht.

Seine einbalsamierte Hülle wurde in den Sonnentempel überführt.

Martin ruht unter einem Pisonaybaum. Ich erhielt die Erlaubnis, ihn nach Euren Brauch zu bestatten. An seinem Grab betete ich ein Ave-Maria. Er hatte es mich gelehrt, ich fand die Worte poetisch. Und ich errichtete ihm ein Kreuz.

Wenn es Euren Gott gibt, Pater Juan, wohnt Martin zu seiner Rechten. Wenn er aber nur Blendwerk ist, haben unsere Götter es sich gewiß zur Freude gemacht, seine schöne, lautere Seele ins Paradies zu geleiten. Er fiel, wie Manco, der Habgier der Eurigen zum Opfer.

Pater Juan, morgen abend, bei unserer letzten Rast, werde ich meine Geschichte beenden. Vielleicht bereut Ihr dann Eure Neugier. Aber es wird zu spät sein. Ihr wolltet wissen, Ihr sollt es.

Pater Juan de Mendoza
13. Oktober 1572

Oh, Barbarei! Doch frage ich Dich, Herr, wer hier die Barbaren sind? Diese Indios, deren Seele noch brachliegt, oder jene, über die Du großmütig Dein Licht gebreitet hast, die aber Gold und Ehrgeiz taub gemacht haben für Deine Lehren?

8

Die Frau, die ich war, starb bei Mancos Tod. Diejenige, die ich bin, wurde geboren. Nach langer, schmerzvoller Trauer erkannte ich, daß ich in unserer Stadt nichts mehr zu suchen hatte. Was konnte ich noch erwarten? Doch nur das abgeschiedene Dasein einer ehemaligen Favoritin. Eine Ehrenstellung, Privilegien, Hochachtung ... Schale Aussichten, die mich erschreckten. Ich fühlte mich noch jung an Körper und Geist und fand, ich hätte Besseres verdient, als am Rand des Lebens dahinzudämmern. Eine unerhörte Anmaßung für eine Frau ohne männlichen Beistand, dessen war ich mir voll bewußt, aber Stolz und Haß trieben mich, unsere Bräuche umzustürzen und mir einen Weg jenseits der vorbestimmten Bahn zu suchen.

Glaubt nun nicht etwa, Pater Juan, ich hätte, zu solchen Schlußfolgerungen gelangt, meine paar Schätze Trägern auf den Rücken geladen, meine Sänfte bestiegen und mich auf die Reise gemacht! So geht das bei uns nicht. Dazu brauchte ich die Billigung unserer Oberen und einen genauen Plan.

Außerhalb unseres Berges saßen überall die Spanier, und sie waren wohl kaum gewillt, mich ans Herz zu drücken.

Mein Ziel war natürlich Cuzco.

Von diesen Überlegungen ausgehend, entwarf ich in groben Zügen meine Strategien. Das Schwierigste war, sie miteinander in Übereinstimmung zu bringen. Wenn ich nicht weiterwußte, wenn ich vor lauter Risiken bezweifelte, daß meine Pläne durchsetzbar wären, ging ich zu Martins Grab, das ich über die Terrassen unterhalb des Felsens erreichte, wo auf Spießen die bärtigen Köpfe von Diego Mendez und seinen Kumpanen emporragten und in Wind und Frost verdorrten, und ich fand wieder Mut und Ideen.

Als ich mir klargeworden war, ersuchte ich um eine Audienz bei Atoc Supay, einem hohen Würdenträger, den Manco unter seiner Verwandtschaft zum Regenten bestimmt hatte, weil der neue Inka erst zehn Jahre alt war.

Etwas, das dem Tugendsamen Schauder einflößt, das aber europäische Königshäuser zum Träumen bringen könnte, die, glaube ich, bisweilen Schwierigkeiten haben, einen fähigen, normal beschaffenen Erben zu zeugen: unsere Inkas hatten manchmal bis zu zweihundert Kinder. Diese Überfülle ist aus der Anzahl, der Unterschiedlichkeit und Schönheit ihrer Frauen zu erklären. Die Kinder pflanzten sich ebenfalls fort, Ihr mögt Euch danach die riesige Verwandtenzahl des regierenden Inka vorstellen! Diese Verwandtschaft bildete im wesentlichen auch seinen Hof. Natürlich konnten nicht alle männlichen Nachkommen – die weiblichen und ihre Kinder kamen nicht in Betracht – Anspruch auf himmlischen Glanz erheben. Etliche rettete nur die Herkunft aus ihrer Mittelmäßigkeit, aber viele besaßen die Klugheit, Unbeugsamkeit und Verschlagenheit, die einen Befehlshaber auszeichnen, und sie stellten die Provinzgouverneure, die Feldherren und hohen Beamten. Ein solcher Mann war der Regent Atoc Supay.

Ich habe mich oft gefragt, welche Gründe ihn wohl bewogen hatten, mir seine Zustimmung zu geben. Hielt er mich für fähig, ein nützliches Werk zu verrichten, oder kam ihm die Gelegenheit recht, sich einer Frau zu entledigen, deren so eng mit den heroischen Zeiten Mancos verknüpfte Persönlichkeit seinem Einfluß auf den jungen Inka hätte im Wege stehen können?

Wie dem auch sei, ich bekam, was ich wollte: meine Handlungsfreiheit und die zu dem Abenteuer unerläßlichen Informationen. Diese stellten sich, unseren Spionen gemäß, allerdings so dar, daß ich meine Reise zunächst verschieben mußte. Wir näherten uns Mancos zweitem Todestag, als ich mit Qhora in meinem Palast im Yucaytal eintraf.

Den Ort wiederzusehen, Marca Vichay, meinen teuren Canari, nach so vielen Jahren wiederzusehen ...

»So viele Jahre, Marca Vichay!« sagte ich immer wieder und verhielt der Würde halber meine Tränen.

»Vierzehn, edle Frau Asarpay. Vierzehn Jahre sind es, seit ich nicht mehr das Glück hatte, dich unter deinem Dach zu empfangen. Und zwölf Jahre sind es her, daß wir uns in Cuzco begegnet sind, kurz nachdem der Inka Manco den Thron bestiegen hatte.«

Von Marca Vichay geführt, gelangten wir in den großen Saal. Eine Menge Möbel reihten sich an den Wänden und verengten den Raum, den ich so nobel in seiner Kargheit gekannt hatte. Um einen Tisch saßen Spanier beim Würfelspiel und tranken Wein. Sie schenkten unserer bäuerlichen Verkleidung keinen Blick.

Marca Vichay blieb bei ihnen stehen. Er verneigte sich, wechselte mit den Spielern ein paar Worte in gutem Kastilisch und füllte die Kelche. Er lächelte. Ich staunte über das Schauspiel, das er mir bot. Wer hätte ihn nach seinem Diensteifer für einen der Unseren gehalten?

Die Jahre waren ihm bekommen. Ich hatte ihn verlassen als jungen Mann, der nichts besaß, nicht einmal seine Dienertracht. Jetzt war er ein mächtiger, stolzer Mann mit geschmeidigem Gebaren, in feine Wolle gekleidet, und dank seiner offensichtlichen Bindung an die Sieger gebot er über mehrere Dörfer. So konnten unsere Kuriere und Kundschafter sich ungestraft durch das Tal zwischen Cuzco und unserer Stadt hin und her bewegen.

Das einzige, was an die Vergangenheit erinnerte: Marca Vichay trug noch immer seine langen, glänzenden Haare zum Knoten gewunden, seinen Holzreif und seine vielfarbigen Flechtbänder, die ihm über den Nacken fielen.

Als er zu uns zurückkam, murmelte ich: »Gehen wir! Diese Männer hier ... ich ersticke!«

Wir nahmen die Treppe, die zu den Bädern führte. Sie waren nicht wieder instand gesetzt worden. Die herausgerissenen Steine, die aufgebrochenen Fliesen zeugten noch von der Besessenheit, mit der die Spanier sich auf jedes Fünkchen Gold gestürzt hatten.

Zu den Terrassen wollte ich nicht hinauf. Die Gärten waren verwildert, voller Gestrüpp. Pferde weideten im wuchernden Gras.

»Ich bin untröstlich«, sagte Marca Vichay. »Man kann ihnen nicht begreiflich machen ...«

Ich straffte mich.

»Bald, das schwöre ich dir bei meinem Leben, sind diese Strolche hier vertrieben. Mit ihren Tieren, ihrem Lärm, ihrem Gestank! Gehen wir zu dir.«

Ein Stück abseits vom Palast hatte sich Marca Vichay ein Haus gebaut. Seine Frauen eilten herbei. Anmutig, hübsch gekleidet. Nacheinander küßten sie den Saum meiner schmutzigen Tunika.

»Bist du sicher, daß sie nichts sagen werden?« raunte ich.

Marca Vichay schürzte die breiten Lippen: »Sie sind jung, sie hängen am Leben.«

Er selbst trug mir auf, was ich am liebsten aß, herrliche Früchte, übergossen mit Honig aus dem Mais von Yucay, dem besten Mais, den es je gab. Nach dem Mahl schickte er seine Frauen hinaus.

Die Spanier waren fortgeritten. Wir nützten es, um noch einmal in den Palast zu gehen. Während Marca Vichay Wache hielt, stieg ich in den geheimen Saal hinunter, wo ich mein Gold und meine Kostbarkeiten versteckt hatte. Es fehlte nichts. Ich hatte mich selbst überzeugen wollen, bevor ich mich ihm weiter anvertraute. Danach gingen wir wieder zu ihm.

Ich hatte keine Lust, mich bei den verflossenen Jahren aufzuhalten, wo selbst die Freuden sich in Kummer verwandelt hatten. Ich teilte ihm nur mit, was er darüber wissen mußte, dann kamen wir zu meinen Plänen.

»Was du auch tun wirst, es wird gut sein«, sagte Marca Vichay.

Ich hatte meine Macht über ihn nicht verloren. Ich fühlte es, und süße Freude liebkoste mein Herz. Ich sagte Euch ja, Pater Juan, Anbetung speist mein Leben. Seit Martin tot war, hatte ich ziemlich gedarbt.

»Ich bin froh, dich auf meiner Seite zu wissen«, sagte ich.

Dann sprachen wir über Gonzalo Pizarro.

Vermutlich, Pater Juan, ist Euer Geist höchst erbaut, all die aufeinanderfolgenden inneren Krämpfe festzuhalten, von denen die Spanier geschüttelt wurden in diesen ersten Jahren, als sie sich in unserem Land einnisteten. Ich erlebte die Auswirkungen von nah oder fern. Sie durchziehen meine ganze Geschichte. Dennoch kann ich mich des Genusses nicht erwehren, abermals in zwei Worten darauf zurückzukommen. Was wollt Ihr, von Besiegten kann man kein Mitleid erwarten. Wenn die Eurigen sich zerfleischten, ging es den Meinigen eine kleine Zeitlang gut.

Dabei sehe ich wohl, welche Prüfung es für einen Gottesmann sein muß, an seinen Landsleuten Züge zu entdecken, die so sehr dem widersprechen, was die Religion predigt ... Die heimtückischen und menschenverschlingenden Schikanen, die sich Almagro und Pizarro lieferten, die schändliche Erdrosselung des ersteren, der Mord an dem zweiten, die Enthauptung des jungen Diego, dazu all die namenlosen Gefallenen auf diesem oder jenem Schlachtfeld ... Ihr müßt zugeben, diese mit Leichen gespickten Wechselfälle bieten uns Ungläubigen ein äußerst denkwürdiges Beispiel der christlichen Moral. Das Kreuz zu schwingen, das Sinnbild der Liebe und Milde, und dabei bis zum Bauch im Blut seiner Brüder zu waten – welch überzeugendes Bild! Zumal diese Raubtierkämpfe damit ja noch nicht endeten ...

Ein Machtstreben unterdrücken zu wollen ist Unsinn.

Der von Seiner Spanischen Majestät entsandte Vizekönig, derselbe, erinnert Euch, der Verhandlungen mit Manco aufnehmen sollte, erfuhr es auf seine Kosten.

Damit sind wir nämlich bei den jüngsten Ereignissen angekommen, die sich abgespielt hatten, während ich an meinen Plänen spann und wob, um unsere Stadt zu verlassen. Und wieder ist Gonzalo zur Stelle, der einzige Pizarro, der noch in Peru lebte, und betritt lautstark aufs neue die politische Bühne.

Wie es dazu kam?

Der Grund liegt in neuen Verordnungen, die das Los der Menschen meiner Rasse ein wenig lindern sollen. Der Vizekönig hat sie mitgebracht. Empörung unter den Kolonisatoren. Wozu hat man das Land erobert, wenn man die Eingeborenen nicht mehr versklaven und ihren Schweiß, ihr Blut nicht mehr in Gold ummünzen darf? Der Vizekönig ist ein beflissener Beamter. Er will die Verordnungen, koste es was es wolle, durchsetzen. Als er landet, kennt er die Einstellung der hiesigen Spanier nicht ... Wer kennt sie überhaupt bei Euch daheim! Er wird zum Opfertier. Die Kolonisten wenden sich an Gonzalo. Auch er heult vor Groll und Wut, weil er meint, der Stuhl des Statthalters, den sein Bruder innehatte, stehe rechtens ihm zu und nicht diesem farblosen königlichen Gesandten.

Gonzalo Pizarro stellt sich also an die Spitze des Aufruhrs.

Durch Gold oder Drohungen gefügig zu machen – auf dem Gebiet ist Gonzalo Meister. Die Stadtverwaltung von Cuzco ernennt ihn zum Generalstatthalter. Die königlichen Richter in Lima setzen den Vizekönig ab und befehlen ihm zu verschwinden. Der Vizekönig flieht. Gonzalo schnappt ihn bei Quito und läßt ihm von einem schwarzen Sklaven den Kopf abschlagen. Wieder fällt ein bärtiges Haupt!

Geschehen war dies im Januar 1546, ein Vierteljahr, bevor ich unsere Stadt verließ. Ich war jetzt fähig, meinen Haß vollkommen zu beherrschen, weil ich endlich begriffen hatte, daß ich ihn nur auf die Weise stillen könnte.

Am andern Morgen bestieg ich mit Qhora die Sänfte von Marca Vichay. Ich hatte meine Lumpen gegen elegante Kleider und besonders prächtigen Schmuck vertauscht. Die Frauen hatten mein Haar verschönt. Was ich in den Augen Marca Vichays las, tat mir wohl.

Als ich meine Geschichte begann und wir beide, Pater Juan, erst einen flüchtigen Eindruck voneinander hatten, erlaubte ich mir, Euch einen kleinen Vortrag darüber zu halten, daß das Kapital einer Frau ihre Schönheit ist.

Zu jener Zeit nun war mir mein Aussehen wichtiger denn je. Von ihm hing alles ab! Und bange fragte ich mich immer aufs neue: werde ich Bartolomé Villalcázar noch gefallen?

Ja, Villalcázar! Ich dachte mir, daß Ihr zusammenzucken würdet. Man kann alles mögliche, Pater Juan, wenn die Rache am Ziel ist!

Dichter Regen begrüßte mich, als ich nach Cuzco kam. Diesmal hatte ich meine Vorsorge getroffen. Aus den Kundschafterberichten, die dem Regenten unserer Stadt vorlagen, hatte ich erfahren, daß Villalcázar, nachdem er an den siegreichen Treibjagden Gonzalo Pizarros teilgenommen hatte, wieder in der Stadt war.

Die Sänfte hielt vor seinem Haus.

Der Diener, der mir öffnete, war derselbe, der den Vater meines Vaters beschimpft hatte. Sein Auge schätzte ab, was ich an Gold und Smaragden am Leibe trug, und er bat mich höchst ehrerbietig, ihm zu folgen.

Wir erstiegen die Treppe. Drei junge Dinger kamen herunter. Sie trugen europäische Kleider, die ihnen die Taille einzwängten und ihre Brüste hervorhoben. Die Seide verhüllte sie nur gerade so, daß sie nicht nackend gingen. Sie machten kehrt und kamen mir nach in den Saal, in den mich der Diener führte, setzten sich auf eine Bank und begafften mich, den Finger im Mund. Ich blieb stehen.

Villalcázar trat ein.

»Raus!« schrie er.

Die Mädchen rafften ihre Röcke, und fort waren sie.

Er kam auf mich zu, hielt inne.

»Juanito ... der Diener, der dir geöffnet hat ... sagte: ›Eine sehr schöne Indiofrau will Euch sprechen.‹ Juanito hat recht. Du bist schön wie je.«

Ich sah ihn an.

Eine Narbe lief über seine Wange. Aber solchen Männern steht alles. Durch die Narbe sah er noch besser aus.

»Wer hat dir das getan?« sagte ich.

»Ein Kumpan deines lieben Martin, in der Schlacht von Chupas ... Frag mich aber nicht, wie es Martin geht. Wir haben ihn weder gefangen noch gehängt. Ich weiß nicht, wo er ist.«

»Martin ist tot. Er hatte sich zu uns geflüchtet. Almagros Spanier, die den Inka erschlugen, haben ihn umgebracht.«

»Er war auf der falschen Seite. Ich habe es ihm immer wieder gesagt.«

»Ich bin nicht gekommen, um über Martin zu reden, ich komme, dir einen Handel vorzuschlagen.«

»Einen Handel! Was für einen Handel? Was hast du zu verkaufen? Deinen Schmuck? Ich kaufe alles. Die Kleinen, die du gesehen hast, sind verrückt nach dem Tand.«

»Ich bitte dich«, sagte ich, »es geht um ernsthafte Dinge.«

Villalcázar lachte.

»Gut! Seien wir ernsthaft.«

»Ich bin es leid, in den Bergen zu leben, Bartolomé. Und woanders ... Ich will hier leben, in Cuzco. Ich bin ...«

Er unterbrach mich.

»Du willst! Was mich angeht, würde ich dir die Erlaubnis gern erteilen. Aber nachdem wie ihr, du und der ›Indier‹, Hernando Pizarro damals hereingelegt habt ...«

»Hernando ist in Spanien.«

»Die Pizarros sind sehr nachtragend. Jetzt regiert Gonzalo. Ich bezweifle, daß er dir hier oder sonstwo Stadtrecht gibt. Es wäre nicht einmal klug.«

»Er gibt es mir, wenn du mich heiratest.«
»Was sagst du da!«
Ich lächelte.
»Du hast es mir vor Jahren doch selbst angeboten? Nur ein bißchen verfrüht. Aber inzwischen ist deine Frau gestorben, und du bist Witwer. Euren Gesetzen zufolge mußt du dich mit dem Gedanken tragen ... Ich meine: dem Gedanken, wieder zu heiraten.«
Er rieb sich seine Narbe.
»Du bist wirklich eine erstaunliche Frau! Das letztemal, als ich nach Lima aufbrach, hast du mich beschimpft, du hattest Mord in den Augen, und jetzt kommst du ... Ich verstehe dich nicht. Einen Handel, sagst du? Was für einen Handel? Was gewinne ich, wenn ich dich heirate? Entschuldige, aber du zwingst mich, dich daran zu erinnern: ich brauchte nie den Umweg über den Altar, um dich zu kriegen.«
»Aber ich brauche ihn. Ich will meinen Besitz wiederhaben.«
»Hast du den Indier beerbt?«
»Sprich von Manco nicht in dem Ton! Es geht auch nicht um ihn ... Der Inka Huascar hatte mir ein Gut im Tal von Yucay geschenkt. Ein großes Gut, einen Palast, Dörfer, riesige Ländereien, Kokafelder. Erinnere dich. Nach Mancos Thronbesteigung habe ich um die Rückerstattung ersucht. Deine Freunde hatten sich in dem Palast festgesetzt, und die Pizarros lehnten ab. Wenn du mich heiratest und ich deinen Namen trage ...«
»Ein Gut habe ich schon.«
»Aber nicht im heiligen Tal. Früher war es ausschließlicher Besitz der Inkas. Deshalb haben sich die Pizarros ja fast den gesamten Boden angeeignet. Hättest du nicht gerne einen Palast dort, wo Gonzalo den seinen hat?«
»Ein Gut reicht mir.«

Ich lächelte breit.

»Das ist wohl das erstemal, daß ich einen Spanier erklären höre, ihm genüge, was er hat! Du hast dich verändert, Bartolomé. Du warst einmal gieriger.«

»Da hatte ich noch nicht, was ich habe ... Du hast dich auch verändert. Diese Sanftmut!«

»Weil ich dich gewinnen will. Ich will mein Gold haben und mich seiner erfreuen dürfen.«

»Was für Gold?«

»Als Atahuallpas Armeen Cuzco bedrohten, habe ich alles Gold aus dem Palast geschafft und versteckt, und dort war viel, schließlich war es der Sitz des Inka Huascar. Statuen, Gefäße, Zierat, Geschirr, sogar Küchengefäße ... Wie du weißt, wurden die Mahlzeiten des Inka nur in goldenen Gefäßen zubereitet ...«

»Und wo ist dieses Gold?«

»Bartolomé! Hältst du mich für so dumm? Du heiratest mich, ich kriege mein Gold zurück, und wir teilen es ... Dabei ist dieses Gold noch nichts im Vergleich mit ... Hast du schon einmal von der sagenhaften Kette gehört, die man Huascars Kette nennt?«

»Die Indier behaupten, sie sei siebenhundert Fuß lang und jedes einzelne Glied dick wie ein Handgelenk! Aber das erzählen sie doch nur, um uns wild zu machen. Die Pizarros haben überall nach der Kette gesucht. Es gibt sie gar nicht.«

»Es gibt sie. Aber die Pizarros hätten halb Cuzco auf den Kopf stellen können. Dort, wo sie liegt ...«

»Ach, und das weißt du ...?«

»Sie gehört mir.«

Villalcázar sprang auf.

»Du lügst!«

»Huascar hat sie in die Berge schaffen lassen, Stück für Stück. Und er hat mich hingeführt. Ich habe die Kette gesehen. Seine Schätze liegen auch dort. Er hat es für den Fall seines Todes getan. Er ist tot. Seinem Willen gemäß gehören die Kette und die Schätze mir. Glaubst du mir immer noch nicht?«

Er sprach jetzt sehr langsam.

»Möglich wäre es immerhin. Huascar soll ja für dich größere Narrheiten begangen haben, als je ein Inka für eine Favoritin beging, und nie hat jemand sein Gold entdecken können. Aber hast du bedacht ...? Falls du die Wahrheit sagst ... und tatsächlich ein solches Geheimnis besitzt ...! Ist dir klar, daß ich dich ausliefern könnte, damit man dir die Zunge löst?«

»Willst du mir Angst machen?« sagte ich. »Zwar bist du zu allem fähig, aber mir das anzutun, mir ... Doch angenommen, du tätest es ... Du siehst, ich habe auch daran gedacht! Was hättest du davon? Die königlichen Richter spaßen nicht. Nach dem Eroberrecht würde die Kette in die Truhen Seiner Majestät von Spanien wandern. Man würde dich mit Glückwünschen überschütten, mit weiterem Landbesitz vielleicht, ein Bettel! Wenn du hingegen die Kette als Besitz deiner Frau darbieten könntest ... Ein Schatz wie der läßt sich nicht in Münze ausdrücken. Wenn du unmittelbar mit deinem König verhandeln würdest ... dich zum Grafen oder Marqués zu erheben wäre ihm ein leichtes.«

Er schüttelte den Kopf: »Irgend etwas steckt hinter deiner Geschichte. Ich hatte immer den Eindruck, daß du mich haßt, auch schon bevor ... bevor deine kleine Tochter verunglückt ist, und da willst du nun ...«

Ich sammelte all meine Kraft: »Sprich nie mehr ein Wort von meiner Tochter! Was du getan hast, war ein Schurkenstück. Ja, ich habe dich furchtbar gehaßt. Wenn ich damals gekonnt hätte, wer weiß, ich hätte dich wohl getötet. Aber mit der Zeit ... Zeit hilft denken. Ich weiß ja, daß du es nicht gewollt hast. Wer will schon den Tod eines unschuldigen Kindes? Und daß ich dich schon früher gehaßt habe ... Gib zu, daß du mir allerhand Anlaß dazu geboten hast, verrückt, wie du warst! Aber wenigstens kenne ich dich. Man bietet einen Berg Gold und sich selbst obendrein keinem an, den man nicht kennt. Und so viele Liebhaber unter deinen Landsleuten hatte ich nicht, du warst der einzige. Wer könnte mir sonst helfen, meine Lage zu ändern? Ich bin es leid, Bartolomé, leid, als Geächtete zu leben, mich unseren Gesetzen zu unterwerfen. Wenn der Inka stirbt, heißt das für seine Frauen, lebendig begraben zu sein. Kannst du dir mich in einer Gruft vorstellen? Ich ersticke dort. Solange Manco da war, habe ich mit ihm gegen Euch gekämpft. Aber jetzt ... Und eine verlorene Sache verfechten ... Ich kann nicht verlieren. Das wenigstens verstehst du doch, oder?«

»Wenn du mich belogen hast mit dieser Kette, bringe ich dich um.«

Ich musterte ihn kühl.

»Wenn du mir nicht vertraust, wenn du mich und mein Gold nicht willst, brauchen wir nicht weiter zu reden. Dann einige ich mich mit Gonzalo Pizarro.«

»Gonzalo? Der ließe dich nicht lebendig aus seinen Klauen.«

»Wetten wir?«

Da endlich, endlich, ein Aufschrei!

»Das wirst du nicht tun! Der rührt dich nicht an!«

Und ich wurde gepackt, gewalkt, besiegt ...

Ich habe Villalcázars Anstürmen nie widerstehen können. Ich hatte es vorausgesehen. Mein elender Körper war bei dem Handel der beste Trumpf, den ich besaß.

Das Bild, von dem Martin mir berichtet hatte, hing tatsächlich über dem Bett. Am Morgen, nach einer schlaflos verbrachten Nacht, tat ich, als sähe ich es nun bei Licht zum erstenmal.

Villalcázar war keineswegs beschämt.

»Es gibt derart unbedarfte Dinger ... Wage mir zu schwören, daß du in den Armen deines ›Indiers‹ nie an mich gedacht hast!«

Und an seinem Lachen, dem eitlen Siegerlachen des Mannes erkannte ich, daß er schon mit beiden Beinen in der Falle stak.

Er reiste von Cuzco nach Lima, wo Gonzalo Pizarro Hof hielt, und zurück und bekam die Erlaubnis.

»Ich war immer auf der Seite der Pizarros. Gonzalo konnte sie mir nicht abschlagen. Deine Besitzurkunden sollen sein Hochzeitsgeschenk sein. Übrigens kommt ihm die Sache politisch gelegen. Die Vereinigung der Frau des Inka Manco mit einem spanischen Hauptmann symbolisiert die Verständigung, die wir zwischen unseren beiden Rassen herstellen wollen. Ein Beispiel, das von oben kommt, ist ansteckend.«

Keine Hochzeit ohne Taufe.

Villalcázar stellte mich dem Bischof von Cuzco vor.

Der Bischof empfing mich liebenswürdig. Galten seine Segnungen der Sünderin, die eine entzückende Demut bewies, oder galten sie meinem Gold, von dem seit unserer Verlobung viel die Rede war? Die Entscheidung überlasse ich Euch, Pater Juan.

Mit Hilfe des Geistlichen, den er beauftragte, mich in der Religion zu unterweisen, begann ich zugleich, Kastilisch lesen und schreiben zu lernen. Der Bischof hatte die Güte, mir seinen Geistlichen so lange zu leihen, bis ich imstande war, einen Text zu entziffern. Lesen, schreiben, sehen, wie die Worte aus der Feder flossen, das eigene Tun und Denken festhalten – all das fand ich ganz wunderbar. Ich gestehe freimütig, daß ich mich dem mit größerer Begeisterung widmete als dem Erlernen von Dogmen, die mir das Fegefeuer prophezeiten.

Am Tag vor der Hochzeit wurde ich getauft und erhielt den Vornamen Inés. Villalcázar hatte meine Patin unter den Gemahlinnen seiner Freunde gewählt. Die Freunde hatten ihn lautstark beglückwünscht. Die Frauen hingegen geizten mit Höflichkeiten. Für sie roch jede Indianerin nach Schwefel und Unzucht.

Zur Entlastung dieser Frauen sei gesagt, daß die Herren Gemahle, die sich mit vollem Genuß an den noch grünen oder schon reifen Früchten labten, die ihrem allmächtigen Willen zu Gebote standen, schwerlich das Herz aufbrachten, sich ins Ehebett zu schwingen, um schlicht ihre Pflicht zu erfüllen und Kinder in Bäuche zu pflanzen, denen die einzige erlaubte Lust der Zeugungsakt war.

Gonzalo Pizarro beehrte unsere Vermählung durch seine Gegenwart. Mit den Jahren hatte sich sein Äußeres verfeinert. Glänzender Bart, sehnige Raubtiergestalt, er war schön. Nur verdarben sein Wortschatz und seine Manieren den guten Eindruck ein wenig.

Cuzco empfing ihn wie einen König.

Als er mir die Urkunden überreichte, die mir meine Besitzrechte wiedergaben, sagte er: »Endlich gehört Ihr zu uns, Señora! Dazu hättet Ihr Euch schon vor zehn Jahren entschließen sollen.«

»Es hätte Eurer Exzellenz damals noch nicht zu solcher Befriedigung gereicht«, erwiderte ich lächelnd.

Er lächelte zurück.

Und zu Villalcázar gewandt, sagte er: »Die einzige, die ich nicht gekriegt habe. Ich liebe dich eben zu sehr, mein Freund, das ist das Ärgerliche!«

Nach den Festlichkeiten begaben wir uns in das Yucaytal.

Es war die Zeit der Feldarbeiten. Auf den Pflanzterrassen gruben die Männer den Boden mit ihren Takllas um. Die Frauen knieten vor ihnen und zerbrachen mit den Händen die Erdschollen.

Ich rief Villalcázar, der neben meiner Sänfte ritt: »Siehst du die Frauen dort? Ich könnte eine von ihnen sein.«

Er gab keine Antwort. Er war gereizt über den Schritt der Träger. Die Ankunft im Palast besänftigte ihn. Ich hatte Qhora Tage zuvor mit meinen Anweisungen hingeschickt.

Nachdem er die Räumlichkeiten flüchtigen Auges bewundert hatte, stiegen wir durch mein Schlafgemach in den unterirdischen Saal hinunter. Vor der Menge Gold, die dort beisammen lag, verharrte er eine Weile sprachlos. Dann, während ich mich meinen Erinnerungen hingab, begann er einzelne Gegenstände anzuheben und ihr Gewicht zu schätzen. Ich sagte Euch ja, Pater Juan, für Eure Landsleute richtet sich die Schönheit nach dem Gewicht. Dabei bezeichnen sie uns als Barbaren!

Wir verbrachten eine Woche in Yucay. Es waren fröhliche Tage. Marca Vichay verwöhnte uns mit Aufmerksamkeiten und prächtigem Wildbret. Wir besprachen mit ihm die Restaurierungsarbeiten. Eure Spanier mit ihren Pferden und Trinkgelagen und mit ihrer Habsucht hatten Spuren hinterlassen ...

Die Curacas meiner Dörfer eilten herbei. Ich stellte sie ihrem neuen Herrn vor. Villalcázar zeigte sich von seiner besten Seite. Sein Besitztum bezauberte ihn, und der überquellende Reichtum, auf den er traf.

Wir gingen ins Tal und besichtigten meine Kokafelder. Koka hatte mittlerweile einen hohen Handelswert. Die Spanier hatten das Verbot der magischen Pflanze, die ein Monopol der Inkas gewesen war, aufgehoben. Sie erblickten in ihren Kräften das Mittel, den Arbeitsertrag derer zu erhöhen, die sie ausbeuteten und weiterhin ausbeuten. Und mein Volk, mein armes Volk, hat angefangen, es seinen Fürsten nachzutun – im Übermaß, um die Härte des Lebens zu ertragen, die man ihm aufzwingt. Aber wenn der Organismus gegen Hunger und Erschöpfung nicht mehr aufbegehrt, wenn er seine Kräfte mühelos überschreitet, verbraucht er sich schnell. Ein stiller Völkermord.

»Wir haben genug, um damit ein Vermögen zu machen«, sagte Villalcázar, der meinen Besitz schon ohne Umstände als den eigenen betrachtete. Mir war es nur recht, ich wollte, daß er in Freuden schwamm.

Als wir den Hang erstiegen, schnaufte er.

»Das Alter kommt«, sagte ich lachend.

»Das Alter? Ich bin immer im gleichen Alter, in dem sichs gut lebt.«

Wieder in Cuzco, räumte ich das Haus um.

Die düsteren Holzmöbel, die aus Spanien stammten, nahmen den Räumen Weite und Luft. Villalcázar mochte noch so schreien, ich verbannte die gute Hälfte davon in einen Speicher und holte die Sonne herein, die so herrlich auf Gold spielt. Die seidigen Federbehänge, die Huascar einst mit göttlicher Hand raffte, bekleideten die Türen. Sie fügten dem Glanz der Gefäße und Statuen die Farbe hinzu, die für uns als Schmuck unerläßlich ist.

Nachdem ich mit den ersten Veränderungen fertig war, nahmen Villalcázars Freunde Besitz von unseren Sälen. Ich zeigte mich nur wenig, überließ es den flinken jungen Mägden, ihnen einzuschenken. Die Mägde hatte Marca Vichay ausgewählt. Ebenso empfahl er mir Diener, die ihre Sache gelernt hatten und die nach und nach die Hausbediensteten ersetzten. Bald hatte ich Untergebene, die nur mir verpflichtet waren.

Jede Woche speiste der Bischof bei uns. Ich hatte ihm zwei prachtvolle Vasen aus massivem Gold und die Abgaben eines ganzen Dorfes für seine mildtätigen Zwecke gespendet. Die große Freigebigkeit bezeugte meine Demut. Große Prälaten halten sich zu gerne für Den, den sie nur vertreten, und erheischen denselben Weihrauch.

Im übrigen war der Bischof, hatte er sich erst einmal den guten Speisen und vorzüglichen Weinen gewidmet, ein sehr amüsanter Gesellschafter. Wir plauderten ziemlich frei. Er war auf meine Bekehrung so stolz, als wäre sie sein Werk gewesen. Villalcázar, den es nur am Platz hielt, wenn er an einem Spieltisch saß, stahl sich davon. Dann unterbrach ich unser Gespräch und seufzte: »Bartolomé ist der beste Gemahl, aber er macht mir Sorgen. Er sollte mehr auf seine Gesundheit achten. Wenn ein Mann so lange Jahre allein den Vergnügungen lebt, die das Waffenhandwerk nun einmal mit sich bringt, dann schont er sich nicht gerade. Aber, ich bitte Euch, Ehrwürden, das möge unter uns bleiben. Männer verabscheuen es, wenn man ihren kleinen körperlichen Unbehagen irgendeine Bedeutung beimißt.«

* * *

Ein gieriger Schlund ist mit nichts zu stopfen. Villalcázar hatte meinen Palast zu Yucay, meine Dörfer, meine Kokafelder, mein Gold – aber nicht lange, und er begann mir zuzusetzen, daß ich ihn zu dem Ort führe, wo Huascar seine Kette und seine Schätze verborgen habe.

Die Zeit war meinen Plänen noch nicht günstig. Und ich wußte schon nicht mehr, mit welchem Vorwand ich seine Ungeduld vertrösten sollte, als plötzlich die politische Lage sich erneut zuspitzte.

Eines Morgens war ich im Innenhof, den ich in einen Patio verwandeln wollte, und überwachte das Fliesen des Bodens.

Villalcázar tauchte auf.

Ich rief ihn.

»Was sagst du dazu? Gefällt es dir?«

»Ich muß nach Lima.«

»Ein Problem?«

»Gonzalo hat vom König einen versöhnlichen Brief erhalten. Der König geruht einzugestehen, daß die Ernennung des Vizekönigs keine gute Wahl gewesen sei. Kurz, mit gewundenen Worten erklärt Seine Majestät sich bereit, Gewinn hin, Verlust her, die Hinrichtung des Vizekönigs zu übergehen und Gonzalo freizusprechen ... Der Brief wurde ihm von Panama zugesandt durch Pedro de la Gasca, den neuen Gesandten Seiner Majestät. Wie man hört, ist La Gasca ein sehr kultivierter, sehr geschickter Geistlicher ohne jeden persönlichen Ehrgeiz. Er hat bereits einige der Unseren für sich gewonnen, die den Wind gerochen haben.«

»Welchen Wind?«

»Machen wir uns nichts vor. Wenn die königlichen Richter Gonzalo Pizarro zum Statthalter von Peru erklärt haben, so unter Druck, aus Angst oder Gewinnsucht. Unsere Position gegenüber der Krone ist vollkommen illegal. Und Gonzalos Popularität ist gesunken. Mit der Begeisterung ist es vorbei. Zu viele Morde. Seine Henker machen keine Pause. Sie töten wegen nichts, sogar wegen einer begehrten Frau, deren Ehemann stört! Die Gehenkten haben keine Stimme mehr, aber ihr Gestank verpestet die Luft und verbreitet Schrecken ... Die Gnadenhand zu ergreifen, die Seine Majestät uns hinstreckt, und uns La Gasca anzuschließen erscheint mir als vernünftiger Ausweg. Welcher Mensch kann Gold widerstehen? Wir werden dem Geistlichen die Straße damit pflastern, bis er in die Knie geht!«

Der Rat, den Villalcázar in Lima vorbrachte, war klug.

Gonzalo zauderte. Einige seiner Vertrauten, die in unsaubere Geschichten verstrickt waren und fürchten mußten, die königliche Milde werde an ihrer Tür vorübergehen, warnten ihn: war das nicht eine Falle? Der Argwohn obsiegte. Er paßte zu Gonzalos Charakter, der seiner Allmacht einfach nicht entsagen konnte. Er lehnte die Gnade ab. Der Aufruhr wurde offenkundig.

Monatelang hörte ich nichts von Villalcázar, nur aus dem Haus des Bischofs erhielt ich hin und wieder wenig erfreuliche Nachrichten.

Wirren und Fahnenflucht griffen immer weiter um sich. La Gasca führte seinen Krieg in schäbiger Soutane, das Brevier in der Hand, Amnestien in der Tasche. Die Kolonisatoren neu zu einigen war sein oberstes Ziel. Er versprach, die berühmten Verordnungen des Vizekönigs neu zu erörtern, die unsere Ketten hatten erleichtern sollen. Diese Politik, die Eure Landsleute in ihren Rechten bestärkte, öffnete ihm ein Stadttor nach dem anderen. Der Geistliche verbreitete Beruhigung.

Ich dagegen schäumte. Wenn das Stroh brennt, brennen auch die Balken. Wenn Gonzalo Pizarro fiel, fiel Villalcázar mit ihm. Man würde seine und meine Güter konfiszieren. Ich wäre aufs neue besitzlos und verdächtig. Und ich wäre endgültig aus dem engen Kreis der Macht verbannt, wo Frau Korruption die Karten mischt und das Spiel bestimmt – ein entscheidender Faktor in meinen Plänen, die schließlich zum Ziel hatten, meinem unglücklichen Volk zu Hilfe zu kommen. Soviel Mühe, und dann solch ein Scheitern!

Ich lese in Euren Gedanken, Pater Juan.

»Gerechtigkeit Gottes!« ruft Ihr aus. Habt Ihr noch nie verschwiegen, geheuchelt, Fäden gesponnen, gelogen und gehaßt? Könnt Ihr das schwören, heiliger Mann?

Im Monat der Saaten wurde gemeldet, die Rebellen befänden sich an der Küste, in Arequipa. Von La Gascas Soldaten bedrängt, gedächten sie, hieß es, Zuflucht in Chile zu suchen. Das gefiel mir noch weniger. Ich sah unsere Güter bereits dem Erdboden gleichgemacht, die Ruinen mit Salz bestreut und überall in Großbuchstaben das Wort »VERRÄTER« angeschrieben, als wir hörten, es habe eine große Schlacht im Süden gegeben, nahe dem Titicacasee, und die königliche Armee sei auf der roten Erde geschlagen worden, wo die Bauern der Aymaras seit Urzeiten die Kartoffel anbauen.

Es war ein Freudentaumel.

Man hängte Teppiche und Girlanden aus den Fenstern. Die Gassen von Cuzco wetteiferten im Schmuck. Kanonendonner, Glockenläuten. Und Trommeln und Fanfaren empfingen die Sieger mit der königlichen Standarte von Kastilien voran. Denn ob man auf seiten Seiner Majestät von Spanien oder auf seiten Gonzalos stritt, beide kämpften unterm gleichen Feldzeichen.

Von diesem Freudentaumel, der die Stadt erfüllte, mit neuer Zuversicht angesteckt, bereitete ich einen Empfang vor, wie Villalcázar ihn Gonzalo zu bieten wünschte.

Da wurden Fleischberge aufgefahren, Wildbret aller Art und Pasteten. Der Wein floß wie bei uns die Chicha. Der gerade errungene Sieg, eine strahlende Zukunft, La Gascas Niederlage, die Gefangenen und die Toten, alles war hinreichender Grund, die Pokale zu erheben und neu zu füllen. Die Bedienten wechselten sechsmal die Tafeltücher und verrenkten sich die Arme, um die Gäste, die vor Trunkenheit von den Stühlen sackten, wieder hinaufzuhieven.

Die Nacht verblich, als die edle und schwer schwankende Gesellschaft aufbrach.

Mit dem letzten Gast schwand Villalcázars Lächeln.

»Komm«, sagte er.

Sein Ton hieß mich, von der Feststellung der Schäden abzulassen, die solcherart Feste mit sich bringen. Ich folgte ihm ins Schlafgemach.

»Du hast drei Tage Zeit, alles Gold, das du von Yucay geholt hast, aus dem Haus zu schaffen und wieder zu verstecken.«

Ich glaubte, der Rausch habe seinen Verstand benebelt.

»Wer soviel getrunken hat«, sagte ich ...

»Ich verlasse Gonzalo. Er und ich, das ist aus.«

»Was sagst du!«

»Soll ich es dir verraten? Ich bin kein Selbstmörder. Binnen kurzem ist Gonzalo ein toter Mann.«

»Aber erwartet ihr nicht Verstärkung aus Arequipa, aus La Plata und anderen Städten? Bedenk doch, Bartolomé! Alle sagen: La Gasca hat verloren!«

»Wenn du auf Säufer und Phantasten hörst! Ich habe Gonzalo gewarnt, als La Gasca gelandet ist: der Geistliche mit seinen Freundlichkeiten, seiner Nachsicht und seinen Segenssprüchen ist gefährlicher als jede Armee. Gonzalo lachte. Er wollte mir nicht glauben. Er will nicht wissen, was die Stunde geschlagen hat. Er hält an seinem Knochen fest, krepiert lieber, anstatt loszulassen. Soll er! Ich gebe auf.«

»Was hast du vor?«

»La Gasca meinen Degen anzubieten. In Zeiten wie jetzt gilt: wer nicht für ist, der ist gegen. Ein Dazwischen gibt es nicht. Und du ... Sowie meine Unterwerfung publik wird, gebe ich nichts mehr auf unsere Köpfe, wenn Gonzalo uns fängt! Geh nach Yucay. Dein Verwalter scheint seine Vorteile zu kennen. Mach ihm klar, daß die unseren auch die seinen sind. Wenn nötig, soll er dich verstecken.«

In aller Frühe, bevor Villalcázar sich auf den Weg

nach Lima machte, setzten wir beide, seinem Willen entsprechend, unsere Testamente auf. Für den Todesfall vererbte jeder seinen Besitz dem überlebenden Gatten. Der eilig herbeigerufene Notar besiegelte die Urkunden.

»Man weiß ja nie, bei den ganzen Scherereien mit den Verwaltungen und da du ›Indierin‹ bist ...«, sagte Villalcázar. »Wenn ich sterbe, behältst du immerhin das Haus.«

Ich versagte mir zu bemerken, daß das ein bißchen spärlich sei im Vergleich mit dem, was er erbte, falls ich als erste stürbe.

»Gott sei mit dir«, sagte ich.

Die Wärme, mit der ich das sagte, entfachte ein Begehren, das ein wenig abgeflaut war.

* * *

Ich lebte wieder in meinem Palast.

Von Zeit zu Zeit kamen die Späher gelaufen, die Marca Vichay aufgestellt hatte. Dann flüchtete ich in seine Wohnung und mischte mich unter seine Frauen. Aber es war immer falscher Alarm. Zweimal überbrachten mir Diener, die Villalcázar mitgenommen hatte, eine Botschaft.

Die erste teilte mir mit, wie vorzüglich La Gasca ihn aufgenommen habe. Die zweite erreichte mich im Regenmonat Dezember: die königliche Armee bereite sich vor, Jauja, wo sie stand, zu verlassen und über Amancay in Richtung Cuzco zu marschieren, um die ziemlich zusammengeschmolzenen Truppen Gonzalo Pizarros zu vernichten.

Ich bangte um Villalcázar.

Ich wollte nicht, daß er mir entkam. Sein Tod gehörte mir. Darum flehte ich inbrünstig zu unserem Vater der

Sonne, dessen Kelch vor Kränkungen überquoll: er konnte meinen Vorhaben nur gnädig sein. Ich suchte auch alle Huacas im Tal auf. Qhora und ich brachten ihnen reiche Gaben, Kokablätter, Chicha, feine Wolle und fetten Mais, damit sie Villalcázar beschützten.

Zu Beginn des neuen Jahres zog ich Marca Vichay auf mein Lager. Etwas an ihm hatte mir schon immer gefallen. Und ich war seit der Zeit Huascars erwachsen geworden. Ich fürchtete nicht mehr, daß Dämonen und Würmer meinen Leib verschlängen, wenn ein anderer als der Inka mich berührte.

Marca Vichay kam seiner Liebhaberrolle mit derselben Ergebenheit nach, mit der er mir sonst diente ...

Na nun! Was habe ich denn gesagt? Ich dachte, Pater Juan, Ihr wäret jetzt soweit, alles zu hören! Solltet Ihr womöglich glauben, ich hätte mich, der Lüsternheit verfallen, mit meinem schönen Canari im Sumpf gesielt? Dann laßt Euch gleich enttäuschen. Unsere Beziehung war diskret und liebenswert. Entspannung für Körper und Geist. Mehr wollte ich nicht. Sobald Marca Vichay mein Lager verließ, schlüpfte er wieder in den Rock des Verwalters. Der Abstand zwischen unser beider Stellung blieb, wie es sich geziemte, enger wurden nur die Treuebande, die ihn mir verpflichteten und bis heute verpflichten.

Auf dem Land mißt man die Zeit am Wirken der Natur. Bei meiner Ankunft hoben die jungen Maissprosse die Erde. Sie waren gewachsen, gereift und reckten ihre saftstrotzenden Kolben auf wie Lanzenspitzen, als Villalcázar erschien.

»Ich komme dich holen. Wir brauchten praktisch nicht zu kämpfen. Als es zum Treffen kam, liefen Gonzalos Truppen auseinander. Gemeinsamer Heroismus braucht einen Funken Hoffnung. Es gab keine mehr. Ich hatte es vorausgesagt: Gonzalo stand allein und erkannte endlich, in welche Lage er sich gebracht hatte. Schreckliche Minuten, bestimmt! Er hatte die Wahl: entweder sich auf unsere Linien zu stürzen und ein paar von uns zu erschlagen, ehe er selber umkam, oder seinen Irrtum zu bekennen und als Christ zu endigen. Er hat sich für das Ehrenhaftere entschieden und hat La Gasca seinen Degen überreicht.«

»Und ...?«

»Er ist noch am selben Tag verurteilt und anderntags enthauptet worden. Donnerschlag auch! Tapfer war er, verdammt tapfer! Wenn er auf mich gehört hätte ...«

Düster, das Gesicht über seinen Erinnerungen verschlossen, war Villalcázar nicht gestimmt, mehr zu sagen. Aus späteren Gesprächen unter Spaniern erfuhr ich über die Hinrichtung Einzelheiten, ich will sie Euch nicht vorenthalten.

Wie heiß ich mir immer gewünscht hatte, die Pizarros würden zu »Trommlern« verwandelt, so möge es Euch nicht überraschen, wenn ich Euch Gonzalos letzte Augenblicke nun mit Bewunderung schildere. Ein großer Tod verdient, erzählt zu werden ...

Auf dem großen Platz zu Cuzco muß, wie ich mir gern vorstelle, an jenem Aprilnachmittag unser Vater die Sonne gestrahlt haben. Gonzalo schreitet vor, eskortiert von Offizieren und Mönchen. Pomp hat er immer geliebt. Er hat seinen prächtigsten Mantel angelegt, üppiger gelber Samt, funkelnd vor Gold, und unter einem nicht minder prachtvollen Hut trägt er den Kopf mit dem schimmernden Bart aufrecht, wiewohl er binnen weniger Minuten von seinen Schultern fallen wird. Ohne Bitterkeit betrachtet er seine einstigen Kameraden, in deren Reihen sein Maultier steht. Er ist noch keine Vierzig, aber er hat mehr besessen als sie alle, das größte Reich der Welt, die unermeßlichsten Schätze – darunter auch die Minen von Potosi –, mehr, als irgendeiner noch jemals besitzen wird, mehr sogar als ein König, dem gewisse Vergnügungen ja verboten sind. Er hat tausend Leben in einem gelebt, ein phantastischer Strudel aus Gold und Blut, was hätte er zu bedauern? Er stirbt in Frieden mit seinem Gott, er wird die Schuld gegen seinen Herrscher bezahlen. Er ist heiter, seiner Verbrechen losgesprochen, die ihn ohnehin nie belastet haben dürften! Das Bild der Jungfrau Maria in der Hand, ersteigt er die Stufen des Blutgerüsts. Was bewegt ihn? Stolz, daß er gewesen ist, was er war, oder Bußfertigkeit, jene plötzliche Gewissensregung, die auch die Hartgesottensten unter den Eurigen im letzten Augenblick zu befallen scheint? Wer kann es wissen? Nichts steht ihm im Gesicht geschrieben, das einst so frisch und jugendlich aus Spanien kam und sich hier, in unserem Land, im Wind der Leidenschaften gerbte ... Gonzalo küßt das Kruzifix. Er weist die Binde ab, die ihm der Henker hinhält. Er fürchtet sich nicht, dem Tod ins Auge zu sehen. Denn der war sein bester Komplize und ist es auch jetzt, und sie wollen einander wert sein ...

Ich weiß nicht, ob Hernando Pizarro noch am Leben ist. Nachrichten aus Europa erreichen uns nur langsam; jedenfalls ist auch seine Jugend dahin ... Bedenkt die Ironie des Schicksals, Pater Juan! Wäre Hernando für die Hinrichtung des alten Almagro in Spanien nicht eingekerkert worden, kraft eines Richterspruchs, der ihm zwanzig Jahre Festungshaft eintrug, hätte er vermutlich das gleiche grausige Ende genommen wie seine vier Brüder!

Wie ich zuletzt hörte, hat er sich auf seine Güter in der Estremadura zurückgezogen, führt ein fürstliches Leben, vermählt mit Francisca, der Tochter, die Francisco Pizarro mit einer Schwester von Atahuallpa hatte. Francisca, Erbin eines riesigen Vermögens, ist also Hernandos Nichte. Was tut's! Die Pizarros erhielten vom Himmel stets den nötigen Dispens, um Gold, woher auch immer, zusammenzuscharren.

* * *

La Gascas ruhige Herrschaft vertrieb wie Weihwasser die aufrührerischen Geister. Alle Spanier, die sich beizeiten unterm Banner des Geistlichen geschart hatten, priesen seine Weisheit und die ihre. Villalcázar wie alle anderen. Wir empfingen viele Gäste. Er trank sehr viel, und wir gerieten mehrmals öffentlich in Streit, denn es bekam ihm schlecht. Ich flehte ihn an, weniger zu trinken.

»Du wirst genau so eine Spielverderberin wie die spanischen Frauen!« schimpfte er. Aber sein Geschrei hatte nicht mehr die alte Kraft.

Wenn der Wein Villalcázar auch half, Gonzalo Pizarro zu vergessen, behielt er doch ein gutes Gedächtnis für seine Interessen, und er bedrängte mich, mein Versprechen bald einzulösen und ihn zu Huascars Versteck zu führen.

Ich war soweit. Am festgesetzten Tag brachen wir auf.

Villalcázar war gereizt. Am Eingang des heiligen Tals überließ er mich meinen Trägern und preschte im Galopp zum Palast hinauf.

Zum Abendessen, ich erinnere mich gut, gab es köstliche Rebhühner und geröstete Bananen. Nach dem Dessert ergingen wir uns in den Gärten, ließen uns nieder. Marca Vichay brachte Ananas, Erdnüsse und einen Krug Wein.

Villalcázar begann mir von seiner Reise nach Spanien zu erzählen, die er vorhatte. Seine Familie unterhielt gute Beziehungen zum Hof. Er hoffte, sie würden ihm den Zugang zum König ermöglichen. Die Vorstellung gestaltete sich in seinem Kopf wie ein neuer Eroberungszug. Die Düsternis, die seit Gonzalos Hinrichtung an ihm nagte, war gewichen.

Mit dem Verschwinden der Pizarros, man ahnte es schon, ging die Ära der großen Abenteuer und Kriegsspiele zu Ende. Die platte Zukunft, die Villalcázar vor sich sah, erschreckte ihn. Er sagte es nicht, doch ich spürte es. Er gehörte zu jenen Temperamenten, die, sowie ein Ziel erreicht ist, schon nach einem neuen ausspähen ... Ich bin überzeugt, daß er damals auf den Anlaß geradezu geflogen ist, den Martins Schwester ihm bot, eine Vermählung zu sprengen, die, kaum geschlossen, ihn auch schon zum Gähnen langweilte! In der Neuen Welt, wo es ja nur wenigen vergönnt war, sich in führenden Rängen zu behaupten, müssen die Herausforderungen, die Hindernisse und Unsicherheiten ihn begeistert haben. Und ich ... Wäre ich ihm nicht rebellisch, völlig unfügsam begegnet, er hätte nicht mehr Aufmerksamkeit und Zeit an mich verschwendet, als ein Mann braucht, um eine Frau auf sein Lager zu strecken, sie zu nehmen, sein Gewand zu richten und sie als eine unter anderen zu vergessen. Nur der Aufeinanderprall unserer Charaktere hatte die reißende Leidenschaft entfacht, die Zara getötet hat, eine Leidenschaft, die jetzt verglomm und in Kürze zu Asche zerstäuben würde, denn jeglicher noch so heiß begehrte Besitz erweckte bei Villalcázar sehr bald Überdruß und Gleichgültigkeit.

Nun also träumte er davon, eine neue Tür aufzustoßen, die des spanischen Hofes, und die Kette Huascars einzutauschen gegen den Titel eines Grafen oder eines Marqués. Das hatte er noch nicht, also fehlte es ihm, also wollte er es!

Aber sich in einer Gesellschaft von Kratzfüßen, steifen Manieren und kläglichen Intrigen durchzuschlagen ging ihm vollkommen wider den Strich. Deshalb redete er darüber viel und erregt.

Und während ich im tiefblauen Schatten der hohen Pisonays mit anhörte, was er sich ausgedacht hatte, um diese und jene Kreise und Vorzimmer für seine Zwecke zu erschließen, hätte ich ihm am liebsten zugerufen: »Sieh den wunderbaren Abend, atme den Duft der Kräuter, genieße den Wein und die köstlichen Früchte, lebe diese Stunden mit Bedacht, es könnten deine letzten sein.«

Im Morgengrauen setzten wir den Weg fort. Marca Vichay begleitete uns. Wir übernachteten in der Nähe von Ollantaytambo. Anderntags ließen wir Villalcázars und Marca Vichays Tiere in der Obhut eines Knechts zurück und überquerten den Urubamba.

Villalcázar, der keine drei Schritt zu Fuß gehen konnte, schimpfte und fluchte. Ich hatte ihm eine Sänfte vorgeschlagen. Er hatte abgelehnt: »Wie sähe das aus? Soll ich mich tragen lassen wie eine Truhe? Das ist was für Weiber, Schwächlinge und Greise.« Er weigerte sich genau wie Ihr, Pater Juan, nur nicht so höflich.

Nach einem harten Aufstieg durchs Dickicht ließ ich halten. Villalcázar verlangte zu trinken. Ich schritt ein. Vergorene Getränke sind schädlich, wenn man nicht ans Klettern gewöhnt ist. Er wurde zornig. Marca Vichay füllte ihm einen Becher. Er leerte ihn auf einen Zug. Wir stiegen weiter.

Um zu dem alten Fort zu gelangen, wo Huascar einst seine Träger zurückgelassen hatte, brauchten wir fünfmal soviel Zeit. Villalcázar hatte mit Übelkeit, Erbrechen und Schwindel zu kämpfen. Bei der abendlichen Rast, während die Knechte uns geröstetes Fleisch, Pfefferschoten und Maiskolben vorsetzten, erklärte ich, er sei nicht in dem Zustand, den Weg fortzusetzen, wir sollten es auf ein andermal verschieben. Villalcázar verstand meine Worte so, als wollte ich ihm den Schatz vorenthalten, und geriet in Wut. Glaubt mir, Pater Juan, man braucht den Willen eines Mannes nur zu durchkreuzen, und er wird sich desto fester daran klammern!

Das Ziel des Ausflugs, so hatten wir erklärt, sei die Erkundung eines Waldes mit seltenen Baumarten, eine knappe Marschstunde entfernt, und wir nahmen nur Marca Vichay mit.

Seinetwegen hatten Villalcázar und ich gestritten. Ein so märchenhaftes Geheimnis mit einem Dritten zu teilen fand er aberwitzig.

»Ebenso aberwitzig wäre es, uns allein in den Urwald zu wagen«, hatte ich entgegnet. »Was kennst du schon von unseren Bergen, außer was du von deinem Pferderücken aus gesehen hast? Und da die Kette vorläufig sowieso bleibt, wo sie ist, bis Deine Verhandlungen mit Seiner Majestät abgeschlossen sind, hat Marca Vichay keinen Grund zu argwöhnen, was sich in der Grotte befindet. Ich werde ihm sagen, es sei eine Huaca, deren Ort mir Manco enthüllt hätte, und er habe dort nichts zu suchen. Er wird es sich nicht getrauen, denn er hat Angst vor dem Fluch.«

»Und wenn er sich doch traut, wenn er uns bei dem Gold überrascht? Oder, noch schlimmer, wenn er nachher allein in die Grotte geht?«

Ich zuckte die Achseln.

»Na gut, töte ihn, wenn dich sonst nichts beruhigen kann. Auf dem Rückweg ist das leicht. Dann sagen wir den Bedienten, er habe es dir gegenüber an Respekt fehlen lassen. Du bist Spanier. Das genügt als Rechtfertigung.«

»Ich dachte, du schätzt deinen Verwalter.«

»Noch mehr schätze ich es, Marquesa zu werden.«

Villalcázar lachte. Ich auch.

Also gingen wir zu dritt, Marca Vichay bahnte uns nach meinen Anweisungen den Weg. Entsinnt Euch, Pater Juan, ich hatte die Pfade, die der Inka mir seinerzeit gezeigt hatte, in eine kleine Tontafel geritzt. Diese Tontafel hatte ich bei mir, als ich mit Villalcázar das unterirdische Gewölbe aufsuchte.

Bald schon führte mich das Donnern des Wasserfalls. Ich ging, ohne viel zu denken. Alles war in meinem Kopf beschlossen und vorgezeichnet. Alles würde zu seiner Zeit geschehen.

Hinter mir knurrte und fluchte Villalcázar.

Sich den Lianen zu entwinden und das auf diesem schwammigen Grund, der seine giftigen Dünste verströmte – es kostete einiges bei jedem Schritt.

Endlich waren wir da.

Wie beim ersten Mal traf es mich jäh, in das freie Stück Himmel hinauszutreten, das den Urwald rings um das glitzernde Rund im Bann hielt. Ich verharrte. Vor meinen flimmernden Augen erschien die gedrungene Gestalt Huascars, wie sie um den Wasserfall herum zu dem Felsvorsprung schritt ... Menschen verschwinden oder wandeln sich; Landschaften aber graben sich nur noch tiefer ein. Das Wasser erstreckte sich jetzt rechts und links bis an die schwarzen Wellen der Laubschatten.

Ich wehrte Erinnerungen und Gefühle ab. Ich hatte es plötzlich eilig, ein Ende zu machen.

Wie vereinbart, sagte ich zu Marca Vichay: »Wir müssen durch dieses Wasser. Sieh zu, wo wir Grund finden.«

Und ich wandte mich zu Villalcázar um.

Das Gesicht schweißüberströmt, rang er nach Luft.

»Hast du Durst?«

Ich reichte ihm den Weinschlauch. Ich sah, daß er an den Schläfen ein paar weiße Haare hatte. Er trank. Ich wartete.

Auf einmal ließ er den Schlauch fallen, taumelte, versuchte sich aufzurichten und brach rücklings zusammen. Wie groß er war!

Ich warf mich auf die Knie, schüttelte ihn.

»Hörst du mich?«

Seine Lider flogen, der Blick darunter schwamm.

Schnell sprach ich weiter: »Ich habe mein Versprechen gehalten, Bartolomé. Hier ist es. Die Kette und die Schätze Huascars liegen dicht vor dir. Du brauchst nur durchs Wasser, und das Gold ... Soviel Gold, Bartolomé! Dafür könntest du Fürst sein in deinem Land, eine Expedition ausrüsten, zu neuen Ruhmestaten ausziehen! Aber du ziehst nicht mehr aus. Du ziehst nirgendwohin. Schade, nicht wahr? Das ganze viele Gold in Reichweite deiner Hand, mehr Gold, als die Pizarros je gefunden haben, und du kannst die paar Schritte nicht tun, die dich davon trennen, du kannst nicht einmal mehr aufstehen! Fühlst du nicht, wie deine Gliedmaßen schwer und taub werden? Sei ruhig, so ist das eben, du wirst sterben ... Wie konntest du glauben, ich hätte vergessen? Mir mein kleines Mädchen zu rauben! Sie war das blühende Reis meines Lebens, und du hast sie getötet, hast sie durch deine schmutzigen Machenschaften umgebracht! Dir verzeihen? Solche wie du bilden sich immer ein, die Opfer seien ihnen die Verzeihung schuldig. Nein, ich habe dir nicht verziehen, Bartolomé, ich verzeihe nicht ...«

Ich hätte Stunden um Stunden so weiterreden können. Ich hatte noch so vieles, so vieles im Kopf und auf dem Herzen, aber wo bleibt der Genuß, wenn die Worte nicht mehr beißen können, weil derjenige, an den man sich wendet, sie nicht mehr hört?

Ich erhob mich.
»Komm«, rief ich, »es ist soweit.«

Marca Vichay schleppte Villalcázar zum Lager. Die Bedienten bauten eine Trage. Wir stiegen ab.

Von Ollantaytambo jagte Marca Vichay im Galopp zum Palast. Dort würde er nur das Pferd gegen ein frisches wechseln, um so schnell wie möglich nach Cuzco zu kommen. Meinen Instruktionen gemäß sollte er zum Bischofssitz reiten und in meinem Namen den Bischof beschwören, uns den besten Arzt der Stadt zu schicken.

Der Arzt, der nach Yucay geeilt kam, war ein Freund von Villalcázar. Beide waren im Dienst der Pizarros von Schlachtfeld zu Schlachtfeld gezogen. Er kannte sich bestens mit Wundbrand, Brüchen, Wunden und Beulen aus, weniger in der allgemeinen Körperlehre; aber auch jeder andere Praktiker hätte nur den verhängsnisvollen Zusammenbruch einer durch jahrzehntelange Abenteuer und Ausschweifungen zerrütteten Konstitution feststellen können, eine Diagnose, die durch die Anfälle bestätigt wurde, unter denen Villalcázar in letzter Zeit gelitten hatte.

Eine Woche lang wechselten wir, Marca Vichay und ich, einander an seinem Bett ab für den allerdings unwahrscheinlichen Fall, daß er wieder zu Bewußtsein käme. Endlich verlosch er. Ich schloß ihm die Augen.

Laßt, Pater Juan, versucht es nicht erst, mir Eurem moralischen Wohlbefinden zuliebe Gewissensbisse einzureden! Ich habe getan, was ich tun mußte. Höchstens war mir in den folgenden Monaten ein bißchen kälter. Haß hält warm.

Die Aufbahrung fand in Cuzco statt. Der Bischof las die Totenmesse. La Gasca schickte an seiner Statt einen engen Vertrauten. Die Persönlichkeiten der Stadt defilierten, auch die reuigen, bekehrten Inkafürsten. Früher war ihnen vor der Großmut, mit der Huascar mich verwöhnte, das Lächeln gefroren. Seit ich unseren Siegern die Füße küßte, quollen sie vor Zuneigung über. Solidarität im Schlamm!

Villalcázar wurde in Yucay begraben.

Der Herr Bischof bewegte sich mit glanzvoller Schar dorthin. Eine günstige Gelegenheit, ihn meine Reichtümer aus der Nähe schnuppern zu lassen. Er segnete meine Felder und meinen Palast und zog mit zwei weiteren Vasen aus purem Gold davon.

Ich blieb mehrere Wochen in meinem geliebten Tal. Dann kehrte ich zurück nach Cuzco.

Bewerber begannen mich zu belagern.

Ich beklagte mich beim Bischof, der wieder in meinem Haus verkehrte und zweimal in der Woche bei mir speiste.

»Können die Männer eine Witwe nicht in Ruhe lassen?«

»Meine teure Tochter, mein Amt gibt mir die Freiheit, Euch zu antworten – ohne daß Ihr darin Schmeichelei sehen könnt –, daß der Fehler gänzlich bei Eurer Schönheit und Eurem feinen Verstande liegt ... Außerdem müßt Ihr zugeben, daß Euer Vermögen nachdenklich macht.«

»Ehrwürden, Ihr hättet mit Letzterem anfangen sollen! Aber es tut mir leid, meinen Gemahl kann mir niemand ersetzen.«

Der Bischof langte nach einer gezuckerten Frucht und seufzte.

»Eure Treue ehrt Euch. Indessen haben materielle Verpflichtungen oft Vorrang vor den Gefühlen. Der Grundbesitz, den Bartolomé Villalcázar Euch hinterlassen hat, ist schließlich eine Encomienda ...«

Pater Juan, wißt Ihr, was eine Encomienda ist? ... Ganz recht, dasselbe Prinzip wurde in Spanien zur Zeit der Reconquista gegenüber den Mauren angewandt. Bestimmte verdiente Hauptleute oder Offiziere wurden mit Ländereien belehnt. Sie waren nicht deren Besitzer, sondern hatten den Nießbrauch des Tributs oder der Einkünfte; dafür aber waren sie verpflichtet, ihre heidnischen Dorfbewohner in der christlichen Religion zu unterweisen und sie gut zu behandeln ... Aber zwischen den Encomiendas der Maurenzeit in Spanien und denen in Peru besteht ein entscheidender Unterschied: die Entfernung. In Spanien konnten die Encomenderos aus nächster Nähe kontrolliert werden. Hier pfeifen sie auf ihre Pflichten. Es gibt niemand, der sie beachtet, und niemand läßt es sich einfallen, seine Nase in anderer Leute Angelegenheiten zu stecken. Danach mögt Ihr selbst einschätzen, wie es um die Menschlichkeit steht, derer diese Einrichtung sich rühmen könnte, die zweifellos aus frommen Absichten entstanden ist, die in unserem Land aber im langsamen Mord an einem ganzen Volk mündet!

Nichts ist mir so verhaßt wie die Encomenderos. Ich würde ihnen bei lebendigem Leib die Haut abziehen. Ich würde sie mit Pfeffer stopfen, bis sie ersticken. Ich würde ihnen geschmolzenes Gold in die Augen gießen. Ich ... Seht Ihr! ich brauche nur davon zu reden, schon werde ich wieder zur Barbarin! Und wie töricht wäre es, diesen unseren letzten Abend und die erhabene Stille unserer Berge zu trüben, indem ich weiter gegen etwas wetterte, gegen das ich ohnmächtig bin.

Kommen wir also auf die Worte meines liebenswürdigen Bischofs zurück. Über ihn kann ich immer nur Lobendes sagen.

»Wie Ihr wißt, meine liebe Tochter«, fuhr er fort,

»können die Kinder eines Encomendero die ihrem Vater überlassenen Rechte erben. Wenn aber die Ehe unfruchtbar war wie in Eurem Fall, ist die Witwe verpflichtet, sich wieder zu verheiraten, womit besagte Vorrechte auf den neuen Gatten übergehen. Um die Privilegien nicht einzubüßen, die mit der Encomienda des seligen Bartolomé Villalcázar verbunden sind, seid Ihr also gezwungen, eine Wiedervermählung ins Auge zu fassen.«

»Ehrwürden«, entgegnete ich, »ich bin glücklich, daß Ihr das Problem ansprecht. Auch ich hatte darüber mit Euch reden wollen. Ich sagte Euch ja, allein der Gedanke an eine Wiedervermählung ist mir unerträglich. Und, offen gesagt, mein persönliches Vermögen unter Vormundschaft zu stellen ...! Nein, anstatt daß ein Gatte es verwaltet, will ich darüber doch besser nach meinem Belieben verfügen. Männer scheuen Wohltaten, und mir liegen sie sehr am Herzen. Kurz, es gibt eine Lösung, die ich Euch erläutern will. Sie hängt einzig von Eurer Zustimmung und der Einwilligung des Gouverneurs La Gasca ab. Ich wünschte, daß die Einkünfte dieser Encomienda der Kirche oder einem Orden Eurer Wahl zuflössen. Sie könnten zum Unterhalt eines Hospizes dienen. Ich verpflichte mich, es auf dem Gut auf meine Kosten erbauen zu lassen. Die Conquista hat ihre Erwählten, aber auch ihre Pechvögel gehabt. Wie viele spanische Soldaten schleppen ihr Elend und ihre Verbitterung fußlahm und völlig abgerissen über die Landstraßen, falls sie nicht in die Dörfer gehen, wo die Versuchung groß ist, sie zu allen körperlichen Leiden auch noch moralisch zu erniedrigen. Das Hospiz stünde ihnen offen. Wir könnten sie sogar, je nach ihren Befähigungen, zur Arbeit anstellen. Unser Inka, der große Huayna Capac, pflegte zu sagen: ›Wenn das Volk nichts zu tun hat, laß es einen Berg abtragen und an einen anderen Ort versetzen. So wird Ordnung herrschen.‹ Das ist nur ein Gleichnis. Aber wessen Hände tätig sind, dessen Geist ist ruhig und wendet sich lieber Gott zu als dem Teufel ...«

Gouverneur La Gasca, der durch seine Schlichtheit die Hoffahrt und den Kleiderprunk seines Gefolges beschämte, stattete Cuzco einen Besuch ab. Mir wurde die Ehre zuteil, dem Bankett, das die Stadtverwaltung für ihn gab, zu seiner Rechten sitzend beizuwohnen. Und als Antonio de Mendoza, der neue Vizekönig, La Gasca ablöste, führte ihn der Herr Bischof selbst an meine Tafel, und wir speisten miteinander.

Seitdem regierte ich mit.

Keine hohe Persönlichkeit kommt in die Gegend, ohne einen Abstecher nach meinem Haus vorzusehen. Die Autoritäten von Cuzco, manchmal sogar die Regierung in Lima fragen mich um Rat, hauptsächlich in Rechtsstreitigkeiten zwischen Parteien meiner Rasse und der Eurigen. Jede in Spanien beschlossene Maßnahme wird mir unterbreitet, kaum daß das Schiff im Hafen liegt. Aus allem sauge ich meinen Honig.

Erschließt Euch das Herz der Mächtigen durch Eure Großzügigkeit, schmeichelt der Eitelkeit der Männer und schont die Eifersucht der Frauen, haltet gute Tafel, das Ohr offen und den Mund verschwiegen, bezeigt den Dienern die gleiche Höflichkeit wie den Herren, verpflichtet Euch die Demütigen, und man wird Euch lobpreisen!

Natürlich bekenne ich, daß meine Vergangenheit viel dazu beigetragen hat.

Wie schmeichelt es dem spanischen Stolz, mich vorzuzeigen, mich, eine Frau meiner Rasse, von den Lastern, die man uns zuschreibt, gereinigt und frisch in den Farben der Tugend übermalt, aufs wunderbarste von Eurer wunderbaren Zivilisation durchdrungen, das vollkommene Beispiel einer Integration, wie sie die Schöngeister sich gelungener nicht wünschen können!

Das Heucheln hat mich wenig gekostet und wurde mir niemals über. Im Gegenteil. Es bereitete mir stets eine Wonne, Eure Leute zu täuschen. Denn haben sie nicht damit angefangen, haben sie sich nicht dargestellt als unsere Retter und waren doch Wölfe und Geier?

* * *

Dies ist unsere letzte Rast.

Wie auch immer Ihr über mich urteilen werdet, Pater Juan, habt Dank. Euer Kommen wurde für mich zur Heimkehr ins Licht ...

Pater Juan de Mendoza
15. Oktober 1572, am frühen Morgen

Noch einige Stunden, dann sind wir am Ende unserer Reise, und es wird für mich wohl das Ende meines Lebens sein. Seit wir Ollantaytambo hinter uns gelassen haben, ahnte ich es. Nun ist es eine Gewißheit. Sie hat viel zuviel gesagt. Sie kann nicht mehr mit mir zurück nach Cuzco.

Wenigstens erspart sie mir ein unmögliches Dilemma: sie anzuzeigen oder sie freizusprechen, meinen Auftrag zu erfüllen oder nach meinem Gewissen und meinem Herzen zu entscheiden.

Der Bericht, den der Ordensgeneral mir in Spanien über sie gab, hat sich bestätigt, gewiß, jedenfalls, wie sie sich mir dargestellt hat. Da bleibt kein Zweifel offen. Sie ist all das, wessen man sie anklagt, und noch mehr, und sie rühmt sich dessen sogar! Aber wo sind in dem Bericht die tiefen Ängste und Verwundungen, all das Unheil, die Last der Umstände, sind sie auch nur am Rande erwähnt? Selbst vom Klima des Schauplatzes wissen die Verfasser nichts! Wir navigieren im schwarzen, dürren Meer der Tinte. Ein paar stichhaltige und nachweisliche Punkte, und schon verurteilen wir, weil die Schuld immer eindeutig erscheint, aber die Unschuld ist soviel komplexer.

Wo liegt die Gerechtigkeit, wo die wirkliche Wahrheit?

Nach meiner bescheidenen Meinung muß man sie, ohne die Tatsachen zu verfälschen, allein in ihr suchen, so, wie sie ist, wie sie in ihrer flammenden Gestalt die Jahrzehnte durchschreitet, den Widrigkeiten bald durch Anpassung begegnet, bald durch Peitschenhiebe, die den Mitteln ihrer

Rasse entsprechen und natürlich nicht die unseren sind ... Darf man diese Frau nach unserer Moral verurteilen, da sie nach der ihrigen gehandelt hat? Das ist die Frage.

Möge mein vergossenes Blut der Bekehrung dieser armen Indios dienlich sein und meine Schwächen sühnen! Wie wird sie es tun? Wird sie mir Gift in die Chicha mischen, oder werde ich auf dem Altar irgendeines Dämons verbluten?

Ich habe die ganze Nacht gebetet.

Herr mein Gott, steh mir bei mit Deiner Kraft und vergib ihr! Sie hat Verbrechen begangen. Aber haben meine Landsleute deren nicht viel mehr aufgehäuft? Und sie wußten, Herr, sie wußten, was sie taten!

Eine Beobachtung noch, über die ich lange gegrübelt habe und die sich mir gestern abend, am Ende ihrer Geschichte, bestätigt hat.

Räumen wir ein, daß der Inka Manco sie sich durch seine Leidenschaft, seine außerordentliche Tapferkeit und durch die Hoffnungen, die auf ihm ruhten, unterwarf. Aber einen alten Fuchs wie mich täuscht man nicht in solchen Dingen: eine Frau, die ihren Haß so herausschreit, ist eine Frau, die aus Liebe leidet. Sie hat Villalcázar geliebt. Der Spanier hat ihr Leben beherrscht. Deshalb und aus keinem anderen Grund hat sie ihn getötet. Um der Versuchung und der Scham ein Ende zu setzen. Und auch, um sich zu bestrafen. Aber weiß sie das?

Warum, wirst Du, Herr, mich fragen, schreibe ich diese Zeilen, die niemand jemals lesen wird? Gewohnheit, vermutlich. Gewohnheiten sind beharrlich, noch an der Schwelle des Todes.

EPILOG

Es sah aus, als führe der schmale, mit flachen Steinen ausgelegte Pfad hart am Fels nur zu einem Gipfel, der die Form eines Fangzahns hatte. Rechts war der Abgrund, eine fast senkrecht in schwarze Tiefen abfallende Steilwand.

Juan de Mendoza wußte mittlerweile, wie er gegen den Schwindel ankämpfen konnte: er hielt den Blick fest auf Asarpays Sänfte gerichtet. Anfangs hatte er gezittert, das schwanke hölzerne Gehäuse mit seinem goldenen und silbernen Zierat werde jeden Augenblick ins Bodenlose stürzen. Nun aber verließ er sich auf den bedächtigen, sicheren Schritt der Träger und auf das Geschick, mit dem sie beim Aufstieg ihre Zehen in jede kleinste Unebenheit des Geländes krallten.

Er hatte viel gelernt von diesen Männern, deren Haut dunkel, rauh und rissig wie Baumrinde und deren Körper von der schweren Arbeit geschmeidig geworden war, fleißige, erfinderische Männer, die gern einen Spaß machten und deren Augen freundlich über sein Unwissen lachten. Und obwohl seine Kenntnis des Ketschua sich auf wenige Wörter beschränkte, war er durch die zusammenschließende, gemeinsam bewältigte Anstrengung dahin gelangt, daß er sich mit ihnen freundschaftlich verbunden fühlte, während er die kleinen Leute in Spanien stets nur, wie Asarpay es ausdrückte, »von seinem Pferderücken herab« gesehen hatte – eine wenig christliche Haltung, wie er nun erkannte.

Er nahm seinen Hut ab, trocknete sich die Stirn mit einem Taschentuch und seufzte bei dem Gedanken, den er sich zugleich zum Vorwurf machte, daß man trotz noch so guten Willens nie wirklich bereit ist zu sterben. Es hat etwas unleugbar Sinnwidriges, gerade in dem Moment aus dem Leben zu scheiden, da man entdeckt, wie gut die einfachen Dinge sind, und da man anfängt, die Menschen nicht nur um Gottes, sondern um ihrer selbst willen zu lieben.

Als er den Kopf hob, war die Sänfte verschwunden, vom Schatten des Gipfels verschluckt, und die Wand zu seiner Linken wich einer felsübersäten Hochebene, deren zerklüftete Grate bis in weite Fernen wogten.

Solch schroffer Wechsel des Horizonts verwunderte Juan de Mendoza nicht mehr. Was ihn aber verblüffte, als er den Pfad weiterging, war der Blick auf eine große Ansammlung von Strohdächern unterhalb des Gipfels, auf rechtwinklige Gassen, freie Plätze und begrünte Anlagen, kurz, auf das wohlgeordnete Ganze einer bewohnten und blühenden Stadt, nur daß diese hier nahezu am Himmelssaum lag.

Über eine Folge von Treppen und Absätzen stieg man hinunter. Auf einem Absatz ragte aus dem Gras wie die Klinge eines Erzengels ein riesenhafter Stein empor, glatt, geschliffen, glänzend, und bei ihm mündete ein ganzes Netz aufwärts führender Treppen, die von einem großen Gebäude am Rand der Stadt ausgingen. Die goldenen Platten an den Mauern bezeichneten einen Tempel.

Die Sänfte hielt. Die Behänge öffneten sich, und Asarpay stieg aus. Sie warf sich vor dem Stein zu Boden, legte Weihgaben nieder. Mendoza sah ihr zu, so beeindruckt von ihren anmutigen Bewegungen, daß er darüber deren barbarische Bedeutung vergaß.

Ein bunter Strom von Indios hatte sich am Fuß der Treppen gesammelt.

Als Asarapay aufstand, teilte sich die Menge in zwei Reihen, hier die Männer, dort die Frauen, sie kamen heraufgestiegen, einer nach dem anderen trat vor und küßte ihre Hände und den Saum ihrer Tunika. Da war alles vertreten, Fürstenmäntel unter scharlachroten Baldachinen, seidenfeine Lliclias wie auch bäuerliche Kleider, diese in der Mehrzahl, und die Männer trugen unterschiedliche Kopfbedeckungen, Turbane, Mützen, Lederbänder, Wolltressen, Schilfreifen, was bezeugte, wie Mendoza aus seinem neu erworbenen Wissen schloß, daß die Menschen hier den verschiedensten Provinzen entstammten. Nachdem Männer und Frauen die Begrüßung beendet hatten, traten sie beiseite und begannen ihn zu betrachten. Die Freude erlosch, die Feindseligkeit war offenkundig.

Von nahem sah man unter den Strohdächern langgestreckte Fassaden aus behauenem Stein, und man ahnte hinter der erhabenen Kargheit der Bauten blühende Innenhöfe und Wasserspiele.

Ein Palast aus rosa Granit beherrschte den Platz, eine feierliche Treppe, angelegt wie ein entfalteter Fächer, führte hinauf, und längs der Stufen fiel unter Orchideenbüschen glitzerndhelles Wasser von Becken zu Becken herab. Das Innere des Palastes leuchtete golden. Kein Mobiliar. Nur Matten, Behänge, und in den Nischen Statuen oder mit Gemmen gezierte Gefäße. Die Decke war hoch, ein Balkengeflecht, das einen zarten Duft verströmte.

Asarpay zog sich zurück. Diener brachten das Abendessen. Juan de Mendoza wartete. Sie kam wieder, ernst, ziemlich wortkarg. Sie aßen. Er zwang sich dazu aus Höflichkeit.

Während der Nachspeise – süßer Honig und grüne

Guaven mit weißem, saftigem Fleisch, denen er gerne zusprach, denn er hatte großen Durst – kam ein kleines Geschöpf unter einem faltigen Überwurf getrippelt. Das grobe, von den Jahren gefurchte Gesicht war alt.

Asarpay sprach in knappem Ton ein paar Worte.

»Qhora«, sagte sie. »Ich habe Euch soviel von ihr erzählt, ich wollte, daß Ihr sie kennenlernt.«

Qhora grüßte, den Blick am Boden, und verschwand.

»Ich fürchte, ich habe ihr nicht sehr gefallen«, sagte Juan de Mendoza.

»Sie verabscheut weiße Männer, sie hat ihre Gründe. Alle hier haben wir unsere Gründe ... Pater Juan, bitte, entschuldigt mich, ich habe Anordnungen zu treffen. Geht und ruht Euch aus. Wir sprechen uns morgen wieder.«

»Ist nicht schon alles gesagt, Señora?«

»Nein. Das wißt Ihr sehr gut.«

Ein Diener führte ihn zu einem bescheidenen Haus neben dem Palast.

Sowie er das Schlafgemach betrat, meinte er zu ersticken. War es der enge Raum, diese kahlen vier Wände, die sich um ihn schlossen? Eine Matte bedeckte den Fußboden, in einer Nische stapelten sich Decken. Dort stand auch eine Schale mit Früchten und in einer anderen ein Krug mit Chicha. Er erfrischte sich am Becken und streckte sich auf die Matte. Doch dann erhob er sich wieder, er fand, er brauche ein wenig Luft. Er war kaum zur Tür hinaus, als ein Mann, den er nicht kannte, ihm durch Gesten bedeutete, er solle wieder hineingehen.

Um seiner Erregung Herr zu werden, betete er mehrere Rosenkränze und schlief vor Erschöpfung auf seinem Gebetbuch ein.

Morgens weckte ihn ein Diener mit einer heißen

Suppe, einer dünnen Quinuabrühe, und ein paar dünnen Scheiben von gedörrtem Lamafleisch. Er fror, also schlang er die Suppe hinunter. Sie schmeckte gut; sein Gaumen war inzwischen abgehärtet genug, das Feuer der Chinchi Uchu zu ertragen, der teuflischen roten Pfefferschoten, ohne die es kein Gericht gab.

Nach der kleinen Mahlzeit begann erneut das Warten.

Durch eine Maueröffnung in der Höhe des Gebälks fiel matte Helligkeit. Die Sekunden dehnten sich und fielen mit der entnervenden Langsamkeit der Wassertropfen, die das Brunnenbecken speisten. Was mochte sie tun? Gab sie Anweisungen, wie sein Tod im einzelnen ausgeführt werden sollte? Und welcher Tod? Durch den Strick, durch Steinigung, durch Schläge, in einer von Giftschlangen wimmelnden Grube, oder gab es noch gräßlichere Todesqualen, die sie erwähnt, die er aber nicht behalten hatte, weil er sie sich nicht hatte vorstellen wollen ...? Im Grunde war es das, was ihn quälte, dachte Mendoza mit düsterer Ironie: zu sterben ohne Stil, ohne Beistand, wie ein Bettler! Und er haßte sich dafür.

Sie erschien.

»Gehen wir, Pater Juan.«

Er legte sich seinen Rosenkranz um den Hals, nahm sein Gebetbuch in eine Hand, in die andere sein Kruzifix. Sie ging ihm, dem Gipfel den Rücken kehrend, voran zum Stadtrand. Es wehte ein starker Wind, kleine Staubsäulen wirbelten über das Pflaster, Frauen sangen, schwarze Vögel kreisten, Wasser murmelten, ein paar Kinder gingen mit der Würde von Herren einher, Asarpay strich ihnen im Vorbeigehen über den Kopf.

Er hörte ihre schöne Stimme.

»Ihr seid der erste weiße Mann, und der letzte, der

durch diese Stadt geht. Sie wurde auf Befehl des großen Inka Pachacutec erbaut. Zuerst war es nur eine große Festung. Dann wuchs die Stadt und wurde, so wie Mancos Stadt, eine Zuflucht unserer Inkas. Als das Reich seine gewaltigen Ausmaße erlangte, wurde sie mehr und mehr aufgegeben und starb. Mancos Söhne erteilten mir das Recht, ihr neues Leben zu verleihen. Ich kann sagen, es ist meine Stadt. Priester und Fürsten halfen mir. Die Spanier trugen das Ihre bei: so viele Männer und Frauen waren glücklich, ihnen zu entrinnen und sich zu uns flüchten zu können.«

Sie trat vor eine niedrige Steinbrüstung, breit wie ein Wehrgang. Jenseits waren, so weit das Auge reichte, nur Berge.

»Hier endet die eigentliche Stadt, aber sie strahlt nach allen Seiten aus, wohin man auch blickt ... Tretet näher, Pater Juan, habt keine Angst, der freie Raum wird Euch nicht verschlingen! Seht dort drüben an jedem Hang die Hunderte Feldbauterrassen und Dörfer. Alles gedeiht, Mais und Baumwolle, Koka, Kartoffeln, Bohnen, Eierfrüchte und Süßbataten ... Viele Dorfgemeinschaften, auch meine Ayllu, haben sich hier neu angesiedelt. An diesem gesegneten Ort genügen wir einander und leben, wie wir gelebt haben, bevor Eure Landsleute sogar unsere Atemluft verpestet haben ... Kommt, kehren wir zurück zum Palast.«

* * *

Die Zwergin brachte Chicha und zwei Becher, kleine Wunderwerke aus lackiertem Holz in Ocker, Rostrot und Braun mit goldenen Tupfen. Asarpay füllte sie und streckte den einen Juan de Mendoza hin.

»Als erstes muß ich Euch sagen, Pater Juan, daß ich nicht zurückgehe nach Cuzco. Meine Reise ist hier zu

Ende. Seit Tupac Amaru, Mancos dritter Sohn, der ihm nachfolgte, und der beste, gefangen und enthauptet worden ist, steht mein Entschluß fest. Ich hatte davon geträumt, daß zwischen unseren weißen und unseren einstigen Herren ein Gleichgewicht möglich wäre, aber jetzt ist es offenkundig, daß der neue Vizekönig, Don Francisco de Toledo, aus unserem Gedächtnis jede Spur dessen zu tilgen gedenkt, was dieses Reich einmal war. Der Spanier braucht keinen Inka mehr, wie in den Anfangszeiten, um unsere Reichtümer in seine Truhen zu leiten, er ist jetzt hier zu Hause, wir sind es nicht mehr! Was also hätte ich dort unten noch zu tun, das ich nicht von hier oben tun könnte? Mit diesem Entschluß im Kopf habe ich Euch in Cuzco empfangen. In mein Haus zu kommen, als man das Haupt Tupac Amarus gerade erst von dem großen Platz vor der Kathedrale entfernt hatte, wo Eure Leute es auf einer Lanzenspitze ausgestellt hatten, war, das müßt Ihr zugeben, kein besonders gut gewählter Zeitpunkt! Hat man Euch gesagt, daß Mancos Sohn, nachdem gewisse Indios ihn verraten hatten, seine Stellungen hatte aufgeben müssen, daß er bis in den Dschungel verfolgt und nach Cuzco geführt wurde mit einer Kette um den Hals wie ein Hund? Ich war noch so voller Schmerz, voller Entsetzen über diese Schändung unseres göttlichen Herrschers – als Ihr daherkamt mit Eurer Begier, unsere Herzen, unsere Seelen zu erforschen: Ihr erschient mir in dem Augenblick wie einer jener Aasgeier von Ärzten, die einen Sterbenden ausweiden. Wie habe ich Euch gehaßt, und das Urteil über Euch war schnell beschlossen. Welch eine Sühne für meinen Gram, welche Wonne war es, eine Neugier zu entfachen, die Euch dort, wo sie Euch hinführte, nichts mehr nütze wäre! Trinkt, der Becher ist nicht mit Gift ausgerieben, Ihr habt Besseres verdient! Ich wiederhole es, Euch in meiner Macht zu haben bereitete mir eine köstliche Befriedigung. Ein Weißer, ein Spanier, und Priester dazu – drei gute Gründe, Euch zu vernichten! Ich habe lange mit dem Gedanken gespielt und erwogen, welche Opferungsweise unserem Vater der Sonne am wohlgefälligsten wäre, um ihn ein wenig über den Verlust Tupac Amarus, seines geliebten Sohnes, zu trösten ... Übrigens habt Ihr es ziemlich bald geahnt, nicht wahr?«

»Sehr richtig, Señora.«

»Eine reizvolle Situation! Wißt Ihr, Pater Juan, daß Ihr in das Mahl, an dem ich mich schon labte, eine tüchtige Handvoll Pfeffer gestreut habt? Mit Eurer Beharrlichkeit, Eurem fanatischen Willen, mich zu überführen oder zu bekehren? Verlockt Euch der Tod? Ich weiß es nicht. Sagt Ihr es mir.«

»Ich weiß nur eins, Señora: wärt Ihr nicht, wie Ihr seid, wäre ich nicht hier.«

»Und wärt Ihr nicht, wie Ihr seid ...! Pater Juan, geht in Frieden. Diese paar Tage haben Euch vielleicht geholfen, uns ein wenig kennenzulernen, aber jetzt bleibt Euch die Pflicht, auch Eure Landsleute hier in Peru kennenzulernen und ihr Treiben zu beobachten. Geht überallhin. Geht in die Bergwerke und seht, in welcher Hölle die Unsern vegetieren. Geht in die Webereien, und Ihr erblickt Strafkolonien für Frauen und Kinder. Geht in die Encomiendas, und Ihr werdet auf Menschen treffen, die man schlimmer behandelt als irgendein Tier. Geht in die Städte, und Ihr findet, was es nie zuvor gegeben hat: Landstreicher, Bettler, Diebe, und auch das ist Euer Werk. Denn um den Minen, den Webereien, den Encomiendas oder jenen Lagern zu entkommen, wohin die Spanier manche Stämme verschleppt und eingesperrt haben, um sie leichter zu versklaven, lassen die Unsern alles im Stich. Ohne Dorf, ohne Dach, abgeschnitten von ihren Wurzeln, benutzen viele, die alle einmal stolz auf ihre Arbeit waren, ihre Hände nur noch dazu, sie für spärliche Almosen aufzuhalten. Und geht in die Dörfer, seht Euch an, wie Eure Pfarrer Hof halten, als wären sie große Herren, so daß sie uns allein durch ihre Verkommenheit und Habgier von einer Religion abschrecken, die sie uns mit der Peitsche einbleuen. Geht hin, Pater Juan, geht, seht und hört. Leben und Freiheit, die ich Euch wiedergebe, werden Euch manchesmal eine bittere Last sein. Ich wette sogar, daß Ihr Euch, wenn Ihr durch diesen Sumpf watet und die Verwesung riecht, nach den reinen, leuchtenden Freuden des Martertodes sehnt, aber ich habe für Euch gewählt ... Was Ihr über mich auch sagen werdet, meinem Volk werdet Ihr jedenfalls ein wenig Glück bringen. Mögen die Spanier mein Haus in Cuzco niederreißen, es war nur die Bühne der Komödie, die ich ihnen gespielt habe, und längst habe ich, im Hinblick auf diesen meinen Rückzug, den Palast in Yucay samt den Kokapflanzungen aufgegeben. Mein Vermögen weidet friedlich auf diesem Hochland, wächst und vermehrt sich. Zu bestimmten Zeiten kommen Tausende Lamas von dort herab. Der Verkaufserlös ermöglicht mir, eine Menge Unglückliche freizukaufen, die der Zwangsarbeit bei den Spaniern ausgeliefert sind ... Ihr könnt morgen früh aufbrechen. Führer werden Euch ins Yucaytal geleiten. Dort erwartet Euch ein gutes Pferd.«

Der Himmel war bleiern und schwarz die Berge.

»Anscheinend kommt die Regenzeit dieses Jahr früher«, meinte Asarpay.

Sie hatte darauf bestanden, ihn bis zum Gebirgskamm zu begleiten. Als sie die grasbestandene Ebene erreichten, hielt Juan de Mendoza inne und wühlte in seinem kärglichen Reisesack. Er zog ein Päckchen hervor, das mit einem schwarzen Faden zugebunden war.

»Señora, Ihr habt mich gelehrt, daß es bei Euch Brauch ist, zur Stunde des Abschieds ein Geschenk zu überreichen. Ich bitte Euch, dieses hier anzunehmen. Es sind Aufzeichnungen ... Ich habe die Gewohnheit, meine Eindrücke und Überlegungen niederzuschreiben. Meine Zeilen beginnen mit dem ersten Tag unserer Begegnung in Cuzco, die letzten sind von gestern. Lest sie, wenn ich weit fort bin.«

»Ich bin sehr gerührt, Pater Juan. Aber werdet Ihr diese Aufzeichnungen nicht vermissen?«

»Ich habe nicht die Absicht, sie zu verwenden. Eure Geheimnisse, Señora, gehören Euch. Ihr habt sie mir anvertraut, ich gebe sie Euch wieder. Das Urteil steht bei Gott! Ihr habt Euch mir frei bekannt, ich schulde Euch die gleiche Offenheit. Sagen wir, es ist ein Austausch der Bekenntnisse. Ihr erfahrt daraus mehr über mich und ... vielleicht auch über Euch.«

Sie lächelte.

»Pater Juan, ich danke Euch, und ich verspreche Euch, Eure Aufzeichnungen zu lesen ... Ich habe auch ein Geschenk für Euch.«

Sie rief ein paar Worte.

Drei kauernde Gestalten zeigten sich auf der Höhe neben dem Gipfel. Wahrscheinlich die Führer, die ihn zurückgeleiten sollten. Zwei erhoben sich. Einer legte dem dritten die Hand auf den Kopf. Der sprang auf und kam den Hang herab. Es war ein Halbwüchsiger, klein, untersetzt. Seine Augen richteten sich fragend auf Asarpay. Sie blickten sanftmütig, ängstlich.

»Pater Juan, ich stelle Euch Lliasuy Huana, das heißt »Wildente«, vor. Als er noch klein war, wurde sein Vater zur Mita, zur Zwangsarbeit, befohlen. Der Erntemonat nahte. Der Vater weigerte sich, sein Feld zu verlassen.

Eure Leute ketteten ihn mit anderen Aufsässigen zusammen. Der Junge folgte ihnen mit seiner Mutter. Sie war schwanger und zart. Sie überstand die Reise nicht. Vater und Sohn kamen nach Potosi. Der Vater wurde sofort in die Minen geschickt. Die Arbeit dauert fünf Tage hintereinander, ohne jede Pause, in einer Mannschaft zu dritt. Der Junge half. Um in die Stollen zu gelangen, benutzt man Leitern. Eines Nachts stürzte die Leiter um, der Vater brach sich das Genick. Der Kleine kam davon, aber die Angst, der Schock, die Erschütterung ... er ist taub geworden und gibt seitdem keinen Laut mehr von sich. Er ist aus Potosi geflohen. Ein Spanier las ihn am Straßenrand auf und steckte ihn in eine Weberei. Mit Peitschenhieben kann man sich immer verständlich machen! Der Junge floh erneut. Einer von meinen Leuten fand ihn halb verhungert, ein Bündel Haut und Knochen, in einem Straßengraben. Man brachte ihn mir nach Cuzco, und ich schickte ihn hierher. Pater Juan, seht dieses Kind: es ist unser Volk, das, was die Spanier aus ihm gemacht haben. Unser Volk hat wie dieses Kind Gehör und Sprache verloren. Sicher, es bewegt sich, wie Eure Landsleute wollen, aber für ihre Lehren bleibt es taub. All das, was es gelernt hat zu achten, zu verehren und anzubeten, alles, woraus es Jahrhunderte lang Lebenslust, Glauben und Kraft geschöpft hat, hält es tief in sich verschlossen. Es ist sein geheimer Schatz, seine Vergangenheit, seine Zukunft, das Erbe, das die Väter den Söhnen weitergeben und immer weitergeben werden, und nie wird es den Euren gelingen, ihnen das zu rauben! Lliasuy Huana ist ein guter Junge, er kann Mais und Quinua zubereiten, Vögel mit seiner Schleuder erlegen, ein Pferd versorgen. Unterwegs ist er unermüdlich. Er ißt wenig und liest die Worte von den Lippen ab. Nehmt ihn, Pater Juan, ich übergebe ihn Euch, er wird Euch ein treuer Diener sein – aber auch Euer Gedächtnis.«

AtV

Band 1554 **Isabelle Hausser**
Nitschewo
Roman

Aus dem Französischen von Christel Gersch

379 Seiten
ISBN 3-7466-1554-2

Winter 1917. In einem abgelegenen Herrenhaus tief in Rußland pflegt die junge Marina mit dem Arzt Saizew eine Gruppe verwundeter Soldaten. Und täglich erneuert sie heimlich den Schnee in den Kristallflakons, die Saizew zwischen die Fensterscheiben stellt – für ihn ein Symbol der verlorenen Zeit. Nur wenige Monate später stirbt Saizew unter den Kugeln seines Patienten Sergej, eines fanatischen Revolutionärs. Marina kann nur noch die Kristallscherben aufsammeln und ein Leben lang als einen Schatz bewahren, für ihre Tochter, für ihre Enkelin. Marina, Nadja, Natalja – drei Frauen einer russischen Familie zwischen 1917 und 1991, in deren Leben das politische Geschehen im Lande wie ein Verhängnis einbricht.

Diese dramatische Familiengeschichte wurde in Frankreich mit dem Buchhändlerpreis des Jahres 1994 ausgezeichnet.

AtV

Band 1555

Michael Pye
Die Dirne

Roman

Aus dem Englischen von Barbara Schaden

266 Seiten

ISBN 3-7466-1555-0

Winter 1640: New York heißt noch Amsterdam und ist nichts weiter als eine kleine holländische Kolonie. Der Hudson River ist weit bis in die See zugefroren, kein Schiff kann den Hafen anlaufen oder verlassen. Die junge Gretje Reyniers, aus Holland hierher ausgewandert, kämpft nach dem mysteriösen Tod ihres Mannes ums Überleben: als Dirne, Geldverleiherin und Pelzhändlerin wird sie stadtbekannt. Dann quartiert die Stadtverwaltung Pieter bei ihr ein, einen schweigsamen, geheimnisvollen Jungen, und ihre abgründige Vergangenheit holt sie ein …
Michael Pyes Roman zeichnet das Leben einer sensiblen, unkonventionellen Frau und läßt das harte und zugleich aufregende Leben der ersten europäischen Siedler in Amerika im gedämpften Zauber holländischer Gemälde erstrahlen.

AtV

Band 1556

Gustave Flaubert
Salambo

Roman

Aus dem Französischen von Heidrun Beltz

377 Seiten
ISBN 3-7466-1556-9

Salambo, die Tochter des karthagischen Feldherrn Hamilkar Barkas, ist Priesterin der Göttin Tanit und hütet deren Schleier, als ein Söldneraufstand das antike Karthago erschüttert. Während der Kämpfe dringt sein Anführer, der Libyer Matho, in den Tempel ein und raubt den göttlichen Schleier, dessen Anblick den Sterblichen verwehrt ist. Um das mit ihm verlorene Kriegsglück wiederzugewinnen, wird Salambo vom Vater mit dem tödlichen Auftrag betraut, das Lager der Aufständischen aufzusuchen, sich Matho hinzugeben und den Schleier zurückzuholen.